KARA ATKIN

The Brightest Colours

Die Bücher von Kara Atkin bei LYX:

Die The Perfect Fit-*Reihe:*
1. The Perfect Fit
2. The Brightest Colours
3. The Finishing Touch *(erscheint am 30. 8. 2024)*

Seoul Duett:
1. Blue Seoul Nights
2. Golden Seoul Days

Die San Theresa University-*Reihe:*
1. Forever Free
2. Forever Mine
3. Forever Close

Weitere Romane der Autorin sind bei LYX in Vorbereitung.

KARA ATKIN

the BRIGHTEST COLOURS

Roman

LYX

LYX in der Bastei Lübbe AG

Die Bastei Lübbe AG verfolgt eine nachhaltige Buchproduktion. Wir verwenden Papiere aus nachhaltiger Forstwirtschaft und verzichten darauf, Bücher einzeln in Folie zu verpacken. Wir stellen unsere Bücher in Deutschland und Europa (EU) her und arbeiten mit den Druckereien kontinuierlich an einer positiven Ökobilanz.

MIX
Papier | Fördert gute Waldnutzung
FSC® C014496
FSC www.fsc.org

Textredaktion: Stephanie Janek
Umschlaggestaltung: © Jeannine Schmelzer, Bastei Lübbe AG unter Verwendung von einer Illustration von © Hwang Se-Rim und einem Motiv von ©Theraphosath / Shutterstock
Satz: Greiner & Reichel, Köln
Gesetzt aus der Adobe Caslon
Druck und Verarbeitung: GGP Media GmbH, Pößneck

Printed in Germany
ISBN 978-3-7363-2074-1

1 3 5 7 6 4 2

Weitere Informationen unter:
lyx-verlag.de
luebbe.de | lesejury.de

Liebe Leser:innen,

dieses Buch enthält potenziell triggernde Inhalte.
Deshalb findet ihr auf der letzten Seite
eine Triggerwarnung.

Achtung: Diese enthält Spoiler für das gesamte Buch!

Wir wünschen euch allen
das bestmögliche Leseerlebnis.

Eure Kara und euer LYX-Verlag

Personen und Handlung sind frei erfunden.
Ähnlichkeiten mit lebenden oder toten Personen
sind rein zufällig und nicht beabsichtigt.

Für alle, die »Ich liebe dich« so sagen:
»Schreib mir bitte, wenn du zu Hause bist«;
»Guck mal, dabei hab ich sofort an dich gedacht«;
»Ich bin immer für dich da«.

»If I had a flower for every time I thought of you …
I could walk through my garden forever.«

Alfred Tennyson

PLAYLIST

DPR IAN – *Welcome to the show*
Jackson Wang – *Champagne Cool*
Brye – *Diet Culture*
Billie Eilish – *you should see me in a crown*
Justin Bieber, Halsey – *The Feeling*
New West – *Those Eyes*
Måneskin, Tom Morello – *GOSSIP*
blackbear, FRND – *anxiety*
Camila Cabello – *Shameless*
Måneskin – *FOR YOUR LOVE*
Sam Smith – *Love Me More*
TALK *A Little Bit Happy*
Arctic Monkeys – *I Wanna Be Yours*
Jackson Wang – *Dead*
Mac Ayres – *Easy*
Dove Cameron, Khalid – *We Go Down Together*
AILEE – *Nobody else*
Jay Park – *Yesterday*

PROLOG

Roan

Neunzehn Jahre alt
Brixham, Torbay, Großbritannien

Ich schmeiße die letzte Tasche in den Kofferraum meines Ford Granada und werfe die Heckklappe zu. Er ächzt und scheppert, das Schreien der rostigen Scharniere ist so laut, dass ich fürchte, die ganze Nachbarschaft aufzuwecken, so sehr wie das Geräusch in der schmalen Straße mit den dicht bebauten Reihenhäusern widerhallt. Mein Blick schnellt hoch zu Mias Fenster im Erker, doch die Vorhänge bleiben zugezogen und dahinter ist es schwarz. Ungewohnt ruhig liegt es da, das grüne Reihenhaus mit dem dicht bewachsenen Vorgarten und dem kleinen, weißen Bistrotisch aus Metall mit den drumherum arrangierten Stühlen. Niemand regt sich in dem Haus, in dem ich meine halbe Kindheit verbracht habe. Die Erinnerungen an die andere Hälfte liegen direkt in meinem Rücken, mein Elternhaus, gehüllt in verwaschenes Kornblumenblau und Backsteingrau. Auch dort bleibt es still und dunkel, meine ganze Familie schläft tief und fest.

Alles ist so, wie es sein soll. Ganz genau so, wie es sein *muss.*

Denn es ist eine Sache, mich von meiner Familie zu verabschieden. Meine Brüder verstecken ihre Traurigkeit hinter Frotzeleien, meine Mutter jammert darüber, dass ich als Jüngster das Haus verlasse, während ihre anderen drei Kinder doch noch unter ihrem Dach wohnen, und mein Vater gibt mir gut gemeinte Ratschläge.

Eine völlig andere Sache ist es jedoch, mich von meiner besten Freundin Mia zu verabschieden. Was vermutlich genau der Grund ist, warum ich es nicht getan habe. Er ist seltsam, dieser Gedanke, ab sofort ohne sie zu sein, obwohl ich mein ganzes Leben mit diesem Mädchen von gegenüber verbracht habe, von dem mich bisher immer nur ein Lebensjahr und eine Straßenseite getrennt hat. Nächte, in denen ich die Rankhilfe vor ihrem Fenster hochklettere, wenn ich nicht schlafen kann, und ihre und meine Eltern so tun, als würden sie nichts mitbekommen, trotz des schrecklichen Lärms, den ich dabei stets fabriziere, werden ab jetzt nur noch Erinnerungen sein. Morgen, an denen sie mit Marmelade beschmiertem Toast und mit Kaffee bewaffnet in Erwartung meines allmorgendlichen Zuspätkommens am Zaun auf mich wartet, sind von nun an auch passé. Und Nachmittage, an denen wir uns vor Schularbeiten drücken und uns gemeinsam mit Damian Geschichten über die Yachten der Superreichen ausdenken, die im Hafen von Brixham hin und wieder auf ihrer Tour durch die Englische Riviera ankern, wird es auch nicht mehr geben.

Mia wird nicht länger Teil meines Alltags sein und ihn mit ihrem Lächeln in den hellsten Farben erstrahlen lassen. Stattdessen wird sie hierbleiben, in Brixham, bei ihrem festen Freund, ihrer Familie und ihrer Lehrstelle zur Einzelhandelskauffrau in der schicken Parfümerie in der Innenstadt, über die sie sich so gefreut hat.

Ihr Platz ist hier. Meinen hingegen, den suche ich noch. Auch wenn ich keine Ahnung habe, wie ich ihn finden soll, so ganz ohne Mia, die schon so lange Teil meines Lebens ist, dass ich mich nicht mehr an eine Zeit erinnern kann, in der es anders war. Aber wahrscheinlich hat es die eh niemals gegeben. Denn als mein Vater seinen Posten als Offizier in der britischen Armee aufgab und mit uns aus Deutschland, wo er zuvor stationiert war und meine Mutter kennenlernte, nach England zurückkehrte, um einen sicheren und steten Job ohne ständige Neustationierungen anzutreten, war ich gerade mal ein Jahr alt.

Seitdem war sie immer da, direkt an meiner Seite. Und allein der Gedanke, dass sie es nun nicht mehr sein wird, tut mehr weh, als ich mir jemals hätte vorstellen können.

Ich reibe mir über die Brust, in der Hoffnung, die Enge darin vertreiben zu können, und atme einmal tief durch. Ich weiß, dass es richtig ist, mich nicht von Mia zu verabschieden. Sie wird mich deshalb verfluchen und mich einen Feigling nennen, und vielleicht bin ich das auch. Aber der Schmerz, den ich empfinde, wenn ich bloß daran denke, sie nicht mehr tagtäglich zu sehen, der ist einfach zu stark, und ich fürchte mich davor, was ich sagen würde, wenn sie jetzt vor mir stünde. Irgendetwas ist anders. Irgendetwas stimmt nicht. Und auf keinen Fall werde ich riskieren, diesem *Etwas* auch nur einen Millimeter Raum zu geben. Nachher überlege ich es mir noch anders. Oder schlimmer noch – ich bitte sie, alles hier aufzugeben und mit mir zu kommen. Als könnte ich das wirklich tun. Als könnte ich allen Ernstes mit mir vereinbaren, dass sie ihre Träume für mich aufgibt.

Zeit, zu verschwinden.

Erleichterung vermischt sich mit Reue, als ich den Autoschlüssel endlich aus meiner Hosentasche ziehe und mich auf den Fahrersitz gleiten lasse. Ich starte den Motor, der stotternd und mit einer laut knallenden Fehlzündung anspringt, und lasse ihn, wie von Dads Mechanikerkollegen empfohlen, erst einmal einen Moment laufen, damit er warm wird und ich überhaupt eine Chance habe, jemals in London anzukommen. Wenn das geschafft ist, verscherble ich die Rostlaube sofort. Ich lege die Kassette ein, die Damian für unseren Roadtrip aufgenommen hat, da diese Karre nicht mal einen CD-Player besitzt, und fische mein Handy aus der Hosentasche.

Gerade als ich ihm eine SMS schreiben will, um ihn wissen zu lassen, dass ich in fünf Minuten da bin und er seinen Hintern schon mal zur Haustür schwingen und an den Hunden vorbei den Hügel vor dem Anwesen seines Vaters heruntersprinten soll, wird plötzlich die hintere Beifahrertür aufgerissen und ein großer Wanderrucksack fliegt über die Rückbank hinweg in den Kofferraum.

»Was zur Hölle?«

Mia sitzt neben mir auf dem Beifahrersitz, bevor ich überhaupt begreifen kann, was gerade passiert. Der Schmerz, der in meinem Arm explodiert, als sie heftig dagegenboxt, nimmt mir den letzten Rest meiner Auffassungsgabe, weshalb ich keine Ahnung habe, was sie von mir will, als sie mich mit ihren großen grünbraunen Augen erwartungsvoll ansieht. Deshalb sage ich einfach das Erste, was mir in den Sinn kommt.

»Aua.«

»Aua? Das ist alles, was dir einfällt?« Wieder boxt sie mich, treffsicher auf genau die gleiche Stelle. »Du bist so ein Arsch, Roan Webb!«

Ich blinzle, mehr als nur ein bisschen perplex, denn Mia haut mich nie, und Beleidigungen spart sie sich eigentlich für Damian oder meinen nächstälteren Bruder Reik auf, mit dem sie mit Abstand am häufigsten aneinandergerät.

»Du glaubst doch wohl nicht allen Ernstes, dass du einfach allein abhauen kannst, oder? Noch dazu, ohne dich zu verabschieden.« Sie schnallt sich an, kickt ihre ausgelatschten Turnschuhe von den Füßen und legt sie samt bunter Einhornsocken aufs Armaturenbrett.

Mein Hirn scheint noch immer nicht ganz online zu sein, doch mein Herz macht etwas ganz Gefährliches, als ich dabei zusehe, wie Mia sich tiefer in den Sitz und ihren dünnen Pulli kuschelt und die Augen schließt. »Was tust du da?«

»Mitkommen. Wonach sieht es denn sonst aus?« Sie macht sich nicht einmal die Mühe, die Augen wieder zu öffnen, doch ihre Beine in den engen Röhrenjeans flattern ein wenig. »Du und ich, Roan. Schon vergessen?«

»Natürlich nicht.« Das Versprechen, das wir einander als Kinder an einem verregneten Novembertag hinten im Schuppen meiner Eltern gegeben haben, könnte ich niemals vergessen. Doch ich zwinge mich dazu, mich daran zu erinnern, warum ich überhaupt erst den Entschluss gefasst habe, mich morgens um drei in einer Nacht-und-Nebel-Aktion Richtung London aus dem Staub zu machen. »Aber du kannst nicht einfach mitkommen, Mia. Was ist mit deiner Lehrstelle?«

Sie zuckt die Achseln, als wäre es lediglich eine Lappalie. »Hab ich hingeschmissen.«

Ich klammere mich an den nächsten Strohhalm, weil ich weiß, dass ihre Entscheidung zu hinterfragen niemanden von uns weiterbringen wird. »Und dein Freund?«

»Er heißt immer noch Adam. Und wir haben uns getrennt.«

Wieder macht mein Herz etwas ganz Dämliches, aber ich ignoriere es. »Was ist mit deinen Eltern? Du kannst nicht einfach nachts mit mir verduften. David und Isobelle bekommen einen Herzinfarkt, wenn dein Bett morgen leer ist.«

»Du glaubst doch wohl nicht, dass Mom und Dad davon

ausgehen, dass ich ohne dich hierbleibe, oder?« Sie öffnet die Augen gerade weit genug, um mir einen Blick zuzuwerfen, der mir deutlich sagt, was sie von meinen Argumenten hält, ehe sie sie wieder schließt. »Als ich ihnen mitgeteilt habe, dass ich mit dir nach London gehe, wirkten sie sogar irgendwie erleichtert. Mom meinte, ich bin zu jung, um in Brixham zu versauern, und Dad weiß ohnehin, dass er mich nicht aufhalten kann, also versucht er es erst gar nicht. Da du keinen Ton von dir gegeben hast, wusste ich zwar nicht genau, wann, aber nachdem du gestern so todesoffensichtlich rumgedruckst hast, als ich gefragt habe, was wir morgen nach deiner Schicht machen wollen, konnte ich sie zumindest noch vorwarnen, bevor ich alles gepackt habe.« Sie schüttelt den Kopf. »Du bist wirklich so ein phänomenal schlechter Lügner, Roan. Das ist unfassbar.«

»Was, wenn ich gar nicht nach London gehe?«

»Dann gehe ich, wohin auch immer du gehst.« Sie sagt es, als wäre es das Selbstverständlichste der Welt, mit einer Finalität, die keinen Raum für Zweifel lässt. »Mir ist es gleich, solange wir zusammen sind. Aber«, nachdenklich zieht sie die Nase kraus, »für ein Flugticket hab ich gerade nicht genug Geld. Dann müsste ich erst Mom und Dad anhauen. Geht es denn wirklich nicht nach London?«

»Doch schon, aber –«

»Gott sei Dank. Kurz hatte ich Sorge, ihr beiden Experten hättet all unsere Pläne von früher über den Haufen geworfen und wollt es möglicherweise tatsächlich in Los Angeles oder so versuchen. Ich meine, Amerika ist ja schön und gut, aber Englisch sprechen die da nicht wirklich.«

Langsam gehen mir wirklich die Argumente aus. »Aber –«

»Willst du lieber ohne mich gehen?« Wieder öffnet sie ihre grünbraunen Augen, doch diesmal ist der Ausdruck darin entwaffnend ernst. »Ganz ehrlich, Roan? Denn wenn du lieber ohne mich gehen willst, dann öffne ich diese Tür und –«

Ich habe keine Ahnung, wann genau ich mich über die Mittelkonsole gelehnt und ihre Finger vom Türgriff entfernt habe. Die Wärme ihrer Hand spüre ich jedoch überdeutlich, als ich sie ganz fest in meiner halte und leise sage: »Nein.«

Sie lächelt und gibt mir eine kleine Kopfnuss. »Und, war das jetzt so schwer?«

Ich sage nichts, sondern ziehe mich zurück und lege mechanisch den ersten Gang ein, lasse den Wagen anrollen und fahre los, ehe ich am Ende der Straße abbiege, in Richtung der großen Villen entlang der Berry Head Road. Silbrig glänzt der Mond auf der Wasseroberfläche der Bucht, und ich umfasse das Lenkrad fester, als Mia leise den Song mitsingt, der gerade läuft. Wir haben die Fenster heruntergekurbelt, um etwas von der kühlen Nachtluft in diesem schwülwarmen Sommer hineinzulassen, ihr langes, mahagonibraunes Haar tanzt im Wind, umspielt ihre Wangen und ihr Kinn.

»Tut mir leid«, sage ich mit belegter Stimme.

Mia greift über die Mittelkonsole und verflicht unsere Finger miteinander. Sie drückt sanft zu, ihre Stimme ist kaum hörbar, als sie ganz leise entgegnet: »Schon okay.«

Ich antworte nicht, in meinem Kopf schwirrt nur ein einziger Satz herum, während ich mit Mia an meiner Seite in ein neues Leben aufbreche, in dem sich jetzt schon eine fundamentale Sache grundlegend verändert hat.

Tut mir leid, aber ich glaube, ich bin in dich verliebt.

1. KAPITEL

Roan

Einunddreißig Jahre alt

»Wie fühlst du dich?«

Über Ellies Kopf hinweg, die sich die größte Mühe gibt, sich nicht anmerken zu lassen, dass sie die Spitze an meinen Ärmelaufschlägen zum fünfzehnten Mal richtet, weil sie sich damit zu beruhigen versucht und nicht, weil irgendetwas damit nicht stimmt, blicke ich zu der Flut an Reportern. Sie alle sind schwer mit Kameras, Diktiergeräten und Notizblöcken bewaffnet, während sie sich gegen die kunstvoll geschnitzte Absperrung drängen, was die Sicherheitsbeamten mit sorgenvollen Mienen beobachten. Ich weiß, was sie sehen. Sie sehen Roan von *Parallel*, den europäischen Megastar mit dem schulterlangen, rabenschwarzen Haar, den eisblauen Augen, dem Nasenring und den unzähligen Tattoos, der auf die Bühnen dieser Welt und nicht in den Gerichtssaal gehört, und der das alles auch nach eineinhalb Jahren mit überraschender Gelassenheit nimmt.

Wonach sie sich aber in Wahrheit die Finger lecken und worauf sie warten, ist ein vernichtender Zusammenbruch.

Sie lechzen auf einen Riss in dem sorgfältig konstruierten Bild, das wir ihnen bieten. Versuchen, hinter das dunkle, samtige Rot meines Anzugs und das unschuldige Weiß meines Hemdes zu blicken, an dem sie doch genauso sehr abprallen wie an Damians vor seinem Körper gefalteten Händen, an denen heute so viele Ringe funkeln wie an meinen eigenen. Das Blitzlichtgewitter macht mich, auch ohne Sonnenbrille, längst nicht mehr blind, so sehr habe ich mich an den ganzen Mist gewöhnt. Doch die gemurmelten Worte, die sie tauschen, während der eine oder andere sich doch dazu hinreißen lässt, hier im Gerichtssaal Damians oder meinen Namen zu rufen, in der Hoffnung, dass wir hinsehen und sie den perfekten Schnappschuss für ihre Käseblätter abstauben können, ist etwas gänzlich anderes. Es war leichter, sie auszublenden, als ich noch genau wusste, welche Version ich ihnen präsentieren soll. Jetzt aber, wo die Ketten gesprengt wurden und ich mehr und mehr ich selbst sein kann, weiß ich gar nicht, wer ich sein will. Wer ich sein *soll.* Dieser rote Anzug zum Beispiel, ich hab keine Ahnung, ob er zu viel ist. Instinktiv gewählt habe ich ihn trotzdem. Ellies Worte waren die einzige Bestätigung, die ich bekommen habe, während sie aufgeregt noch per Hand die Spitze angenäht hat, die dem dunklen Rot seine Aggression nimmt und es durch etwas Weicheres, Zarteres ersetzt.

Diese Freiheit, sie ist ungewohnt, unbehaglich. Sie ist neu und fremd und anders, etwas, wonach ich mich gesehnt habe und in meiner Musik in vollen Zügen genieße. In der Öffentlichkeit aber ist sie etwas, vor dem ich mich fürchte. Denn die Regeln, an die ich mich so gewöhnt und in deren klaustrophobisch engem Rahmen ich mich bewegt habe, mit dem immer gleichen Lächeln und dem festen Image – die sind nun fort. Und in Momenten wie diesen fühle ich mich allein in dieser unendlichen Weite, in der ich nicht weiß, was ich tun soll. In meinem Kopf wird das Murmeln der Reporter zu einem immer lauter werdenden Surren, das sich mit dem Rauschen meines Blutes mischt, bis ich kaum noch meine eigenen Gedanken hören kann.

Tja, wie fühle ich mich?

Beschissen? So als hätte mir jemand in den Magen geboxt? Obwohl, es fühlt sich doch eher so an, als wäre ich vor ein Erschießungskommando geführt worden, wo alle immer wieder abdrücken, ganz egal wie oft sie schon getroffen haben.

Eine Milliarde Antworten auf diese schlichte Frage liegen mir direkt auf der Zungenspitze. Aussprechen tue ich keine einzige davon. Stattdessen lächele ich und das *Klick-Klick-Klick* der Kameras zementiert sich auf meinen Lippen fest, bis meine Mundwinkel schmerzen. »Es geht mir gut.«

»Sicher?« Eine Hand, schwer wie ein Amboss, aber warm und sicher wie eine Umarmung, landet auf meiner Schulter. Die langen Finger drücken zu, genau fest genug, um Trost zu spenden. Caleb, mein Manager und einer meiner besten Freunde, blickt wenig überzeugt drein. Die Müdigkeit ist ihm deutlich anzusehen an den dunklen Ringen unter seinen rauchblauen Augen. Die schlaflosen Nächte, unzählige Sorgen und das atemlose Bangen sind wohl an keinem von uns spurlos vorübergegangen, auch wenn Caleb mit den glatt rasierten Wangen und dem maßgeschneiderten Anzug aussieht wie der Bilderbuchmanager in Person. »Du siehst nämlich eher so aus, als würdest du gleich aus den Latschen kippen.«

»Das bildest du dir nur ein. Der sieht doch immer aus, als würde er jede Sekunde ins Gras beißen.« Damian zwinkert mir zu, das Grinsen auf seinen Lippen wie immer schalkhaft und lässig, aber das für ihn typische Funkeln in seinen Augen fehlt, worüber die Sonnenbrille mit den roten Gläsern auch nicht hinwegtäuschen kann, die tief auf seiner Nasenspitze sitzt. Er versucht dennoch, den Coolen zu mimen, so als hätten wir nicht gestern gemeinsam mit Tränen in den Augen auf der Couch gehockt und darüber gesprochen, was passiert, wenn wir diesen Rechtsstreit nicht gewinnen. Wenn wir nicht zurückbekommen, was rechtmäßig unser ist. Wenn wir wirklich alles verlieren.

Lange haben wir dort gesessen und geredet. Über damals. Über heute. Und über eine hypothetische Zukunft, von der ich hoffe, dass Damian sie im Rausch des Bourbons vergessen hat. Genauso wie das mir abgerungene Versprechen, welches in meinem Kopf nur zwischen geflüsterten Wahrheiten und fortgewischten Tränen existiert, vernebelt vom Qualm gerauchter Zigaretten und ertränkt in den melancholischen Tönen des Basses, die Saiten von meinen Fingern träge angeschlagen im Morgenrot, während vielleicht unser letzter Tag als *Parallel* begann.

Damian, der meine Gedanken zum Glück nicht erahnen kann, nimmt die Uhr ins Visier. Seltsam deplatziert sieht sie aus, dort oben über dem gigantischen Gemälde irgendeiner Schlacht, die gewiss weder so glorreich noch so schön anzusehen war, wie sie für die Ewigkeit festgehalten wurde. »Sag mal, ist der Richter auf dem Weg hierher an Altersschwäche verreckt oder warum dauert das so verdammt lange?«

Damian hat recht. Die Urteilsverkündung hätte vor fünf Minuten beginnen sollen, doch bisher ist niemand vom Gericht anwesend. Ich schiebe Ellies Hände beiseite, die ihre Lippen aufeinanderpresst, aber sofort aufhört an mir herumzuzupfen, und ziehe an dem hohen Kragen meines Hemdes. Geht es nur mir so, oder ist Atmen mit einem Mal ein ganzes Stückchen schwerer geworden? Vielleicht ist es die Nervosität. Vielleicht ist es die Armada an Anwälten unseres ehemaligen Labels, die uns von ihrem langen Tisch zu unserer

Rechten mit arroganter Selbstsicherheit beäugen. Vielleicht ist es Tobias, der mitten unter ihnen sitzt und mir spöttisch zuwinkt, als unsere Blicke sich begegnen, so als hätte er nichts zu verlieren mit einem Multimillionen-Pfund-Konzern im Rücken, für den bloß Einnahmen und nicht das ganze Lebenswerk, die gesamte Existenz, auf dem Spiel steht. Vielleicht sind es auch die langen Monate der Gewinne und Verluste nebst der vom Recht aufgezwungenen Regungslosigkeit der letzten eineinhalb Jahre, die mir die Luft abschnüren. Oder vielleicht ist es auch einfach nur die dunkle Holzvertäfelung des Gerichtssaals, die immer näher zu kommen scheint, je länger ich hier stehe, direkt unter diesem opulenten Kristallkronleuchter, der von der Decke baumelt, und von dem ich fürchte, er könnte uns jeden Moment unter sich begraben.

»Du kannst von Glück reden, dass er noch nicht hier ist und das gehört hat.« Caleb reibt sich die Schläfen in gespielter Entrüstung, doch das Zucken um seine Mundwinkel verrät ihn, auch wenn ich sehen kann, wie sehr er dagegen anzukämpfen versucht. »Mit deinem Schandmaul bringst du mich irgendwann noch viel zu früh ins Grab. Wie zum Geier halte ich das mit euch beiden Dumpfbacken eigentlich schon seit über einem Jahrzehnt aus?«

Damian zuckt die Achseln. »Mit Liebe und Geduld?«

»Wohl eher mit Kaffee und Bluthochdruck.«

Weil mein bester Freund und Bandkollege es wie immer nicht lassen kann, setzt er nach. Der Schalk in seinen Augen funkelt zwar nur ganz leicht, aber immerhin ist er zurück. Mein Kragen hingegen scheint noch immer viel zu eng zu sein. »Also für deine Wehwehchen kann ich ja wohl wirklich nichts, alter Mann.«

»Nicht?« Der Ton unseres Managers, und neuerdings auch CEOs, wird schärfer, als er sich in die Nasenwurzel kneift. Ellie schmunzelt, sie greift nach seiner Hand und streicht beruhigend über seine Fingerknöchel. Schwer vorstellbar, dass sie erst vor eineinhalb Jahren zu uns gestoßen ist, denn sie neben Caleb zu sehen, ist längst ein gewohnter Anblick. Fast fühlt es sich so an, als wäre sie schon vor zehn Jahren an seiner Seite gewesen und hätte Optimismus und Sonnenschein verbreitet. Und Chaos. Eine ganze Menge Chaos. Immerhin ist die Fake-Dating-Nummer der beiden, mit der sie uns allen den Arsch retten wollten und die uns dann in Mailand bei der Fashion Week um die Ohren geflogen ist, der Grund, warum wir heute hier stehen. Wir alle warten darauf, zu erfahren, ob unsere Vertragsauflösung mit dem Label rechtskräftig ist und ob wir die Rechte an unseren Songs und auch an unserem Namen zurückbekommen, damit wir endlich wieder das tun können, was wir am meisten lieben. Nämlich Musik für uns und unsere Fans zu machen.

Die letzten Monate hat genau das brach gelegen, eingefroren in den langsam mahlenden Mühlen eines Rechtssystems, was mich gelehrt hat, dass es eine Sache ist, *recht zu haben*, aber eine völlig andere, *recht zu bekommen*. Zwar haben wir versucht, uns abzulenken, indem wir gemeinsam mit unserem Team und Caleb *Two Lines Entertainment* gegründet und aufgebaut haben. Auch ein neues, noch unveröffentlichtes Album haben wir produziert und uns kopfüber in die etwas übermütige und sehr optimistische Planung einer Welttournee gestürzt, um die verlorene Zeit mit unseren Fans, aus denen Damian und ich sonst Kraft für diesen ganzen Medienzirkus ziehen, so schnell wie möglich aufholen zu können.

Aber wenn wir heute nicht gewinnen, dann war auch das alles umsonst. Das heute ist, nach unzähligen Verhandlungen, Berufungen und Einsprüchen, unsere letzte Chance, unser Lebenswerk zurückzuerlangen.

Wir haben vor unzähligen Gerichten gestritten. Mal haben wir recht bekommen, mal die Gegenseite. Jetzt haben wir offiziell die letzte Instanz erreicht, deren Urteil alles entscheiden wird, was wohl auch der Grund ist, warum der Gerichtssaal heute vor Reportern nur so wimmelt, die in diesem ganzen Streit nicht im Mindesten nachempfinden können, was für Damian, Caleb und mich auf dem Spiel steht, sondern sich nur auf ihr Narrativ von David gegen Goliath konzentrieren, dem sie schon folgen, seitdem dieser ganze Rechtsstreit begonnen hat.

»Letzte Woche hast du beim Kaffeeholen noch gesagt, diese ganze Gerichtsverhandlung wäre eine Farce.«

Es ist Damians Nonchalance, die wohl das Fass zum Überlaufen bringt, denn in Calebs Gesicht zeichnen sich rote Wutflecken ab, als Damian ganz lässig zu ihm sagt: »Habe ich denn wirklich gelogen?«

»Was, wenn dich jemand gehört und es dann der Presse gesteckt hätte, mh? So was kannst du meinetwegen denken, aber doch nicht in aller Öffentlichkeit laut sagen!«

»Warum nicht?«

»Willst du mich verar-« Caleb bricht ab und starrt Damian an, der ihn nur über den schwarzen Rand seiner Brille hinweg belustigt mustert. Der Moment, in dem Caleb klar wird, warum Damian ihm hier gerade wirklich auf den Wecker geht, sorgt dafür, dass ich die Kameras vor uns fast für einen Augenblick vergesse. Aber eben nur fast. »Oh, du gewiefter Mistkerl.«

»Na, das hat diesmal aber lange gedauert.« Bei Damians Worten klopft Ellie Caleb mitleidig auf die Schulter, während die schuldige Nervensäge selbstzufrieden die Hände in die Taschen seines wild bedruckten Anzugs gleiten lässt, der an Zeitungsausschnitte erinnert und den er mit einem Grinsen heute früh von seiner Stylistin Olivia entgegengenommen hat. Mitzukommen lehnte sie ab, und verübeln kann ich es ihr nicht. Ich wäre gerne auch lieber meilenweit entfernt von hier, aber die Tatsache, dass ich nun mal Roan bin, fesselt mich an diesen Ort, dem ich nicht entkommen kann. »Fühlst du dich jetzt etwas besser?«

»Tatsächlich schon, du manipulative Nervensäge.«

»Immer zu Diensten.«

Gern würde ich mich von der aufgelockerten Atmosphäre anstecken lassen, aber ich kann nicht. Ich bin nicht wie Damian, der gelassen die Dinge auf sich zukommen lässt. Ich bin auch nicht wie Caleb, der kontrolliert die Situation beobachtet und seine Ruhe aus seinem Vertrauen in seine eigenen Fähigkeiten schöpft. Stattdessen fühle ich mich gerade wie auf den Beifahrersitz eines Sportwagens geschnallt, während ich mit zweihundert Sachen über die Autobahn brettere, ohne die Kontrolle über das Fahrzeug zu haben, das jede Sekunde von der Fahrbahn abkommen könnte.

Ich lasse die Hand von meinem Kragen sinken und stütze mich, hoffentlich äußerlich sehr lässig, auf den Tisch, an dem wir mit unseren Anwälten sitzen, die die Köpfe zusammengesteckt haben und leise über irgendetwas beraten, von dem ich keine Ahnung habe. Das Lächeln wird immer schwerer, genauso wie das Atmen.

Tick-Tick-Tick macht die Uhr. *Klick-Klick-Klick* die Kameras.

Und ich? Ich will einfach nur aus vollen Lungen schreien.

Das Rauschen in meinen Ohren wird schlimmer, die Ränder meines Sichtfelds breiter und dunkler. Einatmen. Ich muss einatmen. Meine Lunge aber fühlt sich an wie zerquetscht, und ich klammere mich an die Tischkante, in dem verzweifelten Versuch, mich aufrecht zu halten. Mir ist heiß und kalt zugleich. Mir ist schwindelig und schlecht. Ich will hier raus. Will nicht länger auf dem Beifahrersitz sitzen und auf den Unfall warten. Will nicht länger lächeln und auch nicht länger bangen. Wir wissen, wie schlecht unsere Chancen stehen. Wir wissen, dass wir möglicherweise alles verlieren werden. Ich sehe nur noch verschwommen. Hören kann ich kaum noch etwas. Ich will, dass es vorbei ist. Ich will weg. Weit, weit weg.

»Bitte sag mir, dass ich nicht allen Ernstes verpasst habe, wie Damian Cal auf die Nerven geht.«

Klar wie Gletscherwasser. Vertraut. Eine Stimme, die ich kenne wie meine eigene. Die mich vor unzähligen Abgründen bewahrt hat. Meine Lungenflügel hören zu flattern auf und lassen Luft hinein, wenn auch zögerlich. Meine Worte sind mehr ein Flüstern, aber ich weiß, dass sie sie hört. Weil sie mich immer hört. Auch dann, wenn es sonst niemand tut. Das hat sie schon, als wir beide noch Kinder waren. »Ich fürchte schon.«

»Mist. Ich wusste, ich hätte nicht zum Auto zurückgehen sollen, um diesen dusseligen Eyeliner zu holen.« Ich spüre ihre Knöchel die meine streifen. Eine flüchtige Berührung. Ein Zufall, und doch so überhaupt nicht zufällig. Gefährlich. Leichtsinnig. Bitter nötig. »Sag mir, was ich versäumt habe.«

Ich erzähle es ihr. Ich wiederhole jedes Wort, das gefallen ist, und die Welt wird klarer. Die Kameras tauchen wieder auf. Das Funkeln des Kronleuchters verrät mir, wo oben und unten ist. Die Tischkante schneidet nicht länger in meine Haut, als meine Hand sich entkrampft. Das Rauschen in meinen Ohren wird wieder zum Murmeln der Menschen um mich herum, aus dem ich jetzt sogar wieder vereinzelte Rufe ausmachen kann.

»Roan! Damian! Brandon für die *Daily Post*. Wie fühlen Sie sich heute, wo Sie doch alles verlieren könnten?«

»Roan, haben Sie Angst davor, was passiert, wenn Sie heute nicht gewinnen?«

»Damian, wie ist es so, heute vielleicht Geschichte zu schreiben?«

Ich blende sie alle aus.

Und dann ist *sie* da. Direkt vor mir. Eine Heimat aus Mahagoni, Moosgrün und Dunkelrot.

Ich konzentriere mich auf jedes Detail. Die Strähnen ihres mahagonibraunen Haares, das sie heute in langen offenen Locken trägt, ihrem herzförmigen Gesicht schmeichelt und von dem ich mir als kleiner Junge zwei Hände voll gegriffen habe, um auf die harte Tour zu lernen, wie sehr ich es hasse, wenn sie weint. Das Grübchen direkt neben ihrem dunkelrot geschminkten Schmollmund, für das meine Brüder sie früher aufgezogen haben, weil es sie niedlich aussehen lässt und man nicht niedlich genannt werden will, wenn man gerade versucht, vier älteren Jungs die Meinung zu geigen. Der moosgrüne Kreis am Rande ihrer sonst grünbraunen Iris, als unsere Blicke sich endlich treffen und sie lächelt, so wie schon damals mit zwölf, nachdem ich zum ersten Mal aus dem Schleier meiner Angst zu ihr in die Realität zurückgekehrt bin, an diesem verregneten Novembertag, an dem ich zum ersten Mal begriffen habe, dass alles Glück dieser Welt immer nur geborgt ist.

»Da habe ich ja ganz schön was verpasst, was?«

Ich weiß, ich sollte in ganzen Sätzen antworten. Mein Hirn hingegen formt gerade vor Erleichterung nur ein einziges Wort. »Mia.«

Ihr Lächeln verrutscht nicht. Tut es eigentlich nie. Die Sorge in ihren großen Augen, die sie heute mit hellen und bunten Farben betont hat, erkenne ich trotzdem, als sie mir sanft und nur für wenige Sekunden den Arm tätschelt. Es sagt: *Keine Sorge, ich bin hier*, auch wenn ihre Stimmbänder stattdessen etwas ganz anderes laut aussprechen. Ihre Worte sind nicht an mich, sondern in die Runde gerichtet, um von mir abzulenken, wofür ich ihr gerade unendlich dankbar bin. »Ist der Richter immer noch nicht da?«

Als würde das Universum und nicht nur alle Mitglieder meiner Familie sich ihrem Willen beugen, öffnen sich die Türen und die Gerichtsdiener marschieren herein. Es sind drei, zwei Männer und eine Frau, ihre Arme sind schwer beladen mit den Gerichtsakten dieses Falls, die sie routiniert auf dem Richterpult ablegen. Es gibt unzählige Mappen in verschiedensten Farben. Alle davon Zeugnisse eines Rechtsstreits, der mir noch immer absurd vorkommt, immerhin haben Damian und ich all diese Songs selbst geschrieben. Wie können sie da nicht uns gehören? Unsere Anwälte haben es mir tausendmal erklärt. Irgendetwas von Beteiligungsrechten, Investitionsrückgewinnung und Teilhabe. Verstanden habe ich allerdings nichts davon.

Mit offenem Mund starrt Damian Mia an. »Ich wusste schon immer, dass du eine Hexe bist.«

Ihr leises Lachen löst den Kloß in meinem Hals. »Glaub mir, wenn ich eine wäre, hätte ich dich schon vor Jahren in eine Kröte verwandelt, du Großmaul.«

»Aber ich bin dein Lieblingsgroßmaul, oder nicht?«

»Natürlich.« Mia kneift Damian in die Wange, der es wie jeher einfach über sich ergehen lässt. Meinem ältesten Bruder Bran hat er, als er das damals bei einer von Mamas berüchtigten Grillpartys versucht hat, fast den Arm ausgekugelt. Dabei ist Bran elf Jahre älter und satte zehn Zentimeter größer als Damian. »Wenn dich das besser schlafen lässt, dann halte dich gerne an diesem Irrglauben fest, Dee.«

Die kleine Neckerei meiner Kindheitsfreunde, die Ellie und Caleb mit einem Lächeln beobachten, bringt mich vollständig zurück in die Realität. Mein Herzschlag wird langsamer. Der Nebel in meinem Kopf lichtet sich, und mit einem Mal ist Atmen wieder ein ganzes Stück leichter.

Sollen sie mir doch nehmen, was sie wollen. Sollen sie doch

die ganze Kohle einheimsen und daran ersticken. Sollen sie diesen Namen doch behalten, der Damians und mein Leben seit über einem Jahrzehnt prägt.

Solange wir fünf zusammen sind, kriegen wir alles irgendwie hin.

Einer der Sicherheitsbeamten stellt sich vor dem Richterpult auf und erhebt die Stimme, mit der er es so gerade schafft, sich gegen die Reporter durchzusetzen. »Bitte nehmen Sie für die Urteilsverkündung Ihre Plätze ein.«

Über die Schulter hinweg sieht Mia mich an und nickt mir zu, in ihren Augen die gleiche warme Unverwüstlichkeit wie immer, die sagt: *Ich bin hier, wenn du mich brauchst, komme, was wolle.* Dann zieht sie sich mit Ellie hinter die Absperrung zurück.

Gemeinsam mit Damian und Caleb wende ich mich dem Richterpult zu und drücke die Schultern durch, als der Richter mit seinen zwei Assistenten und flatternder Robe hineineilt. Seine Miene ist unergründlich, aber der leichte Schweißfilm auf seinen Wangen macht mich unruhig. Panik droht mich erneut zu übermannen, aber ich spüre Mias Anwesenheit bis tief in mein Innerstes. Sie ist an meiner Seite, ganz gleich, wo sie auch sein mag. Egal was hier passiert, auf sie kann ich mich immer verlassen.

Denn sie ist meine beste Freundin. Mein Anker und mein Sicherheitsnetz. Wir sind immer füreinander da. Nichts kann daran etwas ändern.

Nicht die Öffentlichkeit. Nicht die Zeit. Nicht all die Dinge, die ich für sie fühle, aber nicht zu sagen wage.

»Setzen Sie sich. Das Gericht verkündet nun sein Urteil.«

2. KAPITEL

Mia

»Setzen Sie sich. Das Gericht verkündet nun sein Urteil.«

»Gott, ich glaube, ich muss kotzen.« Ellie hält meine Hand fest umklammert und zerrt mich auf den unbequemen und viel zu harten Holzstuhl neben sich. Schmerzhaft drückt die Rückenlehne sich gegen meine Wirbelsäule, und ich versuche, nicht das Gesicht zu verziehen, als sie mir jeden einzelnen Finger mit ihrem Klammergriff zu brechen droht. Der Richter, der eh schon zu spät war, lässt sich allerdings Zeit dabei, seine Akten in aller Seelenruhe zu sortieren. Seine Wangen sind puterrot, als er uns alle in der scheinbaren Endlosigkeit dieses spannungsgeladenen Moments verharren lässt. Richter Waldegrave ist ein undurchsichtiger Mann, seine Miene stets neutral und unbeeindruckt, ganz gleich, wie hitzig es auch bei den Verhandlungen zugegangen ist. Nicht ein Mal hat er sich in die Karten gucken lassen, weshalb seine Tendenz in diesem Fall nicht zu erahnen ist, trotz all der Versuche beider Seiten, ihn mit Argumenten und Beweisen zu überzeugen.

»Tief durchatmen«, flüstere ich, um die Stille im Gerichtssaal nicht zu stören, in der selbst das endlose Klicken der Kameras zu einem Hintergrundgeräusch wird. »Alles wird gut.«

»Meinst du?« Der sonst immer positive Sonnenschein unserer Truppe sieht mich unsicher aus großen karamellbraunen Augen an. Sonst ist sie für den ungebrochenen Optimismus zuständig, der uns von einer Gerichtsverhandlung in die nächste getragen und das Wechselbad aus haltloser Euphorie bei einem Sieg und vernichtender Niedergeschlagenheit bei einem Verlust abgefangen hat. Heute aber ist davon nichts zu spüren, und da ich weiß, wie schuldig Roans Stylistin sich wegen Mailand fühlt, kann ich ihr nicht verdenken, dass sie heute eher dreinblickt wie sieben Tage Regenwetter.

»Ja. Ich bin mir sicher.« Bin ich zwar nicht, aber ich werde den Teufel tun, mir das anmerken zu lassen. Die bisherigen Gerichtsurteile zeichnen ein ziemlich ernüchterndes Fünfzig-Fünfzig-Bild, und dass ausgerechnet ein Urgestein von einem Richter, die in diesem Land bisher tendenziell immer eher auf der Seite des Geldes als auf der Seite des Rechts gestanden haben, dieses Urteil fällen soll, beunruhigt mich zusätzlich. Mein Blick wandert zu Roan, der mit durchgedrücktem Rücken auf seinem Stuhl hockt, Damian zu seiner Linken und Caleb zu seiner Rechten. Ich würde gerade alles geben, um da vorn neben ihm zu sitzen und seine Hand zu halten, aber das ist unmöglich. In diesen Hallen bin ich nur sein Make-up-Artist. Dem Hohen Gericht ist es gleich, dass ich Roans Namen vor meinem eigenen sagen konnte und wir, seitdem ich laufen kann, unzertrennlich sind. Vor Gericht zählt nur, was auf dem Papier steht, und ich hoffe, dass diese doch sehr begrenzte Weltanschauung heute nicht endgültig unser aller Schicksal besiegeln wird. »Es *muss* alles gut werden.«

Richter Waldegrave räuspert sich, und Ellie drückt meine Hand so fest, dass ich die Knöchel knacken höre. Caleb legt Roan die Hand auf die Schulter, Damian krallt sich in seinen Unterarm, und ich versuche, einfach weiter zu atmen.

»Oh Gott.« Ellie kneift die Augen zusammen und senkt den Kopf. »Bitte, bitte, bitte, bitte.«

Die Stimme des Richters erklingt, aber ich höre ihm kaum zu, während er in eine Rede verfällt, welche an die fünfzehn Minuten andauert und für alle Anwesenden die bisherigen Geschehnisse in diesem Fall wiederholt. An wie vielen Gerichten wir gewonnen haben. An wie vielen wir gescheitert sind. Die Umstände der Vertragsauflösung. Die vorgelegten Beweise von beiden Seiten bezüglich Urheberrechts, Sachenrechts und Arbeitsrechts.

Ich habe diese Zusammenfassung unzählige Male gehört.

Ich war ein Teil von ihr, habe keine Urteilsverkündung ausgelassen, und zeitgleich versucht, unser neues Label finanziell mit unzähligen Jobs für Magazine, Modenschauen und Veranstaltungen über Wasser zu halten, so wie alle anderen auch, die Caleb gefolgt sind und jeden Penny und jede Minute damit zugebracht haben *Two Lines Entertainment* an den Start zu bringen. Wir alle haben Blut, Schweiß und Tränen investiert. Haben Entbehrungen in Kauf und Verluste hingenommen. Alles für diesen einen Traum, der uns verbindet. Jetzt zu erfahren, ob die durchgelaufenen Schuhe, die zerbrochenen Make-up-Paletten und die schlaflosen Nächte der letzten eineinhalb Jahre für die Katz waren, dafür bin ich nicht bereit.

Aber wenn ich eins gelernt habe, dann, dass das Leben niemals darauf wartet, ob man bereit dafür ist. Es beginnt genauso plötzlich wie es endet.

Und alles, was man tun kann, ist, zu leben.

»In Anbetracht all der vorgebrachten Beweise und unter Berücksichtigung der in diesem Fall bisher gefällten Urteile, kommt dieses hohe Gericht zu dem Schluss, dass die Forderungen von Jonathan Quill, vertreten durch *Quill Music Publishing*, gegenüber Damian Lewis und Roan Webb, vertreten durch *Two Lines Entertainment*, unrechtmäßig sind. Die Gutachten der Gegenseite, die belegen, dass die Arbeitsverträge von Mr Lewis und Mr Webb in einigen Punkten rechtswidrig gewesen sind, zusammen mit dem Umstand, dass die vertraglich festgelegte Strafsumme bei Auflösung des Arbeitsvertrags bereits in voller Höhe entrichtet wurde, bekräftigt dieses Gericht in seiner Entscheidung, weitere Forderungen von Mr Quill als nichtig einzustufen. Das hohe Gericht fordert Mr Quill mit sofortiger Wirkung dazu auf, die Konten der Gegenseite frei- und alle umfassenden Rechte an Mr Lewis und Mr Webb zurückzugeben. Die bisher nicht gezahlten Gewinne sind in voller Höhe an Mr Lewis und Mr Webb auszuschütten. Die Gerichtskosten werden von Mr Quill getragen. Die Gerichtsverhandlung wird mit dieser Urteilsverkündung geschlossen.«

Stille folgt den nüchtern vorgetragenen Worten. Das Klicken der Kameras verebbt wie ein Rinnsal, bevor es ganz verstummt.

Und dann bricht das reinste Chaos aus.

Laute, empörte Rufe von der Gegenseite erklingen. Reporter versuchen, sich aneinander vorbei nach vorne zu drängeln. Das Gericht weist alle mit drohender Stimme an, wieder zur Ruhe zu kommen, leider absolut erfolglos.

Doch alles, was ich höre, ist die dröhnende Stille meiner besten Freunde, die noch immer auf ihren Plätzen sitzen.

Eingefroren. Regungslos. Stumm.

Achtzehn Monate. Achtzehn Monate haben wir gekämpft, gebangt und gehofft.

Und jetzt? Jetzt ist es endlich vorbei.

Ellie neben mir stößt einen Laut irgendwo zwischen freudigem Quietschen und überwältigtem Schluchzen aus, und auch in mir tobt ein Sturm, den ich kaum zu bändigen weiß.

Caleb ist der Erste, der sich rührt. Seine Hand auf Roans Schulter krampft sich so fest zusammen, dass seine Knöchel weiß hervortreten. Damian sackt nach vorn, die Stirn auf Roans Unterarm gelegt, der noch immer stocksteif dasitzt. Sorge macht sich in mir breit, meine Beine kribbeln, wollen mich sofort zu ihm tragen, damit ich mich versichern kann, dass es ihm gut geht. Doch dann endlich kehrt Leben in seinen Körper zurück, und sein Kopf fällt in den Nacken, die langen Strähnen gleichen einem Wasserfall aus nachtschwarzer Dunkelheit, und ich glaube, unter den Lampen im Gerichtssaal ein kristallenes Glitzern in seinen eisblauen Augen zu erkennen.

Wir haben es geschafft. Wir haben es tatsächlich geschafft.

Die letzte Schlacht. Wir haben sie geschlagen und gewonnen.

Wir sind endlich frei.

Es ist dieser Gedanke, der meine Welt dazu bringt, sich wieder zu drehen. Die Gerichtshelfer drängen die Reporter zurück, und einige werden des Raumes verwiesen, während der Richter ein letztes Mal das Urteil zu Protokoll gibt. Ich höre ihm gebannt zu, um nicht den Moment zu verpassen, in dem wirklich alles rechtskräftig wird. Bevor Richter Waldegrave den Saal verlässt, werden wir dazu aufgefordert, uns zu erheben. Mit angehaltenem Atem verharre ich, Ellies Nägel tief in meinem Unterarm, als wir darauf warten, dass die Tür hinter ihm endlich ins Schloss fällt.

Diesmal sind die Gerichtshelfer auf das Chaos vorbereitet, das folgt, und bilden eine unbeugsame Linie aus Körpern, die niemand zu durchbrechen vermag. Alles in mir fleht mich an, es zu probieren, mich trotzdem durch die Flut an Reportern hindurchzuschlängeln, um irgendwie zu den drei Männern zu gelangen, die mir die Welt bedeuten. Aber ich weiß, dass es besser und vor allem sicherer ist, zu warten, bis die Traube sich aufgelöst hat. So wie dort vorne geschubst und gezerrt wird, würden Ellie und ich bestenfalls blaue Flecken und im schlimmsten Fall ernsthafte Verletzungen davontragen, wenn wir es auf einen Versuch ankommen lassen würden. Und das kann und will ich nicht riskieren. Nicht jetzt, wo wir endlich wieder unser Leben zurückbekommen haben und gewiss unzählige Termine auf uns warten, denen ich jetzt schon entgegenfiebere.

Roan und Damian können endlich wieder *Parallel* sein. Diesmal sogar genauso, wie sie es sich immer gewünscht haben. Davon will ich nicht einen einzigen Augenblick verpassen.

Meine Smartwatch vibriert, und ich werfe einen Blick darauf. Die Vorschau auf dem kleinen Bildschirm ist winzig, es reicht jedoch, um die Emoticons darauf zu erkennen, und ich spähe in Roans Richtung. Wie er es geschafft hat, bei all der Aufregung um ihn diese Nachricht zu schreiben, ist mir schleierhaft, dankbar bin ich ihm aber trotzdem.

☀️⚫⭐ : ❗📷ℹ️20🩹🚻➡️5

Damit Ellie auch Bescheid weiß, halte ich ihr meine Uhr mit der Emoji-Abfolge unter die Nase, doch sie runzelt verständnislos die Stirn. »Uhm … okay?«

»Eine Nachricht von Roan. Pressekonferenz in zwanzig Minuten. Treffen uns in fünf Minuten an den Toiletten für eventuelle Touch-ups«, übersetze ich, was für mich nach jahrelanger Übung glasklar ist. Es ist wie ein Code, den nur wir beide verstehen, und allein das macht es zu meiner liebsten Form der Kommunikation zwischen uns, auch wenn die selten getauschten und meist mit verschlafener Stimme geflüsterten Sprachnachrichten, die wir nur ganz selten hin und her senden, ganz dicht dahinter kommen. »Lass uns verschwinden.«

Ich gebe Ellie keine Gelegenheit, noch großartig nach Caleb zu rufen, sondern schnappe mir ihre Hand und sehe zu, dass wir uns unbemerkt davonmachen. Je weniger Leute von uns Notiz nehmen, desto besser.

Der Korridor vor dem Gerichtssaal, in dem noch immer helle Aufregung herrscht, ist gespenstisch leer, und Ellies Turnschuhe machen dieses grässlich quietschende Geräusch, als ich sie über den hellen Marmor in Richtung der letzten Toiletten auf dem langen Flur ziehe. Caleb wird gewiss nicht so dumm sein, Damian und Roan dorthin zu manövrieren, wo es vor Reportern nur so wimmeln wird. An meinem Ziel angekommen lasse ich Ellie los, stoße beherzt die Türen zum Herren-WC auf und spähe hinein.

Keine Menschenseele zu sehen. Perfekt.

»Ich winke die Jungs ran und stehe Schmiere.« Ellie klingt so ernst wie Alistair, der nervenstarke Schotte, den Caleb letztes Jahr als Sicherheitschef eingestellt hat, und der jetzt gerade mit seinem Team in der Vorhalle des Gerichts auf uns wartet. »Ihre Outfits kann ich auch auf dem Weg nach unten richten.«

»Danke, Ellie.«

»Kein Problem.«

Kurz zögere ich, bitte sie aber dann doch um einen weiteren Gefallen. »Kannst du sie mir nacheinander reinschicken? Erst Damian, dann Roan?«

»Natürlich.« Das liebe ich so an Ellie. Sie stellt keine unnötigen Fragen. Stattdessen vertraut sie mir einfach, und allein das macht es mir so leicht, mit ihr befreundet zu sein. Das und die Tatsache, dass Ellie nun mal einfach Ellie ist.

Ich husche in die Herrentoilette hinein und ignoriere den beißend-chemischen Geruch von Reinigungsmitteln, der mich in der Nase kitzelt. Die in die Jahre gekommenen roten Fliesen sind zwar nicht optimal, weil sie das Licht im Raum völlig verzerren, aber ich habe schon unter deutlich schlechteren Bedingungen Touch-ups gemacht, weshalb ich unbeeindruckt ein Desinfektionstuch hervorziehe und damit den Waschtisch säubere, bevor ich aus meinen Manteltaschen mein begrenztes Arsenal an Schminkutensilien zutage fördere. Der Mann vom Sicherheitsdienst hat reichlich sparsam geguckt, als ich in der Vorhalle meine Taschen geleert habe, um durch den Körperscanner zu gehen.

Ich verteile alles auf der Oberfläche des Waschtisches und kontrolliere die wichtigsten Utensilien meiner kleinen Auswahl, bevor Damian und Roan ankommen.

Cushion Foundation und Concealer in beiden Hauttönen? Check. Farbloser Lippenpflegestift für Damian und der leicht getönte für Roan? Check. Blotting Paper für Damian? Check. Eyeliner für Roan und Wattestäbchen, weil meine Hände heute garantiert etwas flatteriger sind als sonst? Check.

Ich schäle mich aus meinem dunkelgrünen Mantel und hänge ihn über eine der Kabinentüren. Dann kremple ich die Ärmel meines zweifarbigen, kurzen Cardigans hoch, damit ich mein neues Lieblingsteil nicht versaue, desinfiziere mir die Hände und warte.

Die Ruhe vor dem Sturm genieße ich, denn auch wenn ich es kaum erwarten kann, meinen beiden engsten Freunden zu diesem Sieg zu gratulieren, weiß ich auch, wie wenig Zeit mir bleibt, um ihr Make-up aufzufrischen. Es wäre bedeutend leichter, wenn wir schon jetzt einen neuen Make-up-Artist für Damian hätten, aber die fängt erst nächste Woche an. Seit Brian uns alle letztes Jahr in Mailand verraten und ans Messer geliefert hat und unsere finanziellen Mittel seitdem sehr begrenzt waren, war das eine Ausgabe, auf die wir bisher verzichtet haben. Zum Glück habe ich, in einem Anflug ungerechtfertigten Optimismus, für den ich Ellie und den ganzen Rotwein, mit dem sie regelmäßig vor meine Tür aufkreuzt, verantwortlich mache, Caleb davon überzeugen können, schon vor dem endgültigen Urteil jemand Neuen einzustellen. Denn so sehr ich Damian auch liebe, für beide gleichzeitig kann ich nicht zuständig sein. Nicht mit der Fülle an Terminen, die gewiss auf uns wartet. Und Roan zu vernachlässigen oder ihn gar zu verlassen, ist keine Option.

Weder jetzt noch sonst irgendwann.

Ich schließe die Augen und atme noch ein paarmal tief ein und aus, um mich zu erden. Bereit bin ich trotzdem nicht, als die Tür zur Herrentoilette auffliegt und Damian mit ausgebreiteten Armen arrogant federnden Schrittes hineinstürzt. Seine Augen sind rot gerändert, aber seine Wangen sind trocken. Er legt ein kleines Schultertänzchen hin.

»Gott, Mia, hast du das Gesicht von diesen Lackaffen gesehen, als der Richter das Urteil verkündet hat?« Damian kommt auf mich zu, legt mir die Hände an die Wangen und drückt mir einen fetten Schmatzer auf die Stirn, was mir ein Lachen entlockt.

»Natürlich nicht, du Schlauberger.« Ich umfasse sein Kinn und wende sein Gesicht dem spärlichen Deckenlicht zu, um zu prüfen, wo ich nacharbeiten muss. Keine Tränenspuren, nur ein bisschen verlaufener Mascara an den Augenwinkeln und wie immer zu dieser Jahreszeit trockene Lippen. »Die saßen mit dem Rücken zu mir.«

»Schade. Ich schwöre dir, das war fast noch besser als das eigentliche Urteil.« Ohne zu mucken lässt Damian sich von mir zum Waschtisch manövrieren, wo ich ihm sofort mit dem Blotting Paper zu Leibe rücke, weil seine T-Zone schon wieder so sehr glänzt. Vielleicht sollte ich seine Gesichtspflege doch noch mal genauer unter die Lupe nehmen. Offensichtlich ist da etwas durch den ganzen Stress der letzten Monate deutlich aus dem Gleichgewicht geraten, auch wenn die T-Zone schon immer Damians Schwachstelle war. »Besonders Tobias. Diese schmierige Schlange ist leichenblass geworden. Sieht so aus, als würde da jemandem endlich mal der Arsch auf Grundeis gehen.«

»Er wird sich aus dieser Nummer genauso rauswinden wie aus allem anderen auch.« Der überschüssige Talg auf Damians Gesicht verschwindet unter der dünnen Schicht Puder aus dem Blotting Paper innerhalb von wenigen Sekunden, und ich drücke Damian den Lippenpflegestift in die Hand, den er großzügig aufträgt, während ich die verlaufene Mascara mit einem Wattestäbchen beseitige. »Aber was mit ihm passiert, kann uns ganz gleich sein. Wir müssen ihn niemals wiedersehen.«

Damian nickt, den Mundwinkel zu einem süffisanten Grinsen verzogen. »Das ist auch besser für ihn.«

»Mach mal halblang, Rambo. Unsere Anwälte haben sich wirklich eine Pause verdient und können sich nicht schon wieder mit einer außergerichtlichen Einigung zwischen euch beiden befassen.«

»Ich weiß, ich weiß. Himmel, manchmal bist du genauso eine Spaßbremse wie Roan.« Damian gibt mir den Pflegestift zurück, als ich den letzten Rest verirrter Wimperntusche entfernt habe, und wendet sich dem Spiegel zu, sobald ich es ihm mit einem bestätigenden Nicken erlaube. Vorsichtig fahren seine Finger durch sein honigblondes Haar, das er hat wachsen lassen. Es ist nicht annähernd so lang wie Roans, aber lang genug, dass es sich um seine Ohren ein wenig kräuselt. Sein Blick trifft meinen in der Reflexion des Spiegels, und in ihm liegt dieses Funkeln, das jeden im Umkreis von zehn Fuß wissen lässt, dass er es faustdick hinter den Ohren hat. »Es war zwar zum Kotzen, ihm Geld in den Rachen schieben zu müssen, aber der Kinnhaken in Mailand war es mir allemal wert.«

»Und mir erst.« Familiär klopfe ich dem Mann auf die Schulter, der schon seit dem Sandkasten wie ein kleiner Bruder für mich ist. »Ihr habt es wirklich geschafft, Dee.« Verräterisch glänzt es in seinen haselnussbraunen Augen, und als er sie diesmal niederschlägt, lasse ich ihn. Momente großer Emotionen waren ihm schon immer unangenehm, und egal wie oft ich auch versucht habe, ihm zu vermitteln, dass es auch als Mann vollkommen okay ist, Gefühle zu zeigen, ist das ein Kampf gegen die Übermacht der Worte seines Vaters, den weder Roan noch Cal oder ich je gewinnen konnten. »Bereit, dich den Wölfen zu stellen?«

Damian braucht einen Augenblick für seine Antwort, aber dann hebt er endlich den Kopf. »Aber sicher. Soll ich dir Roan reinschicken?«

»Sehr gern.« Kurz überlege ich, Damian einmal fest zu umarmen, doch seine noch immer feucht glänzenden Augen halten mich davon ab. »Bis gleich, Dee.«

Er geht, die Hände lässig in die Hosentaschen gesteckt. An der Tür nickt er mir noch mal zu und tritt dann raus auf den Flur. Erneut desinfiziere ich mir die Hände, die jetzt tatsächlich ein wenig zittern, mein Blick ist starr auf die Tür gerichtet.

Diesmal fliegt sie nicht auf. Sie wird sanft geöffnet. Langsam und bedächtig. Und noch bevor ich den ersten Hauch von Mitternachtsschwarz entdecken kann, setzen meine Beine sich ganz von selbst in Bewegung. Meine Sicht verschwimmt, und den Bruchteil einer Sekunde später finde ich mich in einer innigen und sicheren Umarmung wieder. Ich lasse den Tränen jetzt freien Lauf, hatte nicht mal registriert, dass ich sie die ganze Zeit zurückgehalten habe. Schluchzend schlinge ich die Arme um Roans Schultern, sein Geruch nach Meersalz und Holz empfangen mich wie eine willkommene Erinnerung an den Ort, den wir beide Heimat nennen. Er vergräbt sein Gesicht an meinem Hals, und ich fahre mit einer Hand in seine seidigen, schulterlangen, schwarzen Strähnen, die ich über die Jahre schon so oft zwischen meinen Fingern gespürt habe. Er hält mich ganz fest, seine muskulösen Arme sind eng um meine weiche Mitte geschlungen. Tränen tropfen auf mein Schlüsselbein, und ich wiege uns sanft hin und her, um uns beide damit zu beruhigen und zu erden, in diesem Augenblick, in dem unsere Gefühle uns gänzlich zu überwältigen drohen.

»Ihr habt es geschafft. Ihr habt es tatsächlich endlich geschafft, Roan.«

»Nein.« Roans Hand klammert sich in meinen Cardigan. »*Wir* haben es geschafft, Mia. *Wir.*«

»Ja, das haben wir wohl«, presse ich, an dem großen Kloß in meinem Hals vorbei, hervor. Ich weiß, was die letzten Monate ihm abverlangt haben. Weiß, wie hart es für ihn war, nur Roan und nicht Roan von *Parallel* zu sein. Wie die aufgezwungene räumliche Trennung von seinen Fans ihn beinahe in die Dunkelheit seiner eigenen Gedanken getrieben hat. Wie die Ungewissheit an ihm genagt hat. Aber er hat durchgehalten, bis zu diesem Tag, und mein Herz quillt beinahe über, als ich an den kleinen verängstigten Jungen von damals denken muss, der zusammengekauert in der Gartenhütte seiner Eltern gehockt hat, wann immer ihm das Leben zu viel wurde. Dieser Junge ist nur noch eine Erinnerung, ein Schatten des Mannes, den ich jetzt gerade im Arm halte, und der, trotz all seiner eigenen Sorgen, dennoch gesehen hat, was auch ich für diesen Traum, für unseren Traum, geopfert habe. »Ich bin so unfassbar stolz auf dich.«

Sein Atem stockt. Wie das Flattern eines Schmetterlings fühle ich es auf meiner Haut, als er zittrig ein- und wieder ausatmet. Seine Stimme ist noch rauer als sonst, als er flüsternd antwortet: »Danke. Du weißt gar nicht, was mir das bedeutet.«

Doch, das weiß ich. Weil ich Roan kenne. Weil ich ihn besser kenne als mich selbst. Aber davon sage ich kein Wort, lasse meine Tränen einfach weiterkullern, bis ein lautes Klopfen an der Tür uns beide aus diesem Moment herausreißt.

»Noch fünf Minuten«, lässt Caleb uns wissen, und ich löse mich gerade genug von Roan, um ihm in seine eisblauen Augen zu sehen. Sein Eyeliner ist verschmiert. Seine Tränen haben dünne Rinnsale in seiner Foundation hinterlassen. Fünf Minuten werden eine Herausforderung, aber keine, der ich nicht gewachsen bin.

Widerwillig lässt Roan mich los, seine Fingerspitzen fahren zögerlich den Rand meines Cardigans entlang. Doch dann tritt er einen Schritt zurück und geht zum Waschtisch, schiebt mein Arsenal darauf ein bisschen zusammen. Er setzt sich auf die freie Fläche, die langen Beine locker gespreizt, die in der dunkelroten Anzughose endlos aussehen, und zwischen die ich trete, um mit meiner Arbeit loszulegen, die damit beginnt, den verlaufenen Eyeliner zu entfernen.

»Fünf Minuten sind nicht viel«, murmelt er leise, während ich mit der Cushion Foundation und dem Concealer die Tränenspuren verschwinden lasse.

»Das stimmt«, antworte ich genauso leise in den geringen Raum zwischen uns, in dem es sicher, vertraut und komfortabel ist. Ich verweile einen Moment zu lange dort, denn Roans Gesicht ist auch nach Jahren noch unfassbar faszinierend für mich. Es ist eine Komposition aus harschen Linien und weichen Rundungen. Seine Wangenknochen und sein Kiefer stechen messerscharf hervor, seine Lippen und der Schwung seiner Nase hingegen weichen die Härte auf. Seine Augen sind ein Mix aus beidem – ihre Farbe und die inneren Ecken wirken kühl in ihrer Unnahbarkeit, doch die langen Wimpern und die runderen Außenkanten einladend. »Aber wir haben schon ganz andere Sachen zusammen hinbekommen, oder?«

Welche Erinnerung auch immer meine Worte heraufbeschwören, sie bringt Roan zum Lächeln, und ich kann nicht anders, als es direkt zu spiegeln, ein Automatismus, geboren aus all meinen Jahren an seiner Seite, in denen sein Glück, seine Euphorie und seine Träume auch die meinen waren.

»Was?«, frage ich schmunzelnd und wechsle von der Foundation zum Eyeliner, ich bin heilfroh, dass ich ihn doch noch geholt habe.

»Weißt du noch, damals im Lion Pub?«

»Den, den es nicht mehr gibt? Wo jetzt dieses vegane Restaurant drin ist, bei dem wir vor drei Wochen was bestellt haben?«

Roan nickt und schließt die Augen, mit einem Mal völlig regungslos, während er mit leiser Stimme Erinnerungen zurück an die Oberfläche holt. »So ein Typ hat mir in der U-Bahn die Gitarre geklaut, und wir haben ihm nachgesetzt, bis wir sie wiederhatten. Du musstest dann innerhalb von wenigen Minuten einen Look aus dem Hut zaubern.«

»Ich hab dir damals ja gesagt, dass du dein Auto nicht verkaufen sollst, aber du wolltest ja nicht auf mich hören.« Ich lache ob der Erinnerung, die heute amüsant, aber damals einer echten Krise glich. »Es war einer meiner besten Looks. Dabei habe ich bei der Verfolgungsjagd über die Hälfte meiner Sachen verloren, weil mein Rucksack einen Riss hatte, von dem keiner was wusste.«

»Ich weiß noch, wie du das Ding damals wütend in den nächstbesten Mülleimer gefeuert hast, sobald der Gig vorbei war.«

»Und ich weiß noch, wie du mir kurz darauf von der Gage des Abends mein erstes professionelles Case gekauft hast.« Ich ziehe den letzten Strich des Eyeliners mit sicherer Hand, die nicht länger überwältigt zittert. Ein bisschen mit dem Wattestäbchen nacharbeiten muss ich trotzdem.

»Es war jeden Penny wert.« Roan öffnet die Augen, genauestens gewöhnt an die Zeit, die der Eyeliner braucht, um zu trocknen. Er sieht nach oben, als ich nach der Wimperntusche greife. »Den hast du auch echt lange benutzt, oder?«

»Ja. Fast fünf Jahre.« Und er steht noch immer bei mir zu Hause, abgeranzt und unbrauchbar, aber für mich ein wichtiges Erinnerungsstück, das ich nicht aufzugeben gewillt bin, obwohl mein Zimmer in der WG aus allen Nähten platzt. Schon eine Weile will ich mir etwas Eigenes suchen, aber in den letzten anderthalb Jahren blieb dafür einfach keine Zeit. »Es war der beste, den ich je hatte.«

Er räuspert sich und nimmt von mir den Lippenpflegestift entgegen, mit dem er routiniert die Farbe auffrischt. »Fertig?«

»Fertig«, bestätige ich und trete einen großen Schritt zurück, damit Roan vom Waschtisch hüpfen und sich im Spiegel betrachten kann, während ich alles zusammenpacke. Roan reicht mir meinen Mantel, in den ich sogleich schlüpfe und mein Touch-up-Arsenal nachlässig in die Seitentaschen zurückstopfe. Ich muss nicht hinsehen, um zu wissen, dass Roan an der Tür auf mich wartet. Er starrt das dunkle Holz an, als wäre es sein schlimmster Feind. »Bereit?«

Roan schüttelt mit ernster Miene den Kopf. »Nein.« Von der Seite her sieht er mich an und hält mir seine Hand hin, die ich, ohne zu zögern, ergreife, um sie ein letztes Mal zu drücken. »Lass mich nicht allein, okay?«

»Niemals.«

3. KAPITEL

Roan

»Google mal bitte, wie man die Definition des Wortes *tanzen* im Lexikon ändern lassen kann. Ich bin mir nämlich nicht so sicher, ob die noch aktuell ist, wenn ich mir das so anschaue.«

Damian recht zu geben, kommt außerhalb unseres Tonstudios ziemlich selten vor, einfach weil er so ein Vollpfosten ist. Diesmal aber muss ich ihm zustimmen, während meine Augen im Halbdunkel des Clubs auf unser Team gerichtet sind, das die Tanzfläche des schicken Szene-Clubs unsicher macht. Von der Galerie aus, in dem der VIP-Bereich liegt, der durch eine Treppe und von Mitgliedern unseres Sicherheitsteams abgeschirmt wird, ist es leicht, unser Team von *Two Lines Entertainment* unter all den anderen Tanzwütigen auszumachen. Aber selbst wenn ich mich mitten in diesem Gedränge befinden würde, wäre es unmöglich, die Gruppe nicht zu bemerken. Denn sie folgt nicht dem Takt der Musik, sondern stattdessen dem von Ellie, die sich wie immer kopfüber ins Chaos gestürzt hat und wild mit dem Armen rudernd zu irgendeinem Pop-Song tanzt. Mia ist direkt neben ihr, längst gewöhnt an die Eigenarten der Frau, die Caleb liebevoll *kleiner Wirbelwind* nennt. Sie weicht den unkontrolliert umherfliegenden Extremitäten elegant aus, auf ihren vollen, roten Lippen liegt ein Lächeln, von dem ich weiß, dass es ihr Grübchen auf den Plan ruft, auch wenn ich es von hier aus nicht sehen kann. Ihren Mantel und den Cardigan hat sie ausgezogen, bewegt sich nur noch in einer am Bein ausgestellten, schwarzen Hose mit Bügelfalte und einem weißen Top, das sich eng an ihre Kurven schmiegt, zur Musik.

Als würde sie meinen Blick spüren, sieht Mia sich plötzlich suchend um. Sofort lehne ich meine Unterarme auf das Geländer und zeige mich im Scheinwerferlicht, damit sie mich sehen kann.

Unsere Blicke begegnen sich, und ich proste ihr mit meinem Whiskyglas zu, in dem kaum noch ein Tropfen der braunen Flüssigkeit übrig ist, der Alkohol längst von den Eiswürfeln verwässert, die so gut wie geschmolzen sind. Überschwänglich winkt sie mir zu, und ich kann nicht anders, als grinsend zurückzuwinken. Diesmal entdecke ich das Grübchen, als der Scheinwerfer sie trifft und in gleißendes Licht taucht. So als bräuchte sie ernsthaft Hilfe dabei, zu strahlen. So als wäre sie nicht selbst personifiziertes Licht und Wärme, die sich auch in mir ausbreitet, je länger ich sie betrachte.

Ich weiß, wie viele Jahre es sie gekostet hat, dorthin zu gelangen, auf diese Tanzfläche, nur in ein Top gehüllt, das ihre Oberarme zeigt und kein bisschen ihre vollen Brüste kaschiert, beides wunderschöne Vorzüge, die unseren Mitschülern leider stets Angriffsflächen boten und die Mia nur mit verstreichenden Jahren und einer Menge emotionaler Arbeit zu lieben gelernt hat. Sie hier zu sehen, auf dieser Tanzfläche, so unbekümmert und frei, während sie als Teenager in der Ecke gestanden und ihre beginnenden Kurven in unförmigen Pullovern versteckt hat, bedeutet mir mindestens genau so viel wie dieser Sieg, den wir heute im Gerichtssaal errungen haben.

Ungeduldig macht Mia eine Geste, die mich dazu auffordert, zu ihr runter auf die Tanzfläche zu kommen, aber ich schüttle nur den Kopf. Obwohl ich nur zu gern mit unserem Team feiern würde, bin ich abseits der Bühne und vorher erdachten Choreografien nicht der große Tänzer. Schon gar nicht, da ich weiß, dass unzählige Handykameras auf mich gerichtet sind. So ist das leider, wenn man im Fokus der Öffentlichkeit steht. Eine Tatsache, die mich stört, an die ich mich jedoch zwangsweise gewöhnt habe. Heute habe ich nur wenig Lust, die ganze Zeit auf jede Mikroexpression auf meinem Gesicht achtzugeben, oder mich beim Feiern von meiner besten Freundin fernzuhalten. Unsere Glückssträhne, in der uns, wie durch ein Wunder, weder von der Presse noch den Fans etwas angedichtet wurde, werde ich nicht für ein kleines Tänzchen aufs Spiel setzen. Zumal ich mir heute selbst nicht recht über den Weg traue. Ich bin emotional ziemlich aufgewühlt, und mein Versprechen an Damian hallt noch immer in meinen Ohren nach. Also bleibe ich hier, sicher versteckt in den Schatten des VIP-Bereichs, und begnüge mich damit, die Feier von oben zu beobachten, wo ich nur hin und wieder in den Fokus einer Handykamera geraten kann. Mias Nase kräuselt sich auf diese ganz bestimmte Mia-Art-und-Weise, bevor sie mit den Schultern zuckt und sich von Ellie zurück in den Kreis der Ausgelassenen ziehen lässt, in dem die beiden im Mittelpunkt stehen, als der Song wechselt und unsere Truppe ein Geräusch von sich gibt, das locker von einem Wolfsrudel stammen könnte.

Okay, es ist eindeutig besser, dass ich hier oben bleibe.

»Für die Änderung einer Definition muss man schriftlich einen Antrag stellen.« Caleb lacht, seine Schulter dicht an meiner, als er sich neben mich ans Geländer lehnt, sein Lächeln unendlich warm, während er Ellie mit seinen Blicken förmlich auffrisst, die sich an Mia hängt und lautstark einen Song der Spice Girls mitgrölt. »Ich hab mich erkundigt, als ich neben das Wort *Chaos* gerne ein Bild von Ellie drucken lassen wollte.«

»Es ist echt ekelhaft, wie verknallt du immer noch bist, Mann«, scherzt Damian und dreht dem Getümmel unter uns den Rücken zu, ehe er den Kopf in den Nacken legt und den Rest seines Drinks in einem Zug leert. Eis klickt gegen Metall, und einen Moment später folgt ein genervtes Stöhnen, das mich wissen lässt, dass die Flasche Whisky im Eiskübel leer sein muss. »Mach ihr doch einfach gleich einen Antrag.«

»Das habe ich tatsächlich vor. Nicht jetzt, aber irgendwann.«

»Ich würde ja gerne sagen, dass mich das überrascht, aber irgendwie war das klar, wenn man bedenkt, dass sie von Mailand aus eigentlich ja nur *vorübergehend* bei dir einziehen wollte, bis sie was Eigenes gefunden hat, und du sie einfach nie wieder hast gehen lassen.« Damian gibt sich zwar die größte Mühe, einen auf flapsig zu machen, aber der wohlwollende Unterton ist nicht zu überhören. »Tu uns allen einen Gefallen und verbock es jetzt nicht doch noch. Obwohl – sie hat dich gesehen, wie du aussiehst, wenn du Rugby schaust, oder?«

Caleb grinst sein Ellie-Grinsen, das irgendwo zwischen liebenswert und gruselig verklärt anzusiedeln ist, und nickt. »Yup. Sie guckt sogar mit.«

»Dann ist sie genauso hoffnungslos verloren wie du, Mann.«

»Was Damian damit sagen will, ist: Herzlichen Glückwunsch, Cal«, übersetze ich, was mein Sandkastenfreund und Bandkollege mal wieder auf seine ganz eigene Art auszudrücken versucht, und klopfe unserem Manager und bestem Freund auf die Schulter. »Wir freuen uns für dich.«

Sogar unter den bunt-zuckenden Lichtern fällt mir auf, wie Calebs Ohrenspitzen sich rot färben, und er räuspert sich. »Jetzt macht mal halblang. Noch hab ich sie nicht gefragt, und in naher Zukunft habe ich das auch nicht vor. Jetzt haben wir alle erst mal tausend andere Dinge auf dem Zettel. Eine Hochzeit kann ich da beim besten Willen nicht auch noch planen.« Er senkt den Blick zu der silbernen Uhr, die Damian und ich ihm vor Jahren als Dankeschön für den Vertragsabschluss mit unserem alten Label gekauft haben und die er nie ersetzt hat, auch wenn sie längst außer Mode ist. Seine Fingerspitzen fahren über das Zifferblatt, ehe er den Rest von seinem Drink hinunterstürzt und sich kaum merklich schüttelt. »Ich wollte es euch nur sagen. Das ist alles.«

Wie ein Dolch bohrt sich Damians Blick in meinen Hinterkopf, und ich tue mein Bestes, ihn zu ignorieren, während ich Caleb erneut auf die Schulter klopfe, dem die Geheimniskrämerei der letzten Jahre noch immer tief in den Knochen steckt. Seitdem arbeitet er hart daran, völlig transparent für Damian und mich zu sein, wenngleich es ihm, wie jetzt, offensichtlich schwerfällt. »Das wissen wir zu schätzen, Cal.«

»Scheiß auf Pläne. Du kannst auch einfach mit ihr ins nächste Rathaus spazieren«, schlägt Damian vor und entlockt Caleb damit ein entrüstetes Schnauben.

»Ich heirate Ellie doch nicht Holterdiepolter in einem verfluchten Rathaus.«

»Ich fände es passend, aber ganz wie du meinst. Warte nur nicht zu lange damit. Der Zug ist sonst vielleicht irgendwann abgefahren.«

Diese Worte sind nicht an Caleb gerichtet, sondern eine kaum verschleierte Spitze in meine Richtung. Ich will sie ignorieren, doch sie werden zur verführerischen Melodie dieses cleveren Rattenfängers, die mich dazu zwingt, mich umzudrehen und den Mann anzusehen, der mir manchmal bester Freund und schlimmster Feind zugleich ist.

Darauf hat Damian gewartet, so locker wie er sich auf die

dunkelroten Samtcouch gefläzt hat, die Arme auf der Rückenlehne ausgebreitet und die Beine lässig gespreizt, während er mich einfach über den Rand seiner Sonnenbrille hinweg mustert. Er ist das personifizierte Sinnbild des Rapper-Klischees von dem er nur Gebrauch macht, wenn er mir besonders auf den Wecker gehen will.

»Was?«, fragt er mit gespielter Unschuld in der Stimme. »Fühlst du dich etwa irgendwie angesprochen?«

Ich atme tief ein und schließe die Finger fester um das Kristallglas mit dem dezenten Goldrand in meiner Hand. Von den geschmolzenen Eiswürfeln ist es zwar noch kalt, kommt aber kaum gegen die Hitze im Club an, die einen dünnen Schweißfilm auf meiner Haut erzeugt, obwohl draußen Minusgrade herrschen. »Lass den Scheiß, Mann.«

»Ich weiß nicht, was du meinst.« Seine Beine flattern aufgeregt wie die eines kleinen Jungen am Weihnachtsmorgen. Gepaart mit dem Grinsen auf seinen Lippen sieht er aus wie die rundherum zufriedene Nervensäge, die er ist. »Ich habe Caleb lediglich einen brüderlichen Rat erteilt.«

»Aber sicher.«

»Natürlich. Ich kann nichts dafür, dass du dich gleich angepikst fühlst.«

Die letzte Pfütze Whisky stürze ich in einem Zug hinunter und wische mir mit dem Handrücken über den Mund, dankbar über die verwässerte Plörre, die den bitteren Geschmack von meiner Zunge spült. »Fick dich, Dee. Ich bin zu deinen Spielchen heute echt nicht aufgelegt.«

»Jungs«, Caleb tritt zwischen uns, eine Hand beschwichtigend erhoben, »nicht heute, okay? Wir sind zum Feiern hier.«

»Okay, dann keine Spielchen, sondern Klartext. Wäre doch zur Abwechslung mal was.« Damian ignoriert Caleb einfach und rührt sich keinen Millimeter, doch mir kommt es vor, als würde er direkt vor mir stehen, so klar wie ich seine Stimme selbst über die Musik hinweg noch hören kann. »Glaub mal nicht, dass ich vergessen habe, was du mir versprochen hast, Roan. Was du dir selbst versprochen hast.«

Ich knirsche mit den Zähnen und stelle mein Glas auf dem niedrigen Tischchen vor der Couch ab. Die leere Flasche fällt mir ins Auge, und ich greife sie mir. »Ich gehe eine neue bestellen.«

Calebs Blick lässt mich wissen, wie dämlich meine Ausrede ist. Der Kellner schaut hier oben alle fünfzehn Minuten an unserem Tisch vorbei, um sicherzugehen, dass die VIP-Gäste alles haben, was sie brauchen. »Roan, ich kann auch –«

»Lass gut sein, Cal. Ich wollte eh eine rauchen.« Ich schnappe mir mit meiner freien Hand meinen Mantel, der über der Sofalehne hängt. »Ich brauche frische Luft. Dringend.«

»Du bist doch echt so ein Fei-«

Caleb packt sich Damian am Schlafittchen und zerrt ihn auf die Füße, was die Stänkerei des Rappers mit einem überraschten *Uff* beendet. »Gute Idee. Und wir beide schwingen uns auf die Tanzfläche. Ein bisschen Dampf ablassen.«

Ich bin schon außer Hörweite, als Damian seine Stimme wiederfindet, sodass sein Gezeter nur bruchstückhaft bei mir ankommt. Es handelt sich um eine hübsche Auswahl kreativer Schimpfwörter, von denen einige sicherlich auch mir gelten. Darum aber kümmere ich mich nicht weiter, als ich an die Bar trete, hinter denen zwei Mitarbeiter in weißem Hemd und Weste stehen und Drinks mixen. Ich schaffe es so gerade, mir mein Profilächeln ins Gesicht zu tackern, als einer der beiden Männer mich bemerkt und sofort große Augen macht.

»Mr Roan, Sir, kann ich ihnen irgendwie behilflich sein?«

»Wir hätten gerne noch eine Flasche Whisky an unserem Tisch und …« Ich halte inne, erinnere mich an das leere Glas auf dem Tisch, das wie stets links von meinem Platz steht. Mias Glas. »Und einen Pimm.«

Skeptisch sieht der junge Mann mich an, so als wäre er nicht sicher, ob er sich verhört hat. Die übliche Reaktion, wenn man Englands typischen Sommerdrink, bestehend aus einem Gin-basierten Likör, aufgefüllt mit Limonade und garniert mit Minze, Gurke und Erdbeeren, Anfang Dezember bestellt. Aber Mia liebt das Zeug, und wenn man berühmt ist, überschlagen sich die Leute, einem selbst die absurdesten Wünsche zu erfüllen, also was soll's. »Einen Pimm, Sir?«

Wenn Mia eine Pause vom Tanzen einlegt, wird sie durstig sein. »Machen Sie bitte am besten gleich einen Pitcher davon. Setzen Sie es einfach zu allem anderen mit auf die Rechnung.«

»Natürlich, Sir. Wir bringen dann alles an Ihren Tisch.« Unsicher sieht er auf seine Hände, und ich weiß, was jetzt folgt, bevor er es ausgesprochen hat. »Könnte ich vielleicht ein Autogramm bekommen?«

»Klar.« Er hält mir einen Stift hin, nennt mir seinen Namen, und ich kritzle ihn neben meine Unterschrift auf eine Serviette und reiche sie ihm. »Hier. Und vielen Dank für die Mühe mit dem Pimm, Dennis.«

»Das ist doch keine Mühe, Sir!« Der junge Mann steckt sich die Serviette in die Brusttasche und lacht angespannt. »Schade, dass Handys hier oben fürs Personal verboten sind, sonst hätte ich Sie um ein Selfie gebeten.«

»Ja. Sehr schade. Vielleicht ja beim nächsten Mal.« Ich hatte mich schon gewundert, warum Caleb sich ausgerechnet das *Bloody Mary* mit seinen opulenten Rottönen und extravaganten Stuck-Verzierungen ausgesucht hat, in dem die Preise überteuert und das Klientel übertrieben elitär daherkommt. Jetzt weiß ich es. »Einen schönen Abend noch.«

»Ihnen auch, Sir.«

Ich mache mich auf den Weg zur Raucherterrasse und ziehe meinen Mantel über, bevor ich durch die Tür mit den Glasverzierungen hinaus in die kalte Dezemberluft trete. Die Tür fällt hinter mir ins Schloss, und der Lärm des Clubs macht dem nächtlichen Hintergrundrauschen von London Platz, an das ich mich über die Jahre in der britischen Hauptstadt so sehr gewöhnt habe, dass mir die Nächte in meiner Heimatstadt Brixham, untermalt vom Rauschen der Wellen des Ärmelkanals, bei meinem letzten Besuch dort gespenstisch still vorgekommen sind. Die Sterne, die ich mir immer bei uns im Garten auf dem Rücken liegend angesehen habe, sind das Einzige, was ich vermisse, denn durch den Lichtsmog der Metropole sucht man die funkelnden Lichter am Nachthimmel vergebens. Gott, ich kann es kaum erwarten, die Sterne zu betrachten, wenn wir wieder auf Tour sind. Die unterschiedlichen Nachthimmel sind so faszinierend und einzigartig wie die Routen, auf denen ich unterwegs sein werde, von einer Stadt zur nächsten, um meine Fans endlich wiederzusehen. Aus meiner Manteltasche fische ich eine Schachtel Zigaretten und stecke mir schnell einen der Glimmstängel zwischen die Lippen, zünde ihn an und atme den Qualm tief ein.

Auf der Terrasse bin ich allein, doch anders als drinnen halte ich mich hier vom Geländer fern, denn die Terrasse geht zu einer belebten Amüsiermeile Londons raus und das Letzte, worauf ich gerade scharf bin, ist, fotografiert zu werden. Nicht nur, weil ich einfach einen Moment runterfahren muss, sondern auch, weil ich noch immer nicht wirklich weiß, wie ich mich präsentieren soll, mit dieser neuen Freiheit, die ich kaum begreifen kann. Also ziehe ich mich stattdessen in die dunklen Schatten der Hauswand zurück und schließe die Augen, um meiner Stadt zu lauschen und meinen eigenen Gedanken zu entfliehen.

Laute Gesänge von betrunkenem Partyvolk. Gedämpfte Musik aus den verschiedenen Clubs und Pubs, die die Straße säumen. Das Surren von Motoren. In der Ferne der laute Aufschrei einer Sirene.

Versprich es mir, Roan. Ganz egal, wie diese Nummer morgen ausgeht. Ganz egal, was kommt. Versprich mir, dass du Mia endlich sagst, was du für sie empfindest.

Ich ziehe den Qualm tiefer in meine Lungen, unfähig ihn auszustoßen, so wie ich unfähig bin, die Wahrheit zu vergessen, die im Morgenrot dieses Tages ausgesprochen wurde. Wie das Nikotin vergiftet sie mich auf die süßeste Art und Weise, die dafür sorgt, dass Konsequenzen für mich in den Hintergrund treten. Sie ist gefährlich, diese Wahrheit. So unfassbar gefährlich. Dennoch fühlt es sich gut an, sie mit jemandem geteilt zu haben. Sich ihr gestellt zu haben und laut auszusprechen, dass ich starke Gefühle für Mia habe, die über reine Freundschaft hinausgehen.

Keine Ahnung, wann es angefangen hat. Vielleicht mit zwölf, als meine Mutter Monate im Krankenhaus verbringen musste, und sie kaum von meiner Seite gewichen ist? Vielleicht mit sechzehn, als sie bei ihrem ersten Pint Bier die Nase gerümpft und es trotzdem anstandslos getrunken hat, bis ihre Wangen ganz rot waren und sie, stur wie sie ist, nach dem zweiten dann trotzdem mit dem Kopf auf meinem Schoß einschlief?

Ich weiß es nicht. Es ist aber auch ganz egal, denn der Moment, in dem ich es realisiert habe, damals in diesem abgewrackten Ford Granada auf dem Weg nach London, der ist mir auch zwölf Jahre später noch überdeutlich präsent. Und diese Gefühle, die ich seither mit mir herumschleppe, denen wohnt das gefährliche Potenzial inne, meine Welt aus den Fugen zu heben, sobald sie zwischen uns beiden laut ausgesprochen werden. Ich will es wagen, schon so lange. Der Zeitpunkt aber, den habe ich stets verpasst, und auch jetzt ist er suboptimal, Mia noch immer in einer Beziehung und unser aller Karrieren auf der Schwelle zwischen unbekannten Höhen oder unermesslichen Abgründen.

Ich öffne die Augen und betrachte die Glut am Ende meiner Zigarette. Eine Flamme. Mehr braucht es nicht. Eine einzige, klitzekleine Flamme, und aus Gewohnheit wird Inferno.

»Der große Roan Webb mal ohne seine Armada an Bodyguards. Wer hätte das gedacht? Heute muss wohl mein Glückstag sein.« Die weibliche Stimme, die mein Ohr erreicht, ist ungefähr so angenehm wie der schrille Schrei eines Fuchses. »Schön, dich zu sehen, Roan. Es ist lange her.«

Nicht annähernd lange genug. Widerwillig drehe ich den Kopf in die Richtung, aus der die Stimme kommt. Ich will sie nicht ansehen, will sie aber noch viel weniger aus den Augen lassen, als ich die Begrüßung geflissentlich überspringe. »Wie hast du es in den VIP-Bereich geschafft, Julie?«

Julie Presley steht wenige Meter von mir entfernt, locker am Geländer der Raucherterrasse angelehnt. Sie klingt nicht nur wie ein Fuchs, sie sieht auch aus wie einer, mit ihrer langen Nase und dem spitzen Kinn. Ihre dunkelblauen Augen, die mir noch immer einen Schauer über den Rücken jagen, durchbohren mich mit ihrem Blick. »Ich bin gut zahlende Kundin dieses Etablissements.«

Was übersetzt so viel heißt wie: *Ich habe jemanden bestochen, um den Aufgang fürs Personal nutzen zu dürfen.* Meine Augen suchen nach einer Kamera, doch nur weil ich keine entdecke, bedeutet das nicht, dass sie keine bei sich trägt. Für Julie ist es ein Leichtes, eine Kamera zu verstecken, von einem Diktiergerät mal ganz zu schweigen. »Natürlich. Was anderes hatte ich von der erfolgreichsten Klatschreporterin Londons nicht erwartet.«

»Dein Lob ehrt mich sehr.« Die spinnengliedrigen Finger legt sie sich über das Herz, von dem ich weiß, dass sie es nicht besitzt, während sie in schlecht gespielter Demut den Kopf neigt. »Ich bevorzuge allerdings den Ausdruck *Investigative Journalistin im Lifestyle-Bereich*.«

»Entschuldige bitte«, zwinge ich mir über die Lippen und bemühe mich um das Lächeln, an dem ich die Pressewelt die letzten Jahre habe abprallen lassen. »Dann wünsche ich dir noch einen schönen Abend, Julie.«

»Wenn ich es nicht besser wüsste, würde ich denken, du fliehst vor mir, Roan.« Sie kommt zu mir herüber, die Absätze ihrer Schuhe klackern laut, als sie berechnend einen Fuß vor den anderen setzt. »Du nimmst mir das von damals doch wohl nicht immer noch übel, oder?«

Das von damals. Sie sagt es so nonchalant. So als wäre nichts gewesen. Als würde das, was damals passiert ist, mir nicht heute noch den kalten Angstschweiß auf die Stirn treiben.

»Du meinst, dass du nachts, während ich geschlafen habe, in meine Wohnung eingebrochen bist, Fotos von mir gemacht und persönliche Gegenstände entwendet hast, um das alles in deiner Story als Drogenhöhle zu verkaufen, was mir die Polizei auf den Hals gehetzt und meine Karriere fast beendet hat, bevor sie richtig anfangen konnte? Das, wo ich tagelang in Untersuchungshaft saß, während deine lieben Kollegen meiner Familie aufgelauert haben, um mehr über mich zu erfahren, bis dann endlich rauskam, dass du das alles nur für Klicks inszeniert hast, du selbst aber völlig unbehelligt geblieben und dafür deinen Fotografenkollegen über die Klinge hast springen lassen?« Sie bleibt vor mir stehen, mit ihren Absätzen mit mir auf Augenhöhe, was es mir schwermacht, mein nichtssagendes Presselächeln an Ort und Stelle zu halten, obwohl ich nichts lieber will, als meinen Hass für diese Frau an die Oberfläche zu lassen. Doch genau das ist es, was sie sich wünscht. Dass ich die Fassung verliere und sie eine Story bekommt, die sich gut verkaufen lässt. Ich spüre einen Hauch von Genugtuung, als sie in die Tasche ihres schwarzen Mantels greift, den sie über ihrem knappen Glitzerkleidchen trägt, und ich das kleine, aber unverkennbare Klicken eines Diktiergeräts höre, das abgeschaltet wird. »Natürlich nicht. Warum sollte ich auch, nicht wahr?«

»Freut mich, dass du das heute so sehen kannst.« Ihre rot geschminkten Lippen lächeln freundlich, und es dreht mir den Magen um. »Manchmal muss man die Vergangenheit auch einfach ruhen lassen. Vielleicht kannst du ein gutes Wort bei Mister C einlegen, dass er mich von der roten Liste nimmt, und ich endlich wieder an euren Pressekonferenzen teilnehmen kann, anstatt dir in Clubs aufzulauern, nur um ein Statement zu bekommen?«

Wir wissen beide, dass ich das niemals tun werde. Nicht wenn genau diese Liste mir diese Frau die letzten Jahre erfolgreich vom Leib gehalten hat. »Ich gebe heute keine Statements mehr. Du wirst es dir wohl oder übel morgen in einer anderen Zeitung durchlesen müssen.«

»Zu schade. Dabei wollte ich so gerne wissen, was es euch gekostet hat, Richter Waldegrave, der bisher immer eher für große Konzerne und gegen die Kläger entschieden hat, auf eure Seite zu ziehen.«

Die Implikation ihrer Worte ist deutlich, und es kostet mich alle Selbstbeherrschung, ihr nicht an die Gurgel zu gehen. Meine nicht einmal halb gerauchte Zigarette drücke ich aus, nur um ihr so schnell wie möglich zu entfliehen. Ich stoße mich von der Wand ab und schlage den Kragen meines Mantels hoch, ehe ich mich an ihr vorbei Richtung Tür schiebe. Mein Fell ist momentan nicht dick genug, mein Innerstes zu ungeschützt, als dass ich mich noch länger mit ihr auseinandersetzen könnte.

»Was, kein Kommentar?« Julie folgt mir, das *Klack-Klack-Klack* ihrer Absätze erinnert mich an das *Klick-Klick-Klick* der unzähligen Kameras im Gerichtssaal, und meine Welt droht an den Rändern wieder zu verschwimmen. »Wie sagt man so schön, keine Antwort ist auch eine Antwort?«

Ich weiß, dass sie mich nur zu provozieren versucht, denn ein Schweigen kann sie nicht zitieren, in seine Einzelteile zerlegen und dann in völlig falschem Kontext veröffentlichen. Also presse ich die Lippen aufeinander und lasse Londons Nachtleben sich endlos zwischen uns ausdehnen.

Julie spitzt die Lippen, ein eindeutiges Zeichen, dass sie sich von dieser ganzen Sache hier viel mehr versprochen hat, und allein das verleitet mich zu einem ehrlichen Lächeln, das allerdings augenblicklich erstirbt, als die Tür zur Raucherterrasse geöffnet wird und mir vertrautes Grünbraun entgegenblickt.

Mia schlingt die Arme fester um sich und tritt hinaus auf die Terrasse. »Roan, ist alles okay?«

»Na, wen haben wir denn da?«

4. KAPITEL

Mia

Dieses Hochgefühl, es ist wie ein Rausch.

Klamm haftet meine Kleidung an meinem Körper, genauso wie mir das Haar in Strähnen an der Stirn klebt. Menschen drängen sich aneinander, die Musik dröhnt in meinen Ohren, und ich kann nicht aufhören zu lächeln, als die Beats mein Herz und meine Seele zu einer Einheit verschmelzen lassen. Es ist selten, dass wir so zusammen ausgehen können, unser Leben haben wir stets auf der Überholspur des Showbusiness verbracht, das kein Halten kennt. Wann ich das letzte Mal die Gelegenheit hatte, auf einer Tanzfläche zu einem Spice-Girls-Song aus den Neunzigern meine Ängste und Anspannung wegzutanzen, weiß ich schon gar nicht mehr. Die letzten eineinhalb Jahre sind ein verschwommenes Wackelbild aus spannungsgeladenen Gerichtsterminen, der Hektik der Backstagebereiche unzähliger Laufstege, Brautzillas, die mir beim Probeschminken einen Look abgesegnet haben, nur um ihn dann am Hochzeitstag selbst komplett über den Haufen zu werfen, und den wenigen Minuten abends im Bett, in denen ich die Termine für den nächsten Tag gebucht und gecheckt habe, bevor der Schlaf mich übermannt hat. Momente wie dieser, in denen ich einfach mal Spaß haben kann, waren selten in letzter Zeit, und deshalb genieße ich es umso mehr, mich einfach in die Musik und die Energie um mich herum fallen zu lassen, die die vergangenen Wochen und Monate wie eine heiße Dusche von mir waschen.

Ich gerate gehörig ins Wanken, als Ellie sich an mich hängt, doch es stört mich nicht im Geringsten. Stattdessen schlinge ich die Arme um ihre Mitte und wiege mich mit ihr zum Beat. Zumindest versuche ich es, denn Ellie folgt wie immer ihrem ganz eigenen Takt, als sie alle von *Two Lines Entertainment* dazu kriegt, lautstark den Text des bekanntesten Songs der ikonischen britischen Girl Group mitzugrölen. Ellies Euphorie ist berauschend wie der süßeste Likör, und ich kann nicht anders, als mich von ihr mitreißen zu lassen, in diese Welt, in der die Gerichtsverhandlung heute Nachmittag wie eine weit entfernte Erinnerung wirkt. Ihre nassgeschwitzte Wange schmiegt sich gegen meine, und mit einem Mal umarmt sie mich so fest, dass mir fast die Luft wegbleibt.

»Wir haben es wirklich geschafft!«, quietscht sie mir ins Ohr, und ich streiche ihr beruhigend über den Rücken, denn das Zittern in ihrer Stimme macht auch mich ganz rührselig. »Es ist wirklich vorbei.«

»Das ist es. Endlich.« Ellie löst sich gerade weit genug von mir, dass ich ihr ein paar der wild verirrten Strähnen zurück hinters Ohr streichen kann, die wie immer aus ihrem Dutt heraushängen. »Danke, Ellie. Ohne dich hätte ich die letzten anderthalb Jahre nicht überstanden.«

Meine beste Freundin blinzelt hektisch. »Ohne mich hättest du die letzten anderthalb Jahre gar nicht durchmachen müssen.«

»War ich es, die dich nach Mailand eingeladen hat, oder nicht?«

Fest presst sie die Lippen aufeinander, auf denen nur noch ein kläglicher Rest Lipgloss klebt, und ich nehme mir vor, ihn bei unserer nächsten Toilettenpause für sie aufzufrischen. »Schon, aber –«

»Ellie, das alles ist nicht deine Schuld. Genauso wie es nicht Calebs Schuld ist. Ihr zwei habt lediglich etwas beschleunigt, das eh längst überfällig war, und egal wie hart die letzten anderthalb Jahre auch gewesen sein mögen, ich bin froh, dass wir endlich weg von diesem Label sind und gemeinsam von vorne anfangen können. Und das mit den Lügen haben wir doch geklärt, oder nicht? Es war nicht richtig, aber es ist vergeben und vergessen.« Ich streiche über ihre nackten Schultern und nicke ihr aufmunternd zu, als sie mich untypisch verunsichert hinter dichten Wimpern betrachtet. »Dieser Neuanfang war bitter nötig, und ich bin froh, dass wir alle es diesmal richtig machen können. Ich bin mir sicher, dass es den anderen genauso geht. Sonst wären sie nicht hier.«

Auf meine Geste hin sieht Ellie zu Olivia, Rhonda und Amir, dem Rest des Stylingteams, die schon unter *Quill Music Publishing* und in Mailand bei uns waren und gemeinsam mit uns alles hingeworfen haben, als die große Bombe auf dem Abschlussbankett von *Prada* geplatzt ist. Sie sind zum Abendessen zu uns gestoßen und lassen es gerade zum Part von Mel B ordentlich krachen.

Sie alle haben dem alten Label den Rücken gekehrt und sind Caleb gefolgt. Sie alle haben, wie Ellie und ich, unzählige Jobs angenommen, um *Two Lines Entertainment* über Wasser zu halten und die nötige Sicherheit für Investoren zu schaffen, während die Konten von Roan, Damian und Caleb eingefroren und sie damit beschäftigt waren, unser aller Leben wieder auf die richtige Bahn zu lenken und mit den Büroräumen, dem Album und der geplanten Tour ein *Danach* vorzubereiten, in dem wir schnellstmöglich zu den Dingen zurückkehren können, die wir alle so sehr lieben. Niemand von ihnen ist je eingeknickt oder hat angedeutet, diese Entscheidung bereut zu haben. Wasim, der im letzten Jahr ist, wollte sich heute eigentlich auch anschließen, aber seine Abschlussprüfungen und sein Praktikum halten ihn mehr oder weniger im Würgegriff, sodass wir auf den ehemaligen Assistenten von Olivia verzichten müssen. Aber wir hoffen alle, dass er nach seinem Abschluss wieder zu unserem Team dazustößt, jetzt, wo wir gewiss wieder in Arbeit ertrinken werden. Und auch Yui, Roans ehemalige Stylistin, für die Ellie damals eingesprungen ist, hat angekündigt, als Assistentin ihrer Nachfolgerin eine Halbtagsstelle anzutreten, sobald ihre geplante Elternzeit vorüber ist.

Wären die letzten eineinhalb Jahre nicht so ein Albtraum gewesen, könnte man fast meinen, das alles wäre zu schön, um wahr zu sein.

Wieder zieht Ellie mich in eine Umarmung, und diesmal bleibt mir tatsächlich die Luft weg, zumindest bis Calebs große Hände sie sanft, aber bestimmt von mir lösen.

Ich huste gespielt, so als hätte sie mich mit ihrer Umarmung wirklich halb erstickt, und Damian ist natürlich der Erste, der in meine Theatralik einsteigt und mir übertrieben besorgt auf den Rücken klopft. Tatsächlich wird das Atmen etwas leichter, weil uns jetzt eine Schar von Bodyguards umgibt und uns auf der überfüllten Tanzfläche etwas Raum verschafft. Es ist traurig, dass Damian und Roan nirgendwo ohne sie hingehen können, aber in Augenblicken wie diesen ist es nicht das Schlechteste. »Danke, Cal. Du bist ein Lebensretter.«

Caleb grinst mich an, das Kinn auf den Kopf seiner Freundin gebettet, die schmollend die Unterlippe vorschiebt und mich aus verengten Augen mustert, was sie aber schnell aufgibt, als der Mann, in den sie noch immer bis über beide Ohren verknallt ist, die Arme fest um sie schlingt und ihren Rücken ganz nah an seine Brust zieht. »Immer wieder gern. Ich kann ja nicht riskieren, dass meine beste Make-up-Artist das Zeitliche segnet.«

»Du meinst wohl deine einzige Make-up-Artist. Wie unglaublich rücksichtsvoll und überhaupt nicht eigennützig von dir.« Da Damian und Caleb hier sind, suche ich sofort nach Roan, doch sein schwarzer Haarschopf ist nirgends zu sehen. »Wo habt ihr Roan gelassen?«

Damian öffnet den Mund, doch Caleb kommt ihm zuvor. »Er ist eine rauchen«, sagt er und wirft Damian einen drohenden Blick zu, der mich in Kombination mit dem lauten Schnalzen seiner Zunge wissen lässt, dass offensichtlich mehr dahintersteckt, als Caleb mir auf der überfüllten Tanzfläche mitteilen will. »Außerdem kennst du doch Roan. Er ist und bleibt ein Tanzmuffel.«

Das stimmt zwar, aber normalerweise lässt Roan sich zumindest einmal am Abend von irgendeinem von uns mitreißen. Heute hat er sich allerdings noch nicht ein einziges Mal hier unten blicken lassen, und das, obwohl alle in ausgelassener Hochstimmung sind. »Soll ich mal nach ihm sehen?« Damian legt grübelnd den Kopf schief, und ich werde aus dem verschlossenen Ausdruck auf seinem Gesicht nicht so richtig schlau. »Okay, was ist hier los?«

»Nichts ist los«, entgegnet Caleb etwas zu schnell, und ich habe auf einmal ein ganz mulmiges Gefühl. Und dann macht es Klick.

Ich wende mich Damian zu. »Habt ihr zwei schon wieder gezankt?« Die Art, wie er den Kiefer anspannt, ist Antwort genug. »Heute? Wirklich? Ihr seid echt unmöglich. Alle beide. Könnt ihr an so einem wichtigen Tag nicht zur Abwechslung einfach mal friedlich sein? Wir sind doch wohl nicht mehr im Kindergarten, verflucht noch eins.«

»Mia!«

Meine Schimpftirade wird jäh unterbrochen, als Alistair beiseitetritt, um Trevor Platz zu machen, der direkt auf uns zukommt. Meinem festen Freund. Den ich komplett vergessen habe.

»Na Gott sei Dank«, murrt Damian, und ich verpasse ihm beherzt eins gegen das Schienbein. So viel zum Thema, dass wir nicht mehr im Kindergarten sind.

»Trevor.« Ich küsse ihn auf beide Wangen, nachdem er mich erreicht hat, und lächle ihn an, auch wenn ich gedanklich längst wieder oben im VIP-Bereich und bei Roan bin. »Was machst du denn hier?«

Mein Freund zieht die Stirn in Falten und fischt sein Handy hervor, das er mir unter die Nase hält. »Du hast mich eingeladen, schon vergessen?«

Ich schlinge meine Finger um sein Handgelenk und bringe das Handy näher an mein Gesicht, um Zeit zu schinden, denn wenn die Leute denken, dass man Probleme beim Sehen hat, sind sie normalerweise geduldiger als mit jemandem, der einfach nur sehr langsam lesen kann. Als Roan heute auf dem Weg zum Restaurant diese Nachricht für mich getippt hat, damit sie fehlerfrei ist, hat er mich noch mal daran erinnert, dass ich Trevor endlich von meiner Legasthenie erzählen soll. Aber einem Anglistik-Doktoranden diese Schwäche direkt beim ersten Date zu offenbaren, kam mir damals alles andere als clever vor, und nun sind wir schon knapp zwei Jahre zusammen und der Zug erscheint mir jetzt mehr als abgefahren.

Wir haben gewonnen!

🏫🎓🐸: Glückwunsch! Sollen wir das heute feiern?

Gehen heute Abend mit dem gesamten Team ins Bloody Mary.

Etwas verdattert sehe ich Trevor an. Wie er das als Einladung verstanden haben kann, will mir beim besten Willen nicht wirklich in den Kopf, aber als er mich bis über beide Backen anstrahlt, bringe ich es nicht übers Herz, ihn darauf hinzuweisen. Außerdem ist Trevor ein lieber Kerl, der auf diese typische nerdige Art und Weise irgendwie süß ist mit seiner runden Brille und den karierten Jacketts mit den ledernen Aufnähern an den Ellenbogen, von denen er sogar jetzt, in einem der hipsten Szene-Clubs der Stadt, eins trägt. Ein bisschen abgehoben und versnobt vielleicht, der ehrlich schockiert von der Tatsache wirkte, dass meine Eltern noch immer den Kredit fürs Haus abbezahlen, und sich meine Ausbildung nach der Schule nicht leisten konnten. Aber trotzdem irgendwie lieb.

»Entschuldige, das habe ich wohl vergessen.« Ich lasse Trevors Handgelenk los und lächle ihn an. »Heute war ein völlig verrückter Tag.«

»Das kann ich mir vorstellen.« Trevor dreht sich zu Damian, wie immer vollkommen blind für sämtliche Social Cues, die nicht im Knigge festgelegt sind, die jedem anderen, der Damians wütend funkelnde Augen und seine geblähten Nasenflügel gesehen hätte, von einer Konversation mit dem Rapper abgeraten hätten. Mein Freund jedoch streckt ihm die Hand entgegen und schlägt dann noch kompliziert mit dem honigblonden Haudegen ein, der den Doktoranden wie immer ansieht, als wäre er von einem gänzlich anderen Planeten. »Glückwunsch, Bruder. Voll krass, wie ihr diese Hunde gerippt habt.«

Ich bemühe mich inständig, bei Trevors elitär-herablassendem Versuch der Kommunikation auf Augenhöhe – zumindest in seiner Wahrnehmung – nicht zusammenzuzucken.

Damian hat da weniger Skrupel und zieht die Braue mit dem hineinrasierten Schlitz bis an den Haaransatz hoch. Er konnte Trevor von Anfang an nicht ausstehen, weshalb ich ihn so gut wie nie irgendwohin mitgebracht habe, wo die beiden aufeinandertreffen konnten. Fairerweise war Damian noch nie sonderlich begeistert von einem meiner Freunde, aber besonders Trevor scheint ihm gegen den Strich zu gehen, von dem er schon eine sehr uncharmante Kröten-Karikatur gezeichnet hat, die direkt neben der vom Tobias-Geier als hübscher Digital-Print an einer Wand im Loft hängt. »Danke. Aber unser Sieg war nur mehr als recht, wenn man die vorgelegten Beweise und die Verzahnung diverser Arbeits- sowie Persönlichkeitsrechtsverletzungen auf der Gegenseite in Betracht zieht, Trevor.«

Überrascht blinzelt mein Freund, der zwar weiß, dass Damian mit sechzehn von der Schule abgegangen ist, um mit Roan und mir nach London zu gehen, der aber keine Ahnung hat, dass sein Zimmer im Loft vor Büchern unterschiedlichster Genres aus allen Nähten platzt, und er lieber Dokumentationen als Filme und Serien schaut. »Oh.«

»Ja, oh.« Damian klopft ihm gegen den Oberarm, und ich bin mir sicher, dass Trevor sich vor dem Rapper gerade klitzeklein fühlt, obwohl er ihn um einige Zentimeter überragt. »Mach dir nichts draus. Britisches Recht ist auch wirklich undurchsichtig.«

»Das stimmt wohl.« Trevors Worte klingen hohl, und beschämt stehen wir beide da. Trevor, weil Damian ihn derartig vorgeführt hat, und ich, weil Trevor sich meinem Sandkastenfreund gegenüber derartig herablassend benimmt.

Der Beat, der mich gerade noch davongetragen hat, hämmert jetzt unangenehm in meinem Schädel, und ich räuspere mich, weil meine Kehle plötzlich ganz trocken ist. »Ich sollte wirklich nach Roan sehen.«

Caleb nickt. »Mach das.«

Ellie stimmt schnell ein, und ich bin ihr dankbar dafür, dass der fröhliche Singsang ihrer Stimme die Anspannung in unserem kleinen Kreis durchbricht. »Und sag ihm, dass ich beleidigt bin, wenn er sich nicht wenigstens ein Mal auf der Tanzfläche blicken lässt.«

»Ich richte es ihm aus.« Die Wand aus Bodyguards öffnet sich, und ich versuche, Alistairs mitleidigen Blick zu ignorieren, als ich mich an ihm vorbei in Richtung der Treppe zum VIP-Bereich schiebe, wo Scott und Ibrahim Wache halten. Doch bevor ich den ersten Fuß auf die unterste Stufe setzen kann, werde ich herumgerissen und sehe mich wieder Trevor gegenüber, der nun nicht mehr bis über beide Backen strahlt. Tatsächlich sieht er jetzt gerade einfach nur schrecklich wütend aus.

»Das ist jetzt nicht dein Ernst, oder?«

Bestimmt entziehe ich Trevor meinen Arm und lasse Ibrahim, der den Anschein macht, als wolle er ihn lynchen, mit einer Geste wissen, dass alles okay ist. »Ich fürchte, ich kann dir nicht ganz folgen?«

»Ich bin gerade erst angekommen, und du hast nichts Besseres zu tun, als dich um deinen Klienten zu kümmern? Nachdem wir uns die letzten zwei Wochen überhaupt nicht gesehen haben?«

»Trevor, ich habe dir schon mehr als einmal erklärt, dass Roan nicht mein Klient – «

»Jaja, der Typ ist nicht dein Klient, sondern dein Kindheitskumpel. Schon klar. Ist angekommen. Immerhin hast du es in den letzten zwei Jahren oft genug erwähnt, wobei ich dich anderthalb davon ja kaum zu Gesicht bekommen habe.« Trevor spricht so schnell, dass ich ihn kaum verstehen kann, und es grenzt an ein Wunder, dass er keinen Schaum vor dem Mund hat. »Braucht er wirklich im VIP-Bereich jemanden, der nach ihm sieht? Gibt es da oben nicht Leute, die genau dafür bezahlt werden?«

»Roan mag keine Partys.« Warum ich lüge, weiß ich nicht, aber diese Halbwahrheit kommt mir wie von selbst über die Lippen, weil ich das Gefühl habe, meinen besten Freund verteidigen zu müssen, der sich auf Tanzflächen zwar nicht heimisch fühlt, der Partys sonst aber eigentlich schon allein wegen der Musik zu schätzen weiß. »Außerdem ist es ein Unterschied, ob Freunde nach einem sehen oder Fremde.«

»Aber kann das nicht wer anders machen?«

»Nein.« Mir ist klar, dass die Antwort viel zu schnell kommt, als Trevor trotzig die Arme vor der Brust verschränkt. »Ich kenne Roan einfach am besten.«

»Tust du das? Soso.«

Bei seinem Ton stellen sich mir die Nackenhaare auf. »Was soll das denn bitte heißen?«

»Das weiß ich nicht, Mia.« Übertrieben zuckt er mit den Achseln. »Verrat du es mir.«

Für diesen Unsinn habe ich beim besten Willen weder die Zeit noch die Geduld. »Ich gehe jetzt nach Roan sehen.«

»Wenn du einen Fuß auf diese Treppe setzt, dann sind wir Geschichte.«

Demonstrativ stelle ich einen Fuß auf die unterste Stufe. Es gibt nichts und niemanden auf dieser Welt, für den ich Roan hintenanstellen würde. Nichts und niemanden.

»Dann sind wir das wohl.« Ich steige die ersten Stufen hinauf und drehe mich nicht um.

Nicht einmal, als ich höre: »Was für eine Verschwendung meiner Zeit. Dann lauf ihm halt nach. So als hätte jemand wie er für eine dicke Kuh wie dich mehr als nur Mitleid übrig.«

Ich habe in meinem Leben schon weitaus Schlimmeres an den Kopf geworfen bekommen. Es tut nicht einmal mehr weh. Trotzdem erwische ich mich dabei, wie meine Beine mich schneller die Treppe hinauftragen. Diesmal nicht allein aus

Sorge, sondern weil ich meinen Lieblingsmenschen sehen will. Den Menschen, der mit einer einzigen Umarmung hässliche Worte wie diese, geformt von einer Gesellschaft, in der eurozentrische Schönheitsideale herrschen, und die jemanden wie mich damit zum Abschuss freigeben, gänzlich verschwinden lassen kann.

Kaum setze ich einen Fuß in den VIP-Bereich, ist schon Personal zur Stelle, um mich zu begrüßen, und ich nicke ihnen freundlich zu, beeile mich jedoch, an unseren Tisch zu kommen. Dieser liegt jedoch gänzlich verlassen da, und für einen kurzen Augenblick spüre ich eine Welle der Panik, bis ich mich daran erinnere, dass Caleb sagte, Roan wäre eine rauchen. Ich greife mir meinen Cardigan, halte aber kurz inne, als ich den Pitcher voller Pimm auf dem Tisch entdecke. Sofort muss ich lächeln, denn auch, ohne zu fragen, weiß ich genau, wer ihn bestellt hat. Es ist eine Kleinigkeit, aber es ist eine Kleinigkeit, die sich jetzt gerade wie ein tröstendes Pflaster auf die frisch geschlagene Wunde legt, die weiter aufzureißen droht, je länger ich Zeit habe, über Trevors Worte nachzudenken. Ich habe lange gekämpft, um mich in meiner Haut wohlzufühlen, und das werde ich mir nicht kaputtmachen lassen. Mit Mobbern wie ihm, die verbal um sich schlagen, wann immer sie sich in ihrem Stolz verletzt fühlen, habe ich immerhin genug Erfahrung. Also versuche ich, seine Gemeinheiten einfach abzuschütteln, und treibe meine Beine noch schneller in Richtung Raucherterrasse, deren Türen ich überschwänglich öffne.

Die Kälte dieser Dezembernacht fällt mich mit schwarzen Klauen an, und ich brauche einen Augenblick, um irgendetwas anderes wahrzunehmen als die Minusgrade, die in Millisekunden durch meine Haut bis in meine Knochen dringen. Doch als wieder mehr Gedanken einen Raum bekommen als *arsch-*

kalt, kriege ich aus einem völlig anderen Grund eine Gänsehaut.

Roan schreitet direkt auf mich zu. Er hat die Schultern hochgezogen und den Kragen seines Mantels aufgeschlagen, während er mit langen Schritten regelrecht vor der Frau flieht, die ihn zu verfolgen scheint. Ich kenne sie nicht, denn an ihr fuchsartiges Gesicht und ihre langen Glieder würde ich mich erinnern. Ebenso wie an ihre Augen, die gerissen und gemein funkeln, obwohl sie einen wunderschönen und tiefen Dunkelblauton haben. Ihre Lippen sind gespitzt, und sie wirkt sehr unzufrieden, was in starkem Kontrast zu Roans Lächeln steht, das selbstzufrieden und gänzlich deplatziert erscheint, während er schnurstracks auf die Tür zuhält.

Irgendetwas stimmt hier so ganz und gar nicht.

»Roan?«, frage ich in die eisige Nacht hinein, weil ich mir auf diese ganze Sache keinen Reim machen kann und ich meinen besten Freund so schadenfroh und gehässig noch nie erlebt habe. »Ist alles okay?«

Eisblau und Dunkelblau richten sich beide auf mich, und das Lächeln auf Roans Zügen verschwindet augenblicklich, während es sich nun auf den rot geschminkten Lippen der blonden Frau ausbreitet.

»Na, wen haben wir denn da?«

Ich erschrecke, denn Roan legt die Distanz zwischen uns in Rekordzeit zurück und reißt sich beinahe den Mantel vom Leib, in den er mich hüllt, sobald ich in Reichweite bin. »Roan, was ist los?«

»Wir gehen rein.« Die Endgültigkeit seiner Worte ist mir genauso fremd wie der feste Griff, mit dem er mich an den Schultern zurück in Richtung Club schiebt. »Jetzt.«

»Willst du uns einander gar nicht vorstellen?« Die blonde Frau mit dem feinen, schulterlangen Haar setzt uns nach, und alles in mir schreit *Gefahr! Bleib weg von ihr!*, doch ehe ich diesem Gefühl tiefer auf den Grund gehen kann, hat Roan mich schon rückwärts durch die Tür zurück in den Club geschoben. Er löst sich nur so lange von mir, um sich hektisch umzusehen und mich dann am Arm einen engen und düsteren Korridor zu unserer Rechten entlangzuzerren, der gewiss nicht für Gäste gedacht ist. Ohne mit der Wimper zu zucken, manövriert er mich in eine kleine Nische, die vom Korridor abgeht. Sie ist leicht zu übersehen, und ich selbst habe sie nicht wahrgenommen, bis Roan mich hineinbugsiert hat. Mit seinem Körper drängt er mich tiefer in die Schatten, und ich folge ihm, weil es Roan ist und ich ihm bedingungslos vertraue. In der Nische ist es düster und stickig, fast so wie damals im Schultheater, wo wir uns gemeinsam vor seinem ersten Auftritt vor dem Rest der Welt versteckt haben.

Aber wir verstecken uns nicht mehr vor der Welt. Schon seit Jahren nicht mehr. »Roan, was –«

Er legt mir einen Finger auf die Lippen, und selbst in den dunklen Schatten kann ich erkennen, wie er den Kopf schüttelt und mir mit dem Zeigefinger der anderen Hand andeutet, zu horchen. Die Musik ist hier noch immer laut, aber deutlich gedämpfter als im Rest des VIP-Bereichs oder gar unten auf der Tanzfläche. Und tatsächlich, da ist wirklich das Klackern von Absätzen, das aber schnell an uns vorbeitrippelt und sich immer weiter entfernt. Ich höre genau hin, doch da ist noch ein anderes Pochen in meinem Kopf, das ich nicht zuordnen kann, und das erst gänzlich verhallt, nachdem die Schritte verklungen sind und Roan seinen Finger von meinen Lippen nimmt.

»Entschuldige«, würgt er nach einer Weile der Stille hervor, in der keiner von uns gewagt hat, auch nur einen Ton von sich zu geben, aus Sorge, das Klacken der Absätze könnte zurückkommen. »Ich hoffe, ich habe dir nicht wehgetan.«

»Nein, hast du nicht. Es ist alles okay.« Kurz überlege ich, ob ich ihn fragen soll, was da gerade eigentlich passiert ist, bis ich höre, wie angestrengt und zittrig Roans Atem ist. Ich zähle jeden einzelnen davon und fluche innerlich, als ich bemerke, wie ungleichmäßig sie sind. In der Dunkelheit taste ich nach seinen Händen und verschränke unsere Finger miteinander, sobald ich sie spüre. Sein Atem stockt, wird aber kurz darauf etwas ruhiger. »Sollen wir von hier verschwinden?«

Roan braucht einen Augenblick, drückt aber dann bestätigend meine Hand. »Ja.«

»Gut. Dann lass uns abhauen.«

»Nur du und ich?«

In der Dunkelheit ist sein Gesicht nur schemenhaft zu erkennen, aber auch die Schatten können diesen Mann nicht vor mir verstecken, dessen scharfe und prägnante Gesichtszüge ich selbst mit verbundenen Augen noch bis ins kleinste Detail zeichnen könnte.

»Nur du und ich«, bestätige ich leise flüsternd. »Du und ich. So wie schon immer.«

5. KAPITEL

Roan

»Mia, es ist drei Uhr morgens.«

»Vertrau mir einfach, okay?« Mia lehnt sich vor und bezahlt den Taxifahrer, der kurz etwas irritiert wirkt, als sie ihm den Fünfzigpfundschein unter die Nase hält, aber dann einen ledernen Geldbeutel hervorzieht und ihr das Wechselgeld reicht. Mia, die diesen seltsamen Tick hat, noch immer überall mit Bargeld zu bezahlen, steckt es ein. »Außerdem ist es erst zehn vor. Und jetzt tu mal nicht so, als würdest du sonst schlafen gehen. Du würdest dich eh nur wieder ins Tonstudio verkriechen.«

Eine halbherzige Erwiderung zu dieser scharfen Beobachtung bleibt mir erspart, denn das Wort *Tonstudio* lässt den Mann am Steuer aufhorchen, und ich ziehe die schwarze Mundschutzmaske etwas höher, bevor ich die Tür des Taxis aufstoße und hinaus in die Nacht trete. Der Wind peitscht unbarmherzig durch die Straße, an deren Rand nur vereinzelt ein paar Autos stehen, und ich frage mich, warum wir die acht Meilen von Soho bis nach Greenwich gefahren sind, wenn mein Zuhause in Kensington, und damit auch mein Bass, um ein Vielfaches näher wäre.

»Ich verspreche dir, du wirst es nicht bereuen«, beteuert Mia und zieht die Schultern hoch, sobald sie zu mir auf den Asphalt tritt, um sich vor dem Dezemberwind zu schützen, der die kahlen Äste der Bäume erzittern lässt, die auf einer Seite die Blackheath Avenue säumen.

Ich lege den Arm um ihre Schulter und ziehe sie dicht an meine Seite, damit sie nicht ebenso bibbert wie die Bäume. Eigentlich ist sie nur wenige Zentimeter kleiner als ich, doch gerade schrumpft sie um die Hälfte, weil sie sich derart zusammenkauert, und ich ziehe sie mit mir Richtung Mauer, in der Hoffnung, dass wir dort ein bisschen geschützter sind. »Nur fürs Protokoll: Zu Hause wäre es deutlich wärmer.«

Mias Lachen klingt etwas erstickt, und ich reibe über ihre Oberarme, ihre Schritte im Gleichklang mit meinen, als sie ihren Arm um meine Taille schlingt und die Führung übernimmt. »Das glaube ich kaum. Sicher hat Damian schon wieder vergessen, die Fenster zu schließen.«

Das hoffe ich nicht, zuzutrauen wäre es ihm aber, und ich habe tatsächlich versäumt, einen letzten Kontrollgang zu machen. Dank Damian gleicht unser Loft häufig eher einem Kühlhaus als einem warmen Heim. »Verrätst du mir jetzt endlich, warum du mich um drei Uhr früh quer durch die Stadt zum Greenwich Park gezerrt hast?«

»Gezerrt?«

»Stimmt. Entführt trifft es eher.«

»Du bist so eine *Heulsuse.*« Die deutsche Beleidigung klingt aus ihrem Mund so holprig, dass ich lachen muss. Über die Jahre ist es zu meinem Lieblingswort geworden. Es erinnert mich immer an die unzähligen Nachmittage, die wir gemeinsam in meinem Elternhaus verbracht haben. An Bleistiftstaub auf meinen Fingern, den Geruch von frisch gebackenem Körnerbrot und den ruhigen Klang der Stimme meiner Mutter, wann immer sie Mia an unserem Küchentisch Nachhilfe in Deutsch gegeben hat.

»Zwei S-Laute hintereinander fallen dir immer noch schwer, was?«

Unbeeindruckt schnaubt Mia und führt mich durch ein schmiedeeisernes Tor, das, sehr zu meiner Überraschung, um diese Uhrzeit noch offen steht. »Deutsch ist sauschwer, okay?«

»Niemand hat dich damals gezwungen, es als Fremdsprache zu wählen. Du wolltest unbedingt.«

»Natürlich! Bei euch klang das auch immer so einfach! Und so cool.«

»Aber wenn eine Deutsche dir davon abrät, ihre Muttersprache zu wählen, dann solltest du vielleicht auf sie hören, meinst du nicht?« Gespielt entrüstet schüttle ich den Kopf. »Meine arme Mutter. Hat stundenlang mit dir am Küchentisch gepaukt, weil sie sich dafür verantwortlich gefühlt hat, es dir nicht ausreden zu können, und alles, was du dir gemerkt hast, sind die Beleidigungen, die meine Brüder dir beigebracht haben.«

»Untersteh dich, mich an Trudy zu verpetzen! Zumal ein paar dieser hübschen Beleidigungen auf deine Kappe gehen, mein Freund.« Mia kneift mir durch den Mantel in die Seite, und mit jedem Schritt, den wir tun, und jedem Wort, das wir wechseln, verscheucht sie den Fuchs aus meinen Gedanken. »Und außerdem habe ich dich gar nicht entführt.«

»Natürlich hast du das nicht. Wäre auch nicht so clever von dir, dein Verbrechen zu gestehen, du Meister-Kriminelle.«

»Ach, halt die Klappe.« Ihr Kichern legt sich wie Hochtöne über die Basslinie unseres Gleichschritts. »Was würde es mir bringen, dich zu entführen? Außer mir würde für dich doch eh niemand Lösegeld zahlen.«

Mir stockt der Atem, und ich gerate aus dem Tritt. Ich hasse sie, diese kleinen Momente, die mich aus dem Hinterhalt anfallen und mich daran erinnern, was ich für Mia empfinde. Weil ich nicht wage, sie anzusehen, aus Sorge, was sie in meinem Blick lesen könnte, starre ich zu Boden. Es ist so kalt, dass auf dem Kopfsteinpflaster eine dünne Schicht silbriger Frost liegt. Mein Griff um ihre Schultern verstärkt sich. Mia trägt heute Absätze. »Ich glaube, unzählige unserer Liners würden dir da widersprechen.«

»Du gewinnst. Mit euren treuen Fans will ich es beim besten Willen nicht aufnehmen.« Mia bleibt so plötzlich stehen, dass ich ein überraschtes Fluchen von mir gebe, meine Gedanken noch halb bei meinen Fans, die sich passend zu unserem Logo der parallel verlaufenden Linien diesen Fandom-Namen gaben. Mia deutet vor uns. »Wir sind übrigens da. Tada.«

Als ich erkenne, was die Scheinwerfer in der dunklen Nacht sichtbar machen, bleibt mir die Spucke weg. Stolz erhebt sich der abgeschnittene Bronzekegel in den schwarzen Nachthimmel, eine exzentrische Konstruktion, die wahrscheinlich so manchen mit Unverständnis, mich aber mit heller Aufregung erfüllt, weil ich es noch nie hierhergeschafft habe, obwohl ich seit über zehn Jahren in London lebe. Erst fehlte das Geld, dann die Zeit. Jetzt fehlt es an Anonymität, denn ich kann nirgendwo mehr hingehen, ohne erkannt und belagert zu werden. Doch der sonst so überfüllte Vorplatz ist jetzt menschenleer, und ich genieße die Stille. »Das Peter-Harrison-Planetarium«, flüstere ich ehrfürchtig.

»Bingo.« Mia grinst mich von der Seite her an und hält mir dann ihr Handy mit dem Screenshot eines Instagram-Posts unter die Nase, ehe sie es so schnell wieder wegsteckt, dass ich ihn kaum entziffern kann. »Heute ist in London die lange Nacht der Museen, und das Planetarium ist auch geöffnet. Ich hab es vor ein paar Wochen gesehen, hab aber nichts gesagt, für den Fall, dass die Verhandlung nicht gut ausgeht. Als Caleb dann vorgeschlagen hat, gemeinsam auszugehen, hab ich meinen Plan auf wann anders verschoben.« Mia setzt sich wieder in Bewegung, und etwas unbeholfen folge ich ihrem Beispiel, meine Augen noch immer auf die graue Kuppel gerichtet. »Jetzt sind wir allerdings früh genug von der Party weg, und ich dachte mir, wir könnten es zumindest versuchen, auch wenn uns nicht mehr viel Zeit bleibt.«

Wir steigen die Treppen zum Foyer hinab, und die graue Kuppel verschwindet aus meinem Blickfeld. »Wann schließt das Planetarium denn heute?«

Mia geht einen Schritt schneller. »Um drei.«

Ich werfe einen Blick auf die Uhr an meinem Handgelenk. »Mia, es ist fünf vor.«

»Ist mir egal.« Wir erreichen den Eingang zum Planetarium, in dem tatsächlich noch Licht brennt, und Mia stößt die Tür, ohne auch nur eine Sekunde zu zögern, auf. »Du liebst die Sterne, und in London kannst du sie so gut wie nie sehen. Wenn ich dir also nicht die Sterne bringen kann, dann bringe ich dich zu den Sternen.«

Ich mag zwar nicht mehr wissen, wann genau ich mich in Mia verliebt habe, aber es sind Sätze wie dieser, die mir nie wirklich eine andere Option gegeben haben.

»Warte hier.« Mia löst sich von mir und geht schnurstracks auf den Tickettresen zu, hinter dem eine junge Frau mit einem Kopfhörer im Ohr hockt und gelangweilt Kaugummi kaut. Als sie Mia erblickt, scheint sie erst etwas ungehalten, doch als Mia in meine Richtung deutet und die junge Frau mich erkennt, schlägt ihre Stimmung um, und fast überschwänglich greift sie zum Hörer eines altmodischen Festnetztelefons. Kaum zwei Minuten vergehen, und Mia winkt mich hinein.

Ich trete ein und bemühe mich um das charmanteste Lächeln, das ich zu bieten habe. »Guten Abend.«

Der Schrei, den sie ausstößt, ist hoch und schrill. »ROAN!«

»Entschuldige bitte die späte Störung …«

»Jenny«, beantwortet sie meine Frage, die unausgesprochen zwischen uns in der Luft hing. Sie kommt um den Tresen herum und reibt die Hände über ihre Oberschenkel, die stark flattern. »Ich heiße Jenny.«

»Freut mich, dich kennenzulernen, Jenny.« Sie schlägt sich die Hände vor den Mund, als ich ihren Namen sage, und das Lächeln auf meinen Lippen wird ein echtes, weil ich das kleine Tattoo mit den zwei Linien auf ihrem Handgelenk erspähe. Es gleicht dem großen Tattoo auf Damians und meinem Rücken, und Caleb verspricht uns schon seit Jahr und Tag, es sich ebenfalls stechen zu lassen. »Entschuldige bitte, dass wir dich so spät noch stören.«

»Ihr stört nicht! Wirklich nicht!« Jenny deutet auf das alte Festnetztelefon, mit dem ich sie vorhin habe hantieren sehen. »Mein Boss meint, dass es kein Problem sei, das Planetarium für euch ein bisschen länger aufzulassen. Er hat nur gefragt, ob du vielleicht auf Instagram posten könntest, dass du im Zuge der Museumsnacht hier warst. Das würde uns wahnsinnig helfen.«

»Aber natürlich. Und vielen Dank für all die Mühe.« Jenny wird blass, als ich mit ausgestrecktem Arm auf sie zugehe und ihr meine Hand anbiete.

»Das ist keine Mühe. Wenn ihr mir sagt, welche Show ihr euch ansehen wollt, dann lasse ich sie gleich für euch laufen. Leider ist unser Sternenexperte, der die Shows sonst moderiert, schon nach Hause gegangen, aber ich könnte ihn anrufen und bitten, dass er noch mal zurückkommt.«

»Das ist nicht nötig. Wir wissen es sehr zu schätzen, dass ihr uns überhaupt noch reinlasst.«

Sie reibt sich die Hände erneut an den Oberschenkeln ab,

ehe sie meine Hand ergreift. »Es ist mir eine Freude. Ich bin nämlich ein großer Fan.«

Ich tue so, als hätte ich das Tattoo nicht gesehen und mache einen auf überrascht. »Oh, wirklich?«

»Wirklich.« Sie grinst bis über beide Ohren und drückt meine Hand nur noch fester. »Mein Lieblingssong ist *Starstruck*. Lustig, oder?«

»Und wie.« Kleine Augenblicke wie dieser mit meinen Fans erinnern mich daran, wie sehr ich es, trotz aller Entbehrungen, liebe, Roan von *Parallel* zu sein. Sie machen diesen ganzen Medienzirkus erträglich, beflügeln meine Kreativität und lassen mich weitermachen, selbst wenn ich eigentlich keine Kraft mehr habe. Innerlich mache ich mir eine Notiz, ganz bald wieder auf Instagram live zu gehen. Ich vermisse meine Liners. »Das nächste Mal, wenn wir *Starstruck* performen, werde ich an Jenny aus dem Planetarium denken.«

Wieder schlägt sie sich die Hände vor den Mund, bekommt aber eine Weltuntergangsmiene, als sie realisiert, dass sie mich dafür losgelassen hat. Ihre Schwermut vertreibe ich mit einem gemeinsamen Selfie, bei dem ich Jenny das Versprechen abnehme, es erst zu posten, wenn wir das Planetarium wieder verlassen haben werden. Eine umständlich ausgewählte Planetariums-Show und zehn Minuten sowie fünf Autogramme für Jenny und ihre Freundinnen später sind Mia und ich endlich unterwegs zum 360-Grad-Kino.

»Wenn ich Caleb morgen sehe, schlage ich ihm vor, dich zukünftig zu Castings als Casanova zu schicken«, flüstert Mia mir leise zu, als wir uns mittig Plätze in dem rund geformten Kino aussuchen, in dem das schummerige Licht gerade hell genug ist, um zwischen den Kinoreihen nicht über die eigenen Füße zu stolpern. »Der armen Jenny hast du ja wirklich völlig den Kopf verdreht.«

»Tu dir keinen Zwang an.« Ich lasse mich auf einen der bequemen Sessel fallen, die steil geneigt sind und eher an Liegen erinnern, damit man ungehindert die Kuppelleinwand betrachten kann, auf der wir gleich einen Blick ins Universum geboten bekommen. »Dafür müsstest du allerdings auch Alistair beichten, dass du mich nicht, wie hoch und heilig versprochen, zu Hause abgesetzt hast, sondern wir stattdessen mitten in der Nacht ohne Personenschutz unterwegs waren.«

Bei der Erwähnung unseres sehr gradlinigen und unflexiblen Sicherheitschefs, der in solchen Sachen echt keinen Spaß versteht, für meine Make-up-Artist aber schon immer eine besondere Schwäche hatte, schaudert Mia und kuschelt sich tiefer in ihren Sitz. »Lieber nicht.«

»Dachte ich mir.« Ich falte die Hände über meiner Brust, in der es kindlich-aufgeregt summt bei dem Gedanken daran, gleich die Sterne zu sehen, und das nur noch lauter wird, als ich leise Schritte höre und die Lichter weiter gedimmt werden, bis sie gänzlich erloschen sind. »Danke, dass du mich hergebracht hast.«

»Nichts zu danken.« Kurz berührt sie meinen Oberarm, doch die federleichte Berührung endet so schnell wie ein Wimpernschlag. »Viel Spaß bei der Show.«

Ich will ihr das Gleiche wünschen, doch das hohe Klagen einer Geige aus den Lautsprechern schneidet mir das Wort ab. Zu ihr gesellen sich der tiefe Klang eines Kontrabasses und das Flüstern einer Harfe, ehe das Klavier alles zusammenführt und auf dem Bildschirm ein Sternenmeer erscheint. Unzählige Konstellationen tun sich vor meinem Auge auf, silbriges Licht im tiefsten Schwarz des Universums, und eine Gänsehaut lässt mich schaudern, als der Orionnebel alles in Töne aus Violett, Rot und Blau taucht. Die unterschiedlichsten Schattierungen sind zu sehen, von seichtem und hellem Rosé bis hin zu tiefstem und düsterstem Mitternachtsblau, und lässt mich vergessen, wo ich bin, und dass die Bilder auf der Leinwand nichts weiter sind als die Computeranimation verschiedenster NASA-Aufnahmen. In dem Emissionsnebel ähneln die Sterne kleinen Funken aus Silber, und ein Lächeln stiehlt sich auf mein Gesicht, während ich mich an unzählige Nächte im Garten meines Elternhauses erinnere. Auch dort habe ich neben Mia in der Dunkelheit gelegen, in dem hohen Gras, das nur selten gemäht worden ist. Damals habe ich dem kindischen Impuls noch nachgegeben, habe versucht, die Sterne zu berühren, und mich jedes Mal gewundert, warum meine Hände nicht mit Glitzerstaub überzogen waren, wenn ich sie wieder sinken ließ.

»Ich verstehe, warum du die Sterne so liebst. Sie haben etwas Magisches an sich.« Mias Flüstern ist, selbst über die fulminante Fülle der Musik hinweg, noch ein Lockruf der Sirenen, dem ich zu seinem Ursprung folge, ohne etwas dagegen tun zu können. Und was ich sehe, macht mich blind für die Sterne, die uns umgeben. Die Bilder auf der Leinwand tauchen Mias Gesicht in Schattierungen aus Rot und Violett, ein Kunstwerk aus weichen Pinselstrichen und den Zeichen der Zeit. Reflexionen der Silberfunken tanzen in ihren Augen, doch es sind die langen Finger, mit denen sie nach den Sternen greift, die mich wie ein Schiff an steilen Klippen zerschellen lässt. »Gegen die Weite und Schönheit des Universums kommen einem die eigenen Sorgen so klein und unbedeutend vor.«

Als kleiner Junge habe ich das Universum nah geglaubt. Jetzt kommt es mir vor, als läge es direkt neben mir. Ich will etwas sagen, doch meine Lippen weigern sich, Worte zu formen. Meine Zunge liegt schwer und träge in meinem Mund, regungslos wegen des tonnenschweren Gewichts meines Herzens, das gerade auf ihrer Spitze ruht.

»Aber irgendwie ist es auch einsam, findest du nicht? Wunderschön, aber Lichtjahre voneinander entfernt.« Mia reckt sich den Sternen noch weiter entgegen, kräuselt aber die Nase, als sie sie nicht erreichen kann.

»Eine Theorie besagt«, wispere ich, meine Stimme wie Schmirgelpapier und meine Kehle trocken, »dass jeder Stern mindestens einen Planeten hat, der ihn umkreist.«

»Du weißt auch, dass du nicht allein bist, oder? Was auch immer da heute passiert ist, du kannst mit mir reden.«

Julie drängt sich kurz in meinen Kopf, macht aber dann Damians Worten Platz, die mich an das Versprechen erinnern, das er mir abgenommen hat.

Versprich es mir, Roan. Ganz egal, wie diese Nummer morgen ausgeht. Ganz egal, was kommt. Versprich mir, dass du Mia endlich sagst, was du für sie empfindest.

Ich strecke die Hand nach Mia aus, und der Kosmos kam mir nie greifbarer vor als in diesem Augenblick, in dem Sterne über ihre Haut tanzen und ich nichts lieber will, als ihr nahe zu sein.

»Wenn du nicht darüber reden möchtest, ist das okay. Dann fange ich an.« Sie lässt die Hand sinken, und ihre Mundwinkel fallen herab, ihr Blick noch immer voller unzähliger Silberfunken. »Trevor und ich, wir haben uns getrennt. Vorhin im Club.«

Ich stoppe, meine Fingerspitzen sind nur noch wenige Zentimeter von ihrer Wange entfernt, und als ich sie sinken lasse, spüre ich das erste Mal wieder diese tiefgehende Enttäuschung, die mich als kleiner Junge schon heimgesucht hat, wann immer ich keinen Sternenstaub auf ihnen entdeckte. Doch zu der Schwärze des Universums gesellt sich das Funkeln der Hoffnung, das ich niederringe. Sie hat sich gerade getrennt und braucht jetzt ihren besten Freund. Alles andere kann warten. Entschlossen balle ich die Hand zur Faust und stopfe sie in meine Manteltasche, weit entfernt und doch zu nah an jener Galaxie, die ich gerade noch dachte, berühren zu können.

Nicht jetzt. Später. Aber gewiss irgendwann.

»Erzähl es mir.«

6. KAPITEL

Mia

»Shit, Shit, Shit!«

»Dir auch einen wunderschönen guten Morgen, Eleonora.« Belustigt sehe ich dabei zu, wie meine beste Freundin sich, über und über mit einer Auswahl von Kleidungstücken beladen, mit der Glastür zu unserem Büro abmüht. Aufstehen und helfen tue ich ihr allerdings nicht. Was wäre ich denn sonst für eine beste Freundin, wenn ich tatsächlich hilfreich wäre, anstatt mich an ihrem Leid zu ergötzen? »Kommst du zurecht?«

Wütend funkelt sie mich durch den Türspalt an. »Sieht es etwa danach aus?«

Calebs große Hand landet auf dem Milchglas, und er drückt die Tür auf, durch die Ellie sogleich schlüpft, ein Wirbelsturm aus Flüchen und Stoff, während Caleb nur lässig hinter ihr her schlendert, wie immer die Ruhe selbst. »Sorry, dass wir ein bisschen spät dran sind. Ist meine Schuld. Und nur fürs Protokoll, sie wollte sich von mir partout nicht helfen lassen.«

»Du bist echt so eine Petze.« Ellie huscht zu ihrem Schreibtisch, der direkt gegenüber von meinem steht, und auf dem so ein Chaos herrscht, dass es auch keinen Unterschied mehr macht, als sie den Haufen Klamotten darauf ablädt. Ihr pinker Mantel und die weißen Plüschohrenschützer landen direkt daneben. Langsam dämmert mir, warum Caleb bei dem Gespräch mit dem Innenarchitekten auf dicke Schreibtischplatten aus Panzerglas bestanden hat. »Sag mal, hast du nicht in zehn Minuten ein Meeting?«

»Ja, aber eben erst in zehn Minuten, kleiner Wirbelwind.« Caleb sieht deutlich besser aus, jetzt, wo die Gerichtsverhandlung überstanden ist. Seine Haut ist rosiger, der verkniffene Zug um seinen Mund verschwunden. Noch sind die Schatten unter seinen Augen dunkel, aber nach gerade mal einer Nacht, die er offensichtlich weniger mit Schlafen als mit Feiern und seiner Freundin verbracht hat, habe ich auch nichts anderes erwartet. Wie immer trägt er einen seiner Maßanzüge, das satte Ocker setzt sich deutlich von seinem offenen schwarzen Wintermantel ab. Ich bin wenig überrascht, die gleiche Farbe auch in Ellies Ensemble wiederzufinden, das heute aus einem Strickpullover, einer Stoffhose mit Bügelfalte und den buntesten und absurd höchsten Plateaustiefeln besteht, die ich jemals gesehen habe. In der Hand balanciert Caleb einen Becherhalter aus Pappe vom Deli gegenüber. Einen der Becher nimmt er jetzt heraus und stellt ihn Ellie auf einen der letzten freien Flecken auf ihrem Schreibtisch, ehe er zu mir herüberkommt. »Ein Kaffee mit einem Schuss Hafermilch, zwei Stück Zucker und ein bisschen Zimt. So wie immer.«

Ich nehme den Becher entgegen, den Caleb mir hinhält, und schließe die Finger fest darum, die noch immer ganz taub sind, obwohl der Weg von der U-Bahn-Station bis zu unserem Büro in einer kleinen Seitenstraße von Clerkenwell recht kurz ist. Von meiner Haustür in Limehouse bis zum Büro von *Two Lines Entertainment* brauche ich kaum mehr als dreißig Minuten, und fünfundzwanzig davon verbringe ich in der Londoner U-Bahn. Heute jedoch ist es so bitterkalt, dass ich trotzdem bis auf die

Knochen durchgefroren bin. Für meine Wohnungssuche nehme ich mir vor, näher ans Büro zu ziehen. »Du bist der Beste.«

»Was habt ihr beiden nur mit Kaffee?« Belustigt schüttelt Caleb den Kopf. »Sollte ich mir Sorgen machen, dass ihr zu leicht bestechlich seid und Betriebsgeheimnisse für einen Extra-Espressoshot ausplaudert?«

»Du solltest dir eher Sorgen darüber machen, dass du mit deinen Augenringen auch als Panda durchgehen könntest.« Ich trinke einen Schluck von dem Kaffee, der klebrig süß auf meiner Zunge schmeckt und dem Maryam immer so viel Zimt hinzufügt, dass er auch ein bisschen scharf ist, genauso, wie ich es mag. Seitdem wir vor knapp vier Monaten das zu Büroräumen umgebaute alte Stadthaus bezogen haben, das wirklich ein absoluter Glücksgriff war, uns alle aber ein stolzes Sümmchen Kaution und eine Menge Geduld und Rückversicherungen mit den Investoren gekostet hat, bin ich ganz süchtig nach diesem Zimtkaffee von gegenüber, den ich eigentlich nur aus Neugierde probiert habe. »Hast du noch fünf Minuten? Dann kann ich dich wieder aussehen lassen wie einen Menschen.«

Caleb späht auf die Uhr an seinem Handgelenk, und keine zehn Sekunden später sitzt er auf meinem Schreibtischstuhl, damit ich den Zeichen seiner schlaflosen Nächte mit Concealer zu Leibe rücken kann. »Aber wirklich nur fünf Minuten.«

»Als ob ich meine kostbare Zeit länger mit dir verschwenden würde, Cal.«

Ellie kichert von der anderen Seite des schlauchartigen Raumes, durch den eine unsichtbare Linie zu verlaufen scheint, mit chaotisch zusammengewürfelten Kleidungsstücken auf Ellies und akribisch nach Farben und Nuancen sortierten Regalen voller Make-up auf meiner Seite sowie einem u-förmiges Sofa, über dessen Rückenlehne drei verschiedene Anzüge drapiert liegen, und einem großen Konferenztisch mit acht

Stühlen drumherum am Ende unseres Büros vor den großen Fenstern, auf dem meine Ordnung und ihr Chaos aufeinandertreffen und die Überreste des Team-Meetings zu den katalogisierten Looks für die letzte Gerichtsverhandlung noch unaufgeräumt herumliegen. Ich fördere zwei Concealer und einen Pinsel zutage und mische den richtigen Ton für Caleb auf meiner kleinen Acrylpalette. »Was ist das denn für ein Termin?«

»Vorbesprechung für die Tour mit dem Lichtteam. Ist allerdings nur eine kurze Videokonferenz. Danach werde ich euch sagen können, was uns erwartet, damit ihr besser planen könnt.« Er legt den Kopf in den Nacken und schaut nach oben, als ich ihn dazu anweise. »Übrigens, ich habe ein Interview für Roan und Damian für heute Nachmittag angenommen.«

»Heute Nachmittag?«

Caleb gibt ein bestätigendes Brummen von sich, und ich bin sehr stolz auf ihn, dass er nicht nickt und sich damit meinen Pinsel ins Auge rammt. »Bis wir die Tour ankündigen können, dauert es noch ein bisschen, und so lange können wir nicht stumm bleiben. Wir müssen die Gunst der Stunde nutzen. Mein Handy steht seit der Urteilsverkündung gestern nicht mehr still.«

»Das erklärt so einiges.« Mitleidig sehe ich zu Ellie, die unserem Gespräch kaum zu folgen scheint, sondern schon in die Kleiderauswahl vor sich wühlt, gewiss auf der Suche nach einem passenden Outfit für den Termin, den Caleb aus heiterem Himmel angenommen hat. »Was für ein Interview?«

»Aufstrebendes Online-Magazin. Irgendwas mit Hundewelpen. Wollte mit was Lockerem anfangen, bei dem die beiden Spaß haben können.« Als ich fertig bin, steht Caleb auf und greift sich nun auch einen Becher aus dem Papphalter, leert ihn und wirft ihn weg. »Danke, Mia.«

»Kein Thema.« Ein letztes Mal begutachte ich meine Arbeit

und stelle mit etwas Puder sicher, dass Caleb nicht mehr ganz so arg glänzt. »Wäre übrigens nicht nötig gewesen, wenn du einfach die kühlende Augenmaske benutzen würdest, die ich dir geschenkt habe.«

Caleb gibt sich zwar die größte Mühe schuldbewusst dreinzublicken, aber das spitzbübische Lächeln, das seine Mundwinkel umspielt, verrät ihn. Er bereut nicht im Geringsten, dass er seinen heutigen Morgen wohl mit etwas völlig anderem verbracht hat. »Nächstes Mal denke ich dran.«

»Sicher.«

»Sobald ich Näheres aus der Vorbesprechung weiß, sag ich allen bezüglich eines Meetings zur Tour in den nächsten Tagen Bescheid. Für den Termin heute hätte ich gerne ein Briefing. So gegen zwölf. Abflug dann so gegen fünfzehn Uhr. Damian und Roan sind im Bilde und müssten auch bald hier eintrudeln.« Caleb blickt zu Ellie, doch sie ist schon vollständig in ihrer Arbeit versunken. Kurz macht er ein Gesicht wie sieben Tage Regenwetter, fängt sich aber dann recht schnell wieder und wendet sich zum Gehen. »Frohes Schaffen.«

»Danke, dir auch.«

Kaum kommt er an Ellies Schreibtisch vorbei, bewegt sie sich so schnell, dass ich vor Schreck fast die Acrylpalette fallen lasse. Schmunzeln muss ich aber doch, als sie ihm ein T-Shirt um den Hals schlingt und ihn damit zu einem Kuss zu sich herunterzieht, der kurz, keusch und unfassbar süß ist. »Bis später, Caleb.«

Caleb lächelt und drückt Ellie einen weiteren Kuss auf die Nasenspitze, ehe er sich endgültig losreißt. »Bis später, kleiner Wirbelwind.«

Die Tür fällt hinter Caleb zu, und erst als ich sicher bin, dass er mich nicht mehr hören kann, sage ich: »Ich wollte Dee ja nicht glauben, aber ihr beide seid echt ein bisschen ekelhaft.«

»Danke schön.« Ellies kleiner Singsang in der Stimme lässt mich wissen, dass sie es als das Kompliment verstanden hat, das es auch sein soll, während sie wieder auf den Klamottenberg vor sich starrt. »Hundewelpen. Die pinkeln sich auch manchmal ein, oder?«

»Ich denke schon. Ich bin allerdings keine Welpenexpertin.«

»Mhm.« Ellie macht ihr ernst-grüblerisches Gesicht, das man nur kennt, wenn man mit ihr zusammenarbeitet. »Also vielleicht nicht unbedingt die Leihgaben, die *Prada* uns geschickt hat?«

»Nein. Vielleicht besser nicht.« Ich werfe den benutzten Pinsel in die kleine Kiste mit dem laminierten roten X drauf, die ich am Ende des Tages immer mit etwas Avocado-Öl und speziellem Pinselreiniger bearbeite, ehe ich die Palette mit meiner Sprühlösung aus Alkohol und Wasser sowie einem einfachen Tuch sofort reinige. »Es sei denn, du möchtest Caleb erklären, dass er tausend Dollar an *Prada* überweisen muss, weil ein Hundebaby die Chelsea Boots für seinen Kauknochen gehalten hat.«

»Also ist die neue Kollektion von *Studio Five* auch raus?«

»Ich fürchte, ja.«

»Verdammt. Damit wäre geklärt, dass wir niemals einen Welpen bekommen.« Ellie seufzt schwer und lässt sich auf ihren Schreibtischstuhl plumpsen, der prompt ein ganzes Stück zurückrollt, bis Ellie in die Kommoden kracht und den Stapel Schuhkartons darauf gefährlich ins Wanken bringt. Sie zuckt zusammen und streckt schnell die Hand aus, in der im nächsten Moment eine dunkelrote Stiefelette aus echtem Leder landet. Seufzend stellt Ellie sie auf dem Boden ab, auf dem noch mehr Schuhkartons herumliegen und fährt sich mit einer Hand über das Gesicht, eine Geste, die *Caleb* schreit. »Du weißt, ich liebe diesen Mann, aber –«

»Gerade könntest du ihn umbringen, weil er so kurzfristig ein Interview gebucht hat?«

Ellie nickt, und ich gebe mir alle Mühe, nicht über diesen ulkigen Anblick zu lachen, als sie mit Trauermiene und ausgestreckten Armen auf Zehenspitzen Millimeter für Millimeter zurück zu ihrem voll beladenen Schreibtisch und ihrem Kaffee vorarbeitet. »Ich meine, ich freue mich ja für die Jungs, aber das ist mir alles zu …« Sie bricht ab, die Ohrenspitzen rot, als sie mich ansieht und die Lippen aufeinanderpresst.

Ich halte mitten in der Bewegung inne, meine nun wieder saubere Acrylpalette schwebt in der Luft und wartet brav darauf, von mir an ihren Platz zurückgeräumt zu werden. »Du wolltest nicht gerade allen Ernstes sagen, dass *dir* das zu chaotisch ist, oder?«

Ein paar Sekunden lang ist außer dem beständigen Summen der Heizung nichts zu vernehmen, und dann brechen wir beide in so schallendes Gelächter aus, dass ich fürchte, dass man es bestimmt draußen auf der Straße noch hören kann. Mein Bauch tut mir weh, und meine Sicht ist von Lachtränen getrübt, als ich wieder genug Luft kriege. »Du bist echt unfassbar«, presse ich mit erstickter Stimme hervor.

»Aber genau deshalb hast du mich so gern«, japst Ellie und überwindet die letzten Zentimeter zu ihrem Kaffee. Theatralisch wischt sie sich über die Stirn, so als wäre sie unglaublich erleichtert, ehe sie grinsend den Becher an ihre Lippen hebt. »Himmel, für eine Sekunde hatte ich wirklich Schiss, dass aus mir eine vernünftige und langweilige Erwachsene wird.«

»Aus dir? Niemals.« Ich räume die Palette weg und trinke den letzten Rest von meinem Kaffee, bevor er kalt wird, und gehe zur Tagesordnung über. Der Tisch kann für das Meeting unmöglich so bleiben. Als Leiterinnen vom Team Styling haben Ellie und ich schon so etwas wie eine Vorbildfunktion, auch wenn es sich an manchen Tagen so anfühlt, als hätte Caleb mit Ellie und mir den Bock zum Gärtner gemacht. Außerdem kann ich eh nicht mit meiner Arbeit beginnen, bis Ellie sich nicht zumindest ansatzweise für eine Richtung entschieden hat. »Was schwebt dir für das Interview vor?«

»Ich dachte an etwas Zarteres. Etwas Weicheres. Vielleicht ein bisschen mehr casual, verstehst du? Fernab der Bühne scheint das auch die Richtung zu sein, in die Roan tendiert, wenn auch unterbewusst.« Ellie lehnt sich auf dem Stuhl zurück und starrt an die Decke, während sie sich auf ihrem Stuhl hin und her dreht. »Ich fände es einfach ganz schön, nach Monaten des Kampfes ein bisschen Verletzlichkeit zu zeigen.«

»Verletzlichkeit.« Ich denke an gestern zurück, an dunkle Nischen, angestrengten Atem, kindliche Freude und an sanft gemurmelte Worte des Verständnisses. Etwas zuckt zwischen meinen Rippen, und ich schiebe hektisch die Zettel auf dem Tisch zusammen, um mich von diesem eigenartigen Gefühl abzulenken. »Gute Idee. Willst du damit einen größeren Kontrast zwischen der On-Stage- und Off-Stage-Person erzeugen?«

»Mehr oder weniger. Ich will den beiden einfach ein bisschen mehr Raum geben, sich zu entfalten und neue Facetten von sich zu zeigen, wenn es das ist, was sie auch wollen. Jetzt, wo wir alle wirklich frei sind, verstehst du? Die beiden machen so den Eindruck, als wären sie noch sehr fest in ihren alten Mustern verankert.«

»Absolut.« Unter dem Zettelchaos kommen die Ordner zum Vorschein, in die sie reingehören, und ich bin mal wieder sehr dankbar dafür, dass Ellies Hirn mit meinem auf einer Wellenlänge liegt. Anstatt der traditionellen Beschriftung, kennzeichnen wir unsere Ordner mit laminierten Emoticons. Fliegendes Geld für die Buchhaltung, ein kleiner LKW für Bestellungen, eine Glühlampe für alle Materialien zum Brainstorming, eine

Schreibmaschine für Meetingprotokolle und mein persönlicher Favorit: Der Stern für den Ordner, in dem wir alle Zeitungsausschnitte und Screenshots zu Looks sammeln, auf die wir besonders stolz sind. Caleb würde gerne ganz digitalisieren, aber irgendwie brauche ich immer noch ausgedruckte Zettel, die ich in den Händen halten kann. »Hast du schon etwas Konkreteres im Sinn?«

Ellie sieht zu den Kleiderstangen, die links und rechts neben der Glastür zweireihig an der Wand montiert und über und über mit Kleidungsstücken beladen sind. Wir können echt von Glück reden, dass dieses Haus hohe Decken hat. »Ich werde Olivia fragen, was sie meint, aber für Damian dachte ich an den gelben Hoodie mit der Sonnenblume auf dem Rücken und für Roan vielleicht an etwas in Babyblau oder Pastellrosa.«

»Also Soft-Boy-Ästhetik für beide?«

Ellie verzieht das Gesicht. »Zu sehr Klischee?«

Bei jedem anderen hätte ich *Ja* gesagt, da unsere Jungs aber bisher sehr rau und düster dahergekommen sind, klingt es eher nach frischem Wind, den viele nach so einer unsicheren Zeit bei *Parallel* gewiss nicht erwarten würden. Die letzten eineinhalb Jahre sind wir auf Nummer sicher gegangen, haben das gemacht, was bisher funktioniert hat und was den beiden vertraut war, um nicht noch mehr Unruhe in der Band und auch in der Fangemeinde zu verursachen. Jetzt aber ist es an der Zeit, dieses Muster aufzubrechen und uns allen einen Neustart zu ermöglichen. »Nein, ich finde, das ist eine gute Idee. Nur mit den Accessoires müssen wir dann etwas aufpassen, damit sie nicht wie einem Pinterest-Board entsprungen daherkommen.«

»Geht klar.« Ellie schweigt so lange, dass ich in der Zeit drei Viertel der Zettel zurück an Ort und Stelle einsortiert habe, ehe sie mich wieder anspricht. »Mia?«

Ich kneife die Augen zusammen, habe die Überschrift fast entziffert, um zu wissen, in welchen Ordner das Dokument gehört. »Ja?«

»Bist du okay?« Ellies Stimme ist so sanft und vorsichtig, dass ich überrascht aufsehe, nur um ihren besorgten karamellbraunen Augen zu begegnen.

»Ja, wieso?«, frage ich irritiert, weil ich ihr tatsächlich nicht ganz folgen kann. »Warum sollte ich denn nicht okay sein?«

Auf Ellies Stirn bilden sich tiefe Falten, als sie die Augenbrauen zusammenzieht. »Weil du dich gestern von deinem Freund getrennt hast, mit dem du zwei Jahre zusammen warst?«

»Oh.« Ich blinzle dümmlich, während meine rationale Seite mir zuflüstert, dass ich deshalb irgendetwas fühlen sollte, aber wenn ich in mich hineinhorche, ist da nichts. Keine Trauer. Keine Wut. Keine Enttäuschung. Eigentlich ist da nur Leere, und wenn ich ganz ehrlich zu mir bin, dann vielleicht auch so etwas wie Erleichterung. »Es war wahrscheinlich längst überfällig. Das zwischen uns hat einfach nicht gepasst.«

Ellie gibt ein unverbindliches Geräusch von sich.

»Was?«

Sie schüttelt den Kopf und trinkt ihren Kaffee aus. »Nichts, nichts.«

»Deine Lippen machen diese Sache, die sie immer machen, wenn du etwas sagen willst, dich aber zurückhältst, weil du Schiss hast, jemanden vor den Kopf zu stoßen.« Ich räume die letzten Dokumente weg und widme mich dann den Anzügen, die wieder an ihren Platz zurückgehängt werden müssen. »Na los, rück schon raus mit der Sprache. Du weißt, dass du mir alles sagen kannst, Ellie. Du bist meine beste Freundin. Du willst immer nur mein Bestes. Also, schieß los.«

Kurz zögert sie, doch dann steht sie auf und fängt an, das Zeug auf ihrem Schreibtisch zu sortieren. Sie räuspert sich, und ich wappne mich für ihre Worte. »Nichts für ungut, aber ich habe mich von Anfang an gefragt, was du mit dem Typen überhaupt wolltest. Der war irgendwie so ein …« Sie beißt sich auf die Unterlippe, also beschließe ich, ihr auf die Sprünge zu helfen, und damit vielleicht auch das letzte bisschen Zurückhaltung einstürzen zu lassen, das sie an den Tag legt.

»So ein unfassbar uncharmanter Akademiker?«

Sie zuckt die Achseln. »Ich dachte eher an elitäres und versnobtes Arschloch. Aber unfassbar uncharmanter Akademiker trifft es auch.«

Ich schnaube belustigt. »Geht doch. Wegen mir brauchst du dich sicherlich nicht zurückhalten.«

Ellie zieht einen rosafarbenen Rundhalspullover aus dem Stapel hervor und wirft ihn, zusammen mit einer zweifarbigen Jeans, über den Rand ihres Computerbildschirms. »Darf ich dich was fragen?«

Ich steige auf einen Tritt, um ein moosgrünes Ensemble an die Kleiderstange zu hängen. »Natürlich.«

»Warum warst du überhaupt mit ihm zusammen?«

Gerne will ich ihr eine Antwort darauf geben, doch in meinem Hirn herrscht Funkstille. Ich versuche, nach Erinnerungen zu greifen. Nach guten Momenten mit Trevor. Vielleicht an ein Detail bei unserem ersten Date, das mich dazu gebracht hat, ihn noch am selben Abend vor dem schicken Restaurant zu küssen, in das er mich damals ausgeführt hat. Aber da ist nichts. Rein gar nichts. Alles, woran ich denken kann, ist *Quill Music Publishing*, diesen grässlichen Vertrag und der Gedanke, dass ich Roan so wenig Ärger wie möglich machen wollte, obwohl die Regel bei mir doch deutlich lockerer gesehen wurde, weil Roans Bedingung, bei *Quill Music Publishing* zu unterschreiben, war, dass ich mit an Bord bin. Meine Haut wird klamm, und Übelkeit überfällt mich. »Ich –«

»Guten Morgen, Ladys!« Damian platzt so unverhofft in unser Büro, dass ich vor Schreck fast vom Tritt falle, mich aber in letzter Sekunde an der Kleiderstange festkrallen kann.

»Verdammt, Dee!«

Damian betrachtet unbeeindruckt meine missliche Lage und schlendert einfach an mir vorbei in Richtung Sofa, anstatt zu helfen. Das nenne ich mal Karma. »Wie geht es euch heute an diesem wunderschönen und siegreichen Morgen?«

Ellie bedenkt mich mit einem Blick, der regelrecht *Hier ist das letzte Wörtchen noch nicht gesprochen* schreit, antwortet dann jedoch auf Damians Frage. »Ausgezeichnet. Und dir?«

»Fantastisch.« Damian lässt sich auf das Sofa fallen, faltet die Arme hinter dem Kopf und verschränkt die Beine an den Knöcheln. »Ich habe geschlafen wie ein Baby, in dem Wissen, dass Tobias in seinem Bett liegt und sich vor Frust die Augen ausheult.«

»Du bist ein Sadist.« Roan kommt herein und streckt mir die Hand entgegen, die ich sofort ergreife und vom Tritt steige, bevor ich mir noch den Hals breche. Sein Daumen streicht zärtlich über meine Knöchel, und wieder ist da dieses Ziehen hinter meinen Rippen, das ich weit von mir schiebe. »Steht nicht irgendwo geschrieben, du sollst deine Feinde lieben?«

»Das ist aus der Bibel, Mann. Jetzt tu mal nicht so, als hättest du die auch nur einmal in deinem Leben aufgeschlagen.«

Roan rollt die Augen, begrüßt mich mit einem Kuss auf die Wange, ehe er mich loslässt, Ellie kurz an sich drückt und dann zu Damian zum Sofa schlurft. Seine schlaftrunkenen Augen sind noch ganz klein, und er versinkt förmlich in einem zu großen, weißen Pullover, der unter seiner viel zu dünnen Jacke hervorlugt. Es ist ein ungewohnt sanfter Look, und Ellie und ich tauschen einen kurzen Blick, ehe ich Roan weiter in Augenschein nehme. Von seinem kleinen Finger baumelt der Schlüssel von seinem Mercedes GLE, den er jetzt achtlos auf den Couchtisch wirft. Aus eigener Erfahrung weiß ich, wie schnell der SUV sich aufheizt, was die Sorge in mir beruhigt, die das dünne Leder seiner Jacke argwöhnisch begutachtet. »Schon vergessen, dass ich jeden Sonntag neben dir in der Kirche gesessen habe, du Schlauberger?«

»Wo du jedes verdammte Mal eingepennt bist.«

Ellie lacht und drückt Roan Jeans und Pulli in die Hand, ehe sie auf den zusammengefalteten Paravent deutet. »Könntest du das bitte für mich anprobieren? Ich mach euch beiden Streithähnen in der Zeit einen Tee.«

»Danke, meine Lieblingsschwägerin«, trällert Damian von der Couch, und Ellie schüttelt nur belustigt den Kopf, ehe sie in Richtung Teeküche verschwindet und mich mit den beiden allein lässt. Damian riskiert ein halbes Auge, als ich zu ihm und Roan ans Sofa trete, der sich bereits aus seiner Lederjacke schält. »Ein kleines Vögelchen hat mir gezwitschert, du hättest den Doktor abserviert?«

»Doktorand.« Ich muss nicht fragen, um zu wissen, wer ihm das gesteckt hat, immerhin sind Ibrahim und Damian ganz di cke miteinander, und Roan hätte das nie gemacht, ohne mich vorher um Erlaubnis zu bitten. Außerdem ist es ja auch kein Geheimnis. »Und ja, habe ich.«

»Endlich. Wurde auch echt Zeit. Von all deinen Freunden konnte ich den echt am wenigsten leiden.« Damian schließt gelassen wieder die Augen. »Ich bin mir sicher, du wirst jemanden finden, der besser zu dir passt als dieser Clown. Jemand, der dich wirklich versteht, weißt du?« Er macht eine für Damian eher untypische Pause. »So jemanden wie unseren Roan hier.«

»Jemanden wie Roan gibt es kein zweites Mal«, entgegne ich und nehme Roan seine Jacke ab. »Wenn ich darauf warte, dann wird das nie was.«

»Verstehe.« Damians Tonfall ist eigenartig, aber seine nächste Frage sorgt dafür, dass ich nicht weiter darüber nachdenke. »Also geht es für dich zurück in den Dating-Pool Londons?«

Allein bei dem Gedanken daran bekomme ich ein mulmiges Gefühl, und das, obwohl ich bei unzähligen Dating-Apps angemeldet bin und meine Profile nie gelöscht habe, Beziehung hin oder her. »Nein, ich denke nicht.«

Warum warst du überhaupt mit ihm zusammen?

Eine Erkenntnis, für die ich nicht bereit bin, kratzt am Rande meines Verstandes. Nervös fummle ich an Roans Jacke herum, falte sie umständlich über meinem Arm und bringe sie, unter dem Vorwand, sie vor Ellies Chaos schützen zu wollen, an meinen Schreibtisch.

Warum warst du überhaupt mit ihm zusammen?

»Mia?« Roans Stimme ist wie ein Magnet, der mich beständig in seine Richtung zieht. Ich kann nicht anders, wende mich ihm zu, obwohl etwas in mir rät, mich zu verstecken. »Ist alles okay?«

»Ja.« Ich atme tief ein, meine Gedanken noch immer bei Ellies Frage, deren Antwort sich mir regelrecht aufzudrängen scheint. Ich halte mich am Rand des Schreibtisches fest. »Ja, alles okay.«

Roan sieht nicht überzeugt aus, dreht sich dann aber nach kurzem Zögern weg und verwickelt Damian in ein Gespräch, von dem ich kaum etwas mitbekomme. Weil Roan mich versteht. Weil er mich kennt. Weil er weiß, dass irgendetwas nicht okay ist, er meine Entscheidung, es nicht mit ihm zu teilen, aber respektiert.

Warum warst du überhaupt mit ihm zusammen?

Ellie kommt, mit einem Tablett beladen, herein, und Roan nimmt es ihr sofort ab, auf den Lippen ein seltenes und ehrliches Lächeln, als er uns alle davor bewahrt, einem Schwall kochend heißem Wasser ausweichen zu müssen. Das Eisblau seiner Augen. Es ist warm. So unfassbar warm. Die Antwort auf Ellies Frage fällt mich an, reißt mit Zähnen und Klauen an mir, bis ich kaum noch atmen kann.

Weil ich alles tun würde, um an Roans Seite zu bleiben.

7. KAPITEL

Roan

Es ist seltsam, wie die Dinge, die einem über Jahre hinweg vertraut waren, einem über kurz oder lang so fremd werden können. Wie entwickelte Routinen und Muster, die man im Lauf der Zeit perfektioniert hat, plötzlich nicht mehr funktionieren, und die Sicherheit des Vertrauten der Aufregung des Neuen weicht.

Die Garderobe von *Never Night News* ist wie jede andere auch, ein klinisch weißer Raum mit einem langen Frisiertisch, einer obszönen Anzahl unerträglich heller Glühlampen und vier Sitzplätzen. Die Sitzecke, bestehend aus mehreren zweisitzigen Sofas, ist um einen großen Couchtisch arrangiert, auf dem diverse Snacks und Getränke bereitstehen, ein bunter Mix, in dem ich eine Packung importierter deutscher Butterkekse sowie einen Korb voller frischer Scones entdecke, die deutlich zeigen, dass jemand sich über Damian und mich schlau gelesen hat. Es herrscht ein beständiges Surren, ein Cocktail aus Gesprächen, Musik und Aufregung.

Alles ist wie immer, und gleichzeitig ist nichts mehr so, wie es vorher war.

Und alle spüren es.

Ich bemerke es an der Art der lockeren Gespräche, weil die Mitarbeiter der Onlineredaktion sich nicht mehr vor Caleb ducken, ihm statt mit speichelleckender Heuchelei mit tief empfundenem Respekt begegnen. Ich sehe es daran, wie Ellie überschwänglich gestikulierend mit dem Team vom Licht über Temperaturentwicklungen fachsimpelt und Olivia untypisch aufgeregt mit der Produzentin über die Welpen von einer Auffangstation quasselt, mit denen wir spielen und die danach ein liebevolles neues Zuhause bekommen werden. Alle sind entspannter und gelöster, jetzt, wo kein großes Label mehr über uns bestimmt und jeden unserer Schritte genauestens beobachtet.

Um ehrlich zu sein, hatte ich nicht wirklich damit gerechnet, dass wir überhaupt wieder für Interviews gebucht werden würden. Dass alle zu viel Angst vor den Konsequenzen hätten, die es haben könnte, sich gegen den größten Musik-Konzern des Vereinigten Königreichs zu stellen und ihren ehemaligen Goldeseln eine Bühne zu bieten. Aber Caleb hat mir unseren Kalender für die nächsten Wochen gezeigt, und scheinbar haben die letzten achtzehn Monate stark am Einfluss von *Quill Music Publishing* genagt, deren Aktien sich seit gestern im frei en Fall befinden.

»Schön, oder?« Amir sieht mich durch den Spiegel an, seine Finger in meinem langen Haar genau so sanft wie seine Stimme, als er die letzten Strähnen um mein Gesicht herum eindreht. Der Mittelscheitel ist ungewohnt, aber genauso ungewohnt ist der übergroße, petrolfarbene Pullover, in dem ich trotz meiner Schultern untergehe. Ich mochte den pinken, den ich zuvor anprobiert hatte, aber Olivia meinte, es wäre in Kombination mit Damians hellgelbem Hoodie einfach zu viel. »Ich meine, die letzten anderthalb Jahre waren hart, aber haben wir es nicht genau hierfür getan? Damit wir arbeiten können, mit wem wir wollen, und dabei wir selbst sein zu dürfen?«

»Ja.« Ich selbst sein. Was das für mich persönlich bedeutet, weiß ich noch immer nicht. Nachdenklich drehe ich die Ringe an meinen Fingern, es sind heute deutlich weniger, aber gerade bin ich dankbar, dass Ellie mir zumindest ein paar gestattet hat. Denn diese neue Situation, das Lächeln und die fast schon freundschaftliche Art der Zusammenarbeit ist mir zwar willkommen, überfordert mich gleichzeitig aber auch ein wenig. Es ist ungewohntes Fahrwasser, und damit bin ich schon immer schlechter zurechtgekommen als Damian, dem das Ganze wie immer ganz leicht von der Hand geht. Mir wäre es lieber gewesen, mit einem Instagram Live wieder einzusteigen, verstehe jedoch, aus welchen Gründen wir es vertagen. Unser erster Live-Stream soll immerhin etwas ganz Besonderes sein und Eindruck schinden. »Ich glaube, ich weiß gar nicht mehr, wie das geht, vor einer Kamera zu sitzen.«

»Quatsch«, kommt prompt die Antwort von Rhonda, die Damian ein letztes Mal das Haar durchwuschelt, der mit den sich an den Ohren kringelnden Strähnen und dem dezenten Rouge auf den Wangen wirklich zarter besaitet aussieht als üblicherweise. Sonst ist er Krawall auf zwei Beinen, ein bunter Schweif an Aggression und Konfrontation. Mit dieser Frisur und dem Make-up sieht er allerdings aus, als hätte das Leben aus ihm nicht den rauen Kerl gemacht, der er heute ist. »Ihr beide werdet ganz fantastisch sein.«

»Also ich weiß ja nicht, wie es dir geht, Mann, aber ich will einfach nur schleunigst mit den Welpen spielen.« Damian wirft sich einen Kaugummi in den Mund und reißt triumphierend die Arme hoch, als er trifft. Kaum zu glauben, dass dieser Typ allen Ernstes achtundzwanzig ist. Manchmal kommt es mir so vor, als wäre er immer noch der dürre Sechzehnjährige von damals, der mit Angst im Gesicht den Hügel vom Anwesen seines Vaters herunterrennt, über der Schulter nichts weiter als einen großen Rucksack, mit dem er auf den Rücksitz meines Wagens hechtet und mit Mia und mir nach London abhaut. »Die Charmebolzennummer überlasse ich also ganz dir.«

»So wie immer.« Ich betrachte mich im Spiegel, meine Haut ist noch frei von Make-up. Mit meinem besten Publikumslächeln auf den Lippen drehe ich mich zu der Produzentin um, die noch immer ganz angeregt mit Olivia plauscht. Ich selbst sein wird warten müssen, bis ich herausgefunden habe, was das bedeutet. »Verzeihung, aber könnten Sie mir noch mal sagen, wann wir mit dem Filmen beginnen?«

Sofort unterbricht sie ihr Gespräch und späht auf ihr Klemmbrett. »In einer guten dreiviertel Stunde. Auf fünf Minuten kommt es allerdings nicht an.«

»Vielen Dank.«

Schüchtern tritt ein junger Mann neben mich, um die Hüften hat er eine ähnliche Pinseltasche geschlungen, wie ich sie auch von Mia kenne. »Wenn es zeitlich eng wird, könnte ich eventuell bereits mit der Foundation anfangen.«

»Sorry. Sorry. Sorry.« Mia fliegt regelrecht in den Raum, die Wangen rot und in der Hand ihr Handy, während sie mit langen Schritten auf mich zueilt. »Das war L'Oréal. Eine Rückfrage bezüglich der terminlichen Gestaltung wegen des Shootings für ihre Kollektion nächste Woche.« Sie zieht sich den Hocker mit den Rollen, auf dem sie vorhin gesessen hat, um Damian zu schminken, heran und lässt sich darauf fallen. »Dass ich deswegen nächste Woche fünf Tage nicht da bin, hast du auf dem Schirm, Cal?«

Caleb checkt sein Handy, hebt seine Finger aber kurz darauf zu einem Okay. »Ja, habe ich. Für die Zeit habe ich keine PR-Termine angenommen.«

»Sehr gut.« Mia pustet sich eine Strähne aus der Stirn und wirft ihr Handy mit der abgewetzten Narutohülle achtlos auf den Frisiertisch. Ich sollte ihr echt bald mal eine neue kaufen. Sie legt die Hände auf die Oberschenkel und grinst mich schief an. »Bin ich froh, wenn mein letzter externer Job vorbei und die neue Make-up-Artist eingearbeitet ist. Dann kann ich mich endlich wieder voll und ganz auf dich konzentrieren.«

»Na vielen Dank auch«, murrt Damian gespielt beleidigt. »War ich so ein schlechter Klient?«

»Willst du darauf wirklich eine ehrliche Antwort?«

»Du mich auch, du alte Hexe!«

Erschrocken sieht der Make-up-Artist von *Never Night News* zwischen Damian und Mia hin und her, was meine beste Freundin bemerkt und lachend abwinkt. »Keine Sorge, das ist bei Team *Parallel* ganz normal.«

»Oh. Verstehe.« Er betrachtet Mia einen Moment länger als, wie ich finde, nötig, und mir entgeht nicht, wie seine Augen an der Schleife hängen bleiben, die heute den V-Ausschnitt von Mias pastellfarbener Bluse ziert. Er kommt zu uns herüber, die Hände hinter dem Rücken versteckt, und drückt die Schultern durch. »Wenn ich Ihnen das sagen darf, ich bin ein großer Fan Ihrer Arbeit.«

Mia, wie immer ganz die Mia, die nicht für eine Sekunde glaubt, dass sie gemeint sein könnte, desinfiziert sich gelassen die Hände und greift sich dann die Lidschattenpalette, die sie schon bereitgelegt hatte, bevor ihr Handy laut zu plärren begann. »Also, ich dachte –«

Weil ich nicht will, dass ihr dieses Kompliment eines Kollegen entgeht, unterbreche ich Mia, ehe sie vollständig in ihrer Arbeit versinken kann und von der Außenwelt nichts mehr mitbekommt. »Mia, nicht ich bin gemeint. Der junge Gentleman spricht von dir.« Ich sehe den Typ über die Schulter hinweg an. »Oder nicht?«

Ob er erstaunt darüber ist, dass ich ihm helfe oder dass Mia nicht im Ansatz verstanden hat, dass das Lob ihr galt, ist unklar. Er braucht einen Moment, lässt dann aber seine Lobeshymne vom Stapel, ungebremst wie ein entgleister Zug. »Doch, doch. Ich bin ein großer Fan. Die Art, wie Sie die Trends im Herren-Make-up die letzten zehn Jahre nachhaltig beeinflusst und geformt haben, ist bewundernswert. Ich meine, allein der Highlights-Trend, den Sie«, er sieht mich an, »Sie beide ins Leben gerufen haben, ist unglaublich, und ich persönlich glaube ja, dass er die Grundlage des derzeitigen Hyperglow ist. Sie sind der Grund, warum ich selbst Make-up-Artist werden wollte.«

»Wirklich?« Mia klingt ehrlich überrascht, aber ein Lächeln umspielt ihre Lippen. »Wie alt sind Sie denn, dass ich Ihre Zukunft so nachhaltig geprägt habe?«

Seine Wangen beginnen zu glühen, und er zupft an seinen erdbeerblonden Locken herum. »Zweiundzwanzig.«

Sie will dem Jungen die Hand reichen, besinnt sich dann aber darauf, dass sie sich gerade erst die Hände desinfiziert hat, und zieht entschuldigend die Schultern hoch. »Mia Knight. Freut mich.«

»Justin Miller.« Der Kerl scheint fast zu schweben. »Freut mich auch wirklich sehr, Sie persönlich kennenzulernen, Ms Knight.«

»Mia reicht völlig.« Sie nickt ihm noch mal freundlich zu, und ich kann mir ein Grinsen nicht verkneifen, als sie ihn keines zweiten Blickes würdigt und sich stattdessen voll und ganz auf mich konzentriert. »Also, ich dachte, weil der No-Make-up-Look gerade so im Trend ist, könnten wir für dieses Interview auf den Zug aufspringen. Etwas Dezentes, Natürliches.« Instinktiv verspanne ich mich, und Mia ergreift meine Hand und drückt sie fest. »Du bist immer noch Roan. Keine Sorge.« Sie sagt meinen Namen, wie die ganze Welt ihn ausspricht, mit der unverkennbar britischen Aussprache, die es mir leichter macht, Roan der Megastar zu sein, und ihn nicht mit Roan, dem glucksenden Jungen aus Brixham zu verwechseln. Sie senkt die Stimme, lehnt sich weiter zu mir vor. Ihr Daumen fährt unauffällig über meinen Handrücken, über die verschlungenen Muster meines Tattoos, für das mein Dad mich fast durchs Telefon gelyncht hätte, als er es in einem Magazin gesehen hat. »Vertrau mir einfach, und lass mich machen, okay?«

»Okay.« Mia lässt mich los, und ich will nach den AirPods greifen, überlege es mir aber anders, als ich bemerke, dass dieser Justin noch immer dicht hinter mir steht und Mia beobachtet, die ihm allerdings keinerlei Beachtung schenkt. Ich will nicht unhöflich sein und ihn sarkastisch fragen, ob ich ihm irgendwie behilflich sein kann, schon gar nicht, wenn er Mias Fan ist. Dass er aber immer noch hier herumlungert, passt mir nicht. Mia öffnet die Palette und nimmt einen Pinsel zur Hand, etwas, das Justin direkt kommentieren muss.

»Lidschatten beim No-Make-up-Look?«, fragt er und klingt dabei so ehrlich interessiert, dass ich es ihm nicht mal übel nehmen kann. »Ich dachte, bei dem Trend verwendet man so wenig Make-up wie möglich?«

Mia schüttelt den Kopf und setzt dann zu einer fachmännischen Erklärung an, von der ich nur die Hälfte verstehe, obwohl ich Mia seit über fünfzehn Jahren bei der Arbeit zusehe. »Das sollte man meinen. Tatsächlich geht es dabei aber nur um die Art des Make-ups und wie man es anwendet. Die Menge verändert sich kaum.«

»Verstehe. Und mit dem Lidschatten arbeitest du jetzt seine Augenform stärker heraus?«

»Exakt. Roan hat große, eisblaue Augen, die in Kombination mit seinem schwarzen Haar sehr einzigartig sind. Sie als Fokuspunkt zu nehmen, ist immer eine gute Wahl, und alles andere käme auch einem Verbrechen gleich.«

Die beiden fachsimpeln noch eine ganze Weile über die Struktur meines Gesichts, etwas, das ich früher stets befremdlich fand, bis ich gemerkt habe, wie viel Spaß Mia das macht. Ich schalte ab, als ich feststelle, dass Justin wirklich Mias Fan zu sein scheint, der ganz wissbegierig von ihr lernen will und deshalb an ihren Lippen klebt. Ich habe sie schon oft als Mentorin erlebt, immer wenn sie für Damian einen neuen Make-up-Artist anlernt. An der Art, wie ihre Stimme diese liebevolle Strenge annimmt, kann ich mich nie satthören. Es erinnert mich an unsere Kindheit. An die deutlich jüngere Mia, die sich furchtlos vor meinen drei Brüdern aufgebaut und ihnen einen Vortrag darüber gehalten hat, dass ein Fahrrad mit einem Rasenmähermotor noch lange kein Mofa und vor allem sehr gefährlich ist. Dann hat sie sich selbst draufgeschwungen und eine Runde um den Block gedreht, mit mir hinten auf dem Gepäckträger, meinem dreizehnjährigen Ich, das eindeutig kleiner und schmächtiger war als sie, während Damian uns als Zehnjähriger mit seinem Fahrrad nachjagte, mit aufgeschürften Knie und einer Zahnlücke an der Stelle, wo vor einer Schulhofrauferei noch sein Wackelzahn gewesen war.

Ich huste das Glucksen weg, das in meiner Kehle aufsteigt. Warnend pikst Mia mich mit dem Stiel ihres Konturenpinsels in die Seite, mit dem sie gerade meine Wangenknochen hervorhebt.

»Hey«, mahnt sie mich oberlehrerhaft, ohne ehrliche Boshaftigkeit in der Stimme, »ich versuche hier zu arbeiten.«

»Verzeihung«, gebe ich nicht weniger gespielt demütig zurück und zwinkere ihr zu, als sie belustigt die Nase kräuselt. »Ich musste nur gerade an etwas denken.«

»Woran denn?« Sie tupft etwas mehr von dem dunklen Contouring-Stick unter meine Wangenknochen und beginnt dann wieder mit dem Verblenden, ihre Handkanten wie üblich jetzt schon mit Make-up besudelt, auch wenn sie immer versucht, so sauber wie möglich zu arbeiten.

»Ans Mofa.«

Mia schmunzelt. »Das echte oder das erste?«

»Das erste.«

Ihr helles Lachen ist eins meiner Lieblingsgeräusche, dicht gefolgt vom Klang meines Namens aus ihrem Mund. »Wie kommst du denn jetzt darauf? Das ist Jahre her.«

Echt kaum zu glauben, dass seitdem achtzehn Jahre vergangen sind, dabei ist die Erinnerung in meinem Kopf noch kristallklar, so als wäre es erst gestern gewesen. »Ich komme drauf, weil du den gleichen Erklärbär-Ton schon damals gegenüber meinen Brüdern draufhattest.«

»Erklärbar-Ton?« Wieder piekt sie mich mit dem Stiel des Pinsels, diesmal allerdings in die Wange. »Irgendwer musste deinen Brüdern das Ding doch abluchsen.«

Obwohl ich weiß, dass ich mich nicht rühren sollte, kann ich nicht anders als mich vor und in Mias Richtung zu lehnen. »Ob das todesmutig oder leichtsinnig war, sei immer noch dahingestellt.«

Sie lacht, anstatt mich zurechtzuweisen. »Wenn du die Antwort darauf immer noch nicht weißt, solltest du vielleicht endlich aufhören, dir dein hübsches Köpfchen darüber zu zerbrechen und dich anderen Rätseln zuwenden.«

Gespielt geschockt fasse ich mir an die Brust. »Schweig still, mein Herz! Sie findet mich hübsch!«

Mia kichert, auch der Klang ist wie Musik in meinen Ohren. Sie boxt mir gegen den Oberarm. »Haha, sehr witzig. Als ob ich dir das nicht schon tausend Mal gesagt hätte.«

»Ist aber auch beim tausend und ersten Mal schön zu hören. Wenn ich mir allerdings darüber nicht mehr mein hübsches Köpfchen zerbrechen darf, dann gib mir ein neues Rätsel auf.«

Sie beugt sich nun ebenfalls in meine Richtung, ihr dunkelroter Schmollmund ist belustigt verzogen, auf diese ganz besondere Art, die ihr Grübchen zum Vorschein bringt, während ihre Stimme sich meinem albernen Geplänkel anpasst. Es ist unser übliches Spiel. Ein Hin und Her, in dem wir uns freundschaftlich aufziehen. Doch ich spüre irgendeine Veränderung, und meine Fingerspitzen kribbeln so wie sonst eigentlich nur, wenn die Vorfreude aufs Musizieren mich packt. »Was denn für eins?«

»Egal.« Meine Augen bleiben an ihren Lippen hängen, und Mias Atem stockt, genau wie meiner. »Solange es mit dir zu tun hat.«

»Ihr kennt euch wirklich schon lange, oder?«, fragt Justin plötzlich und erinnert mich damit daran, dass er noch immer da ist und wir nicht allein sind. Das Lächeln, mit dem er mich bedenkt, ist professionell-freundlich, wirkt aber deutlich angespannter als zuvor. Genau in diesem Moment beschließe ich, dass ich ihn nicht leiden kann. Nicht nur, weil er diesen Moment unterbrochen hat, in dem ich den Glimmer von Mehr zwischen Mia und mir habe erahnen können, sondern auch weil er damit erreicht, dass Mia sich zurücklehnt und ihn argwöhnisch mustert. Im Raum ist es ganz still geworden, und ich spüre die Augen aller auf uns wie kleine Spinnen, die über meine Haut krabbeln.

»Eine Weile.« Mias Lächeln schwindet und zurück bleibt die charakteristische skeptische Vorsicht des Showbusiness, die uns allen gemein ist, wenn es in irgendeiner Form um unser Privatleben geht. »Wieso?«

Justin, dem offensichtlich klar wird, dass er einen gewaltigen Fauxpas begangen hat, rudert blitzschnell zurück. »Einfach nur so. Ihr wirkt sehr vertraut.« Mia zieht eine Augenbraue hoch, und der arme Kerl wird blass. »Freundschaftlich vertraut! Ich meine, es macht den Anschein, als wärt ihr gute Freunde.«

Mia weiß, wie gefährlich es ist, auf solche Dinge zu antworten, weshalb sie nur ein schmales Lächeln zustande bringt, das nicht ihre Augen erreicht und ich allein deshalb nicht ausstehen kann. Generell ist es zum Kotzen, daran erinnert zu werden, wie mein Leben auch das von Mia beeinflusst, die sich niemals darüber beschwert hat, nicht offen sein zu können und die Tiefe unserer Freundschaft verstecken zu müssen, um nicht ausgebeutet oder missverstanden zu werden. Damals, als wir jünger waren, haben wir den Preis dieses Lebens alle unterschätzt. Jetzt aber zahlen wir ihn, jeden einzelnen Tag, und obwohl es schwer ist, weiß ich, dass niemand es bereut. Keiner von uns.

»Mist, sorry, ich …« Justin rauft sich die Locken, und weil ich ihn nicht mehr unbefangen betrachten kann, überlege ich, ob selbst die Sommersprossen auf seinen Wangen überhaupt echt sind. »Ich habe mich nur gefragt, ob da eventuell mehr zwischen euch ist, weil ich, um ehrlich zu sein, gehofft habe, dass ich dir vielleicht meine Nummer geben darf.« Er kratzt sich am Hinterkopf, eine so offensichtlich verlegene Geste, die recht einstudiert wirkt. »Mir ist klar, dass es unfassbar unprofessionell ist, aber du bist ein großes Vorbild für mich, und außerdem bist du auch noch verdammt schön, weshalb ich diese Chance nicht unversucht und dich einfach danach fragen wollte.«

Ich zwinge mich zu einem neutralen Gesicht, wenngleich ich mich am liebsten in die Stuhllehne krallen will. Damian zieht scharf die Luft ein, doch ich beachte ihn kaum, sondern konzentriere mich ausschließlich auf Mia, die Justin ansieht, als wäre ihm gerade ein zweiter Kopf gewachsen. Kein Interesse. Sehr gut. Wenn sie ihn mögen würde, müsste ich das Feuer in meiner Magengegend wie immer ignorieren.

Mia lässt ihren Pinsel sinken.

Alarmiert tritt die Produzentin einen Schritt vor. »Justin, ich denke nicht, dass das hier der geeignete Rahmen ist.«

»Schon okay.« Mias Stimme ist ungewohnt kühl und distanziert, als sie weiterspricht. »Das ist wirklich sehr schmeichelhaft, Justin, aber keine gute Idee. Ich würde es vorziehen, wenn wir uns jetzt wieder auf unsere Arbeit beschränken könnten. Geht das?«

»Natürlich.« Justin reibt sich nervös die Fingerknöchel und macht einen großen Schritt rückwärts. »Entschuldige, dass ich gefragt habe.«

»Kein Problem.« Mia sieht ihm nach, als er mit hochrotem Kopf regelrecht aus der Garderobe stürzt, und widmet sich wieder ihrer Arbeit. Sie sagt kein Wort, zwischen ihren Brauen hat sich eine tiefe Furche gebildet, die ich am liebsten mit dem Daumen fortwischen will. Ich habe sie unzählige Male flirten sehen. Habe mitbekommen, wie sie souverän mit ungewollter Aufmerksamkeit umgeht oder aber Männer mit einem einzigen Lächeln um den kleinen Finger wickelt, wenn das Interesse beidseitig besteht. Was ich noch nicht kenne, ist das. Mir kommt es fast vor, als würde mir ein großes Puzzleteil fehlen, um Mias Verhalten nachzuvollziehen, allerdings kann ich sie danach jetzt nicht fragen, denn wir sind nicht allein, und selbst wenn wir es wären, bezweifle ich gerade ernsthaft, dass ich eine Antwort darauf kriegen würde. Sie vollendet mit schweigsamer Präzision meinen Look und geht dann mit dem Rest des Personals vor die Tür, damit Damian und ich noch einen ruhigen Moment haben, um uns vor dem ersten offiziellen Interview seit Monaten zu sammeln.

»Puh, war das unangenehm.« Damian dreht mir seinen

Stuhl zu, er hat die Beine, die in Baggypants stecken, die mich an die Neunziger erinnern, lang ausgestreckt. »Aber du solltest echt wieder an deinem Pokerface arbeiten, Bruder.«

Ich sehe in den Spiegel, betrachte das Gesicht, das mir gleichermaßen fremd wie vertraut ist. »Was meinst du?«

»Du hast den armen Jungen beäugt, als wolltest du ihn bei lebendigem Leibe häuten, als er unsere Mia nach ihrer Nummer gefragt hat.« Damian betrachtet seine bunt beklebten Nägel, aber ich mache mir keine falschen Hoffnungen, dass er mich nicht trotzdem beobachtet. »Der bedauernswerte Tropf kann wirklich nichts dafür, dass er Augen im Kopf und Mumm hat. Deine Flirt-Nummer davor, die war allerdings echt klasse. Wenn auch etwas zu subtil, wenn du mich fragst.«

»Ich habe dich aber nicht gefragt. Außerdem waren wir nicht allein, und du hast ja wohl mitbekommen, wie alle uns angestarrt haben.« Ich schließe die Augen, um Damian irgendwie auszublenden, auch wenn mir natürlich klar ist, was für ein unsinniges Unterfangen das ist. Dieser Mann ist mit mir verwoben, als würden wir vom gleichen Blut sein, unser Band viel zu eng und intensiv, als dass es zwischen uns noch irgendwelche Grenzen gäbe, die ich ihm aufzeigen könnte. »Mia hat sich gerade erst nach zwei Jahren von Trevor getrennt. Sie braucht jetzt erst mal eine Verschnaufpause, um zur Ruhe zu kommen, Damian.«

»So sah das gerade aber nicht aus. Außerdem ist das eine echt saudämliche Ausrede.«

»Nur weil es nicht so aussieht, heißt es nicht, dass es nicht vielleicht doch so ist. Was soll ich machen, Dee? Ihr meine Gefühle wie ein egoistisches Arschloch aufzwingen?« Ich drehe die Ringe an meinen Fingern, dankbar um die Dunkelheit hinter meinen Lidern, in die ich mich vorbehaltlos fallen lassen kann. »Das werde ich nicht tun. Sie ist meine beste Freundin,

Mann. Und selbst wenn sie es nicht wäre, wäre es einfach nur falsch, ihr meine Gefühle für sie gerade jetzt vor die Füße zu kotzen.«

»Aber –«

»Nichts *aber!*« Als ich die Augen öffne, ist die Welt um mich herum viel zu hell. Ich ertrage das gleißende Licht kaum, aber ich zwinge mich hineinzusehen, um mich schon mal auf die grellen Scheinwerfer im Studio einzustellen, vor denen ich mich nicht verstecken kann. »Ich werde mich einfach ein bisschen in Geduld üben und ihr Zeit lassen. Ich habe zwölf Jahre gewartet. Was sind da schon ein paar Wochen mehr oder weniger? Außerdem hast du es doch gerade selbst bemerkt. Zwischen uns verändert sich auch so schon was.«

»Aber nicht schnell genug! Was, wenn der nächste Justin um die Ecke kommt und du deine Chance schon wieder verpasst?« Frustriert wirft Damian die Hände in die Luft. »Was dann?«

Ich erhebe mich aus meinem Stuhl und richte meinen Pullover, um mich von dem kalten Stich der Eifersucht abzulenken, der mich durchfährt. »Dann ist das halt so. Ich bin nicht mit Mia befreundet, weil ich diese Gefühle für sie habe, Damian. Ich war mein ganzes Leben schon mit Mia befreundet und habe dann diese Gefühle für sie entwickelt. Sie ist meine beste Freundin, bevor sie irgendetwas anderes für mich ist.«

Damian sieht mich an und stöhnt. »Scheiße, kannst du nicht ein einziges Mal etwas egoistischer sein?«

»Und meine Gefühle, die einzig und allein meine Verantwortung sind, zu ihrer machen? Nein, danke.« Ich strecke mich ein letztes Mal und gehe dann zu Damian, dem ich die Hand hinhalte. »Ich sage es ihr, aber nicht um jeden Preis. Und wenn jetzt nicht der richtige Zeitpunkt ist, dann ist das eben so, Mann.«

Missmutig sieht Damian auf meine Hand, schlägt dann aber ein und lässt sich von mir auf die Füße ziehen. »Du bist echt ein hoffnungsloser Fall.«

»Das mag sein, aber ich bin *dein* hoffnungsloser Fall.«

»Ich hätte dir damals mit der Schaufel noch heftiger eins überbraten sollen. Dann wären alle meine Probleme jetzt erledigt.«

8. KAPITEL

Mia

Was zum Teufel ist los mit mir?

Ich habe mich in den hintersten Winkel des Studios verkrümelt, ungewohnt weit entfernt von den hellen Scheinwerferlichtern, denen ich gerade beim besten Willen nicht zu nahe kommen will, und frage mich, warum eine so simple Frage, wie die nach meiner Telefonnummer, mich derartig aus der Bahn geworfen hat. Anders als bisher, wo diese Frage bestenfalls schmeichelhaft und schlimmstenfalls aufdringlich war, hat sie mich diesmal ernsthaft genervt. Brennend und bitter schmeckte die Galle, die meine Speiseröhre hochgekrochen ist und sich in meinem Mund mit Speichel vermischt hat, bis ich regelrecht Gift bei meiner Antwort gespuckt habe. Justin steht mit hochgezogenen Schultern so weit wie möglich von mir entfernt. Ich kann es ihm nicht verdenken. Natürlich ist es mein gutes Recht, einem Typen meine Nummer zu verweigern und ich bin auch nicht verpflichtet, dabei nett oder rücksichtsvoll zu sein, aber der junge Make-up-Artist ist mir mit so viel Freundlichkeit begegnet, und eigentlich versuche ich immer, das Verhalten zu spiegeln, das mir entgegengebracht wird. Was ist also in mich gefahren? Ich kann es mir beim besten Willen nicht erklären. Aber es beschäftigt mich und ruft Tausende Fragezeichen in meinem Verstand auf, von dem ich nicht eins zu entschlüsseln weiß.

Eigentlich flirte ich doch gerne, oder nicht?

Ich genieße es, spielerisch Konversation zu betreiben, Berührungen zu platzieren, die zufällig erscheinen, es aber nicht sind, und damit mein Gegenüber ein bisschen aus dem Konzept zu bringen. Ich mag die Aufmerksamkeit und habe auch kein Problem damit, genau das zuzugeben. Denn ein harmloser Flirt hat noch niemandem geschadet, solange Grenzen klar gezogen und von beiden Parteien eingehalten werden. Jemand vom Make-up-Institut, an dem ich damals ausgebildet wurde, hat mir mal vorgeworfen, dass ich mich nur aus Dankbarkeit so verhalte, weil ich als dickes Mädchen ja sonst nie irgendwelche Komplimente bekomme. Aber das ist es nicht. Schon vor Jahren habe ich meinen Frieden damit gemacht, nicht dem eurozentrischen Schönheitsideal zu entsprechen, es hat mich unzählige Tränen und psychische sowie emotionale Heilung gekostet, um genau dahinzukommen, wo ich heute bin. Und ich lasse mir von niemandem sagen, ob ich mit Männern flirten kann oder nicht. Zumal das absolut nichts damit zu tun hat, ob ich nun eine Konfektionsgröße von sechsundvierzig oder vierunddreißig trage, auch wenn mir die Mobber meiner alten Schule da sicherlich widersprechen würden, die meinen ersten Freund verhöhnt haben, weil er mich, ein dickes Mädchen, mochte. Auch mit Dankbarkeit hat das nicht das Geringste zu tun. Denn nur weil ich Kurven habe, macht mich das nicht mehr oder weniger attraktiv. Ich passe damit lediglich mehr oder weniger in die persönliche Präferenz anderer.

Ich mag es einfach, zu flirten und dabei meinen Spaß zu haben. Warum zum Teufel also habe ich Justin derartig vor den Kopf gestoßen? Und warum zum Geier hat diese kleine freundschaftliche Flirterei zwischen Roan und mir diesmal mein Herz höherschlagen lassen? Wahrscheinlich liegt es daran, dass ich nächste Woche für fünf Tage nicht in London und damit auch nicht in Roans Nähe sein werde. Wann wir das letzte Mal so lange voneinander getrennt waren, weiß ich nicht mal mehr. Es muss irgendwann in Brixham gewesen sein, noch bevor unsere Eltern beschlossen haben, jeden Sommer gemeinsam in den Urlaub zu fahren, und wir somit nicht mal mehr während der Ferien aufeinander verzichten mussten. Seitdem wir in London sind und zusammenarbeiten, ist es nur noch seltener geworden, dass wir uns mal länger als einen Tag nicht sehen. Das muss es sein. Diese neue Veränderung und die damit einhergehende Reizbarkeit des Unbekannten. Genau. Ich bin es einfach nicht gewohnt, länger als vierundzwanzig Stunden nicht an seiner Seite zu sein. Das ist es. Das und nichts anderes.

»Kommt her, ihr kleinen Scheißer!«

Der Ausruf von Damian, der sich mit dem Lachen von Roan und der Belegschaft mischt, holt mich zurück ins Hier und Jetzt. Zehn kleine Hundewelpen stürzen sich gerade auf meine besten Freunde, die mit freudig aufgeregten Mienen und offenen Armen auf die Fellnasen warten. Das Set, das lediglich aus einem schlichten, fliederfarbenen Hintergrund und ein paar Hundespielzeugen besteht, ist gerade groß genug, die beiden Männer und die Schar an Hundewelpen zu beherbergen, die neugierig an den beiden schnuppern, völlig unbeeindruckt davon, dass zwei Größen der britischen Musikindustrie vor ihnen hocken. Damian macht hohe Gurrlaute, die mindestens genauso niedlich sind wie die kleinen Hundewelpen, und quietscht mit einem Spielzeug in Form eines Stinktiers, während Roan die Kameras scheinbar völlig vergessen hat und sich einfach zu den kleinen Vierbeinern auf den Boden legt.

»Also, Roan und Damian, was war das Erste, das ihr gemacht habt, als das historische Urteil fiel?«, stellt die Produzentin die erste Frage, die auf einer umgedrehten Holzkiste außerhalb des Blickfeldes der Kameras sitzt. Es sieht furchtbar unbequem aus, die große Frau kläglich zusammengefaltet mit einem Skript in der Hand, von dem sie vermutlich nicht einmal die Hälfte durchkriegen wird, bis wir weitermüssen.

Tja, das Showbusiness ist eben nicht immer so glamourös, wie alle Welt sich das vorstellt.

Keiner der beiden antwortet, und belustigt beobachte ich, wie Caleb einen Schritt vortritt. »Jungs? Konzentration bitte.«

»Geht nicht«, erwidert Damian, der gerade mit einem der Welpen Tauziehen spielt und ihn gewinnen lässt. »Keine Hirnkapazität verfügbar. Die sind zu süß.«

Ich bin mir sicher, dass Caleb nicht vorhatte, das laut zu sagen, aber ich höre es selbst bis hier hinten, als er trocken entgegnet: »Als hättest du sonst besonders viel Hirnkapazität zu bieten.«

Das gesamte Set lacht nur noch mehr, und Roan setzt sich wieder auf, auf seinem Schoß kabbeln sich gleich zwei kleine Flauschbälle. »Ich glaube, ich nenne die beiden Cal und Damian.«

»Hey!«, kommt es von der Seitenlinie, und Ellie kichert so laut, dass sie damit den Rest der Crew ansteckt, einfach weil sie so ein Sonnenschein ist.

»Verzeihung, was war noch gleich die Frage?«, hakt Roan nach und streicht sich eine seiner langen Strähnen zurück hinters Ohr. Die Lichter im Studio, sein Outfit und die Frisur lassen ihn wie Anfang zwanzig aussehen, und mein Herz quillt vor Stolz über, als ich an den Roan von damals denke, ein hagerer und schüchterner Mann, der außer seiner Musik nicht viel anderes im Kopf hatte und sich gegen jedes Interview sperrte, jedoch weniger aus Angst als vielmehr deshalb, weil er die Notwendigkeit darin nicht sah, zu versteift darauf, allein mit seiner Musik die Welt erobern zu wollen. Auch wenn ich weiß, dass dieser Roan noch immer der ist, den er der Welt präsentiert, weil er meint, in ein bestimmtes Bild passen zu müssen, ist es doch gut, ihn wieder vor den Kameras zu sehen. Liners werden dieses Interview ganz sicher lieben, und was seine Fans lieben, das liebt auch Roan. »Ich habe wegen dieser kleinen Racker hier nicht aufgepasst.«

Die Produzentin klammert sich fester an ihr Skript, und ich kann es ihr nicht verdenken, der Speichel in meinem Mund fühlt sich aber trotzdem irgendwie wie Batteriesäure an. »Kein Problem. Was war das Erste, das ihr gemacht habt, als das historische Urteil fiel?«

»Einen richtig dicken Scheck ausgestellt, nehme ich an.« Die Stimme ist wie ein Fuchsschrei, hoch und schrill, obwohl sie in Wirklichkeit nur leise in mein Ohr zischt. Ich habe überhaupt nicht mitbekommen, wann oder wie die blonde Frau neben mir aufgetaucht ist. Ihre dunkelblauen Augen sind so kalt wie in meiner Erinnerung, und genau wie bei unserer letzten Begegnung sind sie direkt auf mich geheftet. »Nicht, dass er das jemals zugeben würde, nicht wahr?«

Ich frage mich, wie sie es unbemerkt an Alistair und Ibrahim vorbei ins Studio geschafft hat, die auch nur bei dem kleinsten Anzeichen einer unbefugten Person Alarm geschlagen hätten, entdecke aber dann die Fluchttür, durch die etwas Licht ins Studio dringt, was darauf schließen lässt, dass sie lediglich angelehnt ist. Diese Tür öffnet sich allerdings nur von innen. »Wie zum Teufel sind Sie hier reingekommen?«

»Du stellst sogar die gleiche erste Frage wie er. Sehr faszinierend.« Die Frau, die ich in meinem Kopf nur die Füchsin nenne, zeigt die Zähne. Ein Grinsen will ich es nicht nennen, dafür ist es zu unschön. »Und ich glaube, du weißt, wie ich hier reingekommen bin.«

»Jemand hat dir geholfen.« Nicht gewillt länger höflich zu sein, wechsele ich in den gleichen formlosen Ton wie sie. »Was bedeutet, dass jemand von *Never Night* auf deiner Gehaltsliste steht.«

»*Ding Ding Ding*, die Kandidatin bekommt hundert Gummipunkte.« Sie verschränkt die Arme vor der Brust und wirkt ganz entspannt, so als wäre sie Teil der Crew von *Never Night News* und kein Eindringling, der sich illegal Zutritt verschafft hat. »Überraschend, was Leute für ein paar hundert Pfund und Werbung für ihr aufstrebendes Online-Magazin so alles machen.«

Ich wünschte, mich würde das ernsthaft überraschen, aber das wäre eine glatte Lüge. Die ausgelassene und positive Stimmung aus der Garderobe war wohl einfach zu schön, um wahr zu sein. Kurz überlege ich, Alarm zu schlagen, aber Roan wirkt gerade so friedlich vergnügt mit diesem weißen, flauschigen Hundebaby auf dem Arm, und allein die Erinnerung an sein Gesicht von gestern hält mich davon ab. Wir stehen weit genug abseits, dass niemand uns sehen kann, und ich mache sogar noch einen Schritt rückwärts, um mehr mit den Schatten zu verschmelzen und kein Aufsehen zu erregen. Ob sie das auch geplant hat? »Was willst du?«

»Nichts. Nur ein bisschen plaudern.«

»Tja, Roan ist wohl leider gerade beschäftigt.«

»Wer hat denn gesagt, dass ich mit ihm plaudern möchte?« Sie wendet sich mir zu und mir stellen sich die Nackenhaare auf. »Ich bin deinetwegen hier.«

»Meinetwegen?« frage ich ungläubig nach, weil ich mich nur verhört haben kann.

»Ganz genau.« Sie hält mir die Hand hin, die langen roten

Nägel ähneln Klauen, die sie mir, ohne mit der Wimper zu zucken, ins Fleisch schlagen würde, wenn ich ihr einen Anlass dafür gebe. Das ist so sicher wie das Amen in der Kirche. »Julie Presley. Aber Roan hat dir sicher schon von mir erzählt.« Ich zögere, und genau das ist mein Fehler, denn Julie macht ein entzücktes Geräusch, das ungefähr so angenehm ist wie ihre grausige Stimme. »Hat er nicht? Oh Gott, ich liebe es, wenn ich recht behalte. Du bist nicht einfach nur irgendwer.«

Weil ich sie so schnell wie möglich wieder loswerden will, lasse ich mich darauf ein, ihre Hand zu schütteln. Ich suche an ihr nach Hinweisen darauf, wer sie ist oder in welcher Beziehung sie zu Roan steht, doch ich pralle an ihrem schlichten, nichtssagenden Outfit ab, mit dem sie in jeder x-beliebigen europäischen Menge untergehen könnte, ein starker Kontrast zum Glitzerkleidchen von gestern. »Mia Knight.«

»Freut mich, dich kennenzulernen, Mia.« Ich will ihr meine Hand sofort wieder entziehen, doch Julie hält mich fest und macht einen Schritt auf mich zu. »Ich möchte ganz offen zu dir sein, Mia. Ich –«

»Sicher, dass du es möchtest und es nicht musst, weil ich gestern dein Gesicht gesehen habe?«

Wieder ist da dieses grässliche Kichern, und meine Finger verkrampfen sich, was Julie nur noch zufriedener zu stimmen scheint. »Du bist aufmerksam. Kein Wunder, dass er dich in seiner Nähe haben will.«

»In seiner Nähe zu sein, ist mein Job«, entgegne ich kühl, denn die Art, wie sie ihre Fragen stellt, verrät mir, dass sie Journalistin sein muss. Was auch Roans heftige Reaktion auf sie für mich zumindest schon mal ein bisschen in Perspektive setzt, auch wenn er seine Abneigung der Presse gegenüber sonst viel besser zu verstecken weiß. Was aus ihr die Ausnahme macht, gilt es jetzt herauszufinden. Ein Spiel mit dem Feuer, aber nach

Roans Reaktion gestern die bessere Alternative, als ihn direkt darauf anzusprechen und zu riskieren, dass er das alles noch mal durchmachen muss. »Ich bin seine Make-up-Artist.«

»Seine Make-up-Artist. Wie spannend.« Sie lässt mich los. »Und wie lange schon?«

Sie muss schon früher aufstehen, wenn sie mich aufs Glatteis führen will. »Ich würde schätzen, ungefähr so lange, wie du schon Reporterin bist. Obwohl«, ich betrachte sie von Kopf bis Fuß und lächle zuckersüß, »vermutlich ein paar Jahre weniger, so skrupellos und abgebrüht, wie du wirkst.«

Sie gerät nicht mal ins Wanken, was mich persönlich sehr ärgert, sondern feuert direkt weiter drauflos. »Ganz schön angriffslustig und beschützend für eine einfache Make-up-Artist, findest du nicht?«

Sie ist gut, das muss ich ihr lassen. »Das Team rund um *Parallel* ist für Loyalität bekannt.«

»Natürlich seid ihr das. Dafür bezahlt man euch sicherlich auch gut.«

»Das wäre ich selbst, wenn man mir keinen einzigen beschissenen Penny geben würde.«

Julie reibt die Hände aneinander. »Eine persönliche Verbindung also. Und eine so tief reichende, dass allein die Erwähnung von Geld, dafür sorgt, dass du dich angegriffen fühlst.«

Es funkelt aufgeregt in ihren Augen, und ich weiß, dass ich jetzt das Narrativ kontrollieren muss, wenn ich vermeiden will, dass Julie haltlose Schlüsse zieht.

Egal. Solange es mit dir zu tun hat.

»Wir kennen uns von klein auf«, sage ich kurz angebunden und weiß nicht, warum sich diese Wahrheit wie eine Lüge anfühlt. »Das ist alles.«

»Oh, also bist du auch aus Brixham? In Deutschland hat er ja nicht lange genug gelebt, um da irgendwelche Freundschaften zu schließen.« Sie zückt ihr Handy und tippt etwas ein. Eine Stimme flüstert mir zu, dass ich da gerade einen ganz, ganz dämlichen Fehler begangen habe, als sie mich wieder genauer unter die Lupe nimmt. »Vom Alter her könnte es passen.« Sie tippt gegen ihre Augen. »So einfach, wie du mich als Bedrohung eingestuft hast.«

Den habe ich wohl nicht anders verdient. »Kann ich dir sonst noch irgendwie behilflich sein, Julie?«

»Oh, das könntest du. Aber irgendetwas sagt mir, dass du das nur über deine Leiche tun würdest.« Sie steckt das Handy weg und tippt mir gegen die Nase. »Genauso wenig wie du ihm von unserem kleinen Treffen hier erzählen wirst, habe ich recht?« Leugnen kann ich es nicht, weshalb ich eisern schweige, was Julie weit über alle Maße zu entzücken scheint. »Freut mich, dass wir uns da einig sind. Wir würden den armen kleinen Roan auch wirklich nicht grundlos in Panik versetzen wollen. Oder?«

»Mach, dass du Land gewinnst, oder ich rufe den Sicherheitsdienst.«

»Wir wissen beide, dass du das nicht tun wirst. Hättest du sonst ja schon längst. Aber hey«, in einer Geste der Ergebung hebt sie die Hände, »ich habe eh alles, was ich brauche.«

Ich will sie nicht gehen lassen, weil ich nach wie vor herausfinden will, woher sie Roan kennt. Sie jedoch noch länger um mich zu haben erscheint mir weder klug noch glaube ich, es ertragen zu können. Etwas an ihr geht mir direkt unter die Haut und das auf eine Art und Weise, bei der ich mir nichts sehnlicher wünsche, als sofort unter eine heiße Dusche zu springen. Noch bin ich allerdings nicht erlöst, denn anstatt sich von mir zu entfernen, macht sie einen tänzelnden Schritt auf mich zu, direkt in meine Privatsphäre und noch tiefer unter meine Haut, wo sie mit jedem leise geflüsterten Wort wie ein parasitäres Insekt ihre Eier ablegt.

»Weil du mir so toll geholfen hast, helfe ich jetzt auch dir«, flüstert sie leise. »Ich bin Reporterin bei *The British Royal Gazette*. Da war ich auch schon vor knapp sieben Jahren.« Sie weicht zurück und zwinkert mir zu. »Gern geschehen.« Dann ist sie, genauso plötzlich, wie sie aufgetaucht ist, wieder verschwunden.

Obwohl ich weiß, dass es vermutlich eine ganz, ganz dumme Idee ist, ziehe ich mein Handy aus der Gesäßtasche und gebe den Namen des schmierigsten und auflagestärksten Klatschblattes Großbritanniens ein. Schlagzeilen über Schlagzeilen landen auf meinem Feed, eine reißerischer als die andere. Und weil ich mich nicht länger als nötig mit diesem Schund befassen will, grenze ich die Suche mit dem Wort *Roan* weiter ein. Sofort bekomme ich einen Treffer, und als ich die Bilder sehe, von denen ich weiß, dass sie meinen besten Freund noch heute in seinen schlimmsten Albträumen verfolgen, wird mir schlagartig klar, mit wem ich da gerade gesprochen habe. Mir wird augenblicklich kotzübel. An der Schlagzeile komme ich dennoch nicht vorbei, die, für immer dokumentiert in den unendlichen Weiten des Internets, mit roten Lettern grell aufleuchtet.

Von Schwiegermamas Liebling zum abgefuckten Junkie
Die Wahrheit über *Parallel*-Sänger und Möchtegern-Saubermann Roan Webb

9. KAPITEL

Mia

»Und du bist dir sicher, dass es gerade passt?«

»Klar.« Ich verberge mein Handy näher an meiner Brust, als eins der Models auf mein Display zu schielen versucht, während ich mich in dem beheizten Wohnwagen an ihr vorbei in Richtung Ausgang schiebe. Das macht sie immer in den Pausen, wenn ich am Handy bin. Für meinen Geschmack stellt sie ihre Neugierde etwas zu offensichtlich zur Schau, die jetzt durch einen Facetime-Anruf erst recht entfacht ist. »Was gibt es denn, Mia?«

»Ich will dir etwas zeigen. Warte eben.« Ich nehme die Kopfhörer aus meinen Ohren, um mich trotz der offiziellen Shootingpause kurz beim Fotografen abzumelden, der erschöpft auf einem der Sessel döst, mich aber mit einem Nicken wissen lässt, dass er mich gehört hat. Erst dann setze ich sie wieder ein und schlüpfe in den dicken Wintermantel von *SouthSideGirl*, den ich mir letztes Jahr zugelegt habe, nachdem ich mir bei einem Job bei einer pompösen Winterhochzeit auf einem historischen, aber vor allem zugigen Anwesen mitten im Nirgendwo eine unschöne Blasenentzündung eingefangen hatte. Für einen Moment fürchte ich, dass Roan von dem ganzen Hin- und Hergewackel am Bildschirm ein Schleudertrauma bekommt. Doch dann erinnere ich mich an sein seltsames Kopfüber-Workout, und meine Sorge löst sich sogleich in Luft auf. »Sorry, ich hatte nicht wirklich damit gerechnet, dass du so zügig drangehst.«

Roan lacht, und ich wünschte, ich hätte den Mantel schon an, damit ich sein Gesicht sehen kann. »Aber du hast mich doch angerufen.«

»Ja, schon, aber trotzdem.«

»Emilia, wenn du mich anrufst, gehe ich immer ans Telefon, ganz egal, was ist oder wo ich bin.«

»Emilia?« Jetzt lache ich, halb, weil mein Arm sich im Ärmel verheddert, halb, weil Roan seinen ernsten rügenden Tonfall ausgepackt hat, den ich schon immer kaum ernst nehmen konnte. »Himmel, was hab ich verbrochen?«

»Du hast angenommen, dass es irgendetwas in meinem Leben gibt, das wichtiger ist als du.«

Mein Lachen erstirbt, und ich stolpere aus dem Wohnwagen hinaus in die Schneelandschaft, die sich vor mir erstreckt. Ihre atemberaubenden Weiten aber können mich leider gerade nicht von dem Glühen in meinen Wangen und dem Ziehen in meiner Magengegend ablenken. Ich presse meine Hand darauf, versuche, es zu vertreiben. Ohne Erfolg. Stattdessen nistet es sich nun als treuer Begleiter des unruhigen Kribbelns in meinen Fingerspitzen ein, das mich diesen Videocall überhaupt erst hat starten lassen, und des Schmerzes zwischen meinen Rippen, der nicht weggehen will, seitdem ich mich vor drei Tagen in den Zug nach Schottland gesetzt habe, und dem ich nur Linderung verschaffen kann, wann immer ich nach dem Handy greife und eine ganz bestimmte Nummer wähle.

»Mia?« Roans besorgte Stimme erinnert mich daran, dass er noch immer am anderen Ende der Leitung ist, und ich ziehe schnell den Reißverschluss meines Mantels bis unters Kinn hoch, ehe ich das Handy hebe. Endlich sehe ich sein Gesicht, und der Wechsel von Sorge zu ehrlicher Freude verstärkt das Ziehen in meiner Magengegend nur noch mehr. »Da bist du ja.«

Er klingt so erleichtert und glücklich, dass meine Hand sich automatisch fester um das Handy herum zusammenkrampft. »Du tust ja gerade so, als hättest du ewig nichts von mir gehört.«

»Stimmt ja auch.«

Das entlockt mir ein doch etwas ungläubiges Lachen, während ich mich durch die herumstehenden Wohnwagen hindurchschlängle, die direkt an einem kleinen Fluss dicht an dicht stehen. »Roan, wir haben gestern erst miteinander telefoniert und heute Morgen noch getextet.«

»Siehst du? Ewig her. Immerhin haben wir schon Mittag.« Er zwinkert mir zu und lehnt sich auf der Ledercouch zurück, die ich als die aus dem Pausenraum in der Probenhalle wiedererkenne. Es ist offensichtlich, dass ich ihn mitten aus den Proben herausgerissen habe, denn er ist leicht außer Atem, und in seinen Augen liegt noch immer der Schatten seines Hyperfokus, den er immer auf der Bühne bekommt, Probe hin oder her. Roans Handy befindet sich scheinbar auf dem niedrigen Couchtisch, wahrscheinlich lehnt es an einem von Damians immer irgendwie halbvollen Energydrinks, denn er bindet sich mit beiden Händen sein schulterlanges Haar zusammen. Auf seiner Haut glänzt ein zarter Schweißfilm, und ich frage mich, wie mir bisher entgehen konnte, dass seine Oberarme sich anspannen, wenn er mit den Händen durch sein Haar fährt. Oder eher, warum es mir ausgerechnet jetzt auffällt. »Wie läuft das Shooting?«

»Ganz okay«, antworte ich. »Wir müssen viele Pausen einlegen, weil die Models zwischendurch zu sehr zittern, was auch nur mehr als verständlich ist.«

Roan nickt zustimmend, zieht den Zopf fest und lässt die Arme sinken. Sein Haar ist ein wenig strähnig, trotzdem sieht er gut aus in diesem schlichten, weißen Shirt und den Jeans. »Kein Wunder. Bei euch sind es kaum mehr als ein Grad, oder?«

»Woher weißt du das?«

»Du hast gesagt, das Shooting ist in der Nähe von Elphin, oder nicht?« Er greift nach etwas neben dem Bildschirm, und im nächsten Moment erscheint sein Tablet, auf dem er kurz herumtippt, ehe er es mir hinhält. Die Wetter-App darauf zeigt mir die Vorhersage für Elphin, aber es ist das kleine Icon oben in der Ecke, das mir mit einem Sternchen verrät, dass es als Favorit gespeichert und damit die erste Anzeige ist, die Roan sieht, wenn er sie öffnet. So wie London meine erste ist, obwohl ich über sechshundert Meilen davon entfernt bin. »Da steht ein Grad. Gefühlt allerdings minus zwei. Pass also bloß auf, dass du dich warm genug anziehst, Mia.«

»Ja, Dad.« Er klingt wie eine Glucke, und doch komme ich nicht umhin, zu lächeln, als ich durch den knöchelhohen Schnee zum Rand der kleinen Wohnwagensiedlung stapfe. »Ich bin schön dick eingepackt, siehst du?« Ich halte die Kamera etwas weg von mir, um ihm meinen Wintermantel zu präsentieren, der mich von den Schultern bis zu den Knöcheln einhüllt. »Außerdem bin ich nicht diejenige, die sich in leichte Leinen gehüllt ablichten lassen muss.«

»Gott sei Dank. Sonst hätte ich dich auch augenblicklich zurück nach London zitiert.« Roan legt seine Füße mit den schweren Stiefeln auf dem Tisch ab und greift nach dem Handy, um es wieder näher an sein Gesicht zu bringen. Erst jetzt bemerke ich, wie müde er aussieht. »Hat sich die Nummer mit diesem inkompetenten Arschloch eigentlich geklärt?«

Ich erreiche den Rand der Wohnwagensiedlung, halte meinen Blick aber lieber auf Roan gerichtet, anstatt die schneebedeckten Hügel Schottlands und den See zu betrachten. »Du meinst meinen Kollegen, der sich partout nicht ans Briefing halten will?«

»Sag ich ja: inkompetentes Arschloch.«

»Nein, leider nicht. Aber es ist jetzt, wie es ist. Ich habe mehrfach versucht, mit ihm zu reden, doch er macht völlig dicht und ist unbelehrbar, also gibt es nichts, was ich dagegen tun kann, außer hinter ihm aufzuräumen.« Ich zucke mit den Schultern. Roan will zum Protest ansetzen, ich unterbreche ihn allerdings, bevor er mit einer lauten Schimpftirade loslegen kann. »Du siehst müde aus. Schläfst du wieder nicht gut?«

»Nicht wirklich.« Jetzt ist es an ihm, mit den Schultern zu zucken. »Du kennst das doch. Vor großen Shows oder Ankündigungen bin ich immer nervös und mache kein Auge zu.«

Mein schlechtes Gewissen meldet sich sofort und vermischt sich mit meiner üblichen Sorge um Roan. Diesmal allerdings spüre ich sie bis tief in meine Knochen, und ich fröstle, nicht wegen der Kälte, sondern wegen der Intensität dieses Gefühls, das ich kaum in Worte fassen kann und das mir vertraut, aber gleichermaßen irgendwie neu und beängstigend vorkommt. »Tut mir leid, dass ich nicht da bin.«

Lässig winkt er ab, so als hätte er nicht dunkle Schatten unter seinen Augen, die ich gerade nicht mal mit Concealer für ihn verschwinden lassen kann. Fest verankere ich meine Füße im Boden aus Angst, dass ich ihrem Drängen nachgebe und bis nach London laufe, um an seiner Seite zu stehen. »Muss es nicht, ich komme schon klar. Außerdem bist du für mich da, Mia, so wie sonst auch.«

»Ja, aber ich bin nicht da *da*.« Erst als ich darauf vertrauen kann, nicht Reißaus zu nehmen, wende ich mich nach links und schlendere einen der schneebedeckten Hügel hinauf, auf dem ganz oben ein altes Cottage steht. »Das ist was anderes.«

»Klar hätte ich dich lieber hier, aber du bist immer nur einen Anruf entfernt.« Er lacht, und irgendwie klingt es ungewohnt, ein bisschen verlegen vielleicht. »Wobei ich schon zugeben muss, dass es seltsam ist, von dir getrennt zu sein.«

»Ja, oder? Es ist einfach so komisch.« Der Aufstieg ist steil, was hoffentlich der einzige Grund für mein schneller schlagendes Herz ist. »Und ich dachte schon, es ginge nur mir so.«

»Absolut nicht.« Roan kratzt sich am Kinn, und jetzt, wo er das Handy so nah vor sein Gesicht hält, erkenne ich den Bartschatten, der sich darübergelegt hat. »Es sind doch nur fünf Tage. Waren wir echt so lange schon nicht mehr voneinander getrennt?«

»Ich glaube, das letzte Mal, dass es mehr als vierundzwanzig Stunden waren, war irgendwann in der Mittelstufe. Der eine Sommer, als ihr für zwei Wochen nach Frankreich gefahren seid und wir direkt im Anschluss eine Woche in Spanien waren.«

»Stimmt.« Er verzieht das Gesicht, so als würde die Erinnerung daran bitter auf seiner Zunge schmecken. »Gott, das war wirklich ein ätzendes Jahr.«

»War es.« Wie viele Tränen ich damals vergossen habe, habe ich Roan bis heute nicht gebeichtet. »Aber wenigstens hat unser ganzes Gemecker was gebracht. Immerhin sind wir danach nur noch zusammen verreist.«

Roan gluckst, diesmal vertraut und warm und einfach Roan. »Weißt du noch das eine Jahr in Dänemark?«

Regen, Stockbrot und Krötenjagden mit Roans Brüdern kommen mir in den Sinn, und ich kichere. »Gott, ja. Als es so viel geregnet hat, dass man unsere Gummistiefel auskippen konnte, weil so viel Wasser reingelaufen ist, und deine Mutter gesagt hat, dass sie nicht in den Urlaub fährt, um …« Ich versuche, mich an den genauen deutschen Wortlaut zu erinnern, komme aber nicht darauf, da es immerhin schon über fünfzehn Jahre her ist. »Was hat sie noch gleich gesagt?«

»Dass sie nicht in den Urlaub fährt, um den Arsch nass zu kriegen.« Wie immer klingt Roans Stimme tiefer, wenn er Deutsch spricht, und ich bin froh, mich jetzt etwas mehr auf den Boden unter meinen Füßen konzentrieren zu müssen, der unter dem Schnee immer unebener wird, denn das Ziehen in meiner Magengegend wird immer stärker. »Danach haben wir nur noch im Süden Urlaub gemacht.«

Oben auf dem Hügel angekommen, bläst mir der eisige Wind in die Haare, aber es könnte mich nicht weniger kümmern, wie ich nach meinem kleinen Ausflug aussehe, immerhin bin ich eine Frau auf einer Mission. Blöd nur, dass meine Mission sich bewegt und nicht mehr dort ist, wo ich sie zuletzt gesehen habe. Etwas weiter in der Ferne erkenne ich allerdings mein Ziel und stapfe weiter durch den Schnee darauf zu. Angestrengt atme ich ein und aus.

»Urlaub. Verrücktes Konzept.«

»Der würde uns beiden aber mal ganz guttun.« Weiter tragen mich meine Füße gen Norden, doch etwas tief in mir will umdrehen und sich Richtung Süden, gen London, aufmachen. »Und nein, das Reisen im Rahmen der Tour zählt nicht als Urlaub. Genauso wenig wie die letzten anderthalb Jahre. Da hast du wie ein Besessener mehr oder weniger jeden Tag im Studio gehockt.«

»Wie heißt das Lied von Cage the Elephant noch mal? *Ain't No Rest For The Wicked?*« Wenigstens hat er den Anstand, dabei zumindest ein bisschen ertappt dreinzublicken. »Wohin würdest du wollen?«

Wohin auch immer du willst, denke ich mir stumm. »Dorthin, wo man gut die Sterne sehen kann.«

»Das wäre dann wohl Norwegen.« In seinen blauen Augen funkelt es aufgeregt. »Fjorde. Polarlichter. Zelten im Schnee.«

»Das klingt sehr kalt.« Ich stelle es mir dennoch vor. Nur wir zwei, dicht an einem Lagerfeuer aneinandergekuschelt, während wir Kaffee schlürfen und in den Himmel hinaufsehen, an dem Sterne funkeln. Beinahe glaube ich, Roans Stimme in meinem Ohr zu hören, wie er mir flüsternd die Konstellationen erklärt, so wie früher im hohen Gras im Garten seiner Eltern. Wie er mich näher zu sich zieht, damit ich nicht friere, um uns herum nichts und niemand, vor dem wir nicht sein können, wer wir sind. Mein Herz flattert allein bei dem Gedanken daran, mit Roan in schneebedeckten Weiten allein zu sein. »Aber auch sehr schön.«

»Lass es uns tun. Wenn die Tour vorbei ist.« Etwas schwingt in seiner Stimme mit, etwas, das ich nicht benennen, sondern nur spüren kann. »Lass uns einfach für ein paar Tage abhauen. Nur du und ich.«

Gemeinsam im Urlaub waren wir schon oft, allerdings nie nur wir zwei. Aufregung macht sich in mir breit, lässt mein Herz rasen und meinen Magen Purzelbäume schlagen. Warum, weiß ich nicht, aber am liebsten möchte ich mich sofort mit ihm aus dem Staub machen. »Können wir das denn einfach so?«

»Das werden wir nur herausfinden, wenn wir es versuchen.« Mich beschleicht das Gefühl, dass es nicht länger einzig und allein um den Urlaub geht, doch bevor ich näher darüber nachdenken kann, wechselt Roan das Thema. »Bis dahin sollten wir beide aber wohl das Wandern üben.« Roan stützt seinen Kopf an der Schläfe mit seiner Faust auf und lächelt mich auf diese ganz bestimmte Art an, wie er es nur macht, wenn wir allein sind. »Sag mal, wohin bist du eigentlich unterwegs?«

»Wirst du gleich sehen«, schnaufe ich. Unelegant vertrete

ich mich plötzlich, und mein Handy fliegt im hohen Bogen durch die Luft und landet im Schnee. Ich starre auf das rechteckige Loch, das es darin hinterlässt, ehe ich wirklich schalte und mich hektisch danach bücke. »Scheiße, Scheiße, Scheiße!«

Roans Lachen ist laut genug, um mir als Wegweiser zu dienen und mich wissen zu lassen, dass mein Smartphone nicht das Zeitliche gesegnet hat. Ich fische es aus der kalten Nässe, schüttle die Feuchtigkeit panisch ab und funkle Roan böse an, auch wenn sein Anblick, wie er lachend den Kopf in den Nacken geworfen hat, das Ziehen von meinem Magen noch ein paar Zentimeter weiter nach unten wandern lässt, zu genau der Stelle, an der es absolut nichts zu suchen hat. Jetzt verstehe ich, was Ellie einmal meinte, als sie zu mir sagte, ich könne nur nicht nachvollziehen, warum sie Caleb wegen seines Lachens geküsst habe, weil ich nicht dabei war.

»Nicht witzig«, fauche ich etwas schärfer als beabsichtigt, weil meine eigenen Gedanken mir einen Streich spielen. »Was, wenn mein Handy kaputtgegangen wäre?«

»Dann hätte ich dir ein neues per Kurier schicken lassen.« Roans Lachen verebbt wieder zu diesem Glucksen.

Wir sehen einander an, und zum ersten Mal, seitdem ich London verlassen habe, bin ich fast erleichtert, dass uns ein Bildschirm trennt, denn ich bin so schon verwirrt, auch ohne die ungefilterte Intensität dieses Augenblicks.

»Vielleicht ist es gar nicht so schlecht, dass wir für ein paar Tage getrennt sind«, sagt Roan leise.

»Wieso das denn?« Meine Stimme klingt ganz kleinlaut, und Roans Züge werden so sanft wie seine Stimme.

»Weil wir so mal die Chance haben, einander zu vermissen, Mia.«

Dass ich Roan vermisse, ist ungewohnt, aber nicht neu. Doch das Gefühl, das in meiner Brust wohnt, ist anders. Es reicht tiefer. Schmerzt mehr. Es will mich forttragen, hin in seine Richtung, und dann mit ihm zusammen weiter fort von allem, was wir kennen und lieben. Es ist laut, egoistisch und kennt kein Maß.

All die Nachrichten kommen mir in den Sinn, die wir seit meiner Abreise hin und her geschrieben haben. All die Sprachnachrichten. Die Fotos. Die Videos. Die Videoanrufe und abendlichen Telefonate. Das Kribbeln in meinen Fingerspitzen. Der Schmerz zwischen meinen Rippen.

Er ist das Erste, woran ich denke, wenn ich aufwache, und er ist der letzte Gedanke, bevor ich schlafen gehe.

Das hier ist anders als Vermissen. Es ist … mehr.

Ich bekomme keinen Ton heraus, während diese Wahrheit sich zwischen uns ausdehnt, die sich irgendwie gefährlich, irgendwie unheilvoll anfühlt. Ich umfasse das Handy fester, versuche, mich irgendwie mit seinen glatten Kanten zu erden, schaffe es aber nicht wirklich.

»Du wolltest mir etwas zeigen, oder nicht?« Er lächelt, und wieder macht es etwas mit meinem Bauch. Diesmal ist das Ziehen allerdings so schmerzhaft, dass es mir beinahe die Tränen in die Augen treibt, so eine Angst habe ich davor.

Zeigen? Ja, genau. Ich wollte Roan etwas zeigen. Deshalb habe ich ihn angerufen. Genau, deshalb. Aus keinem anderen Grund. Weil ich ihm etwas zeigen wollte.

Ich blinzle, dankbar für den Themenwechsel, den er mir so bereitwillig bietet, und sehe mich suchend um. Und da sind sie, nur wenige Meter von mir entfernt. Zottelig und braun und der Grund, warum ich Roan unbedingt anrufen wollte, weil es nichts gibt, das ich nicht mit ihm teilen will.

Ich drehe den Bildschirm halb um, damit Roan sehen kann, was ich sehe.

Er schmunzelt. »Sind das etwa zottelige Kühe?«

»Ich glaube, die korrekte Bezeichnung lautet Highland-Rinder.« Ich grinse breit, als Roan wieder gluckst und sein Handy noch näher vor sein Gesicht hält, um die gehörnten Tiere besser betrachten zu können, die so herrlich treudoof dreinblicken und mich völlig unbeeindruckt beobachten. »Aber ja: Es sind zottelige Kühe. Und guck mal, eine kann gar nichts sehen. So wie du damals mit deinem Pottschnitt.«

»He!«

Eine Weile noch kabbeln wir albern herum wie kleine Kinder, ehe Roan auflegt, weil er zurück zu den Proben muss. Der Bildschirm wird schwarz, und alles, was ich höre und sehe, ist die einsame Weite der Highlands. Mit einem Mal ist er noch schlimmer, dieser Schmerz, der zwischen meinen Rippen wohnt, mir die Luft aus den Lungen presst, und der endlich einen Namen hat.

Sehnsucht.

10. KAPITEL

Roan

»Lager.«

Okay, nicht das Wort, das ich als Begrüßung an diesem Freitag erwartet habe. Generell ist das kein Wort, das ich als Begrüßung erwarte, schon gar nicht, wenn ich den Kopf zum Büro meines Managers hereinstecke. Calebs Büro ist lichtdurchflutet und freundlich. An der Wand hinter seinem Schreibtisch, an dem er sitzt, prangt das *Parallel*-Logo. Caleb starrt grübelnd vor sich hin, ein Gesichtsausdruck, den er schon seit Tagen nicht mehr loswird, und das, obwohl wir zu keinen PR-Terminen gehetzt sind, sondern stattdessen unsere gesamte Zeit mit Proben verbracht haben. »Freut mich auch, dich zu sehen, Mann.«

»Ich würde dir dasselbe sagen, wenn deine pure Anwesenheit nicht einem großen *Fick dich* an meine Anweisungen gleichkäme.« Caleb sieht nicht einmal von seinem Tablet auf und reibt sich angestrengt die Stirn. Offensichtlich störe ich ihn bei etwas, und so unzufrieden, wie er dreinblickt, kann es sich eigentlich nur um die Terminplanung handeln. Nichts kann Caleb mehr die Laune verhageln als Zeitslots zu arrangieren und dabei festzustellen, dass ein Tag mit nur vierundzwanzig

Stunden ein Irrtum der Natur sein muss, wenn es doch genug zu tun gibt, um locker achtundvierzig zu füllen.

»So ist das nicht.«

»Ich spare uns beiden mal den Eiertanz, bis du irgendwann von selbst damit rausrückst, warum du wirklich hier bist, obwohl ich dich und Damian inständig darum gebeten habe, auszuschlafen und eure Ärsche bis heute Nachmittag nirgendwohin zu schwingen, und sage dir deshalb: Mia ist im Lager.«

Ich halte den Mund, als Caleb mir den Kubrick-Blick zuwirft, und ziehe ertappt die Schultern hoch. Dieses ernste Starren mit geneigtem Kopf und dem unter den Augenbrauen hervorspähendem Blick hat niemand so drauf wie er. »Danke.«

»Geht doch.« Caleb dreht den Stift zwischen seinen Fingern und winkt mich nachlässig raus, ganz nach dem Motto: *Geh mir nicht länger auf den Sack und lass mich meine Arbeit machen.* »Bis später, Mann.«

»Bis später.« Ich ziehe die Tür zu Calebs Büro zu und steige die Treppe zurück ins Erdgeschoss hinunter, wo sich der Empfang sowie die Büros von Team Styling und Team Sicherheit befinden. Das Lager, das den Namen kaum verdient, weil es eigentlich mehr eine glorifizierte Besenkammer als alles andere ist, liegt versteckt am Ende des Flurs, eingequetscht zwischen dem Büro, das Olivia sich irgendwann mit Yui teilen wird, und Alistairs Büro. Die Tür zum Lager ist geschlossen, aber davor, auf einem Stuhl aus dem Pausenraum, steht ein gigantischer Pappkarton, über und über beladen mit Make-up. Vorsichtig klopfe ich an, denn ich will die Tür nicht einfach aufstoßen und riskieren, Mia dabei zu treffen, so klein ist der Raum. Meine Hände sind schwitzig, mein Herzschlag schnell. Nach unserem Videocall vor zwei Tagen, in dem ich zwischendurch das Gefühl hatte, einen Glimmer von *Mehr* erspäht zu haben, war bisher zwar alles wie immer zwischen uns. Aber es ist eine

Sache, zu texten und zu telefonieren, und eine völlig andere, einander gegenüberzustehen. Nervosität hat mich letzte Nacht ins Studio und Vorfreude heute viel zu früh aus dem Bett getrieben, denn egal wie unsicher ich mich gerade fühle, fernbleiben kann ich Mia einfach nicht. Und so stehe ich hier, mit Nervosität im Bauch und unruhigen Fingern und warte darauf, dass diese gottverdammte Tür sich öffnet.

»Moment!«, erklingt es von der anderen Seite. Und dann steckt Mia erst nur den Kopf heraus. Aber als sie mich erblickt, strahlt sie bis über beide Ohren und reißt die Tür auf.

»Roan.« Sie klingt so erleichtert, wie ich mich fühle, und tritt auf den Flur, um mich in eine innige Umarmung zu ziehen. Keine Befangenheit liegt in der Luft, und auch der letzte Rest Anspannung fällt von mir ab, als ich sie endlich wieder ganz dicht bei mir habe. Mias Körper ist warm und weich und schmiegt sich wie immer mühelos an meinen, als ich sie fest im Arm halte. Ich lasse meine Hand ihren Rücken hinauf in ihren Nacken wandern und drücke sie an mich. Lediglich fünf Tage habe ich auf sie verzichten müssen, aber das hat gereicht, um ihren Duft nach Rosen und Johannisbeeren schmerzlich zu vermissen, der sonst tagtäglich in der Luft liegt. »Was machst du denn hier?«

Weil es ein sinnloses Unterfangen ist, Mia zu belügen, die mich noch leichter durchschaut als Damian und Caleb zusammen, beschließe ich einfach, die Wahrheit zu sagen. »Ich wollte dich sehen.«

Mia lässt mich los und lächelt. »Wir haben doch vorgestern noch gefacetimed, Roan.«

»Ist nicht dasselbe.« Ich nicke an ihr vorbei Richtung Besenkammer, in der die Regale bis zur Decke reichen und sich unzählige durchsichtige Boxen, gefüllt mit Make-up, Accessoires und gefalteter Kleidung stapeln. »Jahresabschlussinventur?«

»Mehr oder weniger. Eigentlich war es nur als Beschäftigungstherapie bis zur Tourankündigung nachher gedacht.« Mia tritt zurück in den winzigen Raum und schnappt sich das Tablet, das zwischen den Boxen liegt. »Seit dem Urteil haben wir unzählige neue Proben und Ähnliches zugeschickt bekommen. Die wollte ich gern vor der Abschlussinventur einsortieren, und da ich mich wegen des Live-Streams heute Nachmittag eh kaum konzentrieren kann und nicht last Minute noch vor lauter Aufregung deinen ganzen Look umwerfen will, hab ich beschlossen, mich diesem ganzen Zeug jetzt einfach mal zu widmen. Und dann kam mir die glorreiche Idee, vielleicht doch schon mit der Inventur anzufangen, als Frühstart sozusagen, anstatt hinterher dann alles irgendwie doppelt zu machen«, plappert sie drauflos und reibt sich den Nacken. Ihr Haar hat sie heute mit einem senfgelben Tuch hochgebunden, aus dem vereinzelte mahagonifarbene Strähnen herauslugen. »Blöd nur, dass ich völlig vergessen habe, wie sehr ich Inventur hasse und wie ewig das dauert. Wenn ich nicht einen Zahn zulege, dann kann ich Weihnachten daheim dieses Jahr wohl knicken.«

»Untersteh dich!« Ich kremple die Ärmel meines Shirts hoch, noch bevor ich wirklich darüber nachdenken kann, und quetsche mich zu Mia in den Raum, in dem auch eine ganze Menge Reinigungs- und Desinfektionszeug für Make-up herumsteht. »Wenn du dieses Jahr Weihnachten nicht mit nach Hause kommst, bringt deine Mom mich um. Von meiner mal ganz zu schweigen. Außerdem kannst du mich mit dem ganzen Irrsinn nicht allein lassen. Doppelte Bescherung am Weihnachtsabend und Weihnachtsmorgen sowie all meine Brüder inklusive Ehefrauen und Kinder für drei volle Tage? Ich meine, ich liebe sie alle, aber wenn ich da alleine durchmuss, drehe ich durch.«

Bei der Erwähnung des Chaos, das jedes Jahr an Weihnachten während unserer Besuche über die Feiertage auf uns wartet, funkeln ihre Augen freudig, und noch bevor sie die Frage stellt, weiß ich, dass sie kommen wird. »Was ist mit Damian?«

»Er nimmt sich eine Woche frei, um dieses Jahr über Weihnachten einen Rapper-Kumpel in New York zu besuchen.« Ich zucke bedauernd die Schultern, habe aber größtes Verständnis. Jedes Jahr fragt sie mich. Jedes Jahr ist die Antwort dieselbe. »Du weißt doch, dass er wegen seines Vaters nie wieder einen Fuß in unsere Heimatstadt setzen wird. Komme, was wolle.«

»Ich weiß. Ich hatte nur gehofft, dass … Ach, keine Ahnung.« Sie seufzt leise, und auch ich spüre die Schatten von früher, eine unschöne Dia-Show unzähliger Blutergüsse, zugeschwollener Augen und aufgeplatzter Lippen. Doch da wir beide nichts an den Geschehnissen von damals ändern können oder daran, wie Damian damit umgeht, schüttelt Mia es ab und wischt die Trauer mit einer Bewegung aus ihrem Gesicht, auch wenn sie noch einen Augenblick länger an ihren Mundwinkeln verweilt.

Ich strecke die Hand nach dem Tablet aus und mache eine ungeduldige Geste. »Na los, jetzt lass rüberwachsen. Wir haben nicht den ganzen Tag Zeit.«

Mia protestiert nicht mal, was noch mal deutlich macht, wie sehr ihr diese Aufgabe zuwider ist, und drückt mir das Tablet in die Hand. »Inventur ist einfach nicht mein Ding. Viel zu viele Zahlen.« Sie verzieht das Gesicht. »Viel zu viele Buchstaben.«

Ich sehe mir an, was sie bisher gemacht hat, ihr Schriftbild ist für andere kaum zu entziffern, aber für mich mit Leichtigkeit zu verstehen. Ihre unzähligen Rechtschreibfehler fallen mir kaum noch auf, aber ich weiß, wie sehr es Mia selbst stört, weshalb ich ihre Notizen mit meiner Handschrift ersetze. »Warum hast du nicht angerufen?«

»Weil du eigentlich ausschlafen und dich auf das Live und die Tourankündigung heute Nachmittag vorbereiten solltest.« Sie zieht eine längliche Box mit verschiedenen Pudern hervor und beginnt, mir Markennamen sowie Farbtonnummern und Produktanzahl zu diktieren, die ich in die Liste eintrage. »Außerdem sollte es mir völlig egal sein, was andere von meinen Listen halten, jetzt, wo ich keine Angst mehr haben muss, deswegen gefeuert zu werden.«

Zu gerne würde ich ihr versichern, dass sie auch bei *Quill Music Publishing* niemals wegen ihrer Legasthenie gefeuert worden wäre, aber wir wissen beide, dass das nicht der Wahrheit entspricht, also sage ich stattdessen: »Du kannst mich doch nicht einfach so arbeitslos machen.«

Sie rollt mit den Augen und öffnet eine hübsch verzierte Puderschatulle, die sie desinfiziert und zurück in die Kiste packt, nachdem ich sie in den Bestand aufgenommen habe. »Ich denke, nachdem du nun seit über zwanzig Jahren meine Fehler ausbügelst oder mir Sachen vorliest, ist es höchste Zeit, dass du in Rente gehst. Mittlerweile gibt es Autokorrektur und den ganzen Kram. Ich sollte klarkommen.«

Es klingt so, als hätte sie mir diese Aufgabe damals aufgezwungen, dabei habe ich sie freiwillig an mich gerissen, als ich sie das erste Mal verzweifelt weinend über ihren Hausaufgaben vorgefunden habe, weil für sie alles so viel länger gedauert hat und sie eigentlich nur mit mir und meinen Brüdern im Garten toben wollte. »Hast du nicht mal behauptet, Autokorrektur würde kaum was bringen, weil sie den Buchstabensalat gar nicht entziffern kann, den du fabrizierst?«

Mia seufzt leise. »Ich werde mich daran gewöhnen müssen. Immerhin kannst du das schlecht den Rest deines Lebens für mich übernehmen.«

Den Rest meines Lebens. Für mich klingt das gar nicht so

schlecht, aber ich schlucke die Worte herunter. »Du weißt aber, dass ich das tun würde, oder?«, frage ich stattdessen.

»Natürlich weiß ich das.« Sie tätschelt mir den Arm und widmet sich der nächsten Kiste. Gemeinsam kommen wir zügig voran. »Aber du solltest es nicht müssen. *Two Lines* ist meine Familie. Ich sollte mich nicht für etwas schämen oder etwas verstecken, was nun mal zu mir gehört.«

»Das solltest du nicht, aber du darfst es, wenn es das ist, was du möchtest.« Mir hat es nie etwas ausgemacht, ihre E-Mails, Inventurlisten, Statements oder Konzepte zu korrigieren. Ich tue das schon so lange, wie ich denken kann. Seltsam, wenn es auf einmal anders wäre. Ich habe Mia nie dafür verurteilt, dass sie ihre Legasthenie vor anderen lieber verschwiegen hat. Immerhin musste ich lange genug in der Schule dabei zusehen, wie sie deshalb gemobbt und vom System benachteiligt wurde. »Mir macht es nichts aus, für den Rest meines Lebens deine ganz persönliche Autokorrektur zu sein.«

»Das ist lieb von dir.« In dem winzigen Raum ist es ein Leichtes für Mia, mir einen schnellen Kuss auf die Wange zu drücken. Und auch wenn ich weiß, dass er unschuldig und platonisch gemeint ist, macht mein Herz einen kleinen Satz. Jetzt, wo ich weiß, dass sie mich anscheinend genauso vermisst hat wie ich sie, fällt der allerdings ein ganzes Stückchen höher aus als sonst schon mal. »Ich denke darüber nach.«

Wir arbeiten weiter, während Mia mir alles über ihren Trip in die Highlands erzählt, fast so, als hätten wir nicht jeden Tag miteinander telefoniert. Wie eins der Models ins eiskalte Wasser gefallen und Mias Look ruiniert hat, für den sie zwei Stunden gebraucht hat. Wie der andere Make-up-Artist, mit dem sie sich diesen Job geteilt hat, sich partout nicht an das Briefing halten wollte, sie tagtäglich für ihn nacharbeiten musste und er trotzdem nicht gefeuert wurde. Wie schön, aber bitterkalt die Highlands sind, und wie sehr sie sich darüber freut, nicht mehr auf unzähligen Hochzeiten gleichzeitig tanzen zu müssen, jetzt, da unsere Konten frei und die finanziellen Mittel für alles gesichert sind. Ihre Stimme ist wie eine beruhigende Melodie, und ich lasse mich von ihr forttragen, bis ich die schneebedeckten Hügel beinahe vor mir sehen und die beklemmenden schwarzen Untiefen der Seen Schottlands regelrecht spüren kann. Mia ist eine lebhafte Erzählerin, die während ihrer Geschichten wild gestikulierend immer wieder meine Hand streift oder ihre Schulter meinen Arm oder meine Brust berührt, in diesem engen Raum, in dem es mehr und mehr nach Johannisbeeren und Rosen duftet, was mir den Verstand zu vernebeln droht.

Wir sind halb durch den großen Pappkarton draußen, als ich über eine kurze Pause nachdenke. Nicht nur, weil Mias Parfüm und ihre Nähe Dinge mit mir anstellen, für die beim besten Willen jetzt gerade nicht der richtige Zeitpunkt ist, sondern auch, weil es zu zweit in diesem winzig kleinen Raum langsam, aber sicher sehr heiß und stickig wird. Mia hat schon vor einer Weile ihren dicken Wollpulli ausgezogen, unter dem sie nur ein dünnes Top mit Spaghettiträgern anhat. Auch ich habe den Kragen meines Shirts ein ganzes Stück weiter als sonst aufgeknöpft, sodass es jetzt fast bis zur Mitte meiner Brust aufklafft. Auf meiner Haut klebt trotzdem ein dünner Schweißfilm, obwohl ich eigentlich kaum etwas anderes mache, als die Liste zu führen und hin und wieder mal eine Kiste zurück an Ort und Stelle zu verstauen.

»Mia?« Ich fahre mir mit der Zunge über die Lippen, die schon ganz trocken sind. »Wie wäre es mit einer kurzen Pause?«

Sie sieht mich an, ihre Wangen glühen und sie fächelt sich Luft zu. »Gute Idee. Lass uns nur noch eben die Kiste mit den

Lidschattenpaletten fertig machen, ja? Es sind nur noch vier Stück drin.«

»Geht klar.« Die vier Paletten sind schnell katalogisiert, und ich platziere den Stift an seinem Platz in der Hülle und klappe das Tablet zu. »Nichts wie raus hier.«

»Mhm.« Mia legt die letzte Palette in die durchsichtige Kiste und verschließt sie, ehe sie auf Zehenspitzen versucht, sie zurück auf ihren ursprünglichen Platz zu hieven. Ohne Erfolg. »Willst du eigentlich darüber reden?«

»Worüber?« Belustigt sehe ich ihr dabei zu, wie sie sich weiter abmüht. Als ihr Top ein kleines Stückchen nach oben rutscht und einen Streifen Haut freigibt, bleibt mir kurz die Spucke weg.

Schließlich gelingt es ihr, die Kiste ins Regal zu manövrieren, und sie wischt sich mit dem Handrücken über die Stirn. Ihr Blick ist warm, aber unbeeindruckt, als sie sich zu mir umdreht und schlicht meint: »Der Grund, warum du wirklich hier bist.«

Verwirrung macht sich in mir breit. »Ich bin hier, um dich zu sehen.«

»Ja.« Sie lächelt zwar, aber es sieht angespannter aus als sonst. »Aber warum bist du hier, um mich zu sehen?«

Noch immer kann ich ihr nicht folgen und fühle mich ein wenig wie ein schlecht vorbereiteter Schuljunge bei einem spontanen Geschichtstest. »Weil ich dich vermisst habe.«

Ihr Lächeln verrutscht nicht, wird aber weicher, als sie bestätigend nickt. »Und warum noch?«

»Wie, warum noch?«

»Roan.« Sie verschränkt die Arme vor der Brust und deutet mit dem Zeigefinger auf mein Gesicht. »Du siehst aus wie der wandelnde Tod.«

Mir dämmert langsam, was sie meint, auch wenn ich mir meine tiefen Augenringe und den hässlichen Bartschatten nicht als das eingestehen will, was sie nun mal sind: Vorboten meiner Angst. Eine Angst, die ich bisher erfolgreich unterdrückt habe, und die sich jetzt, wo Mia den Damm gebrochen hat, mit voller Wucht Bahn bricht. »Ich weiß.«

»Dann sprich mit mir.« Mias Worte sind schlicht, aber sie kleben meine Zunge an meinem Gaumen fest. »Was ist los?«

»Was, wenn sie es hassen?« Die Worte kommen leise und träge über meine Lippen.

»Wenn sie was hassen, Roan?« Sie streckt die Hand aus und legt sie auf meinen klammen Unterarm. »Meinst du den Song? Der ist klasse, und das weißt du auch. Genau wie die Performance. Natürlich werden die Fans sich am Anfang vielleicht ein bisschen umgewöhnen müssen, weil ihr jetzt eine neue Seite von euch zeigt, aber sie werden schnell begreifen, dass –«

»Mich.« Das Wort ist zäh wie Kaugummi, aber es schafft es dennoch aus meinem Mund, weil Mia einfach Mia ist, und ich machtlos bin gegen diese Vertrautheit zwischen uns. »Was, wenn sie mich hassen? Was, wenn ich nicht mehr der Roan bin, den sie haben wollen? Was, wenn ich nicht mehr der Gleiche bin und es versaue? Was, wenn ich ihnen nicht geben kann, was sie brauchen und wollen? Was, wenn das alles umsonst war und wir jetzt doch noch alles verlieren, weil ich nicht mehr weiß, was ich tue?« All das, was ich so lange zurückgehalten habe, bricht aus mir hervor, wie die Bläschen in einer Colaflasche, die zu lange geschlossen war, und die jemand kräftig durchgeschüttelt hat. »Vorher wusste ich genau, was ich zu tun, wie ich auf der Bühne und in Interviews zu sein habe. Die ganzen Regeln von *Quill Music* waren zwar zum Kotzen, aber sie haben mir einen Rahmen gegeben. Jetzt ist der weg, und ich habe keine Ahnung, wer genau ich eigentlich sein soll. Oder wer überhaupt ich sein will.«

»Roan.« Ihre Hände auf meiner erhitzten Haut sind Linderung und Schmerz zugleich. »Alles, was du tun musst, ist, du zu sein. Einfach nur Roan. Dann verspreche ich dir, werden sie dich lieben.« Sie lächelt mich an, ihre Stimme ist sanft, und ihre Worte sind voll entwaffnender Ehrlichkeit. »Ich mag dich immer, ganz egal, wer du bist oder wer du sein willst.« Mias Stimme senkt sich zu einem Flüstern, und mir wird noch mal schlagartig bewusst, wie wenig Raum es zwischen uns gibt, der noch kleiner zu werden scheint, mit jedem Streicheln ihres Daumens über meine Haut, bis es außer ihr nichts anderes mehr für mich gibt. Mein Fokus auf sie ist so absolut, verschlingt alles andere, bis nur noch sie zurückbleibt und ich den Halt verliere. »Aber den echten Roan? Den mochte ich schon immer von all deinen Facetten am allerliebsten.«

Vielleicht sind es die Tage der Trennung. Vielleicht sind es ihre Worte. Vielleicht ist es das Versprechen. Eigentlich ist es auch ganz egal, was genau mich dazu bewegt, den letzten Schritt zwischen uns beiden zu überwinden. Alles, was zählt, ist, dass ich es tue. Mein Atem ist flach und mein Herzschlag schnell, als ich meine Lippen auf ihre lege. Die erste Berührung ist vorsichtig, mehr ein keusches, kurzes Aufeinanderpressen. Ich warte an ihren Lippen. Warte darauf, ob sie mich wegstößt oder mich zu sich zieht. Warte auf irgendetwas. Warte auf nichts. Doch dann ist die Antwort auf meine wortlose Frage da. Zittrig ausgestoßener Atem prallt auf meine Lippen. Fingerspitzen fahren über meine Haut am Rand meines aufklaffenden Shirts. Erleichterung und Euphorie mischen sich in meinem Blut zu einer Flutwelle, die alle Ängste mit sich reißt. Und als sich unsere Lippen das nächste Mal berühren, ist alle Vorsicht vergessen.

Zwölf Jahre lang habe ich mir immer vorgestellt, wie es wohl ist, Mia zu küssen. Aber nichts davon reicht an die Realität heran. Mias Lippen sind weich und schmecken nach dem Kirschlabello, den sie schon immer benutzt. Dieser Kuss ist vertraut, eingehüllt in Wärme und den Geruch nach Rosen. Doch er ist auch neu, mit diesen kleinen Geräuschen, die Mia macht, immer dann, wenn meine Zungenspitze über ihre Unterlippe fährt. Es ist mein neues Lieblingsgeräusch, dicht gefolgt von der Art, wie sie meinen Namen sagt, als wir uns kurz voneinander lösen, um Luft zu holen, ehe ich mich darauf besinne, dass es mir wichtiger ist, Mia zu küssen, als zu atmen.

In der kleinen Kammer ist es stickig und heiß und viel zu eng, aber ich liebe es, denn so hüllt Mia mich vollständig ein. Dennoch kann ich nicht genug von ihrer Nähe bekommen. Die letzten Zentimeter zwischen uns müssen verschwinden, ich dränge meinen Körper gegen ihren, bis ihr Rücken sich gegen das Regal presst, aus dem ich entfernt die Plastikschachteln mit dem Make-up fallen höre. Mia klammert sich an mich, und ich trinke ihr leises Stöhnen gierig von ihren Lippen, als ich mit meiner Zunge in ihren Mund dringe und mir damit selbst den letzten Rest Verstand verneble. Gierig fahren meine Hände über jeden Zentimeter ihres Körpers, den ich nur irgendwie erreichen kann, und mir schwirrt der Kopf, als sie mich nicht von sich stößt, sondern sich meinen Händen noch mehr entgegendrängt.

Mia ist Hitze und Wärme und Vertrautheit. Sie ist Rosen und Johannisbeeren und Kirschen. Mia ist alles, was ich will. Alles, was ich je gewollt habe.

Ein lautes Hämmern an der Tür lässt uns beide wie von der Tarantel gestochen auseinanderfahren, und den Bruchteil einer Sekunde später höre ich Calebs dunkle Stimme. »Mia? Roan? Seid ihr da drinnen?«

Auch wenn ich fluchen will, ist es doch Calebs ungewöhnlich kalkulierter Tonfall, der mich davon abhält. Ich sehe Mia an, ihre Wangen glühen, und ihre Lippen sind von meinen Küssen ganz geschwollen. Sie richtet ihren Rock, und unsere Blicke begegnen sich, darin eine Milliarde Fragen, auf die es kaum Antworten gibt. Doch jetzt ist keine Zeit dafür, und so warte ich auf Mias Nicken, ehe ich Caleb die Tür öffne. Es folgt eine weitere Begrüßung, mit der ich nicht gerechnet habe, denn anstelle eines Grinsens und eines dummen Spruchs, empfängt mich angespanntes Schweigen und eine betont neutrale Miene, die mir, gelinde gesagt, große Sorge bereitet. »Cal, was ist los?«

»Wir haben ein Problem.« Er hält meinen Blick eine Sekunde länger als nötig fest. Sein darauffolgendes Nicken lässt mich wissen, dass ich mich für das Nächste besser wappnen sollte. Mein Herz bleibt stehen, als er das Wort dann nicht an mich, sondern an Mia richtet, der er sein Handy unter die Nase hält und leise murmelt: »Es tut mir leid, ich habe keine Ahnung, wie das passieren konnte.«

Verständnislos runzelt Mia die Stirn und wirft mir einen flehenden Blick zu, den ich nicht ignorieren kann, ganz gleich, wie sehr ich auch will. Denn die Schlagzeile der *Gazette* sorgt dafür, dass mir kotzübel wird. Sie zupft an meinem Arm, als ich nicht wie sonst sofort zu lesen beginne. »Roan?«

Ich schlucke schwer, zwinge mich aber dann, ihr die Worte vorzulesen, von denen ich intuitiv weiß, dass sie unser beider Leben für immer verändern werden. »Die fette Single-Lüge des Roan Webb: Wer ist eigentlich Emilia Knight?«

The British Royal Gazette

Die fette Single-Lüge des Roan Webb: Wer ist eigentlich Emilia Knight?

von Julie Presley

»Ach die? Um die musst du dir keine Sorgen machen, Schatz! Wir sind nur gute Freunde.« Und dann erwischst du deinen Mann doch in flagranti im Bett mit dieser Frau, obwohl er beteuert hat, dass zwischen ihnen doch alles ganz harmlos ist.

Genau so dürften sich gerade Liners fühlen, denn Roan Webb, der Frontmann des britischen Erfolgsexports *Parallel*, erzählt seinem treuen Fanclub schon seit über zehn Jahren die fette Lüge, Single zu sein. Und fett ist in diesem Zusammenhang das Stichwort. Sieht man sich nämlich Schnappschüsse der letzten zehn Jahre an und linst an den beiden Hauptakteuren Roan Webb und Damian Lewis vorbei in den oft verschwommenen Hintergrund, so dürfte einem auf fast jedem Bild die immer gleiche füllige Frau ins Auge springen.

Dieses Opfer der missbräuchlich verbreiteten #BodyPositivity-Bewegung ist Emilia Knight, und wenn man *Parallel* oder eher ihren doppelzüngigen Manager Caleb Lee fragt, dann ist Emilia nichts weiter als Roans Make-up-Artist.

Harmlos, richtig? Weibliche Make-up-Artists gibt es immerhin wie Sand am Meer, besonders solche, die mit cleverem Contouring ihr Doppelkinn zu kaschieren versuchen, das sie sich fleißig im Zuge der *Ich bin nicht zu fett, die Gesellschaft und die Medizin irren sich einfach nur*-Kampagne mit Fastfood und Süßigkeiten anfressen. In einer Welt, in der Personal weniger nach Talent und mehr nach *Was brauche ich noch in meinem Team, um beim Minderheiten-Bingo zu gewinnen* eingestellt wird, erscheint es nur logisch für Roan, einem Brand-Ambassador einer Luxusmarke, die dafür bekannt ist, nicht an den Plus-Size-Trend zu glauben, eine fette Make-up-Artist zu beschäftigen. Immerhin wechselt ein Stylisten-Team ständig, um den Trends der Zeit gerecht zu werden und neue Impulse zu setzen, und wenn man jemanden gefunden hat, der einen in der Diversity-Bubble nach vorne bringt und auch noch halbwegs talentiert ist, dann kann man schon mal etwas länger als üblich an einem Team-Mitglied kleben bleiben.

Über zehn Jahre allerdings? Das scheint selbst für einen Mann, der mehr Highlighter und Eyeliner trägt als die britische Durchschnittsfrau, etwas extrem.

Gräbt man etwas tiefer, um mehr über die geheimnisvolle Frau in Roans Leben zu erfahren, dann stößt man schnell auf Granit. Generell erscheint Emilia Knight wie ein Phantom, das zwar unzähligen Menschen in der Entertainment- und Fashion-Branche ein Begriff ist, das aber kaum jemand wirklich greifen kann. Denn außer einer schicken, schwarzen Business-Karte, die sie als Make-up-Artist für *Two Lines Entertainment*, dem neuen Label von *Parallel*, ausweist, hinterlässt sie nichts weiter als Fragezeichen.

Was also wissen wir über die Frau, die auf fast jedem Paparazzi-Foto von Roan Webb zu sehen ist?

Emilia Knight ist 30 Jahre alt, wird von allen Mia genannt und ist in Brixham, der Heimatstadt von Roan und Damian, geboren und aufgewachsen. Sie stammt aus einfachen Verhältnissen, ist Einzelkind und die Tochter eines Elektrikers und einer Schiffsköchin. Sie ist Absolventin der Brixham Grammar (der Schule, an der auch Roan seinen Abschluss gemacht hat, nur eben ein Jahr zuvor), taucht selbst in den wenigen ersten Fotos von Auftritten von *Parallel* in den Pubs und Bars Londons direkt vor der Bühne auf und wohnte in ihrer Heimatstadt direkt gegenüber von Großbritanniens größtem Charmeur.

In einem kurzen Gespräch mit Emilia sagte sie, Roan und sie würden sich lediglich »von klein auf kennen«, und dass, in seiner Nähe zu sein, »nun mal ihr Job« sei. Auf weitere Nachfragen hin verweigerte sie jedoch wutentbrannt jedes weitere Statement.

Nicht gerade das Verhalten einer Frau, um die Roans treue Fans sich keine Sorgen zu machen brauchen, nicht wahr? Liners verdienen die Wahrheit, und wenn *Parallel* sie nicht erzählen will – *The British Royal Gazette* wird es.

11. KAPITEL

Mia

😖

Wintersonne. Warm scheint sie durch die Fenster in Calebs Büro, taucht das Kirschholz auf dem Boden in ein blutiges Rot, durch das ich auf meinem Weg von der Tür zur großen Sitzecke langsam wate. Ich lasse mich auf das braune Leder nieder, wie schon unzählige Male zuvor, aber diesmal fühlt es sich nicht vertraut, nicht warm, an. Stattdessen versinke ich förmlich in dem Polster, wie in Treibsand, der mich gnadenlos nach unten ziehen will, und ich kralle die Nägel in das Leder, um mich an der Oberfläche zu halten. Caleb und Roan unterhalten sich leise, aber ich verstehe kein Wort, starre nur auf das Logo von *Two Lines Entertainment*.

Ich muss mich in einem Paralleluniversum befinden. Einem, in dem nicht Roan, sondern ich einer der begehrtesten Megastars meiner Zeit bin. In dem Klatschblätter über mich berichten und mein Name durch den Kakao gezogen wird. In dem es mir nichts ausmacht, dass sie in meiner Vergangenheit herumstochern, mein Leben bewerten und sich darüber lustig machen, dass ich nicht ihrem eurozentrischen Schönheitsideal entspreche. Ein Universum, in dem Roan als mein Make-up-Artist an meiner Seite ist, denn egal in welcher Welt ich auch sein mag, er wäre immer fest in meinem Leben verankert, da bin ich mir sicher. Unsicher bin ich mir allerdings, ob wir uns in jedem Universum so geküsst hätten wie gerade eben. Mir jedenfalls kommt dieser Kuss im Moment genauso unwirklich vor wie der Rest der vollkommen absurden Geschehnisse der letzten halben Stunde. Ich muss auf meinem Weg zur Arbeit heute Morgen in der U-Bahn durch ein Wurmloch hergereist sein, denn anders ergibt das alles keinen Sinn. Dass das auflagenstärkste Boulevardblatt Großbritanniens am selben Tag einen Artikel über mich veröffentlicht – der gleichermaßen beleidigend wie aus der Luft gegriffen ist –, an dem mein bester Freund mich in einem Make-up-Lager halb um den Verstand küsst.

Aber ich bin wohl leider in keinem Paralleluniversum. Das hier ist mein echtes Leben. Eins, das von Julie Presley gerade gehörig auf den Kopf gestellt wird, auch wenn es ihre Hilfe dazu nicht wirklich gebraucht hätte, wie meine von Roans Kuss immer noch geschwollenen Lippen allzu deutlich beweisen.

»Mia? Hey, hörst du mir zu?«

Ich blinzle und spüre die Wärme von Calebs Haut, als er fest meine Hand drückt. Roan steht, den Rücken gegen die hohen Fenster gelehnt und die Augen gen Boden gerichtet, wenige Meter von uns entfernt. Nichts davon habe ich mitbekommen. Nicht, wie Roan zu den Fenstern hinübergegangen ist. Nicht, wie Caleb sich neben mich gesetzt und meine Hand ergriffen hat. Ich will fragen, wie lange wir schon hier sitzen, bringe es aber bei der Sorge in Calebs Blick nicht über mich. Stattdessen konzentriere ich mich auf das Gespräch, das er offensichtlich mit mir zu führen versucht, auch wenn meine Gedanken sich träge anfühlen, als wären sie aus Teer.

»Entschuldige«, sage ich und verziehe das Gesicht, als mir auffällt, wie erstickt und hilflos meine Stimme sich anhört. Ich beuge mich vor, als ich den Tee auf dem Tisch entdecke, und nehme die Tasse in meine Hand, die Caleb sofort freigibt. Vorsichtig nippe ich daran, der Tee ist lauwarm und so stark durchgezogen, dass es mir fast die Schuhe auszieht, was indirekt meine Frage nach dem *Wie lange* beantwortet. Seinen Zweck erfüllt der Tee trotzdem, denn als ich jetzt etwas sage, klinge ich tatsächlich wieder wie ich selbst. »Entschuldige, ich habe gerade über die Existenz von Paralleluniversen nachgedacht und überhaupt nicht zugehört.«

Wenn Caleb überrascht ist, lässt er es sich nicht anmerken. »Und zu welchem Ergebnis bist du gekommen?«

»Dass es viel wahrscheinlicher ist, dass ich mit der Londoner U-Bahn in ein Paralleluniversum gereist bin, in dem Roan und ich die Rollen getauscht haben, als dass ein großes britisches Käseblatt über eine einfache Make-up-Artist schreibt.«

Caleb lacht laut auf, so wie ich es mir erhofft habe, und der Sog des Treibsandes wird schwächer. »Sollen wir Damian anrufen? Der hat darüber bestimmt irgendwo ein Buch rumfliegen und kann dir genau sagen, was die Wahrscheinlichkeit von beidem ist.«

»Besser nicht. Sonst arbeitet er wieder drei Wochen nicht, sondern liest sich jedes Buch zu dem Thema durch, das er in die Finger kriegt, nur um uns dann wie ein verrückter Professor eine Powerpointpräsentation zu halten.« Ich trinke noch einen Schluck, dann stelle ich den Tee zurück auf den Couchtisch und das leise Klicken von Porzellan auf Glas verankert mich endgültig wieder im Hier und Jetzt. »Okay, ich bin bereit. Sag mir, wie schlimm es ist.«

Caleb wirft einen Blick in Roans Richtung, doch der steht noch immer regungslos, wie zur Salzsäule erstarrt, vor dem Fenster. »Der Artikel ist noch nicht lange online, deshalb ist es schwer absehbar, wie viele Klicks er generieren wird. Aber da Roan in der Überschrift genannt wird und sein Name in den

Top Zwanzig der Suchanfragen nationaler Stars ist, kann es durchaus sein, dass diese Story viral geht. Du weißt ja, wie es läuft, die Leute lieben nichts mehr als Drama und Skandale.«

Ich bin Caleb dankbar für seine Ehrlichkeit. Dass er gar nicht erst versucht, mich mit irgendwelchen Floskeln zu beruhigen. Doch ich weiß auch, dass sich Millionen von Klicks hinter dem Wort *viral* verstecken, für die Damian und Roan mittlerweile als so etwas wie Garanten gelten. Allein die Berichterstattung ihrer langwierigen Gerichtstermine haben Hunderttausende wieder und wieder geklickt. »Und es gibt keine Möglichkeit, den Artikel löschen zu lassen?«

Er setzt ein sanftmütiges Lächeln auf, die Antwort aber steht ihm deutlich ins Gesicht geschrieben. »Einen Artikel kann man nur löschen lassen, indem man direkt beim Verfasser oder dem Herausgeber anfragen lässt.«

»Und du kannst dir vorstellen, wie oft das schon von Erfolg gekrönt war.« Zum ersten Mal schaltet Roan sich in dieses Gespräch ein und sagt mir vollkommen offen, mit der Abgeklärtheit eines Mannes, der dieses Spielchen schon unzählige Male spielen musste, was mich erwartet. Auch seine Schonungslosigkeit weiß ich zu schätzen, auch wenn allein der Klang seiner Stimme mich nur noch mehr durcheinanderbringt, als ich es wegen unseres Kusses und dieses Artikels eh schon bin. Denn ich sehne mich gleichermaßen nach seiner Stimme, wie ich mich vor ihr fürchte, oder eher vor der Wirkung, die sie auf mich hat. »Wir könnten es mit rechtlichen Drohgebärden versuchen, aber diese Kakerlaken der *Gazette* wissen genau, dass das nichts weiter ist als heiße Luft. Und alles, was wir damit erreichen, ist ein perfekt rechtlich abgesicherter Vordruck, bei dem wir nicht mal einen einzigen Formfehler finden werden, den wir vor Gericht verwenden könnten, um den Artikel zumindest für eine gewisse Zeit sperren zu lassen.«

»Außerdem hat das meist den umgekehrten Effekt.« Caleb tätschelt mir wieder die Hand. Und ich fühle mich zwar schrecklich undankbar, aber seine Hand ist es nicht, die ich gerade brauche. »Diese Leute sind wie Bluthunde. Wenn sie Beute wittern, dann jagen sie nur noch unerbittlicher.«

Ich lasse seine Worte einen Moment sacken, die doch sehr ernüchternd daherkommen. »Du würdest mir also raten, nichts zu unternehmen und einfach den Kopf einzuziehen?«

Caleb nickt. »Mehr oder weniger.«

»Was genau heißt das?« Calebs Schweigen ist so viel schlimmer, als wenn er mir einfach direkt sagen würde, worauf ich mich einstellen soll. »Caleb, was genau soll das heißen?«

»Es bedeutet, dass du auf unbestimmte Zeit Urlaub nimmst und dir vonseiten des Managements dazu geraten wird, deine Wohnung nicht zu verlassen.« Wieder ist es Roan, der mir diese Nachricht mit einem teilnahmslosen und abgeklärten Tonfall überbringt. Ich weiß, ich sollte es hassen, doch seine Ruhe beruhigt mich auch irgendwie und hält die Panik zurück, die eigentlich in mir aufsteigen müsste. »Oder aber du verschanzt dich in einem Hotel, für den Fall, dass man bereits deine Adresse herausgefunden hat und diese Blutsauger vor deiner Haustür Schlange stehen.«

»Stopp! Bedeutet das, ich bin nicht mehr deine Make-up-Artist?« Jetzt ist es Roan, der schweigt, und ich sehe zu Caleb, der sich die Stirn reibt. Ein winzig kleiner Teil in mir sorgt sich tatsächlich darum, ob wohl irgendwelche Wildfremden mir vor meiner Haustür auflauern, und was das für meine zwei Mitbewohnerinnen heißt. Doch die Angst, nicht mehr an Roans Seite sein zu dürfen, wiegt schwerer. »Sag mir bitte, dass das nicht euer Ernst ist!«

Caleb wringt die Hände. »Es ist derzeitig die beste Lösung. Natürlich bezahle ich dich trotzdem.«

»Ich scheiß auf das Geld!« Ich springe vom Sofa auf, in der Hoffnung, meine Empörung damit etwas abschütteln zu können, doch das Gegenteil ist der Fall. Derartig aufzubrausen, ist eigentlich nicht meine Art, aber hier geht es nicht um irgendetwas. Es geht um mich. Und Roan.

Caleb steht ganz langsam auf und hält die Hände beschwichtigend erhoben. »Mia, es wäre doch nur für ein paar Wochen. Nur bis sich die Lage etwas entspannt und Julie das Interesse an dir verloren hat.«

Die Fuchsfrau. Immer wieder diese gottverdammte Fuchsfrau. »Wird sie das denn? Wenn ich jetzt plötzlich von der Bildfläche verschwinde, wird das Julie nur noch neugieriger und verbissener machen. Bluthund, schon vergessen?«

Der Gedanke scheint Caleb auch schon gekommen zu sein, denn sein übliches Pokerface lässt ihn auch jetzt nicht im Stich. »Mia, ich bin wirklich der Meinung, dass –«

»Was möchtest *du* tun, Mia?« Roans Frage kommt aus dem Nichts und trifft mich vollkommen unvorbereitet. »Wie willst *du* mit dieser Situation umgehen?«

»Ich weiß es nicht.« Ich gehe um den Couchtisch herum, nicht länger gewillt, diese ungewohnte Distanz zwischen Roan und mir zu akzeptieren, die wir eigentlich nur in der Öffentlichkeit wahren, und ergreife seine Hand, weil ich gerade Körperkontakt zu ihm brauche. Vermutlich wäre es besser, Abstand zu halten. Zumindest bis sich diese ganze Sache geklärt und ich Zeit gehabt habe, über diesen Kuss nachzudenken. Doch die Ruhe und Sicherheit, die mich überkommt, als er meine Hand drückt und mir an seiner Seite einen Rückzugsort bietet, ist genau das, was ich gerade brauche. Bei ihm war ich schon immer sicher. An seiner Seite konnte mir noch nie irgendetwas passieren. »Ich weiß es wirklich nicht. Ich glaube aber irgendwie nicht, dass es eine gute Idee ist, einfach so von der Bildfläche zu verschwinden. Dann sieht es doch so aus, als hätten wir –« Ich wage es nicht, diesen Satz zu beenden, denn unser Kuss vorhin hat die Lage eindeutig geändert. Ich denke an Roans Zunge in meinem Mund, seine Hände auf meinem Körper, unser Atem vermischt. Meine Augen bleiben einen Moment zu lange an Roans Lippen hängen, und meine Wangen beginnen zu glühen. Von ihm lösen kann ich mich allerdings nicht, mein Herz ist durch alles um mich herum zu sehr im Aufruhr, als dass ich diesen sicheren Rückzugsort, der mich seit Kindertagen begleitet, jetzt gerade aufgeben könnte. Ganz egal wie viel Verwirrung und Chaos in diesem Moment auch von ihm ausgehen mag. Unbeholfen schüttle ich den Kopf, weil mir allzu bewusst ist, wie viel mehr in diesem einen Satz für Roan und mich mitschwingt. »Ich weiß es wirklich nicht«, wiederhole ich mit erstickter Stimme.

Roan nickt, beruhigend streicht sein Daumen über meine Haut. »Schon gut. Du musst das auch nicht jetzt sofort wissen.«

Mit einem lautstarken Räuspern erinnert Caleb mich daran, dass er auch noch hier ist. »Als euer beider Freund hasse ich es, so eine übergriffige und unverschämte Frage zu stellen, zumal ich der Letzte bin, der eine Meinung zu dem Thema haben sollte. Aber als dein Manager muss ich es leider trotzdem tun, für den Fall, dass ich Mia oder dich beschützen muss. Gibt es da etwas, das ich wissen sollte?«

»Nein.« Roans Antwort kommt prompt, aber nicht auffällig schnell, begleitet von seinem Presselächeln, das er sonst niemals bei einem von uns auflegt. »Natürlich nicht.«

Das erste Mal, seit ich Caleb kenne, betrachtet er uns beide mit Argwohn. »Roan, du weißt, ich kann nur helfen, wenn du hundertprozentig ehrlich zu mir bist.«

»Da gibt es nichts zu wissen, Cal.« Roan zieht mich ein Stück näher zu sich, und ich ziehe den Kopf ein, weil ich nicht garantieren kann, wie lange ich Calebs Blick standhalten werde, der mich genauso gut kennt wie ich ihn. »Vertrau mir bitte einfach.«

Ich halte meine Augen geschlossen, weil ich die Miene, die Caleb zweifellos zieht, nicht sehen will. Das resignierte Seufzen ist allerdings nicht zu überhören. »Okay. Ich rufe jetzt Alistair an, damit er Mia zumindest für heute irgendwo sicher unterbringt, und dann überlegen wir uns, wie wir weiter vorgehen wollen, okay?«

»Was?« Ruckartig reiße ich den Kopf hoch, und Panik erfasst mich, als ich realisiere, was Caleb da gerade sagt. »Das heißt, ich darf heute bei dem Live zur Tourankündigung nicht dabei sein?«

Mitgefühl tränkt Calebs Stimme, als er mir antwortet. »Tut mir leid, Mia.«

Steine füllen meinen Magen, und mir wird kotzübel, als mir klar wird, dass ich an diesem wichtigen Tag nicht an Roans Seite sein werde.

»Mia.« Es sollte mir wohl Sorgen machen, wie leicht Roan meine Aufmerksamkeit auf sich ziehen kann, nur weil er meinen Namen sagt. »Möchtest du dabei sein?«

Darüber muss ich nicht eine Sekunde nachdenken. »Mehr als alles andere.«

»Okay. Du hast sie gehört. Die Tourankündigung auszusetzen ist keine Option.« Roans Worte sind klar und unmissverständlich, mit einer Unnachgiebigkeit, die ich sonst nicht von ihm kenne. »Überleg dir etwas anderes, Cal.«

»Starrsinn ist keine Tugend, Roan.« Für einen Moment erkenne ich in Calebs Gesicht nur den professionellen Manager, der seinen Künstler, sein Label und auch mich vor Schaden bewahren will, bevor mein langjähriger Freund unter der distanzierten, kühlen Maske wieder zum Vorschein kommt, dessen

Blick zwischen Roan und mir hin und her zuckt, bis er nickt. »Okay, dann aber Abflug, bevor es hier vor Reportern so sehr wimmelt, dass es kein Durchkommen mehr gibt.«

»Danke.« Die Erleichterung in meiner Stimme ist nicht zu überhören. »Vielen Dank, Cal.«

Er reibt sich die Schläfen, doch das wohlwollende Schmunzeln auf seinen Lippen verrät ihn. »Warum haben wir sonst Quill Music verlassen, nicht wahr? Aber Mia, dir muss klar sein, dass es ab hier hässlich werden wird. Im Laufe des Tages solltest du dir wirklich überlegen, wie du mit alldem umgehen willst, okay?«

»Das mache ich.« Dankbar drücke ich Roans Hand fester. Seine Finger fühlen sich vertraut zwischen meinen an und erden mich. Ich habe diese Hand schon unzählige Male gehalten. Als kleines Mädchen, als meine Mom mich das erste Mal in meinem Leben angebrüllt hat, weil ich, ohne zu gucken, auf die Straße gerannt bin und fast von einem Auto überfahren wurde. Als Teenager, während ich in der Küche stand und versucht habe, vor meinem Dad zu verbergen, wie betrunken ich war, und trotzdem am nächsten Morgen für vier Wochen Hausarrest bekam. Als Erwachsene, als ich im Krankenhaus auf das Ergebnis meines HIV-Tests gewartet habe, als beim Sex mal das Kondom gerissen ist, und der Typ zu feige war, mitzukommen. Jedes Mal hat Roan meine Hand gehalten. Jedes Mal ist alles wieder gut geworden. »Bis heute Abend habe ich mir etwas überlegt, versprochen.«

»Das wollte ich hören.«

»Könntest du uns einen Moment allein lassen, Cal?« Roans Stimme ist kontrolliert und angespannt, als er diese Bitte formuliert. »Nur kurz?«

»Du hast fünf Minuten. Ich muss sowieso schnell alle zusammentrommeln.« Caleb stürzt förmlich zum Fenster, um hinauszuspähen. Was auch immer er sieht, lässt ihn direkt zur Tür eilen. »Fünf Minuten, Roan! Mehr kann ich dir echt nicht geben.«

Schon wird die Tür ins Schloss gezogen, und plötzlich sind Roan und ich allein.

Erst sagt er nichts, doch dann kommt zögerlich ein »Bist du okay?«

Was ich darauf antworten soll, weiß ich nicht, ich entscheide mich für die Wahrheit. »Ich weiß es nicht.«

Er lässt meine Hand los, und einen Moment später schließen seine Finger sich fest um meine Oberarme. Nicht so, dass es wehtut, aber schon, als müsse Roan sich versichern, dass ich wirklich hier bin und mich nicht in Luft auflöse. So als könnte ich das jemals tun. So als würde es sich nicht manchmal so anfühlen, als wäre es nicht mein Herz, sondern das seine, das in meiner Brust schlägt und das Blut durch meinen Körper pumpt. So verwurzelt ist er mit mir.

Er ist in all meinen Erinnerungen. In den schönsten und den schlimmsten, den lustigsten und den traurigsten, den frühsten und den neuesten. Er ist überall. Er ist das Fundament, auf dem ich mich selbst errichtet habe, und ich würde es nicht anders haben wollen, denn ich weiß, dass nichts und niemand es jemals zum Einstürzen bringen kann. Er hat mich geformt, so wie ich ihn, und ich sehe keine Schande darin, zuzugeben, dass ich nicht die Frau wäre, die ich heute bin, wenn es Roan nicht gäbe. Was wohl auch der Grund ist, warum, allein der Gedanke, von ihm getrennt zu sein, mich mit Angst erfüllt. Seitdem ich denken kann, ist er an meiner Seite, und wenn ich ihn verliere, verliere ich dann in gewisser Weise nicht auch einen Teil meiner selbst?

Ich trete näher an ihn heran, um seinen Geruch nach Meersalz und Holz einzuatmen. Er riecht nach Heimat. Nach Sicherheit. Nach *Roan*. Allein das reicht aus, damit sich mein schmerzendes Herz wieder ein wenig beruhigt.

»Hast du Angst?«, fragt er mich leise.

Ich weiß, wonach er mich wirklich fragt. Weiß, dass es eine vielschichtige Frage ist, auf die es eine Milliarde unterschiedliche Antworten gibt. Doch allen kann ich mich jetzt nicht gleichzeitig stellen, also konzentriere ich mich auf die oberflächlichste. Auf die, vor der ich mich am wenigsten fürchte. »Ein bisschen schon. Ich bin eigentlich mehr wütend als alles andere, doch es beschäftigt mich schon, was sie damit zu erreichen versucht und was für Auswirkungen das auf dich und das Label haben könnte.«

Kurz glaube ich einen Funken Enttäuschung in Roans Blick zu erkennen, doch dann ist dort nichts weiter als das pure Verständnis, das mein bester Freund mir schon immer entgegengebracht hat. »Darum mach dir mal keine Sorgen.«

»Dir ist aber schon klar, mit wem du sprichst, oder?«

»Ja. Vollkommen. Was ich damit sagen wollte, ist, dass wir eine Lösung finden werden, mit der wir alle leben können. Caleb ist gut in diesen Dingen. Und für heute konzentrieren wir uns einfach darauf, unseren Job zu machen, okay? Ein Schritt nach dem anderen.«

»Okay. Ein Schritt nach dem anderen.« Als ich glaube, wirklich die Kraft dafür zu haben, löse ich mich vollständig von ihm. »Lass mich nicht allein, okay?«

Als ich mich zur Tür umwende, verfallen Roan und ich in einen Gleichschritt, seine Hand sicher in meinem unteren Rücken und seine Stimme fest, als er, ohne zu zögern, antwortet: »Niemals.«

12. KAPITEL

Roan

»They let us drown, Baby. Let's take them down, down, down.« Damians letzte Worte verklingen, und er lässt sich einfach fallen, sein Rücken flach auf der Bühne wie eine Flunder, während er genauso wie ein Fisch an Land japst. »Scheiße, Mann. Ich werde zu alt für den Scheiß.«

»Bruder, was soll ich denn sagen?« Ich reiche einem Roadie meinen Bass und will mir schon den Schweiß vom Gesicht wischen, erinnere mich aber dann an das Make-up und lasse die Hand wieder sinken, um Mias Werk nicht zu ruinieren. Die Tourankündigung steht unmittelbar bevor, und sie würde mir den Hals umdrehen, wenn ich jetzt alles mit meiner Gedankenlosigkeit zunichtemache und sie von vorne anfangen muss. Meine Hände sind verkrampfter als sonst, und ich schüttle sie aus, in der Hoffnung, damit auch den letzten Rest Beklemmung abzuschütteln, der mich heimsucht, seitdem der Artikel über Mia erschienen ist. »Ich bin drei Jahre älter als du.«

»Dee, das hast du davon, wenn du nicht auf mich hörst und Cardio machst.« Caleb, der alte Angeber, stützt sich am Rand der Nachbildung unserer geplanten Tour-Bühne ab und schwingt sich hinauf, so als wäre es nichts. Wenigstens hat er zwei Flaschen Wasser in der Hand, die er uns anbietet, sobald er in Reichweite ist. Damian dreht sofort den Verschluss auf und stürzt gierig die kühle Flüssigkeit herunter. Belustigt schüttelt unser Manager den Kopf und verschränkt die Arme vor der Brust. Diese scheinbare Normalität, sie ist ein fragiles Konstrukt. Aber wir alle halten uns an ihr fest. Denn es nicht zu tun, bedeutet, dem Chaos Tür und Tor zu öffnen, und das können wir uns alle nicht leisten. »Das sah gerade richtig gut aus. Ich denke, wir sind so weit. Was meint ihr?«

Damian zeigt einen Daumen-Hoch, augenscheinlich mal zu erschöpft, um sein Schandmaul zu benutzen, aber auch ich muss zustimmen, dass diese Probe sich wirklich gut angefühlt hat. Generell tut es verdammt gut, sich abzulenken und nur über unsere Musik und nicht den Artikel, Julie oder den Kuss mit Mia nachzudenken. »Ich denke auch, dass es sitzt. Von mir aus können wir also gleich live gehen.«

»Fuck, ja.« Damian lacht, erschöpft, aber glücklich und richtet sich auf seinen Ellenbogen auf. Seine Haltung wirkt lässig, als würde er am Strand in der Sonne liegen und nicht auf den harten Brettern einer provisorischen Bühne, die mit unserem Schweiß getränkt scheint. Ich weiß, dass er nicht so entspannt ist, wie er gerade tut. Das ist niemand von uns. Nicht nach allem, was heute Morgen passiert ist. Aber wir alle versuchen, einfach weiterzumachen, allen voran Mia, die ihr Bestes gibt, so zu tun, als wäre nichts gewesen. Sie ist mutig. Mutiger als ich. Der Anblick der stetig wachsenden Traube an Paparazzi heute Morgen vor dem Gebäude von *Two Lines Entertainment* hat mir nämlich den Magen umgedreht. »Endlich, Mann. Unsere Liners werden ausrasten.«

Der Gedanke an unsere Fans lässt auch mich trotz allem lächeln, denn wir haben uns lange auf diesen Moment vorbereitet, auch wenn ein Rest Unsicherheit verbleibt. »Ich hoffe, ihnen gefällt der neue Song.«

»Ganz bestimmt.« Caleb klopft mir auf die Schulter und vertreibt damit ein paar der pessimistischen Gedanken, die sich in meinem Kopf ausbreiten wollen. »Die Tour-Ankündigung wird da sicher nur das i-Tüpfelchen. Und wenn wir Glück haben, wird die Aufregung darum alles andere im Keim ersticken.« Er sieht zu unserem Team, das es sich auf den Sofas ganz am Rand der weitläufigen Probenhalle bequem gemacht hat, in der wir in den letzten Wochen und Monaten die Tour geplant und perfektioniert haben. Sie alle haben sich wie ein Rudel Wölfe um Mia zusammengerottet, bemüht, sie abzulenken, und es tut gut, Mia lachen zu sehen. Über uns hängt dieses Damoklesschwert, aber im Showbusiness ist es von elementarer Bedeutung, dass man früh lernt, bestimmte Bereiche seiner selbst abzuschalten, um irgendwie klarzukommen. Mit Sorgen und Ängsten kann man sich nicht aufhalten. Nicht wirklich jedenfalls. Manchmal ist einem sogar die eigene Persönlichkeit im Weg. Also spaltet man das alles ab und lernt, sich mit Situationen auseinanderzusetzen, wenn sie auftauchen. Und da die Reaktionen rund um Mias Artikel bisher ruhig und glimpflich abgelaufen zu sein scheinen, wenn man bedenkt, wie ruhig das PR-Team noch ist, tun wir alle so, als wäre nichts passiert.

»Ich würde ungern riskieren, dass ihr euch jetzt zu sehr abkühlt. Wir sollten das Momentum mitnehmen.« Caleb sieht auf seine Armbanduhr und nickt. »Die Zeit passt auch. Die meisten dürften Feierabend haben. Die Reichweite ist also jetzt am besten. Sind fünfzehn Minuten okay zum Durchschnaufen?«

»Sicher.« Damian lässt sich zurück auf die Bretter sinken. »Wir haben unsere Liners schon viel zu lange warten lassen.«

»Genau deshalb machen wir ihnen ja jetzt dieses Geschenk, passend zu Weihnachten.« Ich trinke meine Wasserflasche aus und schlendere die wenigen Schritte zu Damian hinüber, um ihm aufzuhelfen. Dankbar sieht er meine Hand an, und mit einem Ruck ziehe ich ihn auf die Füße, was er mit einem brüderlichen Klaps auf meinen Rücken zu würdigen weiß, dem ein zweiter zur Aufmunterung folgt, ehe er mich loslässt. Ich bemühe mich weiterhin um lockere Konversation, denn das Letzte, was ich will, ist, in dem Morast meiner Gedanken zu versinken. »Das Timing könnte besser nicht sein, Cal. Und den Kartenvorverkauf zwischen den Feiertagen anzusetzen, wenn alle freihaben, ist auch verdammt brillant, wenn du mich fragst.«

»Pass auf, dass du nicht auf deiner Schleimspur ausrutscht«, sagt Caleb flapsig, doch er stellt sich etwas gerader hin und fingert an den Knöpfen seines Hemdes herum, weil er noch immer nicht mit Komplimenten umgehen kann. »Bleibt es wie besprochen bei *Dissident?*«

Ein Blick reicht, und schon antworten Damian und ich unisono. »Auf jeden Fall.«

Caleb kratzt sich lachend am Hinterkopf und ruft unser Team mit einer einfachen Handbewegung auf den Plan, das sich sofort, mit Make-up, Haarspray und Fusselrollen bewaffnet, zu uns aufmacht. Es ist leicht, so zu tun, als wäre das mit dem Artikel nie passiert, solange wir alle hier in dieser Bubble sind, in der es nur dieses Live gibt, auf das wir monatelang hingearbeitet haben. »Schön, dass ihr Pfeifen euch mal einig seid.«

Damian zuckt die Schultern. »Es ist der perfekte Song dafür.«

Das ist er tatsächlich. Er ist eines der ersten Lieder, die Damian und ich während unseres erzwungenen beruflichen Stillstands geschrieben haben. Er ist clever, mit seinen wütenden

Lyrics und dem Retro-inspirierten Beat, zudem noch sehr kontrastreich und experimentell. Ein Song, so persönlich und ehrlich, dass wir ihn unter *Quill Music Publishing* niemals hätten veröffentlichen dürfen, denn er ist durchzogen mit Kritik am System, verpackt in Damians erfindungsreiche Metaphern und meine Melodien. Die Performance dazu ist ähnlich neu, ein zur Perfektion trainiertes Zusammenspiel aus Licht, Schritten und kleinen Gesten, die mir nach unzähligen Wiederholungen mittlerweile in Fleisch und Blut übergegangen ist. Alles sind Komponenten, die ineinandergreifen, weit entfernt von dem billig Produzierten und kommerziell Erfolgreichen und hin zu der Kunst, die Damian und ich immer schon machen wollten. Es ist genau der Befreiungsschlag, den wir uns immer gewünscht haben. Genau der, den wir brauchen.

Gott, ich kann es nicht erwarten, das alles mit unseren Liners zu teilen.

Das Team erreicht die Bühne, und Damian und ich springen beherzt nach unten, wo Mia bereits mit einem breiten Grinsen und einer Menge Setting-Powder auf mich wartet. Es ist ein echtes Grinsen, wenn auch nicht so strahlend und unbeschwert, wie ich es gern haben würde. Doch ich nehme es dankend an, denn es ist allemal besser als ihre Ratlosigkeit in Calebs Büro, die ich so schnell nicht vergessen werde. Julie Presley und ihr gottverdammter Artikel. In meiner Brust regt sich Sorge, doch jetzt gerade gilt es, mich auf die Performance zu konzentrieren, denn unsere Fans verdienen von uns nicht weniger als hundertzehn Prozent. Artikel hin oder her.

»Ich bin stolz auf dich«, beginnt Mia und rückt mir mit dem Puder direkt zu Leibe. »Du hast nicht gedankenlos alles verschmiert.«

»Hin und wieder muss auch ich mal dazulernen.« Ich stelle mich breitbeiniger hin, als Amir mit einem Kamm auf mich zukommt, weil er ein ganzes Stück kleiner ist. »Meinst du, wir sind so weit?«

»Absolut.« Die Antwort kommt prompt. »Dein Bass-Solo ist perfekt, Roan.«

»Streichle sein Ego nicht zu sehr, sonst verspielt er sich gleich noch.« Für diese Frotzelei fängt Damian sich einen ordentlichen Boxhieb in die Seite ein, und mit Genugtuung sehe ich dabei zu, wie er sich krümmt, während Caleb nur mit den Augen rollt.

»Das wäre nicht passiert, wenn du mit mir zum Boxen gehen würdest.«

Damian reibt sich die Rippen, und das wütende Funkeln in seinen Augen ist nur bedingt Furcht einflößend, so, wie er die Lippen spitzt, damit seine neue Make-up-Artist Nikki unter Mias Anleitung die Farbe etwas auffrischen kann. »Sicher, dass du nicht lieber Fitnesstrainer als Manager hättest werden sollen?«

Ich blende die beiden aus, die weiter liebevoll miteinander zanken und gehe mit den Fingern noch mal die Akkorde durch, die ich in meinem Solo spiele.

Weit komme ich jedoch nicht, denn Mias Finger stoppen mich sanft mitten in der Bewegung. Ihre Berührung ist elektrisierend, jetzt, wo ich ihre Lippen gekostet habe. »Es ist perfekt. Entspann dich.«

Entspannen ist etwas, in dem ich nicht sonderlich gut bin, schon gar nicht nach heute Morgen. Ich gleiche eher einer völlig überspannten Saite, doch das muss Mia nicht wissen. Also halte ich den Mund und lasse sie ihre Arbeit machen, während Amir meine Haare in mühsamer Kleinarbeit richtet, bis keine Strähne mehr aus der Richtung steht.

»Roan?« Ellie taucht mit Leoparden-Jacke in der Hand neben mir auf, in ihrem Gesicht finde ich nichts als sanftes Verständnis, als sie fragt: »Hast du es dir doch anders überlegt?«

Ich stehe kurz auf dem Schlauch, weiß nicht, was sie damit meint. Mein Hirn taumelt nach wie vor zwischen Sorge und Vorfreude, doch dann kommen die Erinnerungen an unser Gespräch am Bühnenrand zurück, das wir geführt haben, als ich die Jacke ausgezogen und sie ihr in die Hand gedrückt habe, um sie während unserer Proben nicht vollzuschwitzen. Den Rest des Outfits habe ich anbehalten, um zu wissen, wie ich mich darin am besten auf der Bühne bewegen kann. Mit der Hand fahre ich über das dünne Tanktop, das meine Brust verdeckt, ehe ich den Kopf schüttle. »Nein, habe ich nicht.«

Aufgeregt klatscht Ellie in die Hände und sieht ein bisschen wie meine Mutter an meinem ersten Schultag aus, bevor sie sich räuspert und zurück zu ihrem Arbeits-Ich findet. »Sehr gut.« Sie hebt entschuldigend die Schultern und neigt den Kopf in Demut, ehe sie Amir und Mia ein Stück von mir wegzieht. »Sorry, Leute, aber Roan ist noch nicht ganz fertig.«

Fragend legt Mia den Kopf schief, und auch Amir wirkt nicht minder verwirrt. »Ja, dann gib ihm halt die Jacke. Dafür brauchst du dich doch nicht zu entschuldigen.«

Kurz melden sich Zweifel, aber ich halte mich einfach an dem Bild der perfekten Comeback-Performance fest, das ich so dringend erschaffen will, getrieben nicht allein nur davon, meinen Fans das bestmögliche Erlebnis zu bieten, sondern auch beseelt von der Hoffnung, etwas so Spektakuläres zu erschaffen, dass das Internet die News über Mia einfach links liegen lässt. »Ellie und ich hatten abgesprochen, dass ich das Shirt unter der Jacke ausziehe. Das hatte ich ganz vergessen. Ich versuche vorsichtig zu sein.« Ich richte mich wieder zu voller Größe auf und ziehe am Halsausschnitt des Tanktops, um weder Haare noch Make-up zu ruinieren, wenn ich es mir über den Kopf stülpe. Entschuldigend verziehe ich das Gesicht, als ich Ellie das vor Schweiß nasse Stück Stoff in die Hand drücke. Sie zuckt jedoch nicht mal mit der Wimper, nimmt es anstandslos entgegen und hält mir die Jacke hin, in die ich sogleich hineinschlüpfe. »Alles noch heil?«

Amir brummt unzufrieden und begutachtet meine Frisur argwöhnisch, nickt dann aber versöhnlich. »Alles noch heil. Das nächste Mal aber gern etwas eher, ja?«

»Wird gemacht.« Ich checke, ob meine Kette noch an Ort und Stelle sitzt, und richte mein Armband. »Wie sieht es mit dem Make-up aus, Mia?«

»Keine Sorge, alles fein.« Sie sieht auf meine Brust, nachdenklich und mit zerfurchter Stirn, ehe sie sich ihrer besten Freundin zuwendet. »Ellie, wenn Roan sich damit nicht wohlfühlt, denke ich, sollten wir ihn nicht dazu zwingen.«

Ich fluche, als mein Armband sich mit meiner Uhr verheddert. »Ellie hat nichts damit zu tun. Es war meine Idee.«

Mia stockt. »Das war deine Idee?«

»Ja«, bestätigt Ellie stolz. »Er hat es vorgeschlagen. Von sich aus.«

»Ich weiß, es war super kurzfristig. Ich dachte nur, es unterstreicht vielleicht den rebellischen Touch des Songs und sieht besser aus, besonders mit dem Bass. Ich hoffe, das ist kein Problem?«

»Nein, kein Problem.« Mias Stimme klingt etwas rau und voller Emotion. »Überhaupt nicht. Und du fühlst dich damit wirklich wohl? Ganz sicher?«

»Ganz sicher. Es ist genau der Look, den ich mir für diesen Song gewünscht habe, und es ist klasse, das jetzt einfach machen zu können. Musst du jetzt noch das Make-up anpassen oder haut das so hin?« Ich kriege nicht sofort eine Antwort, und als Uhr und Armband erfolgreich getrennt sind, blicke ich auf. Und all meine Gedanken kommen abrupt zum Stillstand.

Mias Augen sind auf meine Brust geheftet. Darin liegt aber

weder die vorherige Skepsis noch der grüblerische Ausdruck einer Make-up-Artist, die überlegt, ob sie die glänzende Haut abpudern oder mit Öl mehr zum Ausdruck bringen soll. Stattdessen ist da wieder dieser Funke, den ich schon im Lager bemerkt habe und der zu unserem Kuss geführt hat. Ihre Lippen öffnen sich. Ihre Wangen färben sich rot.

Und ich? Ich kann kaum atmen, geschweige denn denken.

Ich habe befürchtet, es könnte ihrerseits ein Ausrutscher gewesen sein, dieser Moment im Lager. Dass sie es als *Das kann schon mal passieren* verbucht. Aber das hier, das fühlt sich anders an. Trotz allem, was gerade um uns herum geschieht, regt sich in mir so etwas wie Hoffnung. Und weil ich, ermutigt von unserem Kuss und dem Rausch des Comebacks, nicht widerstehen kann, mache ich einen Schritt auf Mia zu. Wie im Lager weicht sie nicht vor mir zurück. Sie bleibt, wo sie ist, lässt mich näher kommen, bis ihre Brust fast meine berührt und ich ihre Wärme spüren kann, obwohl ich selbst von den Proben ganz erhitzt bin.

»Mia?« Meine Stimme ist kaum mehr ein Flüstern, aber sie reagiert darauf, wenn auch langsam, und ich beobachte genauestens, wie sie den Kopf hebt und dabei die Linie ihres Halses entblößt. Mein Mund wird trocken.

»Mhm?«, murmelt sie mehr, als dass sie wirklich antwortet.

Ich beuge mich noch ein Stückchen weiter hinunter, und sie hält die Luft an. Es ist anders als sonst, auch wenn wir uns schon unzählige Male in unser beider Leben nahegekommen sind. Weil ich mich mit Mias Kit auskenne, fasse ich hinein und fördere ihren Kirschlabello zutage, mit dem ich meine Lippen nachziehe und zufrieden feststelle, wie sie jede meiner Bewegungen beobachtet. »Kirsche. Mein neuer Lieblingsgeschmack«, raune ich leise und stecke den Labello zurück in das Kit.

»Yo, Roan! Bist du endlich so weit, oder was?«, grölt Damian, und das scheint Mia aus diesem Moment herauszureißen, denn sie blinzelt hektisch, pudert mir als Alibi noch mal die Nase ab.

»Nein, ich muss nichts anpassen. Sieht super aus. Du siehst super aus, meine ich«, fiepst sie ungewöhnlich hoch und will einen großen Schritt von mir zurückweichen.

Neben uns hüstelt Ellie ein wenig, packt sich Amir und zieht ihn mit sich. Ich halte Mia fest, die den beiden sogleich folgen will, einen Arm um ihr Handgelenk und den anderen um ihre Taille geschlungen. »Lass uns heute Abend was zu essen bestellen und über alles reden, ja? Nur du und ich«, schlage ich vor, ohne lange darüber nachzudenken.

Sie guckt mich verdattert an, nickt dann aber zögerlich. Mit den Augen folge ich ihrer Zunge, als sie sich über die Lippen fährt. »Okay. Nur du und ich.«

»Ich freue mich schon.«

Ich lasse Mia los, steige mit einem Fuß auf einen Lautsprecher und schwinge mich auf die Bühne. Caleb und Damian stehen längst bereit, einer mit gezücktem Handy, der andere mit unseren beiden Performance-Mikrofonen in der Hand, von denen er mir das schwarze mit den zwei weißen Linien reicht, während er das weiße mit den zwei schwarzen Linien in der Hand behält.

»Tun wir's.« Damian grinst schalkhaft, die Sonnenbrille tief auf seiner Nase, die zu der wild besprühten Lederjacke und den zerrissenen Hosen passt. »Anderthalb Jahre in der Mache, Mann. Lass uns unsere Liners nicht enttäuschen.«

Ich setzte die In-Ears meines Monitoring-Systems ein, der Takt darin schlägt wie mein eigener Herzschlag, auf den ich mich voll und ganz konzentriere. »Auf keinen Fall.«

»Sind alle bereit?«, ruft Caleb und bekommt Zustimmung von der Band, dem Lichtteam und unserem Marketing, das zur

Stelle ist, um nach dem Live direkt sämtliche Posts und Websites mit allen Informationen freizuschalten. »Wir gehen live in fünf, vier, drei, zwei, eins …«

Wir warten, nur ein paar Sekunden, damit die ersten Fans sich einfinden können, und dann beginnt die Band mit den ersten Takten von *Dissident.* Zuerst das Keyboard, die Klänge ungewohnt für *Parallel*, aber etwas, mit dem Damian und ich schon immer mal herumexperimentieren wollten, ehe Bass, Schlagzeug und E-Gitarre sich dazugesellen und der Synthesizer mit seinen Beats alles zusammenbringt. In meinem Kopf vernehme ich zunächst nur den Takt, den mir meine In-Ears einflüstern, doch dann dringt die Musik zu mir durch, die Töne des Songs, den ich selbst komponiert habe. Ich kenne meinen Einsatz genau. Leise raune ich ins Mikrophon. »*They let us drown, Baby. Let's take them down, down, down.*«

Es ist wie ein Rausch, und mit jedem Ton und jedem Wort fliege ich höher und höher. Der Bass hämmert in meiner Brust, das Schlagzeug wird zu meinem Puls, und die Gitarre lässt jeden Gedanken ersterben, während ich mich in die Musik fallen lasse, die sich zum ersten Mal seit Jahren wieder vollends wie meine eigene anfühlt. Ich lasse sie durch mich hindurchfließen, sich mit meinem Herz und meiner Seele verbinden und von meinen Lippen in die Welt hinaustragen. Obwohl es Monate her ist, dass ich zuletzt für Fans performt habe, ist es leicht, wieder zu Roan von *Parallel* zu werden und mit der Kamera zu spielen. Weil ich es will, und nicht, weil ich es muss. Ich will sie erreichen, mit meinen Worten, meinen Gesten, aber vor allem mit meiner Kunst. Ich stelle mir vor, wie es sein wird, wieder mit unseren Liners vereint zu sein, sie in den ausverkauften Hallen zu treffen und ihre Energie zu spüren, die mich beflügeln und in ungeahnte Höhen hinaufschwingen wird, wenn allein dieses erste Live nach gefühlten Ewigkeiten mir schon so einen Rausch versetzt.

Ich singe und lasse alles heraus. Den Frust über die letzten anderthalb Jahre und die Wut über den Artikel. Die Angst, alles zu verlieren. Die Zuversicht und Hoffnung auf unser baldiges Wiedersehen. Als ich den Bass in die Hand gedrückt bekomme, springt diese Euphorie auf meine Finger über, was mein Solo noch besser macht als die unzähligen Male zuvor, die ich es geprobt habe.

Der Song endet viel zu schnell, und doch bin ich völlig außer Atem, weshalb ich Damian die letzten Worte an unsere Fans überlasse, auch, weil ich einen riesigen Kloß im Hals habe. Wir dürfen diese monumentalen Nachrichten dank Caleb als Wiedersehensgeschenk mit unseren Fans teilen, bevor es über Pressemitteilungen in den Medien verbreitet wird. Auch etwas, das *Quill Music Publishing* niemals zugelassen hätte, und wieder wird mir bewusst, wie gut und richtig es war, diesen wichtigen Schritt zu tun, ganz egal wie hart die letzte Zeit für uns alle auch gewesen sein mag.

»*Parallel* is back, Baby!«, schreit Damian ins Mikro, und ich muss lachen, wobei ein Hauch von meinem für mich typischen Glucksen mitschwingt. Aber zum ersten Mal stört es mich nicht. »Liners, wir sind endlich zurück. Es war seltsam so ganz ohne euch, aber seid euch sicher, vergessen haben wir euch nicht eine Sekunde lang. Gefühlte Ewigkeiten haben wir uns den Kopf darüber zerbrochen, wie wir uns bei euch zurückmelden und euch für eure Liebe und Loyalität danken können, und so sind wir auf diese Idee gekommen. Ich hoffe, wir sehen uns auf unserer *Restart*-Tour, denn wir haben euch verdammt noch mal vermisst. Alle Infos zum Vorverkauf findet ihr auf unseren üblichen Kanälen. Scheiße, tut es gut, zurück zu sein.«

Caleb zeigt uns an, dass der Livestream beendet ist, und ich schaffe es gerade noch so, meinen Bass an den Roadie abzugeben, ehe Damian mich anspringt, Arme und Beine um mich geschlungen wie ein Koalabär, während er mir ausgelassen etwas ins Ohr brüllt, das ich kaum verstehe. Ein Hoch auf Gehörschutz. Das gesamte Team jubelt, und ich gerate gehörig ins Schwanken, als auch Caleb sich an mich hängt, bis meine Beine nachgeben und wir zu dritt auf die Bühne purzeln.

Ich höre, wie unser Marketingteam uns die Zuschauerzahlen zuruft, gefolgt von der Anzahl an Anmeldungen zum Vorverkauf der Tour, die in schwindelerregende Höhen steigen. Wirklich verarbeiten kann ich das alles gerade allerdings nicht, denn ich bin noch zu gefangen in diesem Moment, der sich wie ein Befreiungsschlag anfühlt.

Wir haben es geschafft. Wir sind frei, können die Musik machen, die wir lieben, zu unseren eigenen Bedingungen und so, wie wir es wollen. Wir können neue Wege gehen, unseren Fans und uns selbst treu bleiben. Vor allem aber können wir Menschen sein.

All diese Dinge sind mir seit der Urteilsverkündung zwar klar, aber erst jetzt fühlen sie sich wahrhaftig an. Jetzt, in diesem Augenblick, in dem wirklich alles anders ist und wir endlich auf unserem neuen Pfad angekommen sind. Caleb, Damian und ich halten uns in den Armen, grölen *Queen*s zeitloses Meisterwerk *We Are The Champions* und verlieren uns in Erfolgsfantasien. Keine Ahnung, wie lange unser Ausraster dauert, aber ich bin ganz ausgelaugt, als ich mich endlich Calebs Würgegriff entwinden kann.

Ich lasse den Kopf auf die Bühne fallen und starre hoch in die Lichter. Das hier ist der Neuanfang. Endlich kann ich herausfinden, wer ich als Künstler sein will. Wer wirklich ich unter all dem bin. Ich kann endlich ich sein.

Alles, was du tun musst, ist, du zu sein. Einfach nur Roan. Dann verspreche ich dir, werden sie dich lieben. Ich mag dich immer, ganz egal, wer du bist oder wer du sein willst. Aber den echten Roan? Den mochte ich schon immer von all deinen Facetten am allerliebsten.

Mia zu finden ist leicht. Wie die Polarlichter strahlt sie hell und leuchtend und wunderschön. Unweit entfernt von der Bühne steht sie, die Augen glänzend vor nicht vergossener Tränen, während sie mich anlächelt. Die Probenhalle ist voller Menschen. Doch mir kommt es vor, als wären wir allein. Nur Mia und ich, in diesem weiten Kosmos, in dem ich glaube, inmitten von Sternen zu schwimmen, nach denen ich mit gierigen Händen greife.

Glückwunsch, formt ihr roter Mund, und ich schmecke Kirschen auf meiner Zunge. *Ich bin so stolz auf dich.*

Danke, formen meine Lippen ebenso lautlos, und ich strecke die Hand nach ihr aus, als könnte ich sie berühren, ehe ich sie nutzlos auf die Bretter der Bühne sinken lasse, während Mia sich Damian und Caleb zuwendet und ihnen mit einem breiten Grinsen zwei Daumen-Hoch gibt. Meine Augen fallen mir zu, so erschöpft bin ich.

Monatelang haben wir auf diesen Moment hingearbeitet. Unzählige schlaflose Nächte hat es mich gekostet. Aber jetzt ist es geschafft. Es ist geschafft, und endlich können wir wieder das tun, was wir am meisten lieben. Es ist ein Neuanfang. Einer, den ich auf keinen Fall ungenutzt verstreichen lassen will.

Ich öffne die Augen wieder, doch Mia ist nicht mehr da.

»Mister C!«

Mich durchfährt ein eiskalter Stich, und augenblicklich richte ich mich auf, als ich Alistairs zutiefst besorgte Stimme höre. Der hochgewachsene Schotte eilt hektisch auf die Bühne zu.

Caleb, der gerade noch neben mir lag, ist sogleich auf den Füßen und springt die Bühne hinunter. Alarmiert läuft er unserem Sicherheitschef entgegen. »Alistair! Was ist los?«

»Draußen sind Paparazzi, Sir. Unzählige.«

»Das ging schneller als erwartet.« Caleb runzelt die Stirn. Immer mal wieder hat sich einer von ihnen vor der Halle herumgedrückt, aber das Problem war schnell mit Geld erledigt, um einen Tour-Leak zu verhindern. »Sag ihnen, wir geben morgen eine Pressekonferenz zur Tour.«

»Deshalb sind sie nicht hier, Mister C.« Alistairs Miene verdüstert sich. »Sie sind wegen des Artikels über Ms Mia hier. Es ist eine ganze Meute. Außerdem habe ich Ibrahim, wie von ihnen gewünscht, zur Wohnung von Ms Mia geschickt, um die Lage dort zu prüfen. Vor ihrem Haus lauern sie auch schon, und ein Durchkommen ist laut Ibrahim unmöglich.«

»Fuck.« Den Bruchteil einer Sekunde später bin ich auf den Beinen und sehe mich in der Halle nach Mia um, doch sie ist noch immer nirgendwo zu sehen. Ich springe von der Bühne und haste zu Ellie, die mich mit großen Augen anstarrt. »Wo ist Mia?«

Ellie runzelt die Stirn und sieht zu Caleb und Alistair, die jetzt mit zusammengesteckten Köpfen leise miteinander sprechen, bevor sie mir antwortet. »Ich weiß es nicht. Gerade eben war sie noch da.«

»Oh, die ist zum Seiteneingang, um dem Champagnerlieferanten aufzumachen«, flötet Nikki munter, die noch nicht lange genug Teil unserer Welt ist, um zu verstehen, warum Ellie leichenblass wird. »Das Handy von einem der Assistenten hat unaufhörlich gebimmelt, und dann ist sie rangegangen. Sie meinte, sie würde das nur eben fix erledigen und wäre dann gleich wieder da.«

»Und niemand ist auf die Idee gekommen, sie zu begleiten?«

»Nein. Sie meinte, sie käme allein klar.«

Nikkis Augen werden groß, als ich mit zitternden, aber hastigen Händen nach einer der herumliegenden Atemmasken und einer Baseballcap mit *Parallel*-Logo greife, die viele aus unserem Team tagtäglich tragen.

»Fuck.« Ich stürze los, die Maske halb angezogen und die Cap locker auf meinem Kopf, als ich über die Schulter hinweg belle: »Alistair!«

Auf den Schotten warten kann ich nicht, aber ich höre seine schweren Schritte und lege einen Zahn zu, mein Magen und mein Herz in gehetztem Aufruhr.

Scheiße, hoffentlich bin ich noch nicht zu spät.

13. KAPITEL

Mia

»Kommen Sie einfach zum Seiteneingang. Er liegt etwas versteckt. Fahren Sie am besten von hinten ran und stellen den Wagen im Häuserschatten ab. Wenn Sie auf das Gebäude zukommen, wenden Sie sich nach links.« Es ist schwer, meine eigenen Worte über den Jubel hinweg zu hören, der mich umgibt, und ich erhebe die Stimme, in der Hoffnung, dass der Lieferant am anderen Ende der Leitung mich dann besser verstehen kann. »Lassen Sie sich von den Paletten und dem Elektroschrott nicht irritieren. Einfach dazwischen durch und dann ist da eine schwarze Feuerschutztür. Klingeln Sie mich einfach unter dieser Nummer an, sobald sie an der Tür sind. Dann mache ich Ihnen auf.«

»Vielen Dank, Miss.«

»Nichts zu danken.« Ich klemme das Handy zwischen Schulter und Ohr, denn um die schwere Doppeltür aufzustoßen, die zum Seitenausgang führt, brauche ich beide Hände. Ich hoffe wirklich, der Lieferant beeilt sich, denn auch wenn es mir nichts ausmacht, jemandem vom Team einen Gefallen zu tun, will ich doch nicht eine Sekunde länger von diesem Augenblick verpassen als unbedingt notwendig. »Dann bis gleich.«

Die Tür fällt hinter mir zu, und ich stecke das Handy von Phoebe, einer der Assistentinnen unseres Teams, in meine hintere Hosentasche. Lang erstreckt sich der Flur vor mir, der diverse Technikräume sowie eine Umkleide für Personal und ein kleines zweites Getränkelager beherbergt. Die Wände sind behangen mit Fotografien aller möglichen Größen der britischen Musikgeschichte, die sich für Proben hier schon die Ehre gegeben haben. Die Halle ist innerhalb der Musikbranche bekannt und beliebt, und das nicht allein wegen ihrer abgeschiedenen Lage mitten in einem Industriegebiet oder der Diskretion des Hallenpersonals, sondern auch wegen des Ausblicks auf *The O2*, das genau auf der anderen Seite der Themse in die Höhe ragt und damit an langen Probetagen und in den noch längeren Probenächten als Wahrzeichen der Motivation dient. Auf dem Flur ist es gespenstisch still. Alle sind in der Haupthalle, um den Wahnsinnserfolg zu feiern, der uns für die Berg-und-Tal-Fahrt der letzten Monate entschädigt.

Roan und Damian dort oben auf der Bühne zu sehen, so unbeschwert und ungefiltert, ist für mich der größte Triumph von allen. Er ist größer als die schwindelerregenden Registrierungszahlen. Größer als die rekordbrechenden Zuschauerzahlen. Sogar größer noch als unser historischer Sieg über *Quill Music Publishing*.

Denn es ist eine Sache, für seine Freiheit zu *kämpfen*. Es ist eine gänzlich andere, sie tatsächlich zu *leben*.

Ich mache mich auf den Weg zur Seitentür und überlege, wann ich meine besten Freunde zuletzt so in ihrer Musik habe aufgehen sehen. Es ist so lange her, dass ich mich kaum daran erinnern kann. Stets waren sie gehemmt, egal ob im Studio oder bei Auftritten. Vor *Quill Music Publishing* ging es bei jedem Auftritt darum, entdeckt zu werden. Danach ging es nur noch darum, die nötigen Verkaufszahlen zu erreichen und möglichst erfolgreich zu sein. Das alte Label hat uns allen die Luft abgedrückt, uns zur Konformität gezwungen und jeden Einzelnen von uns über die Jahre hinweg mürbe gemacht.

Aber das ist jetzt vorbei. Und die Manifestation dieser geballten Freiheit durfte ich gerade hautnah auf dieser Bühne miterleben.

Neben der Seitentür lehne ich mich an die Wand, meine Knie und Hände noch immer zittrig von der geballten Energie und berauschenden Euphorie der letzten Minuten.

Mein Herz rast, als ich an Damian denke, der sein ganzes Talent endlich von der Leine lassen konnte, und der kaum Luft geholt hat zwischen all den Worten, die er in Rekordzeit auf die Welt abgefeuert hat. Ein Schauer durchläuft mich bei der Erinnerung an Roans flinke Finger, die über die Saiten seines Basses glitten, den Kopf in den Nacken geworfen und ein breites Grinsen auf dem Gesicht, während die Musik aus ihm hinaus und direkt in den Bass zu fließen schien. Und die beiden zusammen zu erleben, nur aufeinander und auf ihre Fans fokussiert, während sie mit jedem Takt die Mauern einreißen, hinter denen wir alle so lange eingepfercht waren, lässt noch immer meinen Atem stocken.

Aber es ist nicht nur ihre Musik und ihre Freude, die mir wirklich vor Augen führen, wie frei wir endlich sind. Es ist Caleb, der es sich nicht hat nehmen lassen, selbst die Kamera bei diesem wichtigen Live zu führen, anstatt das einem erfahrenen Kameramann zu überlassen. Es ist Nikki, die an ihrem dritten Arbeitstag bei so einem wichtigen Event schon eine tragende Rolle übernehmen darf. Es sind die Assistenten, die sich ein Bein ausreißen, damit alles glattläuft, und nicht wie unter *Quill Music Publishing* nach allen Anstrengungen des Raumes verwiesen werden, ohne die Früchte ihrer Arbeit betrachten zu dürfen. Scheinbare Kleinigkeiten. Aber es sind eben diese

Kleinigkeiten, die den Unterschied machen. Wie Roans eigenmächtige Entscheidung, kein Shirt unter seiner Jacke tragen zu wollen.

Flatternd schließe ich die Augen.

Ich habe Roan über die Jahre hinweg schon unzählige Male in allen möglichen Formen bekleidet gesehen. Von splitterfasernackt, als Damian und er in dieser winzigen Wohnung gewohnt und ich mir einen sehr blöden Zeitpunkt für einen Spontanbesuch ausgesucht hatte, bis hin zu komplett bis an die Mandeln eingepackt und wegen einer heftigen Grippe trotzdem unter einem ganzen Stapel Decken bibbernd. Ich habe ihn so oft oberkörperfrei gesehen, dass ich jeden einzelnen kleinen Leberfleck einzeichnen könnte, sollte man mich bei einem Quiz mal danach fragen. Auch jedes kunstvolle Tattoo an seinem Körper kenne ich. Ob nun das verschlungene Ornament auf seinem Handrücken, die Ranken an seiner Wade, die beiden langen, schwarzen Linien neben seiner Wirbelsäule oder aber den Drachen, dessen riesiger Körper seine Brust wie eine Kette umschlingt, während sein Kopf auf einem Blütenmeer auf Roans Arm ruht. Ich kenne seinen Körper fast genauso gut wie meinen eigenen und weiß, dass er objektiv betrachtet ein schöner Mann ist. Eine Tatsache, aus dem sein Umfeld regelmäßig und auch er selbst gelegentlich Kapital schlägt, so wie jeder es tun würde, der mit solch einem Gesicht geboren wurde.

Das alles ist nicht neu. Nicht im Geringsten. Doch schöner als auf dieser Bühne, in diesem Augenblick, ist er noch nie gewesen. Ich spüre Hitze in mir aufsteigen und presse die Schenkel zusammen, als mein Verstand beschließt, mich an den Geschmack seiner Lippen zu erinnern. Ungezähmt Roan und ein Hauch von Tabak.

Was zur Hölle ist bloß los mit mir?

Tief atme ich durch die Nase ein und durch den Mund wieder aus, kann meinen Gedanken aber nicht entkommen, die sich partout weigern, ihr endloses Kreisen um Roan aufzugeben.

Funken der Anziehung hat es hin und wieder immer mal zwischen Roan und mir gegeben. Warum auch nicht, wir stehen uns so nah, sehen uns täglich, und da kann es schon vorkommen, dass man einander ansieht und sich verstohlen fragt, *was wäre wenn*, bevor man sich daran erinnert, dass dieser Mensch dein Ein und Alles ist und du es niemals für etwas so Flüchtiges und Kompliziertes wie romantische Liebe riskieren würdest.

Diese *Was-wäre-wenn*-Augenblicke sind allerdings Jahre her. Wenn nicht sogar fast ein ganzes Jahrzehnt. Das Kratzen von Füllern über Papier kommt mir in den Sinn, der Geruch von Druckerschwärze, das Prickeln von Sekt auf meiner Zunge.

Jetzt wird alles anders, oder?, höre ich den jüngeren Roan in meiner Erinnerung flüsternd fragen, der aufgeregte und idealistische Funken verblasst, angesichts des weitläufigen Raumes, auf dessen anderer Seite Angestellte von *Quill Music Publishing* lauerten, die alle gekommen waren, um *Parallel* zu hofieren, noch lange bevor sie erfolgreich wurden.

Danach habe ich ihn nie wieder gesehen, diesen Funken.

Er verschwand, mehr und mehr, wurde zu einem Glimmen, verwoben in den Flügelschlägen privater Jam-Sessions in isolierten Tonstudios, bevor die Realität in Form von Produzenten in Nadelstreifen und missbilligend zusammengezogenen Augenbrauen uns alle einholte. Er machte dem schönen Schein Platz, dem falschen Charme, der professionellen Anpassung, und verschwand in zusammengeschnittenen Songs, erzwungener Konformität und seltener und verunsicherter Meinungsäußerung.

Bis heute.

Meine Wangen glühen, als ich meine Augen wieder öffne, noch immer allein in diesem Flur, auch wenn meine Beine mich diesem Funken entgegentragen wollen, der mich in Brand zu setzen droht und der mich in diesem Lager dazu verleitet hat, eine lebenslange Freundschaft aufs Spiel zu setzen. Ich habe einen Moment gebraucht, um ihn zu erkennen, so lange habe ich ihn nicht gesehen. Dabei war er meine gesamte Kind- und Jugendzeit bei mir, hat meine Tage erhellt und meine Welt in Farbe getaucht, bevor wir ihn beide vergessen haben. Doch er ist zurück, flackernd und zaghaft, aber so unfassbar kraftvoll, dass er mir den Atem verschlagen hat, als ich ihn erblickte, eingebettet in schnelle Akkorde spielende Finger, schweißgetränkte Haut und eine scheinbar unschuldige Frage, der doch etwas Verwegenes anhaftet.

Lass uns heute Abend etwas zu essen bestellen und über alles reden, ja? Nur du und ich.

Allein mit Roan. Hitze. Der Geschmack von Tabak auf meiner Zunge, während seine Hände auf meiner Haut brennen.

Es ist das Handy von Phoebe, das lautstark plärrend mein Gedankenwirrwarr unterbricht und mich zurück in die Realität holt. Der Lieferant, er ist da. Zum Glück. Dann kann ich endlich zurück zu den anderen und feiern, anstatt mich mit diesem Chaos in meinem Kopf auseinanderzusetzen, in dem es eh viel zu voll ist. Voll mit Fragen über eine ungewisse Zukunft. Voll mit Angst vor der Presse. Voll mit Roan.

Ich lege die Hände an die Klinke der schweren Feuerschutztür und schiebe sie mit der Schulter auf. Je schneller ich sie wieder schließen und zurück zu den anderen gehen kann, desto besser.

»Ms Knight, stimmt es, was *The British Royal Gazette* schreibt?«

»Ms Knight! Ms Knight, ein Statement!«

Wie eingefroren halte ich inne angesichts des Mobs, der mit gezückten Kameras und langstieligen Mikrofonen auf mich wartet. Als wir angekommen sind, waren doch kaum Reporter hier? Und selbst die waren vor dem Haupteingang. Deshalb habe ich den Lieferanten doch extra zum versteckten Seiteneingang gelotst. Wo sind sie hergekommen? Wie haben sie den Seiteneingang gefunden? Wie viele von ihnen sind hier?

Ich stehe da wie ein Reh im Scheinwerferlicht. Perplex starre ich in die Gesichter, ein Meer aus feixender Sensationslust und sabberndem Neuigkeiteneifer, während ihr Blitzlichtgewitter mich halb blind macht. Ich kann mich nicht rühren, und entfernt nehme ich wahr, dass der Champagnerlieferant versucht, sich zu mir durchzuschieben. Das Meer aus Paparazzi vor ihm weigert sich jedoch, sich zu teilen, und anstatt sich zurückzuziehen, kommen sie immer näher, wie eine Flutwelle, die nur darauf wartet, mich in die Tiefe zu zerren und mich zu ertränken. Ich muss wieder rein. Ich muss die Tür schließen, muss irgendwie weg von allem.

Alles kommt zu einem abrupten Stillstand. Meine Gedanken. Meine Atmung. Mein Herz.

Ich habe Angst. Fürchterliche Angst. *Roan*. Ich will zu Roan.

»Mia!«

Lange Finger legen sich um meinen Oberarm, und stolpernd werde ich zurück in den Flur gezogen. Ich will schreien und mich wehren, doch instinktiv weiß ich, wessen Hand mich berührt, um mich in Sicherheit zu bringen. Alistair stürzt an mir vorbei, direkt an seinen Fersen zwei weitere Mitarbeiter des Sicherheitsteams, die uns mit ihren Körpern abschirmen und gleichzeitig versuchen, die Tür zu halten, durch die der Mob sich mit aller Macht drängen will.

Alles geht unfassbar schnell. In einer Sekunde stolpere ich

noch rückwärts durch den Flur. In der nächsten bin ich schon in der Personalumkleide und höre, wie das Schloss verriegelt.

»Bist du okay?«, fragt Roan mich angestrengt. Seine Brust hebt und senkt sich schnell, seine Haare sind mit einer Cap und seine untere Gesichtshälfte mit einer Atemschutzmaske verdeckt.

»Ja. Bin okay.« Meine Antwort ist mehr ein Japsen als alles andere. Ich fühle mich, als wäre ich einen Marathon gelaufen, so sehr hat die Angst mein Herz im Würgegriff. Vor meinen Augen habe ich noch immer unzählige kleine Flecken von dem Blitzlichtgewitter gerade eben. »Bei dir denn auch?«

Roan zerrt sich die Maske vom Gesicht und nickt etwas zu schnell und zu brüsk, doch jetzt ist nicht der Zeitpunkt, um seine Antwort infrage zu stellen. Nicht wenn er so tief und angestrengt atmet, dass der Ring in seinem Nasenflügel bebt und er seine Fäuste neben seinem Körper ballt, in dem verzweifelten Versuch, seine Panik abzuschütteln. Überraschungsbesuche der Presse, so wie dieser, sind noch immer besonders schwer für Roan, und ich bin mir sicher, dass sich hier gerade Erinnerung und Realität auf ganz besonders unschöne Art und Weise vermischen. Dann endlich bekommt er doch drei einfache Worte heraus. »Ja. Alles okay.«

»Sicher?«

»Ja.« Prompt wendet Roan sich um und ruckelt an der Tür zur Umkleide, um sicherzugehen, dass sie auch wirklich abgesperrt ist. Sie bewegt sich keinen Millimeter. Er atmet jetzt tiefer und auch ein ganzes Stück ruhiger. »Ganz sicher. Es geht sofort wieder.«

»Gut.« Ich stemme die Hände in die Hüften, versuche, proaktiv zu sein, anstatt mich von meiner Angst beherrschen zu lassen. »Was ist hier los?«

Roan zieht mir einen Stuhl heraus. »Setz dich.«

Mir rutscht das Herz in die Hose, und es ist Roans Hand, die mich sicher auf den Stuhl geleiten muss, ehe er sich mir gegenüber hinsetzt. Der Raum ist klein, gesäumt von Spinden und mit wenig Licht. Außer einem runden Tisch für kurze Pausen und einem Sideboard mit Kaffeemaschine gibt es hier drin nicht viel. Klaustrophobisch und stickig ist es. Oder bin das nur ich? »Roan, sag schon, was ist los?«

Er schlägt die Augen nieder, will nicht in meine sehen. Das will er nie, wenn er entweder unfassbar wütend ist oder aber sich schuldig fühlt. »Diese Meute ist nicht wegen der Tourankündigung hier. Sie sind deinetwegen da. Sie haben genauso schon deine Wohnung in Limehouse ausfindig gemacht und kampieren auch dort.«

Ich kann regelrecht spüren, wie mir die Farbe aus dem Gesicht weicht. Ich habe zwar damit gerechnet, dass die Presse mich nicht in Ruhe lassen wird, aber dass so viele von ihnen in so kurzer Zeit meinetwegen aufkreuzen würden, habe ich beim besten Willen nicht vorhergesehen, auch wenn die Traube vor *Two Lines Entertainment* heute Morgen mir vielleicht ein Indiz hätte sein sollen. Doch die Hoffnung stirbt ja bekanntermaßen zuletzt. Meine steigt gerade in ein kaltes, nasses Grab hinab.

Roans Kiefer spannt sich an. »Es tut mir leid.«

Die Blase der Normalität, in der ich die letzten Stunden verbracht habe, platzt. Ich will nach meinem Handy greifen, doch Roan hält mich auf. Seine Finger sind sanft, als er sie um mein Handgelenk schlingt.

»Tu dir das nicht an, Mia.« Er lässt die Schultern hängen. »Das Internet wimmelt wahrscheinlich jetzt schon vor lauter spekulativem Unsinn.«

Mein Magen rebelliert, und in meinem Kopf gehen sämtliche Alarmglocken an, als ich mich an die hässlichen Worte in Julies Artikel erinnere. Wut brandet in mir auf. »Aber warum?

Es gab über die Jahre doch schon andere Dating-Gerüchte über dich und unzählige Leute, die alle berühmt waren! Was wollen sie da von mir?«

»Eine Geschichte, die sich besser verkaufen lässt. Grammy-Gewinner verliebt sich in Freundin aus Kindheitstagen und Make-up-Artist. Der Kram schreibt sich von ganz allein.« Durch den dichten Kranz seiner Wimpern sieht er mich durchdringend an, sein Daumen streicht über mein Handgelenk. In seinen Augen liegt eine Wahrheit, die ich nicht akzeptieren will. Nicht akzeptieren *kann*.

Alles in mir verspannt sich. Mir wird kotzübel, und meine Hände sind mit einem Mal ganz klamm. »Roan, alles um mich herum verändert sich. Mein Leben ist ein einziges Chaos. Da kann ich das hier nicht auch noch gebrauchen.«

»Das hier?« Er zieht seine Hand zurück, und mir wird eiskalt wegen der Enttäuschung, die seine Züge verhärtet. »Was meinst du damit?«

Ich weiß es nicht, aber in meinem Kopf herrscht so ein Durcheinander, dass ich das Erste sage, was mir in den Sinn kommt. »Dass das alles wahnsinnig verwirrend und nicht das ist, was ich jetzt gerade brauche. Was ich allerdings brauche, ist meinen besten Freund. Nicht, was auch immer das hier ist.« Unbeholfen deute ich zwischen uns beiden hin und her, in meinem Hals bildet sich ein dicker Kloß, der nur noch mehr anschwillt, je länger ich an all die Paparazzi denke, die noch immer dort draußen sind. »Wenn sie jetzt schon den Probenraum und meine Wohnung belagern, obwohl das zwischen uns nichts weiter ist als ein Gerücht, dann –«

»Aber das ist es doch nicht mehr nur, oder, Mia?« Roans Stimme ist wie ein Peitschenhieb, und ich zucke zusammen. »Es ist nicht mehr nur ein Gerücht. Nicht, seitdem wir uns geküsst haben.«

Ich will behaupten, dass er es war, der mich geküsst hat, bringe die Worte allerdings nicht über mich. Vielleicht weil ich ihn nicht belügen will. Vielleicht aber auch, weil ich Roan nicht belügen kann. Weil das Brennen auf meinen Lippen mich an die Wahrheit erinnert. Aber nur, weil es die Wahrheit ist, heißt das noch lange nicht, dass ich sie akzeptieren muss. Nicht jetzt. Nicht hier. Nicht, wenn alles so verflucht kompliziert ist. Nicht, wenn mein Herz wehtut, sobald ich ihn nur ansehe, und ich nicht weiß, warum das auf einmal so ist. Ich schlage die Augen nieder, weil ich Roan gerade nicht ansehen kann.

»Vielleicht hat Caleb …« Ich stocke, hole einmal tief Luft und zwinge mich, diesen Satz zu beenden. »Vielleicht hat Caleb recht. Vielleicht sollten wir wirklich eine Weile lang getrennte Wege gehen.«

Ich höre, wie Roans Stuhl leise knarzt. Das Geräusch ist so laut, dass es sein leises »Für wie lange?« beinahe verschluckt. Aber eben nur beinahe.

»Keine Ahnung. Bis sich alles beruhigt hat vielleicht?« Ich reiße mir das ockerfarbene Tuch vom Kopf und wringe es zwischen meinen Händen, die unkontrolliert zittern. »Vielleicht auch länger. Vielleicht, bis wir uns beruhigt haben. Bis wir wissen, was das hier ist? Bis wir wissen, was dieser Kuss zu bedeuten hat.«

»Wenn es das ist, was du willst.« Roans Stimme ist abgehackt und kühl, und ich muss aufsehen, um sicherzugehen, dass er es ist, der noch immer vor mir sitzt. Er starrt die Tür an, Kiefer und Rücken sind verspannt. »Dann lass es uns so machen. Ich habe dich heute im Büro gefragt, wie du damit umgehen willst, Mia. Und wenn es das ist, wofür du dich entschieden hast, dann ist das in Ordnung.« Roan erhebt sich und bringt so viel Abstand zwischen uns, wie er in diesem kleinen Raum nur kann. »Nur weil es mir persönlich nicht gefällt, weil ich nicht von dir getrennt sein will, heißt das nicht, dass ich ein Recht habe, dir meinen Willen aufzuzwingen. Ich …« Roan stützt die Hände auf einem kleinen Sideboard auf und lässt den Kopf nach vorne sinken. Augenscheinlich ringt er mit sich, und alles in mir schreit danach, zu ihm zu gehen, aber ich kann mich keinen Zentimeter rühren, bin wie festgefroren. »Es tut mir leid, Mia.«

Seine Worte durchbohren mein Herz wie ein Schwert. Es tut höllisch weh.

Ein lautes Klopfen an der Tür unterbricht unser Gespräch, und meine Worte finden ihr Ende, noch bevor ich sie aussprechen kann. Wobei ich nicht einmal eine Ahnung habe, was ich eigentlich hätte sagen wollen.

»Mr Roan. Ms Mia. Können Sie die Tür für mich öffnen?«

»Alistair.« Roan entriegelt die Tür, und der Sicherheitschef schlüpft hinein. »Ist die Luft rein?«

»Ja, Sir. Fürs Erste.« Der Schotte sieht kurz zwischen uns beiden hin und her, blickt dann aber mir fest in die Augen. »Das wird aber nicht so bleiben. Wir müssen sie beide hier wegbringen. Und zwar schnell.«

»Konzentrieren Sie sich auf Mia und passen Sie gut auf sie auf. Ich bleibe in der Nähe von Scott und gehe mit ihm zurück zu Caleb, damit wir die Lage besprechen und unsere nächsten Schritte planen können.« Er sieht nicht zurück, sondern geht einfach zur Tür der Umkleide. »Ich teile Caleb mit, wie du mit dieser Situation weiter umgehen möchtest, Mia.« Er strafft ein letztes Mal die Schultern. Und dann ist er verschwunden.

Ich sehe Roan nicht noch mal wieder.

Nicht, als ich von Alistair gemeinsam mit Ellie und Caleb keine zehn Minuten später in einen unauffälligen schwarzen Sedan verfrachtet werde, der eigentlich Misha, einem der Assistenten, gehört. Nicht, als wir, allesamt geduckt, vom Gelände rollen. Nicht, als wir mehrere Zwischenstopps einlegen, um sicherzugehen, dass uns wirklich niemand folgt.

Auch mein Handy bleibt stumm.

Und irgendwie fühlt es sich so an, als hätte ich gerade einen Teil meiner selbst verloren.

14. KAPITEL

Roan

Erwartungen sind faszinierend.

Sie sind luftleer, bedeutungslos und fragil. Sie zerplatzen schneller als die Fantasien wahnhafter Tagträumer und sind auch genauso haltlos. Man hat sie trotzdem. Und meine Erwartung, dass Julie in einem hübschen Eckbüro in einem Wolkenkratzer vor einem nagelneuen Notebook und Kaffee schlürfend ihre Schundartikel schreibt, ist in dem Moment Geschichte, in dem ich sie in einem Großraumbüro vorfinde. Eingequetscht hockt sie auf einem runtergerockten Drehstuhl in einem kleinen grauen Viereck, hat ein Nackenkissen um den Hals geschlungen und eine Teetasse in der Hand, von der die Farbe abblättert. Sie springt mir sofort ins Auge, denn ihr Arbeitsplatz ist am Gang und in direkter Nähe zur Tür, allzeit bereit für die Jagd auf die nächste große Story. Auf ihrer Nase trägt sie eine Brille mit dickem, schwarzem Rand, die sie, genau wie ihr türkises Nackenkissen, in Windeseile unter ihrem Schreibtisch verschwinden lässt, als sie mich erblickt. Sie sieht aus, als hätte sie den Tag in einem Hühnerstall verbracht, ihr Shirt fleckig, die Chinos zerknittert und ihr feines blondes Haar ganz zerzaust.

Allerdings habe ich auch nicht erwartet, jemals einen Artikel über Mia in der Zeitung zu lesen, und sie sagen zu hören, dass es besser sei, wenn wir für eine Zeit lang getrennte Wege gehen. Genauso wenig hätte ich mir vorstellen können, meine Freunde und den Rest des Teams mit einem falschen Lächeln zu belügen, um allein quer durch die Stadt zum Hauptquartier von *The British Royal Gazette* zu fahren und unten am Empfangstresen zu verlangen, Julie Presley zu sehen. Aber so ist das wohl mit Erwartungen. Sie dienen einzig und allein dem Zweck, enttäuscht zu werden.

Der nette Empfangsmitarbeiter führt mich wie ein Lamm zur Schlachtbank, auf mir die Augen aller Mitarbeitenden der *Gazette*, die zu dieser späten Stunde noch hier sind. Mein Herz hämmert in meiner Brust, mir ihrer Blicke überdeutlich bewusst, die meine Haut klamm und meine Atmung flach werden lassen. Meine Wut allerdings treibt mich weiter voran. Oder aber meine Verzweiflung. Genau weiß ich es nicht, doch seit meinem Gespräch mit Mia weiß ich eh nicht mehr, wo oben und unten ist, was die Tatsache, dass ich in einer überstürzten Nacht-und-Nebel-Aktion hergekommen bin, um Julie aufzusuchen, die ich die letzten Jahre gemieden habe wie die Pest, eindrucksvoll beweist. Vor ihrem Arbeitsplatz bleiben wir stehen, und ich mühe mir ein Lächeln ab, als der Empfangsmitarbeiter sich verabschiedet.

»Der britische Popstar Roan Webb in meinem bescheidenen Großraumbüro.« Julie seufzt übertrieben, und ich fühle mich noch schmutziger als eh schon, als sie dazu auch noch spöttisch mit den Wimpern klimpert. Ich hatte gehofft, sie übervorteilen zu können, indem ich unangekündigt aufkreuze, doch ihr desolates Äußeres, das so gar nicht zu dem Image der immer perfekt vorbereiteten Füchsin passt, scheint sie nicht im Mindesten zu stören. Sie lässt sich nicht dazu herab, aufzustehen und mich wie einen Ebenbürtigen zu begrüßen. Stattdessen lehnt sie sich demonstrativ gelassen auf ihrem quietschenden Schreibtischstuhl zurück, die Hände in ihrem Schoß gefaltet wie eine Königin, die ihren Untergebenen zu einer Audienz empfängt, nur um ihn dann doch zum Tode zu verurteilen. »Was verschafft mir denn diese unerwartete Ehre?«

Ich schlucke die Galle herunter, die in mir aufzusteigen droht, und verstecke meine zu Fäusten geballten Hände in meinen Manteltaschen. Ich kann meine Panik herunterschlucken, über meinen Schatten springen und herkommen, um an ihre Menschlichkeit zu appellieren. Sie sehen lassen, wie sehr sie mir unter die Haut geht, das kann ich allerdings auf keinen Fall. »Können wir reden?«

»Natürlich.« Sie zieht einen Hocker unter ihrem Schreibtisch hervor, schiebt ihn mir hin und schnappt sich ihr Diktiergerät. Die siegessichere Fratze will ich ihr am liebsten aus dem Gesicht wischen, weiß aber um meine geschwächte Position in dieser Verhandlung, weshalb ich mir all ihre Seitenhiebe gefallen lasse. »Du weißt doch, für dich habe ich immer ein offenes Ohr, mein Lieber.«

Es kostet mich jede Menge Selbstbeherrschung, ihr nicht an die Gurgel zu gehen. »Allein, wenn möglich.«

Sie legt den Kopf schief, und kurz glaube ich, dass sie meine Bitte allein aus Prinzip schon abschmettern wird. Doch das Rascheln von Zetteln, die zu Boden fallen, in Kombination mit dem Fluchen des Kollegen, der sich zwei Arbeitsplätze weiter lang gemacht hat, um die Ohren zu spitzen, sorgt dafür, dass sie endlich aufsteht. Natürlich. Nur die Sorge, dass irgendwer ihre Story stehlen könnte, bringt jemanden wie Julie dazu, ihre hämische Schadenfreude hintenanzustellen. Ihr Handy lässt sie auf dem Tisch liegen. Gut so. »Komm mit.«

Sie führt mich an den immer gleichen grauen viereckigen

Arbeitsplätzen vorbei zu einem Konferenzraum mit einem großen Tisch in der Mitte und einer fantastischen Aussicht auf die Themse, von der die einfachen Mitarbeiter wohl nur bei Besprechungen mit dem Chefredakteur etwas mitbekommen, und schließt die Tür hinter uns. Das Licht lässt sie ausgeschaltet, damit niemand uns von den umliegenden Wolkenkratzern aus beobachten kann. Es ist gerade hell genug hier drinnen, dass ich ihr Gesicht ausmachen kann, gehüllt in Licht und Schatten und so fuchsartig, dass ich fast erwarte, dass sie sich vor meinen Augen in ein groteskes Mischwesen verwandelt, ihre Haut von Fell überzogen und Blut von ihren Reißzähnen tropfend. Doch nichts geschieht. Julie bleibt Julie, ihre Hand fest um das Diktiergerät geschlungen, dessen kleines, rotes Lämpchen mich verhöhnt, als es in den Halbschatten blinkt, so als hätte es einen eigenen Herzschlag.

»Also«, beginnt Julie und kommt näher, sicher, damit ihr Diktiergerät meine Stimme klar aufzeichnen kann. »Was kann ich für dich tun, Roan?«

Meine Hand schnellt hervor, und Julie keucht überrascht, reagiert aber nicht schnell genug, um das kleine Rechteck in ihrer Hand zu schützen, das den Besitzer wechselt. Das Klicken, das es macht, als ich es ausschalte, ist unfassbar befriedigend. Wäre ich nicht so wütend und mit meinem Latein am Ende, hätte ich mich sicherlich noch einen Moment länger darüber freuen können, doch Verzweiflung treibt mich voran, anstatt in meinem kleinen Triumph zu verweilen. »Diese Unterhaltung ist nicht offiziell, Julie.«

Ihr rechtes Auge zuckt, eine Mikroexpression, die sie nicht im Griff hat, ganz im Gegensatz zum Rest ihres Gesichtes, das süffisant-überheblich bleibt. »Wieso? Bist du hier, um mich auf Knien anzuflehen, deine kleine Make-up-Maus in Ruhe zu lassen?«

Die Erinnerung an Mias leise gemurmelte Worte des Abschieds bringt mich dazu, auch diese Spitze zu ignorieren. Für Mia kann ich es aushalten. Für sie kann ich mich erniedrigen. Mein Stolz ist nicht wichtiger als sie. Niemals.

»Nein.« Ich lege das Diktiergerät auf den Tisch, außerhalb von Julies Reichweite. Mit den Augen folgt sie ihm, hechtet aber nicht hinterher. »Ich bin nicht hier, um zu flehen. Ich bin hier, um an deine Menschlichkeit zu appellieren und dich zu bitten, eine junge Frau, die mit unserer Welt nichts zu schaffen hat, in Ruhe zu lassen, bevor das alles eskaliert.«

»Appelliere nicht an etwas, an das du selbst nicht glaubst.«

Es ist schwer, mich von ihr nicht aus der Reserve locken zu lassen, wenn sie mir doch so sehr unter die Haut geht. Doch ich bleibe stumm, denn zu leugnen, dass ich glaube, dass sie kein Herz hat, würde nur uns beide zu Lügnern machen.

»Sie arbeitet im Showbusiness«, entgegnet sie kühl, aber ich hatte auch nicht damit gerechnet, dass Julie nach nur einem Satz einknicken würde. »Damit hat sie automatisch etwas mit unserer Welt zu tun.«

»Das mag sein, aber sie ist keine Person von öffentlichem Interesse, Julie.«

Sie verschränkt die Arme vor der Brust und macht ein Geräusch, das halb ungläubiges Lachen, halb pikiertes Schnauben ist. »Das kommt ganz auf die Auslegung an. Außerdem, wenn du mich in Presserecht belehren willst, wirst du schon früher aufstehen müssen.«

»Ich bin nicht hier, um dich zu belehren.« Das hier schlägt einen falschen Kurs ein, und ich hebe abwehrend die Hände, um das Schiff zurück in Richtung des Hafens zu steuern, in den ich einlaufen will. Immerhin habe ich ein klares Ziel. Das darf ich bei all dem Hass in diesem Raum auf keinen Fall aus den Augen verlieren. Nicht wenn ich eine Chance darauf haben will, Mia schnellstmöglich wieder an meiner Seite zu wissen. »Ich bin hier, um dir einen Deal vorzuschlagen.«

»Einen Deal?« Interessiert legt sie den Kopf schief.

»Einen Deal.« Ich verstecke meine Hände in meinen Manteltaschen, damit sie nicht sieht, wie sehr sie zittern, als ich ihr ein Angebot mache, für das Caleb mir den Kopf abreißen wird, weil Deals wie dieser einer der unzähligen Gründe waren, warum wir unser altes Label überhaupt erst verlassen haben, das eine ganze Liste von Reportern auf diese Art an der Leine gehalten hat. Jedes Wort ist Zwang, entrungen einer unwilligen Zunge, auf der ich Galle schmecken kann, während das Blut in meinen Ohren rauscht. Das hier ist eine Verzweiflungstat. Ein Unterfangen mit geringen Erfolgschancen. Aber ich muss es versuchen. »Du bekommst direkten Zugang zu mir. Keine Pressekonferenzen mehr, kein Warten auf Pressemitteilungen, keine rote Liste. Exklusivinterviews, erste Statements, scheinbar geleakte Infos zu Alben, meinetwegen auch einen Gerüchteartikel im Monat. Du kriegst alle Informationen zuerst, für was auch immer du willst, ohne Mittelsmann, direkt von der Quelle.«

Ihre Augen weiten sich für den Bruchteil einer Sekunde, ehe sie sich misstrauisch verengen. »Der Haken?«

»Du lässt Mia dafür in Zukunft in Ruhe.« Ich zucke nonchalant die Achseln, doch das Herz in meiner Brust hämmert wie wild, und ich habe Schwierigkeiten, etwas anderes zu hören, als das Dröhnen dieses zuckenden Muskels in meiner Brust, der mich anfleht, wegzurennen. Meine Nägel bohren sich in meine Handballen, und ich verlagere das Gewicht, in der Hoffnung, meine Beine so an Ort und Stelle zu verankern, die nervös zucken, so sehr wie der Fluchtreflex in mir wütet. »Der letzte Artikel ist raus, und wir beide wissen, dass das Internet nicht vergisst. Aber für den direkten Zugang zu mir wirst du auf weitere

Artikel über Mia verzichten.« Ich beiße die Zähne zusammen, zwinge mich aber doch zu der folgenden Schmeichelei, bei der ich mich am liebsten übergeben will, weil so viel Wahrheit darin steckt. *The British Royal Gazette* ist nicht umsonst das auflagenstärkste Klatschmagazin des Landes. Sie geben den Ton an. Haben sie immer und werden sie immer. »Wir wissen beide, dass die anderen von ihr ablassen werden, wenn du nicht mehr über sie schreibst.«

»Das ist alles?«

»Ja, das ist alles.«

Nachdenklich sieht Julie auf ihr Diktiergerät, und die Sekunden, die sie braucht, um bestätigend zu nicken, kommen mir vor wie Minuten. Mit ausgestreckter Hand und einem Lächeln auf den Lippen kommt sie auf mich zu.

Ich starre auf ihre Hand. Auf die langen Nägel, die helle Haut und die Schrammen an ihren Knöcheln, die mir bekannt vorkommen, von damals, als Damian ein Fenster zerschmettert hat, weil er lieber in eine verlassene Hütte eingestiegen ist, als nach Hause zu gehen.

Wenn ich einschlage, bin ich an Julie gebunden und verkaufe ihr meine Seele. Tue ich es nicht, riskiere ich, Mia dauerhaft zu verlieren oder sie zu der gleichen Hölle zu verdammen, durch die ich damals wegen Julie gegangen bin.

Die Entscheidung ist leicht.

Ich strecke die Hand aus, um meinen Pakt mit dem Teufel zu besiegeln, doch Julie zieht sie in letzter Sekunde zurück, und mir wird eiskalt, als ich ihr triumphierendes Grinsen sehe.

»Für wie dämlich hältst du mich eigentlich?«

»Wie bitte?«

»Warum sollte ich diesen Deal eingehen, wenn ich offensichtlich auf Gold gestoßen bin?« Sie lacht, kalt und höhnisch und grausam. »Vor sieben Jahren habe ich deine Karriere fast beendet und dich um Haaresbreite ins Gefängnis gebracht. Da bist du nicht zu mir gekommen, um zu feilschen und zu betteln. Aber jetzt, wo es nicht mal um dich geht und ich nur an der Oberfläche gekratzt habe, kommst du angekrochen und bietest mir einen Deal an, obwohl wir beide wissen, wie sehr du mich hasst. Was sagt mir das, Roan?« Sie blinzelt unschuldig, um mich zu verhöhnen, zeigt mir ihre abgrundtiefe Verdorbenheit. »Sie ist deine Schwachstelle. Und was macht man in unserem Geschäft mit Schwachstellen? Genau. Man beutet sie aus.«

Panik steigt in mir auf, doch ich zwinge mich zu äußerlicher Ruhe, als ich trocken entgegne: »Bitte, wenn du dich blamieren willst.« Ich schlucke unauffällig, versuche, nicht an den Kuss oder überhaupt an Mia zu denken, als ich noch hinzufüge: »Sie ist nicht meine feste Freundin. Sie ist nur meine Make-up-Artist. Zwischen uns läuft nichts.« Ich stocke, denn aus irgendeinem Grund kann ich mich nicht dazu durchringen, die letzten Worte zu sagen, die Julie vielleicht überzeugt hätten, die aber zu sehr schmerzen, als dass ich sie wirklich aussprechen könnte. *Und da wird auch nie etwas laufen.*

»Ich weiß. Wenn es nicht so wäre, hättet ihr es einfach bei den ersten Berichten zugegeben und das Narrativ kontrolliert. Aber du liebst sie. Das ist offensichtlich, sonst wärst du nicht hier.« Julie tritt einen großen Schritt von mir zurück und lehnt sich über den Tisch. Ihre langen Finger schließen sich um das Diktiergerät, einschalten tut sie es jedoch nicht, und gerade jetzt ist es weniger eine Erleichterung, sondern mehr ein Schlag ins Gesicht. Sie hat gewonnen. Sie braucht diese Aufnahmen nicht. Sie braucht rein gar nichts mehr von mir, was ich ihr nicht schon durch mein bloßes Auftauchen gegeben hätte. »Roan, du bist lange genug in diesem Geschäft, um zu wissen, wie irrelevant die Wahrheit ist. Was die Menschen wollen, ist eine gute Story. Eine, die sie mit Leuten in ihrem Umfeld teilen und worüber sie dann tratschen können. Sie wollen etwas, das ihnen das Gefühl gibt, besser zu sein als die Menschen, zu denen sie aufschauen, und das grässliche Bild von jenen befeuern, die sie hassen. Früher gab es Brot und Spiele, damit die Leute Blut sehen. Heute gibt es Kommentarspalten, und jeder einzelne Kommentar darin ist ein Klick, der mir Geld bringt. Und deine Storys? Die sind eine wahre Goldgrube.« Sie wendet mir den Rücken zu und schlendert zur Tür, dem Licht entgegen, während sie mich in den Schatten zurücklässt, in denen es dunkel und kalt ist, und in die ich mich sinken lasse, ohne mich an den Geruch von Rosen und der Wärme von Mias Haut festhalten zu können. »Die Story über deine kleine Make-up-Maus ist jetzt schon doppelt so oft geklickt worden als der Artikel über dich vor sieben Jahren. Exklusivstorys über dich? Das bringt mir nicht annähernd so viel Geld ein wie die Gerüchte um deine heißgeliebte Mia. Ich muss deinen Deal also ablehnen. Und, Roan?« Über die Schulter hinweg sieht sie zu mir zurück, als sie die Tür aufzieht und mir ein gönnerhaftes Grinsen schenkt. »Nimm es nicht persönlich. Hier geht es nur ums Geschäft.«

Julie hat recht. Es geht nur ums Geschäft. Und Geld. Das hat schon immer jeden Funken Menschlichkeit zerfetzt und sich die blutigen Überreste manisch kichernd und gierig schmatzend in den Rachen geschoben.

Gerne würde ich sagen, dass es die Liebe ist, die einen dumme Dinge tun lässt. Aber es ist die Verzweiflung, die einem den Verstand vergiftet, und als die Tür hinter Julie ins Schloss fällt, bin ich allein mit den dunklen Schatten, die mir zischend zuflüstern, dass ich hier gerade einen verdammt großen Fehler gemacht habe.

15. KAPITEL

Mia

Missing in Action: Wo ist Roans Make-up-Artist Emilia Knight?
Von Roan Webbs fetter Lüge zu seinem fetten Geheimnis – Emilia Knight plötzlich verschwunden!
Oder doch Single? Angebliche Freundin und Make-up-Artist von Roan Webb wie vom Erdboden verschluckt!

Ich stöhne genervt, pfeffere das Handy aufs Sofa und zucke nicht einmal mit der Wimper, als es vom Polster abprallt und mit einem lauten Knall auf dem grauen Vinylboden landet. Wie lange denn noch? Nach knapp acht Tagen sollte man doch meinen, dass die Presse mal ein neues Thema gefunden hat, über das sie sich das Maul zerreißen kann. Die britische Königsfamilie zum Beispiel. Oder die Gerüchte über eine Boyband-Reunion. Oder das ausschweifende Privatleben eines weltberühmten Kinostars. Über irgendetwas eben, nur halt nicht über mich.

Wieder und wieder hat Caleb mir eingetrichtert, dass ich auf keinen Fall meinen Namen googeln soll, aber nach ganzen acht Tagen, ohne jeglichen Kontakt zur Außenwelt und einem akuten Fall von Lagerkoller, hat dann doch Verzweiflung über gesunden Menschenverstand gesiegt. Alles, was ich wollte, war, nachzuschauen, ob meine Bemühungen endlich Früchte tragen. Ob ich endlich wieder mitmischen kann, anstatt Preisverleihungen und Auftritte so wie heute nur im Fernsehen zu verfolgen. Scheinbar aber gammeln meine Bemühungen an ihrem Strauch munter vor sich hin, so wie ich in meiner Jogginghose auf dieser Couch, die zwar wahnsinnig bequem ist, die ich langsam, aber sicher nicht mehr sehen kann.

Ich will raus. Ich will arbeiten. Ich will … zu Roan.

Damit ich mein Handy nicht ansehen muss, lege ich mir den Arm über die Augen, denn die Dunkelheit ist besser, als die abgewetzte Narutohülle anzustarren, in der Hoffnung auf irgendetwas.

Acht Tage. Acht Tage, an denen ich absolut gar nichts von Roan gehört habe. Kein Anruf. Keine Nachricht. Nichts, was unsere letzten miteinander gewechselten Worte ersetzen könnte, die ich wie eine gesprungene Schallplatte immer wieder in meinem Kopf abspule.

Ich hätte etwas sagen sollen. Irgendwas, um klarzustellen, dass ihm nichts leidtun muss. Dass das alles nicht seine Schuld ist und dass ich einfach nur etwas Zeit zum Nachdenken brauche. Stattdessen habe ich geschwiegen. War zu sehr mit mir und meiner Verwirrung beschäftigt, die sich auch nach acht Tagen nicht gelichtet hat. Erinnerungen an Roans Hände auf meinem Körper und an seine Lippen auf meinen verfolgen mich jede Nacht in meinen Träumen.

Und jede Nacht wache ich davon auf, meine Haut klamm und meine Wangen nass, und versuche, dem Ganzen irgendwie Sinn und Verstand abzuringen. Dort ist aber nichts weiter als Gefühl, eine ungesunde Mischung aus panischer Angst und tiefgreifender Sehnsucht, so unvereinbar wie mein Wunsch,

Roan zu sehen und dem entgegenstehenden Wissen, dass ich damit alles nur noch schlimmer machen könnte.

Ich seufze, das Geräusch klingt mehr wie ein Flüstern in der Stille von Ellies und Calebs kleinem Häuschen, in dem sie mich netterweise versteckt halten, weil unzählige Paparazzi nach wie vor meine WG belagern. Ich kann nicht vor die Tür, kann nicht in meine Wohnung, kann nicht zur Arbeit. Nicht mal am Fenster frische Luft schnappen kann ich, denn auch hier fahren ständig Kamerawagen vorbei und der eine oder andere Paparazzo lässt sich hier noch immer blicken. Und das, obwohl Caleb und Ellie fleißig im Haus ein- und ausgehen und sich ablichten lassen, um zu verdeutlichen, dass ich hier wirklich nicht zu finden bin. Eigentlich ist es aber ganz gleich, wohin ich gehe, denn überall könnte mir die Presse auflauern, die nur darauf wartet, mich mit ihren Fragen in die Enge zu treiben und mir irgendein Statement zu entlocken, das sie dann mit Lügen und Halbwahrheiten füttern, bis es völlig aus dem Kontext gerissen und seine eigentliche Bedeutung vollkommen entfremdet sein wird.

Mein Leben ist über Nacht plötzlich ein Labyrinth von Gegensätzen geworden. Ich bin Gast und doch eingesperrt. Bin rast- und doch irgendwie regungslos. Bin vernünftig, fühle mich aber einfach nur feige.

Denn ich könnte zu meinem Handy greifen. Ich könnte eine Nachricht tippen oder einen Anruf tätigen. Aber ich tue es nicht. Ich nehme meinen Arm von den Augen und starre an die weiße Decke, von wo die Wahrheit zu mir zurückstarrt.

Zum ersten Mal in meinem ganzen Leben, weiß ich nicht, was ich Roan sagen soll.

Unzählige Male schon habe ich mein Handy in der Hand gehabt, meine Notiz-App gefüllt mit einer Flut von Nachrichten-Entwürfen, von denen ich keine einzige abgeschickt habe.

Sie alle sind traurige Zeugen dieses neuen Status quo zwischen uns, mit dem ich nicht umzugehen weiß. Ein Friedhof von Versuchen, mit denen der Weg zur Hölle gepflastert ist, in der Roan nicht mehr Teil meines Lebens ist. Ich spüre seine Abwesenheit bis tief in meine Knochen, so als wäre er mit mir verwachsen und ein Teil meiner selbst. Sie fühlen sich hohl an, leer und sind ein Spiegel des klaffenden Lochs in meiner Brust, das keine Linderung kennt, seit Roan mir den Rücken gekehrt hat und nicht zurückgekommen ist.

Mein Handy liegt direkt neben mir. Alles, was ich tun muss, ist, meinen Arm auszustrecken. Es sind nur wenige Zentimeter. Kaum der Rede wert. Aber es kommt mir wie der Marianengraben vor.

Weil du Angst hast. Deshalb.

Zum Glück beenden Schritte auf der Treppe mein Trübsalblasen, und ich bin ruckzuck auf den Beinen. Ein uncharmantes Gleichnis über Hunde, die auf ihre Besitzer warten, kommt mir in den Sinn, aber ich schlucke es herunter, genauso wie meinen Stolz, als ich direkt zur Wohnzimmertür hechte und dort auf Ellie und Caleb warte, die Hand in Hand die enge Treppe von der Garage hinaufsteigen. Sie sehen beide unfassbar müde aus, was kein Wunder ist, wenn man bedenkt, dass die beiden heute um vier Uhr früh das Haus verlassen haben, obwohl sie gestern erst kurz vor Mitternacht im Bett waren. Die letzten Wochen vor dem Jahreswechsel sind immer die Hölle, denn dort finden sämtliche Preisverleihungen statt. Dieses Jahr steht *Parallel* zwar in keiner Kategorie zur Wahl, dafür aber auf allen erdenklichen Bühnen, um ihre kommende Tour und das für Januar angesetzte Album mit ihren im letzten Moment von den Veranstaltern gebuchten Auftritten zu promoten. Das heute allerdings war, wegen Damians Urlaub in New York, der letzte für dieses Jahr. Nicht dabei zu sein, ist fast so schmerzhaft wie die Funkstille mit Roan, denn diesen Traum leben wir alle gemeinsam. Zumindest bis jetzt.

»Willkommen daheim«, begrüße ich die beiden schnell, um mich von meinen eigenen düsteren Gedanken abzulenken, und auch, weil ich zumindest noch einen Funken Anstand besitze. Genauso schnell aber stelle ich die Frage, die mir wirklich auf der Zunge brennt. »Wie ist es gelaufen?«

»Hallo, Mia.« Caleb lässt Ellies Hand los, hilft ihr aus dem Mantel und hängt ihn an den Kleiderständer neben der Wohnzimmertür. Ihr gemeinsames Heim ist die perfekte Mischung aus ihnen, der Kleiderständer strukturiert und monochrom mit klaren Linien, aber begraben unter unzähligen chaotisch darauf geworfenen Kleidungsstücken. »Ganz okay, wenn man bedenkt, wie kurzfristig dieser Gig gebucht wurde. Allerdings war es vor Ort das reinste Chaos.«

»Wieso?«

Caleb lächelt Ellie dankbar an, als sie es sich nicht nehmen lässt, auch ihm aus seiner Jacke zu helfen, und beide stöhnen erleichtert auf, als sie endlich ihre Schuhe ausziehen können. Sie müssen echt erschöpft sein, denn sie lassen Anzugschuhe und High Heels einfach da liegen, wo sie sie abgestreift haben, anstatt dass Caleb wie sonst ihrer beider Schuhe wegräumt, die Ellie oft kreuz und quer im Weg herumliegen lässt. Sie sehen fantastisch aus – er von Kopf bis Fuß in tiefstem Rabenschwarz und sie in einem spektakulären sandfarbenen Kleid mit Schleppe, das sitzt wie eine zweite Haut. Details lassen sie sich nicht entlocken, meine Freunde sind offensichtlich zu ermattet und müde, als dass sie sich meiner zeitnah erbarmen würden, was mich persönlich halb in den Wahnsinn treibt.

»Weil die Zeitslots zu knapp geplant waren.« Caleb beugt sich hinunter, um Ellie ihre Schleppe zu reichen, die sich den Stoff unter den Arm klemmt und dann zum Kühlschrank schlurft. »Ständig sind irgendwelche Techniker auf der Bühne zusammengestoßen, und die Aufbauten und Instrumente wurden auch ständig vertauscht, was noch mehr Chaos reingebracht hat. Und dann wurde noch last Minute alles hin und her geschoben, sodass wir erst ganz zum Schluss drangekommen sind, obwohl wir eigentlich irgendwo in der Mitte eingeplant waren.«

Ich spüre einen leichten Stich der Eifersucht, weil ich nur vor dem Fernseher hocken und es nicht selbst miterleben durfte. »Wie ist das Team damit klargekommen?«

»Das Team oder Roan?« Ellie zieht den Kühlschrank mit einem Ruck auf und holt eine große Flasche Wasser heraus, die sie aufschraubt und direkt zur Hälfte hinunterstürzt. Ein wenig außer Atem spricht sie nach dem letzten Schluck weiter. »Wie wäre es, wenn du dir dein Handy schnappst und ihn einfach selber fragst?«

»Kleiner Wirbelwind, lass gut sein.«

Betreten sehe ich auf die Spitzen meiner flauschigen, blauen Hausschuhe hinab, die ich mir von Ellie geborgt habe, die ihr Heim so großzügig mit mir teilt. Und die die Wahrheit verdient hat, die mir aber partout nicht über die Lippen kommen will. Denn dann ist das, was zwischen Roan und mir passiert ist, wirklich echt. Dann kann ich nicht länger so tun, als wäre es nichts weiter gewesen als ein unangebrachter kleiner Traum. »So einfach ist das nicht.«

»Das weiß ich, sonst würdet ihr zwei ja miteinander reden.« Im Vorbeigehen drückt sie Caleb die Wasserflasche in die Arme und kommt zu mir. Sofort greift sie nach meiner Hand und hält sie ganz fest, ihre Augen groß und bittend, als sie mich mit ihrer Wärme aus meinem Schneckenhaus zu locken versucht. »Was ich nicht weiß, ist, warum.«

»Das geht uns auch nichts an, Ellie«, geht Caleb jetzt dazwischen. Sein Ton ist sanft, aber dennoch mit einem unterschwelligen Tadel versehen, den die beiden gewiss später noch ausdiskutieren werden, so wie sie es immer machen, wenn es zwischen ihnen Reibereien gibt.

»Wenn es den beiden damit dermaßen miserabel geht, dann finde ich schon, dass es uns was angeht, Caleb.«

Sorge macht sich in mir breit, die ich kaum zu bändigen weiß. Natürlich habe ich gewusst, dass diese ganze Sache an keinem von uns spurlos vorbeigehen würde, hatte aber gehofft, dass die Arbeit ihn genug auf Trab halten und ablenken würde. Meine Nägel bohren sich in Ellies Handballen, doch sie zuckt nicht einmal mit der Wimper. »Roan geht es so schlecht?«

Sie lächelt wohlwollend, die Traurigkeit darin kann aber auch ihr sonst stets sonniges Gemüt nicht verbergen. »Was glaubst du denn?«

Ellie und Caleb wechseln einen undeutbaren Blick, bis Caleb sich dienstbeflissen räuspert. »Heute war ein langer Tag. Ich geh schon mal hoch und springe unter die Dusche.«

Es ist eine offensichtliche Ausrede, kommentieren tut es aber keiner, als er sich von Ellie mit einem kurzen Kuss und von mir mit einer festen Umarmung verabschiedet. Ich weiß, dass er sich nicht nur zurückzieht, um seiner Freundin und mir einen kleinen privaten Moment der Vertrautheit zu ermöglichen. Er tut es auch, um seinen Status als menschengewordene Schweiz zu wahren. Er will seine Freundschaft zu uns beiden nicht kompromittieren, was durch seine Funktion als mein Boss und Roans Manager noch schwerer ist, als die unklare Situation zwischen Roan und mir es eh schon macht.

Kaum ist er zur Wohnzimmertür hinaus, schlingt Ellie ihre Finger um meinen Oberarm und zieht mich zum Sofa, auf das ich mich mit einem kleinen Schubs von ihr fallen lasse. »Also, was ist los?«

Ich stoße den Atem ruckweise aus, wie ein Läufer vor dem Start eines Marathons. »Ich weiß nicht, wo ich anfangen soll.«

»Am Anfang wäre gut.« Ellie schreitet mit ihrem schicken Designerkleid zu dem Sideboard mit den Glaseinsätzen, aus dem sie zwei Gläser und eine Flasche Pinot Noir herausholt, von dem Caleb immer ein paar im Haus hat, seit er weiß, dass es Ellies Lieblingswein ist.

»Haha, sehr lustig.«

Über die Schulter hinweg zwinkert sie mir zu und kramt aus einer Schublade einen Korkenzieher hervor. Mit allem bewaffnet kommt sie zu mir zurück und hält mir wortlos Flasche und Korkenzieher entgegen, was wohl eine recht gute Entscheidung ist, wenn man den großen Rotweinfleck bedenkt, den Ellie und Caleb neuerdings unter den dunkelgrauen Sofakissen verstecken. »Humor muss sein. Ich hab nämlich eine dunkle Vorahnung, dass dieses Gespräch noch ernst genug wird.«

»Vermutlich.« Ich bin dankbar dafür, meine Hände und Augen mit dem Korkenzieher und der Weinflasche beschäftigen zu können. Leise flüstert mir mein Unterbewusstsein zu, dass Ellie genau das bezwecken wollte. »Ich weiß trotzdem nicht, wo ich anfangen soll.«

»Okay, wie wäre es dann mit dem Grund, warum ihr nicht mehr miteinander redet?« Ellie nimmt den Platz neben mir kurz in Augenschein, sieht an sich herab und runzelt unzufrieden die Stirn. Kurz lugt sie zu den großen Fenstern, zuckt aber dann die Achseln und schält sich einfach aus dem sicherlich unbequemen Kleid, unter dem sie nichts weiter trägt als ein lächerlich kleines Stück Stoff, das ich nicht unbedingt als Unterwäsche durchgehen lassen würde.

»So genau weiß ich das nicht mal.« Ich drehe den Flaschenöffner tiefer in den Korken. »Wahrscheinlich, weil ich gesagt habe, dass wir uns für eine gewisse Zeit nicht sehen sollten.«

»Und warum hast du das gesagt?« Ellie greift sich eine der flauschigen, grauen Decken, die zur restlichen Einrichtung der gemütlich-minimalistischen Wohnküche passen, und wickelt sich darin ein, ehe sie noch mal zum Sideboard geht und eine Dose mit selbst gebackenen Keksen holt, bevor sie sich endgültig neben mich fallen lässt.

»Wegen des Artikels.«

»Und?« Sie zieht das Wort unnatürlich in die Länge und fängt meinen Blick auf, während sie sich einen der Kekse aus der Dose fischt. »Du kannst mir nicht erzählen, dass das der einzige Grund war. Dafür kenne ich dich zu gut. Nur deshalb würdest du das nicht vorschlagen. Zumal Caleb mir erzählt hat, wie du dich bei der ersten Lagebesprechung in seinem Büro zu der ganzen Sache geäußert hast. Ergo muss noch etwas anderes vorgefallen sein.«

Leider steckt der Korkenzieher jetzt schon so weit im Korken, dass ich ihn nicht noch tiefer hineindrehen kann. »Habe ich dir schon mal gesagt, wie sehr ich es hasse, dass du so verflucht aufmerksam bist?«

»Mehrfach«, antwortet sie trocken am Keks vorbei und fingert auch einen für mich heraus, den sie mir aufs Knie legt.

Ich presse die Lippen fest aufeinander. »Was ich dir jetzt erzähle, darfst du auf keinen Fall Caleb stecken, okay? Oder sonst irgendjemandem.«

»Natürlich nicht. Der muss auch nicht immer alles wissen, finde ich.« Gespannt setzt sie sich aufrechter hin. »Also, was ist passiert?«

Um nicht lange um den heißen Brei herumzureden, sage ich es einfach geradeheraus. »Roan hat mich geküsst. Oder ich habe ihn geküsst? Also, er hat mich zuerst geküsst, aber … egal.« Der Korken macht ein lautes *Plopp*-Geräusch, als ich ihn herausziehe. »Wir haben uns geküsst.«

Ich halte es Ellie zugute, dass sie sich um eine möglichst neutrale Miene bemüht. Aber auch wenn sie ihre Augen gut im Griff hat, die sonst schon mal so groß werden können wie Untertassen, ist der herunterklappende Kiefer doch ziemlich eindeutig, den auch ihr gespieltes Hüsteln nicht verstecken kann. »Wann … wann war das?«

Weil ich sie nicht ansehen kann, schenke ich uns Wein ein. »Einen Tag, nachdem ich aus Schottland zurückgekommen bin.« Ein wenig fühlt es sich an wie ein Déjà-vu, vor eineinhalb Jahren war es genau umgekehrt. Als hätten wir einfach die Rollen getauscht. Und doch ist es anders, denn Ellie und Caleb waren zwar Boss und Angestellte, aber sie waren zu dem Zeitpunkt noch Fremde füreinander. Roan und mich jedoch verbindet eine lebenslange Freundschaft. Eine, die wir mit diesem einen Kuss für immer verändert haben.

»Also, der Tag, an dem auch der Artikel rausgekommen ist?«

»Ja. Kurz bevor Caleb es uns gesagt hat.«

»Spannend«, sagt sie in diesem Ton, der mich wissen lässt, dass sie eigentlich etwas ganz anderes sagen wollte. Sie stopft sich unvermittelt einen weiteren Keks in den Mund und kaut mit nachdenklicher Miene darauf herum. Ob ich über diesen krümeligen Maulkorb glücklich sein soll oder nicht, da bin ich mir allerdings unschlüssig. Die ungefilterte Ellie ist schon gefährlich. Aber die überlegte Ellie? Die ist ein ganz anderes Kaliber. Sie schluckt, und ich verspanne mich automatisch. »Wie fühlst du dich damit?«

»Womit genau?« Ich weiß, ich schinde Zeit und schiebe nur das Unvermeidbare auf, einen Versuch aber ist es wert.

»Der heutigen Frühstückswahl von Caleb.« Den Damiantypischen Sarkasmus spricht Ellie mittlerweile leider fließend. »Fangen wir bei dem Kuss an und arbeiten uns dann durch alles andere durch.«

Ich lache, aber es klingt hohl und verzweifelt. »So viel Zeit hast du nicht.«

»Für dich habe ich alle Zeit der Welt.« Sie kuschelt sich tiefer in die Decke und nippt an ihrem Wein. »Außerdem haben wir noch jede Menge Wein im Haus, für den Fall, dass du deine Zunge lockern musst.«

»Könnte durchaus notwendig sein.« Ich verziehe das Gesicht – obwohl der Wein fantastisch ist –, einfach, weil eine Milliarde Gedanken und Emotionen auf einmal auf mich einprasseln, ich aber nicht einen oder eine davon greifen kann, um Ellie zu sagen, wie ich mich fühle. »Können wir vielleicht mit etwas anderem anfangen?«

»Natürlich.« Ein weiterer Keks landet in Ellies Mund. »Wie fühlst du dich mit der Funkstille zwischen euch?«

Dafür brauche ich nicht einmal einen Wimpernschlag. »Ich hasse es.«

»Hat dein Handy deshalb Hausarrest auf dem Boden bekommen?« Sie deutet nachlässig in Richtung des orangen Schandflecks, den wir bisher beide so erfolgreich ignoriert haben. »Newsflash: Das kann nur Abhilfe schaffen, wenn du es tatsächlich in die Hand nimmst.«

Ich starre in mein Glas, der Wein dunkel, genau wie mein Gemüt. »Ich weiß nicht, was ich sagen soll.«

»Wie wäre es mit der Wahrheit?«

»So –«

»So einfach ist das nicht? Doch, ist es.« Ellie tut so, als würde sie ihr Handy herausziehen und darauf herumtippen. »Hey, Roan, ich vermisse dich, und es geht mir mit unserer Funkstille total beschissen. Ist ganz einfach.«

Manchmal frage ich mich wirklich, wie sie und ich beste Freundinnen geworden sind. Dies ist keiner dieser Momente. »Ich habe Angst, damit alles kaputtzumachen.«

»Machst du nicht eher alles kaputt, wenn du dich nicht langsam mal bei ihm meldest?« Sie legt mir sanft die Hand auf den Oberarm, als ich bei ihren Worten zusammenfahre. »Ich meine, ihr redet nicht mehr miteinander. Hallo? Wie viel schlimmer kann es noch werden?«

Ich nehme den Keks von meinem Knie und drehe ihn zwischen meinen Fingern. Als er in der Mitte zerbricht, will auch ich am liebsten in Tränen ausbrechen. »Ich könnte ihn für immer verlieren.«

»Oder aber du könntest etwas völlig Neues dazugewinnen.« Ellie rückt näher und legt mir den Arm um die Schulter. »Wenn es das ist, was du willst, versteht sich.«

Ich lasse mich gegen sie sinken, dankbar dafür, dass ich ihre Schulter zum Anlehnen habe, auch wenn ich mir doch eine ganz andere wünsche. Eine, von der ich nicht sicher weiß, ob sie überhaupt noch fürs Anlehnen auf mich wartet. »Ich weiß nicht, ob ich das will.«

»Das musst du auch nicht sofort.« Ellies Lippen streifen meine Schläfe, und ich schniefe, halb aus Dankbarkeit und halb, weil ich jetzt wirklich losheulen könnte. »Weißt du denn vielleicht, was du jetzt gerade möchtest? Genau in diesem Augenblick?«

»Ich will …« Ich sehe auf den zerbrochenen Keks, der nie wieder ganz sein wird. »Ich will zu Roan.«

»Dann geh zu ihm.« Ellie sagt das, als wäre es ganz leicht.

»Aber was ist mit den Paparazzi?«

»Ruf Alistair an. Der schmuggelt dich schon an allen vorbei.«

»Dir ist aber schon klar, dass du Caleb damit in den Rücken fällst, oder?« Ich setze mich auf, mein schlechtes Gewissen wetteifert mit blinder Euphorie in meinem Brustkorb. »Er wollte, dass wir beide erst mal auf Abstand gehen.«

»Nur weil wir zusammen sind, muss ich nicht alles gut finden, was er tut.« Ellies Tausend-Watt-Lächeln beruhigt meine Nerven, aber es ist die Art, wie sie mir liebevoll gegen die Nase tippt, die den Tränenschleier vertreibt. »Alles, was ich tun muss, ist, ihn zu lieben. Solange das so ist, ist alles in Ordnung.«

Ich stecke mir die erste Kekshälfte in den Mund. Sie schmeckt klebrig süß. »Meinst du, er will mich überhaupt sehen?«

»Das wirst du nie herausfinden, wenn du dich weiterhin hier auf unserem Sofa verkriechst.« Sie schnappt sich die andere Hälfte und stopft sie sich schnell in den Mund.

»Ich verkrieche mich n–« Weil ich selbst merke, wie offensichtlich diese Lüge ist, breche ich ab. Dabei komme sogar ich mir zu bescheuert vor. »Okay, vielleicht verkrieche ich mich ein bisschen.«

»Einsicht ist bekanntlich der erste Weg zur Besserung.« Ellie stößt ihr Weinglas gegen meins und nimmt einen großen Schluck. »Ruf Alistair an, Mia. Du wirst dich besser fühlen, sobald du Roan gesehen hast.«

Die Tage der Funkstille frieren die Euphorie in ihren Kinderschuhen fest. »Ich wäre mir da an deiner Stelle nicht so sicher.«

»Bin ich aber.«

Etwas in mir rät mir, diese Frage nicht zu stellen, aber mein Herz ist schneller als mein Hirn, weshalb ich leise murmle: »Wieso?«

»Weil es mir mit Caleb genauso geht.« Wir sehen einander einen Augenblick an, und was auch immer sie in meinem Gesicht sieht, sorgt dafür, dass sie den Rest ihres Weines stürzt und sich in ihre Decke gewickelt erhebt. Nach dem Kuss fragt sie mich nicht noch mal. Stattdessen geht sie zur Wohnzimmertür, an dessen Schwelle sie innehält, um mich anzusehen. Auf ihren Lippen liegt ein Lächeln, das sich irgendwo zwischen wissend und mitfühlend deuten lässt. Ganz so, als hätte sie eine Wahrheit begriffen, die sich mir noch nicht erschließt. Bei jedem anderen hätte es mich genervt. Bei jedem anderen wäre es herablassend. Nicht aber bei Ellie. Niemals bei Ellie. »Gute Nacht, Mia.«

»Gute Nacht, Ellie.« Ich blicke ihr nach, lausche ihren Schritten, wie sie die Stufen hochsteigt, die leise knarzen und etwas Heimeliges an sich haben. Nur noch wie ein Flüstern höre ich ihre Stimme, als sie etwas zu Caleb sagt, bevor sie die Schlafzimmertür zuzieht.

Mit einem Mal ist es still. Ich bin allein mit meinen Gedanken, doch sie bäumen sich nicht wild auf. Stattdessen liegen sie ruhig und klar da wie ein Gletschersee. Ich leere meinen Wein und lese dann mein Handy vom Boden auf. Entschlossen suche ich in meinen Kontakten nach dem Emoticon, das einer militärischen Medaille ähnelt, gefolgt von einem salutierenden Gesicht. Dann klicke ich auf Anrufen.

Es klingelt einmal. Zweimal. Dreimal. »Murray am Apparat.«

Meine Hand schließt sich fester um die Kanten meines Smartphones. »Alistair?«

»Ms Mia?« Er klingt ehrlich überrascht, was wenig verwunderlich ist, wenn man bedenkt, dass es kurz vor ein Uhr morgens ist.

Meinem schlechten Gewissen räume ich allerdings keinen Platz ein, sondern posaune einfach mein Anliegen hinaus. »Entschuldigen Sie bitte die späte Störung, Alistair, aber ich brauche Ihre Hilfe.«

16. KAPITEL

Roan

Ich greife mir mein Handy vom Nachtschrank, nehme mir meinen Strickpullover vom Sessel neben dem Bett und mache mich barfuß auf in Richtung Tür. Meine Füße finden ihren Weg durch die Dunkelheit ganz von selbst. Gähnend streife ich mir den Pulli über, während ich die Treppen hinabsteige. Am Kühlschrank in der offenen Küche lege ich einen kurzen Zwischenstopp ein, um mir einen Energydrink zu schnappen, und steuere dann ohne Umschweife das Studio an. Es ist mitten in der Nacht, aber an Schlaf ist nicht zu denken. Meine Gedanken kreisen unaufhörlich um sich selbst, wieder und wieder und wieder, bis mir ganz schwindelig davon wird. So geht das schon seit acht Tagen. Ich bin nicht mal mehr frustriert darüber, und weil ich die ganze Nummer mittlerweile schon kenne, versuche ich es weder mit Beruhigungstee noch mit Baldrian. Lieber trete ich einfach direkt meinen Weg ins Studio an, anstatt mein Hirn oder mein Herz zu verfluchen, die mich pausenlos an den Rand des Wahnsinns bringen. Ich habe nämlich nur die Kraft für eine Front pro Tag, und da ich mich tagtäglich dazu zwingen muss, nicht nach dem Handy zu greifen und Mias Nummer zu wählen, kann ich beim besten Willen nicht mehr die Kräfte mobilisieren, die gegen meine Schlaflosigkeit ankämpfen sollen. Also ergebe ich mich meinem Schicksal, das momentan höchstens zwei bis drei Stunden Schlaf die Nacht für mich vorsieht, und hoffe, dass am Ende dieser Odyssee wenigstens entweder ein fantastischer Song oder aber rekordverdächtige Vorbesteller- und Vormerkerzahlen für unser Album dabei rausspringen.

Die Neonröhren leuchten auf, sobald ich die schalldichte Tür zum Studio öffne, und ich atme tief ein, als mir der vertraute Geruch von Gitarrenpolitur in die Nase steigt. Wie Balsam legt er sich über die Risse in meinem Herzen, und ich schalte die Deckenleuchte ein, die den Raum in neutrales, weißes Licht taucht. In meinen Fingerspitzen zuckt es, als ich zu dem großen Mischpult sehe, das vor dem Fenster zu den beiden Gesangskabinen steht. Sie sind durch einen schmalen Gang auf der rechten Seite sowohl mit dem Hauptraum als auch mit einer weiteren Aufnahmekabine verbunden, die hinter den beiden Gesangskabinen liegt und in dem unsere ganzen Instrumente stehen. Unzählige Stunden habe ich hier die letzten Monate zugebracht, habe Songs geschrieben, Aufnahmen überwacht, gesungen und Melodien eingespielt. Es ist der Ort im Loft, an dem ich mit Abstand die meiste Zeit verbringe, und der mir mit den Absorbern und den wenigen Milchglasfenstern auch am sichersten und intimsten erscheint. Die Ausrüstung hier ist hochmodern und kostspielig, etwas, das Damian und ich uns nicht haben nehmen lassen, als wir das Loft gekauft und eingerichtet haben. Alles ist vom Feinsten, von den Synthesizern über die Hochleistungsrechner bis hin zu den Monitoren, auf denen wir die Tonspuren anordnen und überarbeiten. Die Einrichtung hingegen ist neutral und gradlinig, die drei Bürostühle am Mischpult schlicht und aus schwarzem Leder, genauso wie die zwei Sofas und Sessel, die um den niedrigen Couchtisch herum stehen, der mit Damians und meinen Notizbüchern und hastig bekritzelten Notenblättern übersät ist. Nichts hier soll uns ablenken, die warmen Erdtöne unserer Wohnung weichen einem neutralen Schwarz-Weiß, in dem unsere Kunst entsteht.

Kurz überlege ich, in eine der Aufnahmekabinen zu gehen, aber mein Hirn ist zu träge und mein Herz nach Tagen der Sehnsucht zu verkrampft. Also nehme ich stattdessen das in der Ecke stehende Ringlicht zur Hand und baue es vor dem Sofa auf, ehe ich mich in die Polster sinken lasse und mein Handy in die Halterung spanne. Dann ist es aus meinen Händen. Dann ist es fort. Dann ist ihr Name weit genug entfernt, als dass ich daraufklicken könnte. Eine dumme Idee, die mir aber mit jedem verstreichenden Tag verlockender vorkommt.

Es ist halb zwei morgens, nicht gerade die Uhrzeit, die vom Algorithmus her die beste ist, um live zu gehen, was genau der Grund ist, warum ich sie bevorzuge. Denn sie minimiert den Ansturm und gibt mir Gelegenheit, wirklich mit meinen Fans zu interagieren. Ich werde nicht von einer Flut aus Kommentaren erschlagen, sondern kann tatsächlich auch die eine oder andere Frage beantworten. Es sind diese Momente, die mir wichtig sind, und mich an harten Tagen daran erinnern, was oder eher wen ich mit meiner Musik eigentlich erreichen möchte. Sie waren unter *Quill Music Publishing* aber selten, wo Gewinnmaximierung und Optimierung immer an erster Stelle standen, selbst wenn es um meinen Kontakt zu den Fans ging. Natürlich sind ausverkaufte Stadien, Auszeichnungen und ein dickes Bankkonto schön und auch wichtig, denn ohne genügend Umsatz fehlen einem die Mittel, um solch kostspielige Träume zu finanzieren und dabei noch sein Team zu bezahlen.

Der eigentliche Grund aber, warum ich einst zum Stift gegriffen und sich reimende Worte auf ein Blatt Papier gekritzelt habe, war ein ganz anderer. Ich wollte Menschen damit berühren. Wollte ihnen mit meiner Musik einen Rückzugsort bieten, an dem sie sich verstanden und gehört fühlen können. Dieses Ziel ist mir damals jedoch immer wieder durch die Finger geronnen, Damians und meine Sicht auf die Welt zu radikal, unsere Musik zu politisch und unsere Melodien zu experimentell. Meine gesamte Karriere habe ich mit Tauziehen verbracht. Ich habe um jeden Beat gestritten, jede Anspielung diskutiert und gleichzeitig versucht, Caleb, dem Vermittler zwischen Label und uns, so wenig Scherereien wie möglich zu bereiten.

Jetzt aber bin ich losgelöst von alldem. Ich kann der Künstler sein, der ich immer sein wollte. Bin frei, die Musik zu machen, die ich will. Mich zu kleiden, wie ich will. Und live zu gehen, wie es mir passt, ohne von Social-Media-Managern auf Interaktionsraten und Algorithmen aufmerksam gemacht zu werden. Es ist eine Freiheit, die gleichermaßen erlösend wie beängstigend ist, und für die wir lange und hart kämpfen mussten. In dem von ihr erzeugten Machtvakuum stolpere ich bisher allerdings noch umher und suche nach Grenzen, die ich von nun an selbst ziehen muss. Es liegt bei mir, zu entscheiden, was ich unseren Liners zeigen und wer ich für sie sein will, welche Version von mir ich ihnen zu präsentieren bereit bin, oder ob ich nicht einfach ich selbst sein möchte. Die Antwort darauf kenne ich nicht. Ich weiß nicht, wer ich sein möchte, oder wer ich sein soll. Alles, was ich weiß, ist, dass ich gerade wirklich ein paar Freunde und vor allem eine Ablenkung gebrauchen könnte.

Mit einem Zischen öffne ich meinen Energydrink, lege mit einem Knopf auf die Fernbedienung entspannte Hintergrundmusik auf, dimme das Licht ein wenig und starte das Live. Ich verschwende keinen Gedanken mehr daran, dass ich kein Make-up trage oder dass dieser Strickpulli mindestens genauso alt ist wie meine Karriere, und die Fäden an den Ärmeln sich mittlerweile in Wohlgefallen auflösen. Auch mein zerzaustes Haar und die Augenringe kümmern mich nicht. Die letzten Tage bin ich immer wieder live gegangen, auf der Suche nach Ablenkung und Verbindung. Nie hat jemand meinen Look kommentiert. Ich vertraue einfach darauf, dass es diesmal nicht anders sein wird.

Der rote, kleine Punkt blinkt, und innerhalb weniger Sekunden bin ich nicht länger mit meinen Gedanken und meiner Sehnsucht allein. Es mag ein naiver Gedanke sein, aber ich fühle mich sofort so, als wäre ich unter Freunden.

»Liners«, sage ich und bin überrascht, wie emotional meine Stimme sogar in meinen eigenen Ohren klingt. Die ersten Wimpernschläge vergehen und die Zuschauerzahl springt vom zweistelligen in den vierstelligen Bereich. »Es tut gut, bei euch zu sein.«

Kommentare über Kommentare kommen herein, einige der Usernamen, die schon die letzten Tage immer wieder aufgepoppt sind, erkenne ich aus der Zeit bei *Quill Music Publishing* wieder, bevor Geheimhaltungspflichten, gesperrte Passwörter und ungeklärte Gewinnbeteiligungen mich zur Isolation von meinen Fans gezwungen haben. Ich lächle ob der liebevollen Willkommensnachrichten, manche davon mit Emojis verziert, andere nur schlichte Worte der Erleichterung, die ich ob dieses Wiedersehens teile.

amazonbui: ROAN!!!! OMG!!! Willkommen zurück! 🖤🔥🖤🔥🖤🔥

trothywonder: Er ist schon wieder live!!! Auf unseren Roan ist Verlass 😱😱😱

uncertainpropranolol: DEIN PULLI!!! UNSER SOFT BOI! LIEBEN WIR! 🤩 Du warst zwar gestern schon live, aber du hast uns gefehlt!

»Ihr habt mir auch gefehlt.« Früher kam ich mir bescheuert dabei vor, in die Frontkamera meines Handys zu quatschen, als säße mir tatsächlich jemand gegenüber. Jetzt aber weiß ich es zu schätzen, diese Lives sind der direkteste Draht, den ich zu meinen Fans haben kann, wenn die Umstände keine realen Begegnungen erlauben. Fragen prasseln herein, und ich suche mir die unverfänglichste heraus, die allerdings eine Menge schauspielerisches Talent erfordert. »Wie es mir geht? Verdammt gut. Ich bin ein bisschen überwältigt, wenn ich ganz ehrlich sein soll. Seit dem Gerichtsurteil ist alles irgendwie ein einziger Rausch. Am liebsten würde ich jede freie Minute hier mit euch verbringen und mit euch sprechen, aber die Proben für die Tour und die ganzen Auftritte und Interviews haben mich ziemlich im Würgegriff. Aber jetzt bin ich ja hier und froh, euch zu sehen. Habt ihr unseren Auftritt bei den Brit Awards gesehen? Hat er euch gefallen?«

cheesecoffeecakedory: Machst du Witze? Der war 🔥🔥🔥🔥

spiritedaway: Dein Bass-Solo war der Knaller!

Ich werde mit überschwänglichem Lob regelrecht überhäuft. Unser neuer Sound überrascht den einen oder anderen zwar auch, aber generell scheint er gut anzukommen. Unsere regelmäßigen TV-Auftritte werden diskutiert, die meisten sprechen allerdings über die Tour und beten inständig, woran auch immer sie glauben, für ein glückliches Tickethändchen.

parallel0lady: SHUT UP AND TAKE MY MONEY! 💵💸💸

diaboliquengc1569: Braucht noch wer ne Niere? Ich hätte da eine anzubieten und brauche sie nicht annähernd so dringend wie diese Tickets 🤑

cheesesticksarethegodfather: Ich heule so, wenn ich keine Tickets bekomme 😨 Lasst die Hungerspiele beginnen, Leute!

»Natürlich drücke ich euch allen die Daumen für den Vorverkauf. Ich will doch so viele wie möglich von euch sehen.« Mein Energydrink schmeckt noch süßer, als ich jetzt daran nippe und für meine Worte mit Herzchen belohnt werde. Sie sind ehrlich gemeint und kommen mir leicht über die Lippen, jetzt, wo nicht mehr ein ganzes Social-Media-Team auf der anderen Seite der Kamera hockt und mir mit Kärtchen versucht, Worte in den Mund zu legen. Außerdem kann ich mich somit auf etwas konzentrieren. Etwas anderes als mahagonifarbenes Haar und die Abwesenheit von süßem Rosenduft. Ein Stich durchfährt mich, halb Vermissen, halb schlechtes Gewissen, denn auch wenn ich mich nicht zu Mia äußere und Caleb ein nichtssagendes Statement mit dem Wortlaut *Wir können keine Auskunft über das Privatleben unserer Künstler:innen geben und bitten Medienvertreter, dieses ebenfalls zu respektieren* herausgegeben hat, bleibt doch die Tatsache, dass zwischen mir und Mia irgendwie mehr ist, bestehen. Ich schulde niemandem diese Info. Schulde keinem von ihnen Einblick in meine Gefühlswelt. Doch meinen Liners gegenüber, die mich in meinen Lives immer auffangen und zu denen ich immer schon einen guten Draht hatte, fühlt es sich irgendwie falsch an.

»Was ihr auf der Tour erwarten könnt?« Gespielt grüble ich über diese Frage nach. Es macht Spaß, zu beobachten, wie die Spekulationen beginnen, was wir wohl für die Konzerte ausgeheckt haben, die durch unsere letzten Auftritte nur noch mehr angeheizt werden. »Sagen wir mal so, ich glaube nicht, dass ihr erahnen könnt, was wir alles für euch im Gepäck haben.«

celebrityflash!: Eine neue Freundin zum Beispiel?
spiritedaway: What the fuck?!

Gerne würde ich sagen, dass dieser Kommentar mich überrascht, doch das wäre eine glatte Lüge. Die letzten Tage bin ich den Vertretern der Presse geschickt aus dem Weg gegangen, also war klar, dass sie es irgendwann über die Socials versuchen würden. Dass sie sich allerdings ausgerechnet heute um diese Uhrzeit auf dem Instagramkanal von *Parallel* einfinden, überrascht mich sehr. Doch ich bin anderes gewöhnt und gehe einfach darüber hinweg, fokussiere mich auf meine Fans, für die ich das alles hier überhaupt nur mache.

»Soll ich euch einen Hinweis geben?«

cheesecoffeecakedory: Oh ja! Spann uns doch nicht so auf die Folter, Roan!
whispersmagazine: Ein eindeutiges Statement zu den Mutmaßungen über Emilia Knight wäre doch mal ein Anfang.
liners_official: Bitte sieh von solchen Fragen ab. Das hier ist ein Live von Roan für seine Fans und keine Pressekonferenz.

Wieder gehe ich geflissentlich darüber hinweg und erzähle stattdessen von den Tourstops, die wir planen, und welche Kontinente wir besuchen werden. Ich gestehe, worauf ich mich am meisten freue, und welche Ziele wir uns sonst noch für die Tour gesteckt haben. Doch niemand hört mir zu. Die Kommentarspalte explodiert weiter, und was als harmloses Live angefangen hat, wird schnell zur hässlichen Schlammschlacht. Das ist nicht der Safespace, den ich wollte. Nicht der, den ich von meinen Fans kenne, die zwar hin und wieder auch mal in Hysterie und Sensationslust abdriften können, sich aber noch nie derartig im Ton vergriffen haben wie jetzt. Immer mehr

Pressehaie finden sich ein, stacheln meine Fans weiter an, und mir bleibt nichts anderes übrig, als tatenlos zuzusehen und mir nicht anmerken zu lassen, wie sehr mich das alles gerade trifft. Und wie sehr ich es hasse.

whispersmagazine: Wird der offizielle Fanclub seit Neustem auch von Caleb Lee gemanagt?
liners_official: Nein, aber man muss auch kein Manager sein, um einen Funken Anstand zu besitzen. Außerdem spielt es gar keine Rolle, ob Roan eine Freundin hat oder nicht. Unsere Liebe zu seiner Musik ist nicht an seinen Beziehungsstatus geknüpft.
cheesesticksarethegodfather: Boom. Zeig es ihnen, Laurie.
celebrityflash!: Jetzt müssen deine Fans schon für dich in die Bresche springen, Roan? Das ist ganz schön traurig.
parallel0lady: Halt gefälligst Roan da raus, du hohlbirnige Kröte!

Mir dreht sich der Magen um, doch ich bemühe mich weiterhin um ein Lächeln. Demonstrativ spähe ich auf eine Uhr außerhalb des Bildschirms, die nicht dort hängt, und tue so, als hätte ich nicht in den letzten zwanzig Minuten einen halben Liter Energydrink in mich hineingekippt. Es ist erschreckend, wie leicht sie zurückkommt, diese Maske, die ich so lange getragen habe.

»Bevor ich euch jetzt noch weiter von eurem wohlverdienten Schönheitsschlaf abhalte, sollte ich wohl besser auch ins Bett gehen. Ich bin nämlich verdammt müde. Aber ich wollte heute zumindest kurz live gehen, um ein wenig Zeit mit euch zu verbringen und eure Meinung zum heutigen Auftritt zu hören, bevor wir in unsere kleine Winterpause starten.« Wieder reagiert niemand auf mich, stattdessen gehen sie sich nur weiter in den Kommentaren an die Gurgel, was mich in meinem Entschluss nur bestärkt. »Ich wünsche euch allen schöne Feiertage und drücke euch für den Vorverkauf ganz fest die Daumen, Liners. Bis bald.«

Wie eine Marionette lächele und winke ich, bis das rote Lämpchen erlischt. Erst dann erlaube ich dem Frust, den ich doch so erfolgreich die letzten acht Tage heruntergeschluckt habe, sich Bahn zu brechen. Beherzt trete ich gegen den Couchtisch, der ein ganzes Stück nach hinten rutscht. Die Zettel darauf fallen zu Boden, vermischen sich zu einem Chaos, das ich nur noch mehr durcheinanderbringen will, in der Hoffnung, dass es dann so aussieht wie in meinem Kopf und meiner Brust. »So eine verdammte Scheiße!«

»Na, das lief ja wunderbar.«

Ich lasse mich tiefer in die Polster sinken und lege einen Arm über meine Augen. »Nicht jetzt, Dee.«

Doch anstatt, dass er das Weite sucht, höre ich meinen besten Freund auf mich zuschlurfen. »Willst du einen Song drüber schreiben?«

Ich hebe den Arm und linse zu Damian hinüber, der mit der Hüfte am Mischpult lehnt. Er sieht müde aus, die Haare stehen ihm zu Berge, aber geschlafen hat er noch nicht, wenn ich seine Jeans und den Hoodie richtig deute. »Jetzt?«

Lässig zuckt er mit den Schultern, doch seine Mundwinkel sind besorgt nach unten gebogen. »Warum nicht? Wenn ich dich frage, ob du drüber reden willst, sagst du eh Nein. Also dachte ich mir, können wir uns die ganze Push-and-Pull-Überredungsnummer auch sparen und dafür was Produktiveres machen, als auf unseren Ärschen zu sitzen und Trübsal zu blasen.«

»Wollte Hank dich nicht in drei Stunden abholen und zum Flughafen bringen?«

»Und? Es rechnet doch eh keiner damit, dass ich pünktlich bin. Hank schon mal gar nicht. Unser Fahrer ist mit mir doch Kummer gewohnt.« Er schlendert zu mir herüber und bleibt mit ausgestreckter Hand vor mir stehen. »Ist der Ruf erst ruiniert, lebt es sich völlig ungeniert. Solltest du auch mal versuchen, Musterknabe.« Ungeduldig schüttelt er seine nutzlos in der Luft herumhängende Hand. »Außerdem kann ich auf dem Flug pennen. Gib mir eine halbe Valium und einen Shot, und ich schlafe die acht Stunden wie ein Baby.«

»Oder wie ein Toter, weil du dich damit vergiftet hast, du Experte.«

»No risk, no fun.«

Meine Mundwinkel zucken, und ich schlage ein. Sofort zieht Damian mich auf die Füße. Dankbar klopfe ich ihm auf die Schulter. »Du Gitarre, ich Klavier?«

»Geht klar.«

Ich gehe vor durch den engen Gang in die Aufnahmekammer. Der Anblick der Instrumente beruhigt mich, und doch bin ich noch angespannt, weshalb ich kurz mit dem Schlagzeug liebäugle, ehe ich mich daran erinnere, dass man vernünftige Melodien am besten am Klavier hinbekommt. »Wer folgt wem?«

»Wir schauen, was sich ergibt.«

Ich setze mich auf den gepolsterten Hocker vor dem Klavier, Notenzettel und Bleistift liegen wie immer bereit, und prüfe die einzelnen Klaviertasten, ob sie richtig gestimmt sind. Es ist Routine. Etwas, das ich jedes Mal mache. Und es beruhigt mich ungemein.

Damian sitzt unweit von mir entfernt, zupft mit geschlossenen Augen an den Saiten, stimmt die Gitarre, zupft wieder. Er wirkt hochkonzentriert, hat die Brauen fest zusammengezogen.

»Das mit Mia tut mir leid, Mann«, sagt er plötzlich völlig unvermittelt, als er bei der letzten Saite angekommen ist.

Ein unharmonischer Akkord erklingt, als meine Finger abrutschen, und ich zucke zusammen. »Mit Mia ist alles in bester Ordnung.«

»Aber sicher. Irgendwas ist zwischen euch vorgefallen, oder?« Seine Augen sind nicht mehr geschlossen, der Blick ist aber auf die Saiten der Gitarre gerichtet, und ich bin froh, dass ich ihn gerade nicht ansehen muss. »Also hast du beschlossen, ihr ihren Freiraum zu geben, und jetzt geht es dir mies damit. Es steht dir ins Gesicht geschrieben, Bruder.«

Ich presse die Lippen fest aufeinander. »Ich kann sie schlecht zwingen, mit mir zu reden.«

»Könntest du schon. Deine Gefühle zählen schließlich auch. Aber du willst nicht. Das ist etwas anderes.« Der Ton meines besten Freundes ist unergründlich. Er spielt eine nachdenkliche Melodie an, die sich wie Ketten um meinen Brustkorb legt. »Aber ich verstehe es. Ich bin nicht deiner Meinung, weil ich finde, dass die Gefühle beider Parteien in Betracht gezogen werden sollten, und nicht eine Partei über alles bestimmen kann. Aber ich verstehe durchaus, warum du der Überzeugung bist, es nicht besser verdient zu haben.« Er wiegt seinen Oberkörper leicht hin und her, als würde er in seichten Wellen treiben, während er einen Akkord an den nächsten knüpft. »Als Caleb verkündet hat, dass Mia nach Absprache vorläufig nicht zur Arbeit erscheint, und Ibrahim mir gesteckt hat, dass ihr nach wie vor unzählige Paparazzi auflauern …« Seine Oberlippe zuckt, so als wollte er sich an nichts von alldem erinnern. »Da hab ich das erste Mal verstanden, dass es wohl nicht so leicht ist, wie ich gedacht habe. Mir war zwar klar, dass nicht sofort alles Friede-Freude-Eierkuchen sein würde, aber dieser ganze Rummel um sie ist absurd. Dass sie das überfordert, verstehe ich, und auch wenn ich mit Calebs Plan nicht konformgehe, weil es dir damit beschissen geht, verstehe ich durchaus, warum es notwendig ist. Ich weiß, dass es da noch andere Dinge gibt, die du mir nicht sagst, Bruder. Du wirst schon deine Gründe dafür haben. Und wenn einer davon nur der ist, dass du noch nicht so weit bist. Deshalb vergiss das alles einfach erst mal, okay? Konzentrier dich einfach darauf, das zwischen euch wieder in Ordnung zu bringen, damit es euch beiden wieder besser geht.«

Ich spüre Mias Abwesenheit gerade nur umso deutlicher. »Und was, wenn ich es nie wieder in Ordnung bringen kann?«

»Dann überlegen wir uns gemeinsam, wie wir das Unmögliche möglich machen.«

»Danke.« Das Wort ist aus meinem Mund, bevor ich es aufhalten kann, und Damian zuckt nicht mal mit der Wimper, sondern nickt nur abgehackt. Meine Finger legen sich auf die Tasten, und es ist ein Leichtes seiner Melodie zu folgen, sich in die Melancholie fallen zu lassen, die auch er spürt. Ich schlucke, der Kloß in meinem Hals ist zu groß, als dass ich noch ein weiteres Wort sagen könnte.

Damian aber hört mich dennoch.

17. KAPITEL

Mia

Was für ein Irrsinn.

Schon oft habe ich die piekfeinen Straßen von Kensington mit Reportern und Fotografinnen gepflastert gesehen. Sie sind hier kein ungewöhnlicher Anblick, in diesem Londoner Viertel, in dem die Reichen und Schönen sich die Ehre geben, und wo es vor Sicherheitspersonal und Presse gleichermaßen wimmelt, stetig verwickelt in ein Tauziehen um die Vorherrschaft. Heute gewinnen die Reporter, die sich in der Dezemberkälte wie Pinguine zusammenrotten. Manche rauchen, andere tauschen Informationen aus, ihre Gesichter sind von den Lichtern ihrer Smartphones und den Straßenlaternen erleuchtet, während sie wie Raubtiere auf der Lauer liegen. Unbeeindruckt von dem eingezäunten Eingang und den Nachbarn dieses zu Luxus-Lofts umgebauten, ehemaligen viktorianischen Stadtkrankenhauses, das mit seiner roten Backsteinfassade und den Ehrfurcht gebietenden Säulen majestätisch acht Stockwerke in die Höhe ragt, belagern sie das Objekt ihrer Begierde wie die Griechen einst Troja. Sie hoffen, etwas zu erspähen, dabei ist das von dort unten kaum möglich, denn Damian und Roan haben vor ein paar Jahren die oberen zwei Etagen zu ihrem Zuhause auserkoren. Von der obersten aus, die ihr privates Reich ist, während in der unteren der beiden das voll ausgestattete Tonstudio, die Küche, ein Fitness- und ein großer Empfangsraum zu finden sind, habe ich durch die nachträglich verspiegelten historischen Rundbogenfenster einen ungewollt guten Blick auf das Treiben dort unten auf dem breiten Gehweg. Durch die bewachte Tiefgarage war es dank Alistair leicht, unbemerkt herzukommen. Mein Herz schlägt mir jedoch jetzt noch bis zum Hals, wenn ich daran denke, wie ich mit hochgezogenen Schultern durch die Garage zum Aufzug gehuscht bin, in der Hoffnung, keinem der anderen Hausbewohner zufällig in die Arme zu laufen. Fortuna aber war mir heute mal wohlgesinnt sodass ich ohne irgendwelche Zwischenfälle den Fahrstuhl erreichen und mithilfe eines achtstelligen Codes direkt hoch in den achten Stock fahren konnte, der vollkommen verlassen dalag.

Seitdem stehe ich hier an diesem Fenster, versteckt in der nur vom silbrigen Mondlicht durchbrochenen Dunkelheit, weil ich es nicht wage, trotz der verspiegelten Scheiben und dem Wissen, nicht gesehen werden zu können, das Licht einzuschalten. Ich bin schon eine Weile hier, mein Versuch, während ich warte, auf dem Sofa ein wenig Schlaf nachzuholen, ist wegen meiner Nervosität kläglich gescheitert. Um mich zu beschäftigen, starre ich runter auf den Gehweg und zähle erfolglos die fallenden Schneeflocken, anstatt die Treppe hinab ins Tonstudio zu steigen, wo ich die beiden vermute.

Es sind nur zwanzig Stufen. Zwanzig Stufen, die mich noch von Roan trennen, und doch bin ich wie festgefroren.

Ein Teil von mir versucht sich an billigen Ausflüchten und haarsträubenden Lügen. Gedanken wie *Ich will ihn nicht bei der Arbeit stören* oder *Auf keinen Fall darf ich mitten in eine Aufnahme reinplatzen* gehen mir durch den Kopf, aber mein unbeugsamer Realismus schlägt sie alle mit einem schlichten *Du bist nur zu feige* in die Flucht.

Doch ein bahnbrechendes Eingeständnis pro Tag muss reichen. Darum ignoriere ich ihn, schlinge die Arme um mich selbst und sehe mich im Loft um. Irgendwie ist es eigenartig, allein hier zu sein, obwohl ich schon unzählige Male auf dem kupferfarbenen Ungetüm, das die beiden eine Couch nennen, gehockt und bei Videospielen oder Animes auf ihre Rückkehr von Events oder Sonstigem gewartet habe.

Jetzt aber fühle ich mich fast wie ein Eindringling, und das nicht nur, weil die weitläufige und tagsüber lichtdurchflutete Etage so still und nur vom Mondlicht erhellt daliegt. Vielleicht hat es mit den offenen Schiebetüren zu Damians und Roans Schlafzimmern zu tun, in die ich auf meiner Suche nach den beiden kurz hineingespäht habe.

In Damians auf der Ostseite herrscht wie immer Chaos, Bücher und Klamotten fliegen überall herum, und ein offener, nur halb gepackter Koffer ziert sein Bett. Roans Domizil auf der Westseite ist jedoch wie immer picobello aufgeräumt. Alles befindet sich an seinem Platz, und ich weiß instinktiv, dass es in seinem Arbeits-, Bade- und Ankleidezimmer, die, genau wie auf Damians Seite, vom Schlafzimmer abgehen, nicht anders aussieht.

Eigentlich ist dieses Loft mein zweites Zuhause, ein Rückzugsort, an dem ich immer sicher bin. Aber jetzt, wo sich zwischen Roan und mir alles geändert hat, fühlt sich auch in diesem Loft alles anders an. Dabei kenne ich diesen gigantischen, nur von Stützbalken gehaltenen Raum, der als Gemeinschaftsraum zwischen ihren beiden Reichen dient, und in dem neben Vitrinen, ein Sofa für eine ganze Rugby-Mannschaft, ein obszön großer Fernseher, eine verdammt teure und komplex ausgestattete Musikanlage mit vier strategisch platzierten Turmlautsprechern, ein Konzertflügel, ein Billardtisch sowie ein langer Esstisch mit vierzehn Stühlen Platz finden, wie meine Westentasche. Und während das Loft mein Herz sonst immer beruhigt hat, wühlt es dieses jetzt nur noch mehr auf, denn Roan und Damian sind überall.

Es hat eine Weile gedauert, bis neben der Handschrift des Innenarchitekten auch die Akzente von Roan und Damian in ihren vier Wänden Einzug hielten. Jetzt aber sind sie omnipräsent. In den Gemälden an den Wänden, besonders in jenem, das Damian sich extra hat aus Südkorea anliefern lassen, weil er ein großer Fan der Malerin Jade Kang ist. In den Platten in dem Regal, auf dem die Anlage thront, ein wilder Mix aus allen Genres, den es wohl nur bei Roan zu finden gibt, der mit dieser absurden Vielfalt locker einen eigenen Plattenladen eröffnen könnte. In den wild herumfliegenden Zetteln und aufgeschlagenen Wörterbüchern, die den Esstisch zweckentfremden, weil die beiden lieber gemeinsam als getrennt an Songs arbeiten. Etwas, das der Architekt damals nach einem Streit der beiden geflissentlich überhört hat, als er ihnen auf der Ost- und Westseite Privaträume einplante, die ungefähr so groß sind wie die Wohnung, die ich mir mit zwei weiteren teilen muss. Auf diesen zwei Etagen haben die beiden mit knapp dreihundert Quadratmetern unfassbar viel Platz, allerdings ist das auch der einzige Ort, an dem sie sich wirklich frei bewegen und aufhalten können, weshalb ich ihnen diesen verschwenderischen Luxus gönne.

Das alles ist mir so vertraut. Warum also fühle ich mich wie eine Fremde?

»Ich denke echt, der Song braucht noch eine Killer Hook, Mann.« Damians Stimme erklingt, und das Licht geht an. Das Herz schlägt mir bis zum Hals, als ich Schritte auf der Treppe höre, die immer näher kommen. Ich sollte mich irgendwie bemerkbar machen, um die beiden nicht zu Tode zu erschrecken, aber ich schaffe es lediglich, mich umzudrehen, meine Füße in der kleinen Nische beim großen Esstisch wie festgeklebt.

»Keine schlechte Idee. Woran hast du gedacht?« Roans Stimme bringt mich ins Schwanken. Es ist albern. Das weiß ich. Meine Reaktion ist zu stark für acht Tage Trennung, für die ich mich selbst entschieden habe. Etwas dagegen tun kann ich trotzdem nicht, als Erleichterung mich erfasst wie eine stürmische Welle, die ungebremst über mir zusammenbricht. »Eine musikalische Hook wie das Gitarrenriff bei *Back in Black* von AC/DC? Oder eine Text Hook wie in *Old Town Road* von Lil Nas X?«

»Ich dachte eher an eine Kombi.« Damians honigblonder Haarschopf erscheint durch das Geländer aus Glas zuerst, was bedeutet, dass er mindestens zwei Stufen Vorsprung hat. Über die Schulter hinweg unterhält er sich weiter mit Roan, während er sich halb seitlich die Treppe hochschiebt. »So ein richtiger Overkill, wenn du verstehst, was ich meine.«

In dem Moment, in dem ich Roans Gesicht erblicke, übermüdet, mit tiefen Schatten unter den Augen, aber mit einem leichten Lächeln auf den Lippen, wie immer, wenn er über seine Musik redet, will ich am liebsten in Tränen ausbrechen. »Meinst du nicht, der Song könnte dann überladen wirken?«

»Wer hat vorhin noch davon gesprochen, die finalen Aufnahmen von einem ganzen verdammten Orchester begleiten zu lassen?«, erinnert Damian ihn lachend, nachdem er den obersten Treppenabsatz erreicht hat. »Du kleiner Heuchler, du.«

Roan gluckst und seine Schultern beben. »Keine Ahnung, was du –« Er bricht mitten im Satz ab, seine Augen verengen sich misstrauisch, als sie durch das weitläufige Wohnzimmer gleiten, ehe sie meine zielsicher finden. Sein Lächeln erstirbt, und er zieht sofort den Kopf ein. Gott, nie hat jemals etwas so sehr wehgetan wie das. »Emilia.«

»Hey«, sage ich wenig geistreich, weil mir nichts Besseres einfällt. Ich suche in seinem Gesicht nach irgendeiner Veränderung, doch es ist noch immer dasselbe, mir vertraute Antlitz, auch wenn er blasser ist als sonst, und auch seine Wangen eingefallener wirken. Sein Anblick schmerzt mindestens genau so sehr, wie es die Wunden der vergangenen acht Tage lindert.

»Mia!« Anders als Roan zögert Damian nicht eine Sekunde, sondern kommt mit ausgebreiteten Armen zwischen dem Konzertflügel und dem großen Esstisch auf mich zu. Seine Umarmung ist wie immer herzlich und ein bisschen grob. »Fuck, tut das gut, dich zu sehen.« Er drückt mir einen fetten Schmatzer auf die Wange und hält mich eine Armeslänge von sich fort, als hätten wir uns jahre- und nicht lediglich tagelang nicht mehr gesehen. »Gut siehst du aus! Ich hatte schon Sorge, du könntest das Zeitliche gesegnet haben, so gut wie du die Ghosting-Nummer durchgezogen hast.«

»Entschuldige«, murmle ich kleinlaut, weil ich dem nichts entgegenzusetzen habe. Für mein Verhalten gibt es keine Erklärung, keine Entschuldigung und keinen dummen Witz, mit dem ich es abmildern könnte. Denn die Tatsache, dass ich sie beide seit letzter Woche ignoriert habe, die bleibt. »Die letzten Tage waren verrückt.«

»Das glaube ich sofort. Fiese Aasgeier, diese Reporter, nicht wahr?« Damian lässt mich los und knufft mich liebevoll in die Seite, doch da ist eine Traurigkeit in seinem Blick, die ich so noch nie gesehen habe. Reden wird er darüber aber nicht, weshalb es mich wenig überrascht, als er an seinem schelmischen Grinsen festhält, als würde sein Leben davon abhängen. »Wie hast du es unbemerkt hier reingeschafft, Nullnullsieben?«

»Ich hatte Hilfe.« Verstohlen linse ich zu Roan, der noch

immer auf dem letzten Treppenabsatz steht und sich keinen Millimeter bewegt, sondern bloß in meine Richtung starrt. Das Eisblau seiner Augen hält mich gefangen. »Ich habe Alistair gebeten, mich herzubringen.«

»Hätte mir denken können, dass er da seine Finger im Spiel hatte.« Damian lacht. »Und du bist hier, weil du uns liebreizende Nervensägen so sehr vermisst hast? Oder warum?«

Ich gehe auf seine Frotzelei nicht ein, mein Blick noch immer fest mit dem von Roan verankert. »Ja.«

Selbst unter dem weiten Strickpullover erkenne ich, wie Roan tief einatmet. Er greift nach dem Treppengeländer, so als müsste er sich daran festhalten, ehe er den Blick abwendet, zu der großen Vitrine schaut und die unzähligen Trophäen und Auszeichnungen darin mustert, als hätte er sie noch nie zuvor gesehen. Mein Herz krampft sich schmerzhaft zusammen.

Ich fühle mich etwas hilflos, aber Damian schafft Abhilfe, indem er mich bestimmt in Roans Richtung schiebt. »Roan, wie wäre es, wenn du Mia einen Kaffee machst? Immerhin ist sie in aller Herrgottsfrühe extra hergekommen.«

Es ist kein besonders subtiler Ansatz, aber ich springe sofort auf den Zug auf, dankbar um die Chance, die Damian mir da eröffnet. »Kaffee wäre toll. Ich hab die ganze Nacht kein Auge zugetan.«

»Dann geht es dir ja wie mir.« Damian schlägt zwar Ellies fröhlichen Singsang an, doch Roans Schweigen scheint auch ihn etwas zu verunsichern. »Roan? Kannst du? Ihr braucht mich hier ja nicht, und außerdem muss ich noch zu Ende packen. Hank kommt mich gleich abholen.«

Nach weiteren Sekunden des Schweigens nickt Roan brüsk. Er ist schon halb die Treppe runter, als ich wirklich realisiere, dass er sich in Bewegung gesetzt hat. Ich drücke Damian einen schnellen Kuss auf die Wange und murmle leise ein »Vielen Dank, Dee«, ehe ich Roan die Treppe hinab folge.

Roan hat die Küche, ein moderner Traum aus Chrom und schwarzen Hochglanzfronten, schon erreicht. Er öffnet einen der hohen Schränke, in dem die Kaffeemaschine versteckt ist und zieht den Boden heraus, um sie weiter nach vorne zu bringen, so wie man es aus exklusiven Hotels kennt. Seine Bewegungen sind effizient und schnell. Er beachtet mich kaum, als er Kaffeebohnen und Wasser auffüllt.

Ich halte das alles keine Sekunde länger aus. »Es tut mir leid.«

Roan stockt nur kurz, während er die letzten danebengefallenen Bohnen in den Behälter gibt. Dann macht er weiter, als wäre nichts gewesen. »Es gibt nichts, das dir leidtun müsste. Du hast eine Entscheidung getroffen, und die habe ich zu respektieren.« Er klappt die Plastikabdeckung mit mehr Schwung als nötig zu. »Ich weiß nur nicht …« Er bricht ab und stützt die Hände auf der Arbeitsplatte auf. Wieder atmet er tief ein. Diesmal kann ich es sogar hören, so kontrolliert und konzentriert atmet er aus. »Ich weiß nur wirklich nicht, wie ich damit gerade umgehen soll, Mia. Alles, was ich will, ist, dich in den Arm zu nehmen, aber ich habe keine Ahnung, ob das okay für dich ist. Und ich kann nicht dafür garantieren, dich jemals wieder loszulassen, wenn auch nur die klitzekleinste Gefahr besteht, dass danach wieder Funkstille zwischen uns herrscht.«

»Nimm mich in den Arm.« Selbst in meinen eigenen Ohren klingt meine Stimme tränenerstickt. Ich strecke ihm meine Arme entgegen. »Bitte, nimm mich in den Arm, Roan.«

Seine Schultern sacken herab, und so schnell, wie er vorhin noch die Treppe hinabgelaufen ist, um von mir wegzukommen, so schnell ist er jetzt bei mir. Seine Arme schlingen sich um mich, und ich muss vor Erleichterung beinahe aufschluchzen, als ich seinen Herzschlag direkt an meinem spüren kann. Sein Herz flattert genauso sehr wie meins. Roan hält mich, ganz fest, so als hätte er Angst, ich könnte mich in Luft auflösen, wenn er mich nicht so eng an sich gedrückt hält, wie er nur kann. Sein zittriges Ausatmen, als er den Kopf an meinem Hals verbirgt, lässt meine Tränen endlich fließen, ich kann sie jetzt nicht länger zurückhalten. Beständig strömen sie über meine Wangen, benetzen meine Haut und tränken seinen Strickpullover, in dem er so schrecklich zerbrechlich aussieht. Gierig atme ich seinen Duft ein, Holz und Meersalz, und klammere mich an seine Wärme, so als würde ich ohne ihn erfrieren. Die letzten Tage hat es sich zweifellos so angefühlt.

»Gott, du hast mir so gefehlt.« Die Worte, tränenerstickt und undeutlich, kommen ganz von selbst über meine Lippen. Roan muss das wissen. Unbedingt. Und ich will, dass er es spürt. »So, so sehr.«

»Du mir auch.« Seine Hand gleitet über meinen Rücken, streichelt die Anspannung der letzten Tage mühelos fort. »Mehr, als du dir vorstellen kannst.«

Das klaffende Loch in meiner Brust, das sich jetzt langsam schließt, steht in deutlichem Widerspruch zu seiner Aussage. »Ich denke, ich habe eine ganz gute Ahnung davon.«

Roan lacht, aber es klingt traurig und angestrengt. Allmählich, für mich viel zu früh, löst er sich von mir. Behutsam tupft er mir mit seinem Ärmel die Tränen von den Wangen und drückt sanft meine Hand, ehe er zurück zur Kaffeemaschine geht. »Glaube ich kaum.«

Ich schniefe und wische mir mit dem Arm über das verheulte Gesicht. Dann schlurfe ich zu ihm und hocke mich neben die Kaffeemaschine auf die Arbeitsplatte. Meine Füße baumeln in der Luft. »Ist Vermissen seit Neustem eine olympische Disziplin?«

»Nein.« Roan holt eine orange Narutotasse, meine Tasse, aus einem Hängeschrank und stellt sie in die Kaffeemaschine. »Aber wir wissen beide, dass dein Vermissen und mein Vermissen unterschiedlich sind.« Er lächelt mich an, wieder mit dieser Traurigkeit im Blick. »Und ich kann nicht länger so tun, als wäre dem nicht so.«

Was ich darauf sagen soll, weiß ich nicht, also schweige ich, während ich Roan dabei zusehe, wie er die Kaffeemaschine einschaltet, zwei Würfel Zucker und etwas Hafermilch in die Tasse gibt, bevor eine gute Portion Zimt in dem Getränk landet. Sorgfältig rührt er es um und reicht mir die Tasse.

»Hier, dein Kaffee.«

»Danke.« Ich trinke einen Schluck. Er ist klebrig süß und einen Hauch scharf. Exakt so wie der von Maryam. Verwundert sehe ich Roan an, der sich selbst einfach nur einen schwarzen Kaffee macht. »Der Kaffee schmeckt genauso wie der von Maryam.«

»Das freut mich.«

»Aber, wie?« So oft habe ich versucht, ihren Kaffee zu Hause genauso hinzubekommen, aber immer ohne Erfolg.

»Ich habe sie nach dem Rezept gefragt.« Roan bückt sich zu einer der Schubladen hinunter und holt eine Packung meiner liebsten Ingwerkekse hervor, die er selbst nicht ausstehen kann, von denen er aber immer welche für mich im Haus hat, und stellt sie mir hin. Er fischt einen heraus und legt ihn mir in die Hand. Dann leckt er sich die Krümel vom Daumen und verzieht dabei nicht mal eine Miene, obwohl er Ingwer hasst wie die Pest. »Du magst ihren Kaffee doch so gern, oder nicht?«

Ich starre in den Kaffee, auf meiner Zunge klebt noch sein süßlich-scharfer Geschmack und zwischen meinen Fingern der bröselige Mürbeteig des Kekses, und bevor ich mich davon abhalten kann, frage ich: »Meinst du echt, das zwischen uns könnte funktionieren? Willst du dafür wirklich alles aufs Spiel setzen?«

Roan hält inne, seine Kaffeetasse stoppt auf halbem Weg zu seinem Mund. Den Bruchteil einer Sekunde denkt er über meine Frage nach und sieht mir dann in die Augen. »Willst du dich etwa immer fragen, was hätte sein können?«

Ich presse die Lippen aufeinander und schlucke schwer, als seine Augen sich regelrecht darauf heften. »Ich weiß es nicht.«

»Das ist okay. Du musst das jetzt nicht wissen.« Etwas scheint er in meinem Blick zu sehen, denn er stellt plötzlich seine Kaffeetasse auf der Arbeitsplatte ab. »Alles, worum ich dich bitte, ist, darüber nachzudenken, Mia.« Er nimmt mir meine Tasse ab und stellt sie neben seine, ehe er sich von der Arbeitsplatte abdrückt und auf mich zutritt. »Ich kann auch nur dein Freund sein.« Seine Stimme ist kaum mehr als ein Flüstern, seine Hände zögern kurz, als er sie links und rechts neben meinen Oberschenkeln auf der Arbeitsplatte ablegt. Meine Atmung wird flach. Er lehnt sich vor, seine Lippen sind kaum mehr als eine Handbreit von meinen entfernt. »Aber ich kann es nicht einfach unversucht lassen.« Er hebt eine Hand, legt seine Finger unter mein Kinn, und ich nicke kaum merklich, weil ich weiß, was er mich fragen will. Und in diesem Augenblick kann es auf seine stumme Frage nur eine Antwort geben.

Unendlich sanft legen Roans Lippen sich auf meine. Erst ist es nur ein sanftes Streichen. Eine letzte Chance für mich, es mir anders zu überlegen. Doch als ich es nicht tue und den Kopf in den Nacken lege, erobert sein Mund gänzlich den meinen. Dieser Kuss ist anders als der im Lager. Er ist bedächtig. Kontrolliert. Aber er raubt mir nicht weniger den Verstand. Roans Lippen auf meinen sind wie Puzzleteile, die endlich an die richtige Stelle rücken und die Sehnsucht vertreiben, die so tief und kalt in meinen Knochen gehaust hat. An ihre Stelle tritt eine Sehnsucht ganz anderer Art, eine, die aus Flammen und Lava geschmiedet ist und die mein Blut zum Kochen bringt. Neckend knabbert er an meiner Unterlippe, doch der Kuss bleibt ruhig und innig.

Dieser Kuss ist nicht Zunge, Zähne und Wildheit. Dieser Kuss ist Sicherheit, Wärme und Sehnsucht.

Der Keks fällt mir aus der Hand, und mit einem leisen Seufzen klammere ich mich an Roan, als seine Zunge über meine Unterlippe fährt und er meinen ganzen Körper damit zum Erbeben bringt. Ich habe schon viele Männer geküsst, aber bei keinem zuvor habe ich so empfunden wie in diesem Moment mit Roan. Ich lasse ihn los und schlinge meine Arme um seine Schultern, um ihn noch näher an mich zu ziehen. Auch als Roans Zunge in meinen Mund eindringt, scheint es mir nicht nah genug. Ich mache einen frustrierten kleinen Laut tief in meiner Kehle, den Roan mit einem weiteren Streicheln seiner Zunge erstickt, ehe er sich von mir löst, und unser beider Atem sich hektisch miteinander mischt.

Seine Stirn lehnt an meiner, seine Lippen berühren mich wieder und wieder. Aber in meinem Innersten bleibt eine Sehnsucht zurück, die mir Angst macht. Sie breitet sich aus, von meiner Brust bis in meine Fingerspitzen, und ich kann mich nur an Roan klammern und jeden meiner Atemzüge mit ihm teilen. Doch nichts reicht. Nichts ist nah genug. Zittrig atme ich ein, in meinem Kopf herrscht ein so wildes Durcheinander, dass ich nur einen einzigen Satz zustande bringe.

»Ich kann … Ich kann dich nicht verlieren, Roan.«

»Das musst du auch nicht.« Seine Hände legen sich auf meine Wangen, und auch wenn es mir schwerfällt, lasse ich zu, dass er meinen Kopf behutsam in den Nacken legt, damit er mir tief in die Augen sehen kann. »Ich werde immer an deiner Seite sein, Mia. Ganz egal wie du dich entscheidest. Ich werde immer hier sein, ganz nah bei dir. Was auch immer geschieht.« Seine Lippen senken sich erneut auf meine, und ich wimmere, halb erleichtert, halb gequält. »Ich verlasse dich niemals.«

»Versprochen?«

»Versprochen. Du und ich, jetzt und für immer.« Er küsst meine Wangen, meine Augenbrauen, meine Nasenspitze. »Nimm dir einfach ein bisschen Zeit, um darüber nachzudenken. Mehr erwarte ich gar nicht von dir.«

Ich öffne die Augen, nachdem er mich zärtlich auf die Lider geküsst hat. Nach Tagen der Distanz kommt seine Nähe mir vor wie ein Rausch, aus dem ich nicht aufwachen will, auch wenn ich weiß, dass ich es muss. Es ist seltsam und vertraut zugleich. Irgendwie steif und doch ganz natürlich. Aber vor allem ist es eins: wahnsinnig verwirrend. »Ich habe nicht das Gefühl, momentan überhaupt irgendwie denken zu können. Hier in London ist alles so kompliziert. Die ganze Presse, dass ich nicht arbeiten kann, dass ich nicht mal in meine Wohnung kann.«

»Dann lass uns abhauen.« Roans Daumen streicheln sanft über meine Wangen. »Jetzt sofort.«

Ich will lachen, doch es bleibt mir im Hals stecken, als ich sehe, wie ernst er dreinblickt. »Jetzt sofort?«

»Jetzt sofort.« Er lässt mich los, ganz langsam, so als müsste er sich selbst dazu überreden. »Du hast doch eh einige Klamotten hier bei mir. Pack eine Tasche, und dann verschwinden wir einfach.«

»Roan, wir können nicht einfach abhauen.«

»Warum nicht?« Er reicht mir wieder Kaffee und Keks und grinst sein jungenhaftes Grinsen. »Damian macht sich auch aus dem Staub, und alles Offizielle ist dieses Jahr eh gelaufen.«

Ich blinzle. Wo er recht hat … Mir jedoch kommt es fast zu leicht vor.

»Wir wollten die Tage doch eh an den einen Ort, der nicht verwirrend ist. Wir bleiben nur etwas länger als geplant.« Mir stockt der Atem bei der Vorstellung, und Roan schmunzelt in seinen Kaffee. »Lass uns nach Hause fahren, Mia.«

18. KAPITEL

Roan

Selten war der Himmel im Dezember über Brixham so klar wie heute. Er erstrahlt in tiefem Königsblau, färbt die Bucht in seine Opulenz und wetteifert mit dem Pastellorange und dem Blassrosa des Sonnenaufgangs um die Aufmerksamkeit des Betrachters. Die Stadt schlummert noch, so als würden die Bewohner die Ruhe vor dem Touristenansturm genießen, der um die Feiertage herum für gewöhnlich herrscht. Nur die Fischer gönnen sich wie immer keine Pause, trotzdem erscheint mir die Anzahl der Boote, die heute hinausschippern, geringer als in meiner Erinnerung. Auf meinem Gesicht breitet sich ein Lächeln aus, während ich das, unter falschem Namen gemietete, Elektroauto durch die engen Straßen meiner Heimatstadt manövriere, die Mia und mich mit diesem wunderschönen Anblick willkommen heißt, obwohl sie sich doch sonst um diese Zeit im Jahr eigentlich meist grau und trist präsentiert.

Obwohl sie eher nur mich begrüßt, denn Mia schläft, mit den Füßen auf dem Armaturenbrett und tief in die Tagesdecke gekuschelt, die sie sich aus meiner Wohnung mitgenommen hat. Der Kaffee, den wir an einer kaum besuchten Raststätte auf der über zweihundert Meilen langen Fahrt von London nach Brixham getrunken haben, hat offensichtlich nicht die Bohne gegen ihre Müdigkeit geholfen. Verübeln kann ich es ihr allerdings nicht, denn wir haben London überstürzt und übermüdet verlassen, klein zusammengekauert auf dem Rücksitz des Vans, mit dem Hank Damian zum Flughafen gebracht hat. Anschließend hat er uns bei dem diskreten Mietwagenservice des Vertrauens von Alistair abgesetzt. Denn wer interessiert sich schon für einen einsamen Fahrer, nachdem der angekündigte Megastar inklusive Bodyguard am Flughafen ausgestiegen ist, nicht wahr? Dass dieser ganze Zirkus nötig war, geht mir zwar gegen den Strich, den positiven Nebeneffekt allerdings, unbemerkt London verlassen zu haben und nicht im zähen Verkehr auf der M5 festzustecken, nehme ich gern mit. Außerdem hat Mia mir erzählt, wie wenig sie die letzte Woche nachts zur Ruhe kommen konnte, weshalb ich froh bin, dass sie zumindest im Auto noch etwas Schlaf nachholen kann. Es mag Einbildung sein, doch ich habe das Gefühl, dass ihre Atmung immer tiefer und ruhiger geworden ist, je weiter wir London hinter uns gelassen haben.

Ich folge der Straße den Hügel hinauf, die Sonne am Horizont taucht die Bucht in sanftes Licht, die den Tag mit glitzernden Wellen einläutet. Nun sind unsere Elternhäuser nicht mehr weit entfernt, und ich spähe auf die Uhr. Es ist kurz vor neun. Bei jedem anderen hätte ich ein schlechtes Gewissen, so früh aufzuschlagen, bei meiner Mutter jedoch sieht es anders aus. Ausschlafen war für sie schon immer ein Fremdwort. Das hat sich auch nicht mit Mitte sechzig geändert, sehr zum Leidwesen meines pensionierten Vaters, der sich bei jedem unserer Telefonate darüber beklagt.

Wie sehr ich meine Eltern vermisst habe, wird mir erst richtig klar, als ich in die vertraute Einbahnstraße einbiege, die mit den auf der linken Straßenseite geparkten Autos kaum breit genug für den Wagen ist. In den meisten Reihenhäusern brennt Licht. Sanft lege ich meine Hand auf Mias Oberschenkel, um ihr eine Chance zu geben, in Ruhe aufzuwachen.

»Mia«, murmle ich leise über die Musik hinweg, die aus dem Radio ertönt, und greife etwas fester zu. »Mia, wach auf. Wir sind da.«

Die Beifahrerprinzessin des Tages gibt ein unzufriedenes Murren von sich, und sie kräuselt auf ihre unverkennbare Mia-Art die Nase, ehe sie flatternd die Augen öffnet. Mein Herz flattert genauso wie ihre Augenlider, als sie sich über das Gesicht reibt und die Trägheit des Schlummers zu vertreiben versucht. Meine Aufmerksamkeit richtet sich auf ihre Lippen, ohne dass ich etwas dagegen tun kann. Doch ich rufe mich schnell zur Raison und reiße mich von Mias Anblick los. »Wir sind echt schon da? Wie schnell bist du denn bitte gerast?«

Ihre Stimme ist rau, so wie immer, wenn sie gerade erst aufgewacht ist, und ich gebe vor, mich angestrengt aufs Einparken konzentrieren zu müssen, obwohl der Mietwagen mit jedem erdenklichen Frühwarnschnickschnack ausgestattet ist. »Nein. Aber so ist das wohl mit dem Raum-Zeit-Kontinuum, wenn man fast die ganzen«, ich sehe aufs Navi, »zweihundertneunzehn Meilen verpennt.«

»Ich hab noch keine fünf Sekunden die Augen auf, und du wirfst schon mit schlauen Worten um dich.« Wieder ist da dieses verschlafene Murren, und diesmal kann ich die Gänsehaut nicht ignorieren, die es über meinen Körper jagt. »Ich bin noch nicht wach genug für einen Schlagabtausch.«

»Noch nicht? Bist du das denn je?«

»Hey, bald ist Weihnachten.« Mia reibt sich den letzten Schlaf aus den Augen und nimmt die Füße vom Armaturenbrett, sicher, um sich nicht sofort von ihrer Mom einen Rüffel einzufangen, sollte unsere Überraschung misslingen. »Brich jetzt keinen Streit mit mir vom Zaun.«

Ich schalte den Motor ab. »Also eigentlich kommt vorher erst mal noch Heiligabend.«

»Besserwisser.« Sie schlüpft in ihre Schuhe, die Augen durch die Windschutzscheibe auf das Pflaster unserer Kindheit gerichtet. Der letzte Rest Müdigkeit verschwindet, und ich folge ihrem Blick zu der grünen Fassade. Sie ist seit unserer Kindheit ausgeblichen, und all die Pflanzen, die sonst im Vorgarten der Knights erblühen, sind in ihrem Winterschlaf versunken. Der Bistrotisch steht noch immer an Ort und Stelle, die weiße Lackierung ermattet, aber das Arrangement der drei Stühle noch immer dasselbe, obwohl Mia seit über einem Jahrzehnt nicht mehr hier wohnt. Mia schnieft und blinzelt hektisch, als wollte sie die aufsteigenden Tränen vertreiben, die garantiert eh fließen werden, sobald sie ihren Eltern gegenübersteht. Das ist immer so, egal wie oft wir auch in Brixham vorbeischauen. »Diese zwei.«

Wie aufs Stichwort öffnet sich die Tür vom Haus der Familie Knight, und ich frage mich, ob Mia und ich nicht die Verrückten sind, denn wir beide rutschen in unseren Sitzen weiter nach unten, um unentdeckt zu bleiben. So wie damals, als wir unerlaubt den Wagen von Mias Vater genommen haben, um damit einen spontanen zweieinhalbstündigen Trip nach Fristal Beach in Newquay zu unternehmen, weil Damian auf die glorreiche Idee kam, Surfen ausprobieren zu wollen, und Mia als blutige Fahranfängerin meinte, genau der richtige Chauffeur für dieses Abenteuer zu sein. Ihre Mutter Isobelle, die sich von allen nur Belle nennen lässt, tritt hinaus, unter dem Arm drei große Marmeladengläser, ehe sie sich brüsk umdreht und mit einer ungeduldigen Geste zur Eile antreibt.

Mia lacht auf, und der Laut erwärmt mein Herz mehr, als

einfache Freude wohl sollte. Aber ich habe mein liebstes Geräusch auf dieser Welt die letzten Tage nicht gehört, was wohl der Grund ist, warum es mir jetzt noch heller und klarer erscheint als zuvor. »Jede Wette, Dad hat es wieder nicht aus dem Bett geschafft.«

Mias Vater David tritt aus dem Haus, in Jeans und einem schief zugeknöpften Hemd und mit zwei Keksdosen in der Hand, ehe er seiner Ehefrau die Stufen hinab und über die Straße zum Haus meiner Eltern folgt. Er ist schlechter zu Fuß unterwegs als seine Frau, was an seiner kaputten Hüfte liegt. Auf seinen Wangen liegt aber ein aufgeregter Rotschimmer wie bei einem kleinen Jungen am Weihnachtsmorgen. Es ist eine knappe Woche vor Heiligabend, und die beiden machen sich so früh auf zu meinen Eltern, was eigentlich nur bedeuten kann, dass meine Mutter und Belle heute den ganzen Tag in der Küche stehen, um wie jedes Jahr die leicht verderblichen *Jam Tarts*, *Mince Pies* sowie Mamas aufwendiges Früchtebrot zu backen. Das will David also mit den Keksdosen. Um sicherzugehen, dass er was von den leckeren Backwaren bekommt, bevor über die Feiertage dank meiner Brüder nichts mehr für ihn übrig bleibt.

Die Tür zu meinem Elternhaus öffnet sich, und kurz sehe ich den grauen Haarschopf meines Vaters, bevor er beiseitetritt, um Belle und David reinzulassen. Zusammen verschwinden sie im Haus, und ich richte mich im Fahrersitz wieder vollständig auf. »Die Liebe zum Schlaf ist definitiv erblich bedingt.«

Mia wirft mir einen Blick zu, der mich deutlich wissen lässt, was sie von meinem unqualifizierten Kommentar hält. Dann schiebt sie sich umständlich zurück auf den Sitz. »Und du hast ihnen auch wirklich nicht verraten, dass wir schon heute kommen?«

»Nein, habe ich nicht.«

Da Mia Überraschungen liebt, quietscht sie aufgeregt und reißt in ihrem hastigen Eifer fast die Sonnenblende ab, die sie herunterklappt, um notdürftig ihr Aussehen zu prüfen, ihre Finger schnell und effizient, als sie damit durch ihr leicht zerzaustes Haar kämmt. Danach wendet sie sich mir zu, streicht mir mein Haar aus der Stirn. Ihr Gesicht ist meinem jetzt so nah, dass ich nicht anders kann, als mich vorzulehnen und ihr einen kurzen Kuss zu stehlen, ehe ich die Fahrertür aufstoße und aussteige.

Zum Glück ist es in Brixham deutlich wärmer als in London, sodass ich nicht sofort auf der Stelle festfriere, als ich nur in Strickpullover und Jeans auf dem Gehweg stehe. Die Temperatur fällt hier selbst im Dezember selten unter sieben Grad und Schnee gibt es hier auch nur alle Jubeljahre mal.

Lässig lege ich Mia den Arm um die Schultern, die direkt vorpreschen will, und schlendere mit ihr die wenigen Meter zur Haustür. Den Anstrich müssen meine Eltern seit meinem letzten Besuch im Herbst aufgefrischt haben, denn das Marineblau ist wieder genauso strahlend wie in meiner Kindheit. Ich habe zwar einen Schlüssel in der Tasche, aber weil ich Mia den heiß ersehnten Überraschungsmoment nicht kaputtmachen will, lasse ich sie anklopfen.

Keine Regung, dabei sind unten alle Lichter an, und ich höre ihre Stimmen.

Mia kichert. »Echt jetzt?«

»Zu ihrer Verteidigung: Sie rechnen eigentlich frühestens am dreiundzwanzigsten mit uns, und für den Paketdienst ist es noch zu früh.« Diesmal hebe ich die Faust, mein Klopfen eine Spur energischer als Mias.

Kurz flachen die Gespräche ab, ehe sie wieder volle Fahrt aufnehmen. Ich versuche, durch den Erker ins Wohn- und Esszimmer zu spähen, aber wie immer steht dort der gigantische Tannenbaum, auf den meine Mutter jedes Jahr besteht, und an dem ich beim besten Willen nicht vorbeigucken kann.

»Mit dem Alter werden sie echt immer unverschämter«, murre ich mir in den nicht vorhandenen Bart, was Mia nur ein weiteres Lachen entlockt, als ich erneut anklopfe, diesmal allerdings mit voller Wucht.

»Himmel, Arsch und Zwirn«, höre ich meine Mutter auf Deutsch auf der anderen Seite wie einen Rohrspatz schimpfen, die Fremde auf ihrer Türschwelle vor Mittag absolut nicht ausstehen kann. »Wehe, das ist nicht wichtig! Ich schwöre, wenn –«

»Wenn es nur der bescheuerte Postbote ist, der plauschen will, dann reiß ich ihm den Arsch auf«, beende ich ihre Schimpftirade, als sie die Tür mit einem Ruck aufzieht und mich mit großen eisblauen Augen anstarrt. »Guten Morgen, Mama.«

»Roan! Roan, mein Junge!« Die deutsche Aussprache meines Namens macht mich mindestens so sentimental wie der Anblick meiner Mutter in ihrer vertrauten, dunkelblauen Kochschürze. Etwas, das ich auf die derzeitigen Umstände und darauf schiebe, dass der Anblick meiner Mutter immer schon irgendwie alles besser gemacht hat. Sie schlägt sich die faltigen und von der Sonne gebräunten Hände vor den Mund. »Was machst du denn schon hier?«

»Dich überraschen. Wobei ich nicht damit gerechnet habe, dass du mich nicht reinlässt.« Mein Deutsch klingt sogar in meinen eigenen Ohren holprig, aber ich versuche, mich nicht zu sehr daran zu stören. Ich bin halt total aus der Übung. Telefonate, Videoanrufe und Sprachnachrichten sind ja schön und gut, aber einfach nicht dasselbe, als wenn man seine zweite Muttersprache tagtäglich spricht. »Hallo, Mama.« Ich rücke von Mia ab, um meine Mutter in die Arme zu schließen, was dafür sorgt, dass ihre Augen nur noch größer werden und sie mich links liegen lässt, um stattdessen Mia um den Hals zu fallen. »Mia. Oh, mein Mädchen, ist das schön, dich wieder daheim zu haben.«

In ihrer Aufregung vermischt meine Mutter beide Sprachen, und ich stehe etwas perplex da, während sie Mia ausgiebig herzt, die längst zu weinen angefangen hat und sich, halb lachend, halb weinend an meine Mutter klammert, als hätten die beiden sich nicht zuletzt im Herbst gesehen. »Ähm, Mama? Ich bin auch noch da?«

»Gleich, gleich, mein Junge«, tadelt sie mich in dem Tonfall, den sie früher schon angeschlagen hat, wenn sie meinte, ich sei zu ungeduldig. »Belle! Schau mal, unsere Kinder sind schon da!«

»Hast du dir heute früh beim Brötchenbacken den Kopf gestoßen, Trudy? Die beiden kommen doch erst nächste Woche.« Belle kommt schmunzelnd durch die Tür, doch als sie Mia und mich sieht, stößt sie einen spitzen Freudenschrei aus, den man sicher drei Häuser weiter noch hören kann. »Mia!«

»Mom!« Mia löst sich nicht von meiner Mutter, sondern streckt nur einen Arm aus, und schon finden die drei Frauen sich in einer Gruppenumarmung wieder, bei der ich mich klaustrophobisch fühlen würde, so fest sieht sie aus.

»Na, geht die große Heulerei direkt wieder los?« Mein Dad erscheint im Türrahmen mit David im Schlepptau, aber auch wenn er einen flapsigen Spruch macht, glänzt es doch feucht in seinen Augen, so als wäre ich Jahre nicht daheim gewesen. Er kommt auf mich zu, auch mit seinen achtundsechzig Jahren noch mit der stolzen Haltung eines ehemaligen Offiziers und tätschelt mir den Hals, ehe er mich in eine feste Umarmung zieht. Wie immer riecht er nach seinem üblichen Aftershave und einem Hauch frisch geschnittenem Gras. »Willkommen zu Hause, mein Junge.«

»Danke, Dad.«

»Ich dachte, ihr wolltet erst am dreiundzwanzigsten kommen?«, meldet David sich zu Wort, der mich ebenfalls fest in den Arm nimmt, als mein Dad mich wieder freigibt. Er ist untersetzter als noch vor seinem Renteneintritt, aber anders als mein Vater ist er dafür nur an den Schläfen grau.

»Wir hatten spontan ein paar Tage eher frei.« Mia löst sich von unseren Müttern und schnieft, als sie ihren Dad in die Arme nimmt, der hektisch zu blinzeln beginnt. »Hey, Dad.«

»Hallo, Prinzessin.«

Belle begrüßt mich endlich mit einer festen Umarmung und einem dicken Schmatzer auf die Wange. »Schön, euch beide für mehr als zwei, drei Tage hier zu haben.«

»Ja, es ist schön, mal etwas länger hier sein zu können.« Als Belle mich loslässt, wende ich mich endlich meiner Mutter zu, deren eisblaue Augen mich jeden Morgen aus dem Spiegel ansehen. »Bin ich jetzt dran?«

»Ach, jetzt rede keinen einfältigen Unsinn und komm her.« Meine Mutter stellt sich auf die Zehenspitzen, und ich muss mich weit zu ihr herunterbeugen, denn mit ihren kaum einen Meter sechzig ist meine Mutter gut zwanzig Zentimeter kleiner als ich. »Willkommen daheim, mein Junge.«

»Schön, zu Hause zu sein.« Ich halte sie ganz fest, ihre rundliche Gestalt mir so vertraut wie das immer gleiche Parfüm, das sie schon trägt, seitdem ich klein bin, und das für mich deshalb einfach immer nach *Mama* riecht. Es ist schön, wieder hier zu sein, aber noch schöner ist es, meine Mutter wieder im Arm zu halten. »Wie geht es dir, Mama?«

»Gut, so wie immer. Und jetzt, wo ihr hier seid, sogar noch besser. Außerdem, du weißt doch: Unkraut vergeht nicht.«

Während die anderen vier wild schnatternd ins Wohn- und Esszimmer abbiegen, folge ich meiner Mutter in die in die Jahre gekommene Küche. Ich habe ihr schon tausendmal angeboten, sie für sie renovieren zu lassen, doch sie scheint an den zartgelben Fronten mit den unzähligen Kratzern mindestens genau so sehr zu hängen wie an ihrer mittlerweile verwaschenen, blauen Kochschürze. »Ich koche ein paar Eier und backe noch schnell ein paar Brötchen nach. Sei doch so gut und hol zwei Teller und Besteck für euch beide aus dem Schrank, ja?«

Weil ich weiß, dass es nichts nützt, meiner Mutter zu versichern, dass das nicht nötig sein wird, weil sie vermutlich eh wieder von allem zu viel gemacht hat, und auch weil ich zum ersten Mal seit Tagen ziemlichen Kohldampf habe, diskutiere ich nicht mit ihr, sondern tue, wie mir geheißen, und hole zwei Frühstücksteller, zwei Eierbecher, zwei kleine Löffel und zwei Buttermesser aus dem Schrank. Selbst nach Jahrzehnten steht hier alles noch an Ort und Stelle. In der Küche meiner Mutter zu navigieren, ist leicht. Hier muss ich nicht nachdenken, muss nicht überlegen. Hier kann ich einfach sein. Ein Gefühl der Nostalgie überkommt mich, und ich muss mich räuspern, um dem Kloß in meinem Hals keinen Raum zu geben, der nur noch fetter wird, als meine Mutter mir wortlos eine Tasse Kaffee hinhält, nachdem ich alles rübergebracht habe.

Sie geht zu ihrem Teig auf der Arbeitsplatte und formt daraus mit schnellen und flinken Fingern vier Brötchen. »Ihr beide seht müde aus, mein Junge.«

Ich nippe an dem Kaffee, der genauso schwach ist wie immer, einfach, weil meine Eltern bei der Menge, die sie davon trinken, sonst einen Herzinfarkt bekommen würden, und gähne. »Mia und ich sind früh raus, um herzufahren.«

»Das ist nicht die Art müde, die ich meinte.« Missbilligung schwingt in ihrer Stimme mit, denn meine Mutter kann es weder leiden, an der Nase herumgeführt zu werden, noch, ihre Zeit zu verschwenden. »Und das weißt du auch.«

Das, was Caleb meine Zero-Bullshit-Toleranz nennt, habe

ich eindeutig von meiner Mutter, weshalb ich es besser weiß und nicht mit ihr diskutiere, sondern einfach sage: »Ich erzähle dir alles, aber nicht jetzt, ja, Mama? Jetzt gerade will ich einfach nur hier sein und schön mit euch allen frühstücken.«

Kurz sieht sie von ihren Brötchen auf, sicher, um nach Lügen in meinen Augen zu suchen. Doch als sie keine findet, nickt sie knapp und zufrieden und deutet nur nachlässig auf die langen Einkauf-, To-do- und Menülisten, die ihre Arbeitsflächen pflastern. Mir schwant Böses. So, wie ich sie kenne, steht sie am vierundzwanzigsten Dezember wieder um kurz nach sechs in der Küche, um ihren traditionellen Gänsebraten vorzubereiten, der letztes Jahr schon kaum in den Ofen gepasst hat. Wahrscheinlich wird sie wieder wie besessen durch die Küche fegen und dabei aufgeregt mit Belle schwatzen, während sie sich das erste Gläschen Sherry genehmigen. Früher haben sie ihn noch heimlich in ihren Kakao gekippt, damit wir Kinder nichts bemerken, spätestens aber, seitdem mein Bruder Odan mit zwölf Jahren mal heimlich einen ordentlichen Hub davon genommen und sich dann auf die Küchenfliesen erbrochen hat, ist auch diese Scharade Geschichte. Beschwipstes Weihnachtsfrühstück ist bei den beiden, die sonst kaum trinken, einfach Tradition. Genauso wie die Tatsache, dass die Knights den Heiligen Abend mit uns nach deutscher Tradition feiern, und wir am ersten Weihnachtsfeiertag nach britischer Tradition den Weihnachtsmorgen bei unseren Nachbarn von gegenüber begehen.

»Gut. Wenn du mir beim Kochen für den Weihnachtsabend hilfst, kannst du mir alles erzählen.« Sie ritzt die Brötchen ein, gibt sie in den Ofen und stellt auf ihrem Smartphone behände einen Timer ein, ehe sie mir eine frische Kanne Kaffee in den Arm drückt und mich liebevoll, aber bestimmt in Richtung Esstisch schiebt, den die anderen mittlerweile passend gedeckt haben.

Da meine Mutter es nicht einmal als Frage formuliert hat, heißt das dann wohl, dass mein vierundzwanzigster Dezember auch dieses Jahr wieder nicht mit Ausschlafen beginnt.

»Ist es zu spät, um noch zurück nach London zu fahren?«, frage ich leise flüsternd, als ich den Kaffee auf dem Tisch abstelle und mich neben Mia auf den in die Jahre gekommenen Polsterstuhl mit der altmodischen Holzverzierung setze, an den mein Vater sein Herz gehängt hat, genau wie an seinen geliebten Ohrensessel hinten vor dem Fernseher.

»Viel zu spät.« Mia schnappt sich meinen Kaffee und trinkt gierig einen großen Schluck davon, bevor sie den Blick über den reich gedeckten Tisch und unsere beiden Eltern gleiten lässt. Das Lächeln, das sich auf ihren Lippen ausbreitet, erinnert mich an früher. An eine leichtere Zeit. Eine, in der noch nicht alles so schrecklich verworren war. »Außerdem würde ich nirgendwo grad lieber sein als hier. Also, danke für die frühzeitige Entführung.«

»Immer wieder gern.« Ich nehme ihr die Tasse wieder ab und sehe Mia in die Augen, als ich genau einen Schluck von der Stelle nehme, an der sie zuvor getrunken hat. Schnell wendet sie den Blick ab, und ich schmunzle, ehe ich zur Tagesordnung übergehe. »Außerdem habe auch ich das hier gebraucht. Mehr als mir bewusst war. Auch wenn meine Mutter mich gerade dieses Jahr schon wieder zur Küchenhilfe ernannt hat.«

»Du armer Kerl.« Mitfühlend greift Mia nach ihrem eigenen, von ihrem Vater frisch eingegossenen Kaffee und hält ihn mir zum Anstoßen hin. »Wir salutieren dir für deinen Dienst an der Allgemeinheit.«

Wir stoßen miteinander an. »Auf Weihnachten.«

»Auf Weihnachten.«

Das ist so ziemlich das letzte Wort, das ich allein mit Mia wechseln darf, denn von da an löchern unsere Eltern uns mit

Fragen, so als würden wir nicht mindestens einmal die Woche anrufen und mehrfach im Jahr herfahren. Am Ende des Frühstücks haben wir zu sechst drei Kannen Kaffee leer getrunken, und ich fühle mich vollgefressen und auch ein bisschen träge. Aber auch glücklich. So verdammt glücklich. Denn Mia bekommt das Lächeln nicht mehr aus dem Gesicht.

Sie sieht unbeschwert aus. So wunderbar losgelöst von allem, was uns in London belastet. Frei von dem ganzen Unsinn, der uns die letzten Tage auseinandergetrieben hat. Sie so zu sehen ist alles, was ich will. Nebst mich zu ihr hinüberzulehnen und sie zu küssen, ganz gleich, was unsere Eltern davon halten mögen. Bevor ich diesem Impuls allerdings nachgeben kann, bittet meine Mutter mich, aus dem Kühlschrank noch den Obstsalat zu holen. Ich drücke kurz unter dem Tisch Mias Hand, ehe ich aufstehe und in die Küche gehe, wo ich den Kühlschrank öffne, der damals für vier heranwachsende Jungs und zwei Erwachsene die richtige Größe hatte, für zwei Rentner aber hoffnungslos zu groß erscheint, und nehme die Schale mit dem bunten, klein geschnittenen Obst heraus, von dem ich mir vornehme, noch ein kleines bisschen zu probieren, obwohl ich schon längst satt bin.

Mit dem Obstsalat und Dessertschälchen bewaffnet komme ich zurück ins Wohn- und Esszimmer, nur um wie angewurzelt stehen zu bleiben. Unsere Eltern plaudern und lachen, Mia aber sitzt blass wie ein Gespenst und mit herabgesunkenen Schultern auf ihrem Platz, ihre Augen auf etwas in ihrem Schoß gerichtet. Und auch ohne neben ihr zu sitzen und aufs Display zu schielen, weiß ich genau, was passiert sein muss. Ich zwinge mich zur Ruhe, stelle die Flasche auf dem Tisch ab, als wäre nichts gewesen, ehe ich mich wieder auf meinen Platz neben Mia setze und ihr kurzerhand das Handy aus der Hand nehme. Als ich Mia neben mir leise schniefen höre, frage ich mich, ob uns Glück einfach nicht vergönnt ist, denn was ich auf dem kleinen Bildschirm sehe, ist genau, was ich befürchtet habe. Ein neuer Artikel der *Gazette*. Eine weitere Schlagzeile. Eine, die ganz eindeutig Julies Handschrift trägt, denn in reißerischen Lettern steht da geschrieben:

Make-up-Artist? Nein, doch lieber Gold-Digger.
Wie Emilia Knight tief in Roan Webbs Taschen greift.

The British Royal Gazette

Make-up-Artist? Nein, doch lieber Gold-Digger.
Wie Emilia Knight tief in Roan Webbs Taschen greift.

von Julie Presley

Roan Webb (31), Sänger von *Parallel*, hat alles. Nur treue Freunde, die hat er offenbar nicht. Ob ihm das bewusst ist, das ist allerdings fraglich, denn ausgerechnet die Frau, die sein gesamtes Leben schon an seiner Seite ist und mit der er sogar seit über zehn Jahren zusammenarbeitet, nimmt ihn schamlos aus.

Emilia »Mia« Knight (30), Roans treue Make-up-Artist und augenscheinlich mehr als nur eine Freundin von früher *(The British Royal Gazette* berichtete), spielt ein doppeltes Spiel. Nicht nur, dass sie es sich an Roans Seite bequem gemacht hat und sich von ihm Lohn zahlen lässt, nein. Ihre Ausbildung zur Make-up-Artist an der *The London School of Beauty & Make-up* hat sie sich auch von ihm bezahlen lassen.

Aus Dokumenten, die *The British Royal Gazette* aus zuverlässiger Quelle vorgelegt wurden, geht hervor, dass das dort hinterlegte Konto für die Abbuchung der Kursgebühren auf den Namen Roan Webb lief. Über die zwei Jahre, die Emilia an dieser Schule verbrachte, deren Kurse selbst in Teilzeit nicht mehr als neun Monate dauern sollten, vorausgesetzt, man muss sie nicht wie Emilia aufgrund mangelhafter schriftlicher Leistungen mehrfach wiederholen, hat Roan die Ausbildung seiner Make-up-Artist ungefähr um die zwanzigtausend Pfund gekostet. Eine ganz schöne Stange Geld, vor allem, wenn man bedenkt, dass *Parallel* in diversen Interviews zu ihren bescheidenen Anfängen behaupten, kaum genug Geld für Miete und Essen gehabt zu haben.

Wo soll das Geld auch herkommen, wenn man für einen Gig in einem Pub um die fünfhundert Pfund bekommt, man aber achthundertfünfzig allein im Monat für die Ausbildung einer Frau ausgibt, deren schriftliche Leistungen so mangelhaft waren, dass *»ihr unordentliches und beinahe schon kindliches Schriftbild, nebst diverser anderer Vorkommnisse, auf verminderte Intelligenz schließen lassen«*, wie uns eine ehemalige Lehrerin von Emilia verriet, deren Namen wir zu ihrem Schutz vor anwaltlicher Verfolgung nicht veröffentlichen möchten.

Was also ist Emilie Knight nun? Roans Make-up-Artist? Seine treuste Kindheitsfreundin? Oder ist sie vielleicht doch einfach eine gerissene *Femme fatale*, die genau weiß, wie man einen Popstar mit einem Lächeln um den Finger wickeln kann?

Fest steht, Emilia weiß, wie man sich auf Kosten anderer ein schönes Leben machen kann, wie die kürzlich von Fans geschossenen Bilder aus dem Londoner Szene-Club *Bloody Mary* eindrucksvoll beweisen, auf denen Emilia wie selbstverständlich im VIP-Bereich ein und aus geht. Ein Tisch in einem Club wie diesem kostet gut und gerne mal viertausend Pfund den Abend, Verzehr nicht inbegriffen. Man sollte meinen, das sei etwas mehr, als eine gewöhnliche Make-up-Artist sich leisten kann. Vor allem eine, die den Großteil ihres Gehalts offensichtlich für schickes Essen und Süßigkeiten ausgibt.

Was auch immer Emilia nun genau sein mag, wir wissen nur eins ganz gewiss: Roan Webb tut uns leid.

19. KAPITEL

Mia

Man sollte meinen, beim zweiten Mal ist es besser.

Aber reißerische Artikel über mich zu lesen, ist ungefähr so, wie in Eiswasser zu baden. Jedes Mal redet man sich ein, dass es diesmal nicht so schlimm ist. Dass man es ja jetzt gewöhnt ist. Dass einen die eisige Kälte nicht mehr überraschen kann, und dass es gut für einen ist, sich diesen Ängsten einfach direkt zu stellen. Doch dann plötzlich taucht man unter, und wieder presst es einem die Luft aus den Lungen, während man unkontrolliert anfängt, wie Espenlaub zu zittern, das Herz auf Hochgeschwindigkeit, während das Hirn einfach den Dienst quittiert. Man will strampeln, um aufzutauchen, aber nichts funktioniert mehr so wie vorher, und man kann nur um eine helfende Hand beten, die einen aus der eisigen Kälte zurück an die Oberfläche holt.

Meine warme, helfende Hand ist mir vertraut. Wie ein Schraubstock legt sie sich um meine eisigen Finger, zwingt sie, sich ihrem Willen zu beugen und sich für sie zu öffnen, bis die Quelle der Kälte den Besitzer wechselt. Nicht länger starre ich auf Buchstaben, vor denen ich mich, auch ohne eingestreutes Gift, schon fürchte. Stattdessen sehe ich auf meine Handinnenflächen, die so rot sind, als hätte ich sie auf eine heiße Herdplatte gepresst, während meine Knöchel weiß sind wie Papier.

»Mia?« Die Stimme meiner Mutter dringt an mein Ohr, aber ich kann mich nicht rühren.

»Hey, Schätzchen.« Mein Vater drückt kurz meine Schulter. »Ist alles okay? Du bist ganz blass um die Nase.«

Ich will ihnen versichern, dass ich okay bin. Dass es mir gut geht. Aber ich kriege kein Wort heraus, noch immer gefangen in der Flut aus Eiswasser, die mich weder atmen noch denken lässt.

»Mäuschen?« Meine Mutter klingt alarmiert, und ich hasse es. Das Letzte, was ich will, ist, ihr Sorgen bereiten. »Geht es dir nicht gut?«

»Doch. Alles okay.« Ich lächle schmallippig, dankbar darum, dass meine Eltern mit Klatschpresse so gar nichts am Hut haben, und auch Roans Eltern sich seit dem Vorfall vor sieben Jahren davon fernhalten. »Mir ist nur etwas schwummerig.«

»Das ist bestimmt zu tiefer Blutzucker.« Roans Mutter schiebt mir eine Brötchenhälfte dick mit Schokoladenaufstrich bestrichen herüber. »Hier, iss was, Kindchen.«

Ich starre auf die Brötchenhälfte und mir wird übel.

Vor allem eine, die den Großteil ihres Gehalts offensichtlich für schickes Essen und Süßigkeiten ausgibt.

Dieses Opfer der missbräuchlich verbreiteten #BodyPositivity-Bewegung.

Und fett ist da das passende Wort.

Panik erfasst mich, und ich versuche, es zu verbergen, aber meine Arme schieben sich wie ein Schutzschild vor meinen Bauch, und ich krümme mich zusammen, in der Hoffnung, mich damit kleiner machen zu können. In der Hoffnung, weniger Raum einzunehmen. In der Hoffnung, weniger zu sein.

Ich versuche, nach dem Brötchen zu greifen, aber meine Hände zittern zu sehr, weshalb ich die Arme schnell wieder gegen meinen Bauch presse. Ein Bauch, der ganz weich ist. Ganz wabbelig. Ganz … ekelhaft. Der Gedanke kommt schnell wie ein Peitschenhieb, und am liebsten würde ich in Tränen ausbrechen.

Das bin ich nicht. Nicht mehr.

Ich spüre die Augen meiner Eltern auf mir, spüre ihre Sorge wie ein Gewicht auf mir, das mich zurück ins eisige Wasser zu drängen versucht.

Blind taste ich unter dem Tisch nach meinem Rettungsanker und senke meine Stimme, damit niemand etwas mitbekommt. »Roan.«

Wie immer kann ich mich auf ihn verlassen, denn Roan ist schneller auf den Beinen, als ich mich selbst erheben kann. Dankbarkeit erfasst mich, und das nicht nur, weil er mich versteht, sondern auch weil er keine Fragen stellt.

»Wir gehen kurz raus in den Garten«, verkündet Roan mit seinem professionellen Presselächeln, das alle auf Abstand hält. Auch wenn es mir das Herz bricht, dass er es meinetwegen vor unser beider Eltern anwenden muss, lasse ich mich doch schamlos in den Schutz dieser perfekten Maske fallen, die jeden zu täuschen vermag. Zumindest für einen Augenblick. »Nur ein kleines Kreislaufproblem wegen Schlafmangel. Nichts, was ein bisschen frische Luft nicht richten kann.«

Die Reaktion unserer Eltern bekomme ich nicht mit. Wie ein nasser Sack lasse ich mich von Roan auf die Füße ziehen. Es ist einzig sein sicherer Griff, der mich aufrecht hält, als er mich durch die Küche zur Hintertür und hinaus in den kleinen Garten bugsiert.

Frische Luft füllt meine Lungen, und ich tue mein Bestes,

um kontrolliert ein- und auszuatmen. Roan sagt kein Wort, seine eine Hand fest in meiner, auf die ich mich vertrauensvoll stütze, während er mit der anderen Hand ein Viereck auf meinem Rücken zeichnet. Ich folge ihm mit meiner Atmung, lasse mich darauf ein, von ihm die Länge meiner Atemzüge bestimmen zu lassen, bis ich wieder klarer denken kann. Erst als mein Herz mir nicht mehr bis zum Hals schlägt, traue ich mich, den Mund aufzumachen.

»Sorry.«

»Absolut gar kein Problem.« Prüfend blickt er mich an, und erst als ich nicke, hört er auf mit seiner Atem-Taktvorgabe. Meine Hand aber lässt er nicht los, ganz so, als würde er den Kontakt genau so sehr brauchen wie ich. »Alles wieder okay?«

Ich horche tief in mich hinein, um nicht vorschnell eine Antwort zu geben. »Ja, alles okay.«

Roan nickt, augenscheinlich zufrieden. Ich aber weiß, dass er es dabei nicht belassen wird. Als er dann aber doch schweigt, bin ich es, die überrascht ist. »Warte hier.«

»Okay.« Das Wort kommt nicht mal annähernd so zögerlich über meine Lippen, wie es wohl sollte, aber ich bin froh, hier draußen stehen bleiben zu können. Ich schiele zu der Tür, die zurück in die Küche führt. Roan mag unseren Eltern etwas vormachen können, ich allerdings bin eine ganz miserable Lügnerin. Und ich müsste definitiv lügen, denn sie würden mich fragen, ob alles wieder in Ordnung ist. Jetzt gerade aber weiß ich nicht, ob jemals wieder irgendetwas in Ordnung sein wird. Erst jetzt fällt mir auf, dass ich keine Ahnung habe, wo mein Handy eigentlich ist, aber um ganz ehrlich zu sein, bin ich auch verdammt froh darum.

Ich schlinge die Arme um mich selbst, dankbar um den Sonnenschein, auch wenn die zehn Grad heute nicht unbedingt muckelig warm sind. Aber die Wintersonne ist kräftig und vertreibt damit das Eis aus meinen Venen genauso effizient wie Roans Lächeln, als er, bewaffnet mit zwei wirklich dicken Mänteln und einer großen Thermoskanne, zurück zu mir in den Garten kommt.

Skeptisch blicke ich auf die doch etwas sehr winterliche Ausrüstung. »Roan, es sind zehn Grad.«

»Ich weiß. Aber wir bleiben eine Weile weg. Und keine Sorge, niemand findet es schlimm. Belle und Mama meinten, sie wären heute eh beschäftigt.« Er legt sich die zweifellos schweren Mäntel, von denen ich vermute, dass sie seinen Eltern gehören, über den Arm und hält mir die Hand hin. Ich ergreife sie, ohne zu zögern. »Komm.«

»Wohin gehen wir?«, frage ich und folge ihm durch das schmiedeeiserne Tor auf der Rückseite des Hauses, das einen Ausgang in der mit Moos und Efeu bewachsenen Gartenmauer schafft.

»Lass dich überraschen.« Er führt mich die Straße rauf und zurück zum Mietwagen. Ich weiß nicht, ob ich darüber lachen oder weinen soll, dass Roan genau gewusst hat, dass ich unseren Eltern nicht gegenübertreten wollte und deshalb die umständliche Route zum Auto genommen hat. Er hält mir die Beifahrertür auf. »Vertraust du mir?«

»Nur bedingt.«

»Dann steig ein.«

»Das ist nicht dein Ernst.« Fassungslos starre ich das neun Meter lange Ungetüm an, das ich selbst vom Parkplatz aus, auf dem wir mit dem Elektroauto stehen, sehr gut sehen kann. »Sag mir, dass das nicht dein Ernst ist. Wir werden uns da draußen den Arsch abfrieren.«

»Werden wir nicht.« Demonstrativ deutet er auf Thermoskanne und Mäntel, alles Dinge, die er zuvor achtlos auf den

Rücksitz geworfen hat. »Wir sind bestens gerüstet für eine Ausfahrt, und das Wetter heute ist mild.«

»Du weißt aber schon, dass es auf dem Wasser immer kühler ist als an Land, oder?«

»Ich mag zwar nicht wie du halb auf schicken Jachten aufgewachsen sein, aber ich habe auf einem Fischerboot gearbeitet, schon vergessen?« Er dreht sich auf dem Fahrersitz in meine Richtung, sein Oberkörper halb verdreht, aber mit seinem perfekt charmanten Lächeln auf den Lippen, das er immer dann rausholt, wenn er jemandem seinen Willen aufzwingen will, ohne dass diese Person Wind davon bekommt. »Komm schon. Ich wollte schon immer mal damit rausfahren.«

Als Tochter einer Köchin, die im Sommer auf Luxusjachten ihr täglich Brot verdient hat, und die, bei etwas weniger versnobten Arbeitgebern, auch mal ihre Tochter mit zur Arbeit nehmen durfte, weiß ich, dass das Boot, das dort im Hafen anlegt, ein stattlicher Daycruiser ist. Wenn ich schätzen müsste, ist er an die neun Meter lang und um die drei Meter breit, mit einem wirklich dicken Motor. Mit diesem Schätzchen sollte das Schippern auf dem Ärmelkanal selbst bei stärkerem Wellengang das reinste Kinderspiel sein. Ich verenge die Augen. So ein Boot kostet locker zweihunderttausend Pfund. Eine Summe, die Trudy und Richard nicht aufbringen können oder würden. Beide machen sich nichts aus Luxus und nehmen Roans finanzielle Unterstützung nur an, weil es wegen Trudys früher Arbeitsunfähigkeit und der schmalen Pension seines Vaters absolut nicht anders geht. »Wem gehört das Boot, Roan?«

Ertappt zuckt Roan zusammen. »Mir.«

»Und wie oft bist du damit schon rausgefahren?«

»Noch nie.« Er sagt es, als wäre es nichts. Als wäre es das Normalste der Welt, einen Fehlkauf in der Höhe von mehreren hunderttausend Pfund zu tätigen. Es ist erschreckend leicht, zu vergessen, wie obszön reich Roan eigentlich ist. »Komm schon. Lass uns einfach rausfahren.«

Erst will ich protestieren, einfach, weil es wirklich, *wirklich* kalt ist und ich mir beim besten Willen nicht die Nasenspitze abfrieren will. Aber der Gedanke, auf dem weiten Blau zu treiben, nur mit Roan und unseren Problemen weit weg, an der Küstenlinie entlang, ist zu verlockend. »Okay.«

»Das wollte ich hören.« Er greift in seine Hosentasche und holt unsere beiden Smartphones heraus, die er kurzerhand ausschaltet. Ohne einen weiteren Blick darauf verbannt er sie ins Handschuhfach, welches er mit entschlossener Finalität zuwirft. »Nicht, dass einer von uns noch auf die Idee kommt, die Dinger auf dem Meeresgrund zu versenken. Zu Hause sperre ich die verfluchten Dinger weg.« Er stößt die Fahrertür auf und greift sich einen Schlüssel mit einem Rettungsringanhänger daran aus der Mittelkonsole, den ich beim Reinkommen am Schlüsselbrett seiner Eltern habe baumeln sehen. »Komm.«

Ich steige aus. Die Luft hier am Hafen ist schon deutlich kälter als weiter oben auf den Hügeln von Brixham, in die die Häuser von unseren Familien gebaut sind. Gierig atme ich ihn ein, den Geruch von Salz, Treibholz und Gischt. Kräftig scheint die Wintersonne, und ich schließe die Augen, um den Wellen zu lauschen, ehe Roans sanfte, warme Hände mich zurück in der Realität verankern, als er mir den Mantel um die Schultern legt.

Er sagt nichts, und doch sagt er alles, als er seine Lippen auf meine Schläfe drückt. Er wendet sich zum Auto um, zerrt seinen eigenen Mantel hervor, in den er schlüpft. Mit dem Schlüssel in der Hand und der Kanne unter dem Arm geht er voraus in Richtung Hafen, das Verriegeln des Mietwagens ist mein Signal, mich endlich auch in Bewegung zu setzen. Erst jetzt bemerke ich den Namen des Bootes, der mit schicken kursiven Lettern steuerbordseitig angebracht ist.

Aldebaran. Roans Lieblingsstern und der hellste Stern im Sternenbild Stier. Meinem Sternbild.

»Kannst du das Ding überhaupt fahren?«, frage ich, um mich von den Gefühlen abzulenken, die mich zu übermannen drohen. Ich weiß zwar, dass Roan einen Bootsführerschein hat, wie viele junge Männer in Brixham, die nach der Schule ein Jahr auf Fischerbooten gearbeitet haben, um Geld ranzuschaffen, aber wann er das letzte Mal am Steuer von einem gestanden hat, das weiß ich nicht so genau.

»Kann ich. So was verlernt man nicht.« Er wirkt so selbstsicher, dass ich nicht anders kann, als auf sein Wort zu vertrauen, und die Art, wie er leichtfüßig an Bord springt, nachdem er die Abdeckung gelöst und die Plane abgezogen hat, die den Fahrstand vor Wind und Wetter schützt, festigt meinen Entschluss, es einfach auf mich zukommen zu lassen. Er dreht sich zu mir um und reicht mir die Hand. »Keine Sorge. Ich versenke uns beide nicht auf dem Grund des Ärmelkanals.«

»Gut zu wissen.« Ich lege meine Hand in seine und vertraue darauf, dass er mich hält, als ich über den Rand ins Boot einsteige. »Von den Schwimmwesten würde ich nämlich nur sehr ungern Gebrauch machen müssen.«

Das entlockt Roan sein typisches Glucksen, und der letzte Rest der Angst, die ich noch im Garten gespürt habe, fällt von mir ab.

Roan faltet die Abdeckung sorgfältig zusammen und verstaut sie in einer gut versteckten Box hinter der großen Sitzecke, auf der sicher an die neun Leute Platz haben, ehe er zum Fahrstand geht und den Schlüssel einsteckt. Mit einem Brummen erwacht der Motor zum Leben, und auf Roans Anweisung hin löse ich die Leinen, ehe ich es mir auf dem Platz in nächster Nähe zum Fahrstand bequem mache, während Roan den Gashebel umlegt und das Boot aus seinem Liegeplatz im Hafen manövriert. Möwen kreischen über unseren Köpfen, als wir mit gemächlichem Tempo aus dem Hafen schippern. Doch kaum haben wir die Bojen mit den Geschwindigkeitsbegrenzungen hinter uns gelassen, legt Roan den Gashebel voll um.

Gischt wird aufgewirbelt. Der Motor surrt laut. Der Bug hebt sich, und es fühlt sich an, als würden wir fliegen. Wind peitscht mir durch die Haare, und Meersalz benetzt mir Wangen und Lippen, als wir weiter und weiter hinausfahren, fort von allem, was an der Küste auf uns lauern könnte. Ich sehe zu Roan, der gelassen eine Sonnenbrille aus einem Fach im Fahrstand fischt und sie sich auf die Nase schiebt, ehe er mir wortlos eine zweite reicht. Ich setze sie auf, der Himmel und die See durch die Gläser nur noch blauer, und lasse mich treiben.

Weg von Brixham. Weg von London. Weg von allem.

Nur nicht von Roan. Niemals von Roan.

Wie lange wir so über die Wellen gleiten, weiß ich nicht, und es ist mir auch gleich. Wir umrunden die Landzunge Berry Head, zischen zwischen den zwei aus dem Wasser herausragenden Felsen hindurch und immer weiter an der beeindruckenden Steilküste entlang, an der hin und wieder Strände auftauchen, an denen vereinzelt Menschen mit ihren Hunden unterwegs sind. Aber sie alle sind weit, weit weg. So weit, dass niemand mit einer Kamera schnell genug wäre, uns einzufangen.

Der Gedanke setzt sich fest, und ich kann nicht anders, als die Arme in den Wind zu strecken. Kalt peitscht er um meine Arme, aber mir ist es gleich, denn ich fühle mich frei.

Unbeobachtet. Sicher. Losgelöst.

Also lasse ich die Zeit dahinfließen wie die Wellen und lasse mit ihr meine Sorgen an den steilen Hängen der Küste zurück, vor denen wir irgendwann ankern, das Boot wie eine Wiege ganz sanft auf den Wellen einer ruhigen See, die im Licht der Sonne glitzert wie ein Feld aus Diamanten.

Roan verlässt den Fahrstand und setzt sich zu mir in die Sitzecke, den Blick halb auf die Weiten der See und halb auf die teils grauen, teils grün bewachsenen Hänge der Steilküste. Er holt die Thermoskanne hervor, schraubt den Deckel ab und holt aus einem der gut gesicherten und versteckten kleinen Luken zwei robuste Campingtassen, die er mit dem Inhalt der Thermoskanne füllt. Der Geruch von Kaffee steigt mir in die Nase, und ich kann nicht aufhören zu lächeln, als er mir den Becher reicht. Erst als meine Finger die Wände der Tasse umschließen, bemerke ich, wie kalt sie sind.

»Danke.« Ich nippe an dem Kaffee und genieße seinen vertrauten Geschmack auf meiner Zunge, zu dem sich der salzige Geschmack der Meeresluft gesellt, die das Ganze noch perfekter macht. »Ganz ehrlich, Roan. Vielen Dank. Das habe ich gebraucht.«

»Nicht nur du.« Er legt den Arm auf die Rückenlehne der Bank, und ich rutschte näher zu ihm. Einerseits, um das bisschen Wärme zwischen uns zu teilen, andererseits, einfach weil ich ihm nahe sein will. »Ich hab vergessen, wie gut es tut, einfach aufs Meer rauszufahren.«

»Ich dachte, nach einem Sommer auf dem Fischerboot hattest du davon die Nase voll?«

»Vom Geruch ausgenommener Fische, dem Blut an Deck und dem Herumgebrülle der anderen auf jeden Fall.« Er rümpft die Nase bei der Erinnerung an diese Zeit, in der er sich halb zu Tode geschuftet hat. »Aber niemals vom Meer. Das war das einzig Gute an dem Job. Das und die Bezahlung.«

»Also doch lieber Seefahrer statt gefeierter Megastar?«, scherze ich, doch das Lachen bleibt mir im Halse stecken, als ich die ernste Miene sehe, mit der er hinaus aufs funkelnde Wasser blickt.

»Manchmal schon.« Träge streicht sein Daumen über meinen Oberarm, und ich frage mich, ob er sich dieser federleichten Berührung überhaupt bewusst ist, oder ob er mich unbewusst einfach berühren muss. »Ich frage mich hin und wieder, ob so ein einfaches Leben nicht leichter gewesen wäre. Für uns alle.«

»Wäre es nicht.« Ich lege meine Hand auf seinen Oberschenkel und drücke sanft zu. »Wir alle wären elendig unglücklich, und das weißt du auch.« Ich verstehe, woher dieser Gedanke kommt, also höre ich auf, um den heißen Brei herumzureden, sondern sage es einfach, wie es ist. »Ich wusste immer, dass es nicht leicht ist, im Showbusiness zu arbeiten, und dass die Presse einem das Leben schwer machen kann, aber ich …«

Roan seufzt leise und sieht in seinen Kaffee. »Du hättest nie gedacht, dass es irgendwann dich treffen würde?«

Als ich nicke, fühlt es sich wie Torheit und Befreiung zugleich an. »Ich hoffe, du weißt, dass ich dir bis ans Ende der Welt folgen würde und ich meine Entscheidung, deine Make-up-Artist zu werden, nicht im Mindesten bereue. Ganz gleich, was auch kommen mag.«

Da ist etwas in seinem Gesicht, eine Mischung aus Dankbarkeit und Schmerz, bevor sie einem verständnisvollen Lächeln weicht. »Das weiß ich, Mia.«

»Gut.« Ich lasse mich gegen ihn sinken, kehre zurück in mein Versteck, in dem die Welt schon immer irgendwie wieder in Ordnung kommt. »Es ist nur so, ich habe mit dem Ganzen einfach nicht gerechnet.«

Roan lehnt seine Wange an meinen Haarschopf, und ich atme tief ein, weil ich mich hier, so dicht bei ihm, sicher und gehört fühle. »Wie auch? Du wolltest nie im Rampenlicht stehen.«

»Nein, wollte ich nicht. Niemals«, murmle ich leise. Sanft schwappen die Wellen gegen unser Boot. »Das Rampenlicht ist dein Zuhause, Roan. Ich wollte immer nur, dass der Rest der Welt aufwacht und es auch so sieht.«

»Der Rest der Welt ist mir nicht so wichtig wie du.«

Wieder macht mein Magen diese komische Sache. Wieder ist da diese Hitze. Wobei, nein. Es ist eher eine Wärme, träge und wohlig, die sich von meinem Herzen in meinem ganzen Körper ausbreitet, und ich erlaube mir einfach, sie einen Moment lang zu spüren. »Auch keine zwanzigtausend Pfund?«

»Auch keine zwanzig Milliarden.« Fester schlingt sich sein Arm um meine Schultern. »Scheiß drauf, was alle anderen sagen. Wir wissen, wie es wirklich war, Mia.«

Wir wissen beide, dass wir nicht gänzlich darauf pfeifen können, was der Rest der Welt von uns hält. »Aber es ist wahr. Zumindest Teile davon. Dass du meine Ausbildung bezahlt hast. Dass meine schriftlichen Leistungen mangelhaft waren. Dass ich für die Ausbildung länger gebraucht habe als andere.«

»Ich habe deine Ausbildung nicht bezahlt. Ich habe es lediglich vorgestreckt, bis du genug zusammenhattest, um es mir zurückzuzahlen.«

»Aber du hattest damals selbst nichts und hast jeden Penny in die monatlichen Studiengebühren gepulvert.«

»Na und? Ich würde es, ohne zu zögern, jedes Mal wieder tun.« Er wendet sich mir zu und nimmt die Sonnenbrille ab, damit ich seinen eisblauen Augen nicht entkommen kann. »Geld war zwischen uns niemals ein Thema, Mia. Lass bitte nicht zu, dass Julie es zu einem macht.« Seine Worte sind rau und kratzig und voller Emotionen. »Was ist schon dabei, wenn du länger gebraucht hast und wenn deine schriftlichen Leistungen mangelhaft waren? Du kannst nichts dafür, dass Leistung auf diese antiquierte Art und Weise gemessen wird, die nicht einmal annähernd einfangen kann, was für eine intelligente, kreative und außergewöhnliche Frau du bist. Das alles hatte für mich nie einen Wert. Ich weiß, wie du wirklich bist, abseits von diesem ganzen Mist, der versucht, dir Parameter aufzuzwingen, in die du nicht passt. Es gibt keine Make-up-Artist auf dieser Welt, die besser zu mir als Künstler passt als du.« Die Sonne strahlt heller und malt ganze Sternbilder auf die See, in die ich mich sinken lassen will, hier mit Roan an meiner Seite. Ganz gleich, wie eisig die Wellen auch sein mögen. »Und das sage ich nicht als dein bester Freund. Und das sage ich auch nicht als der Mann, der mehr sein will, als nur ein Freund. Das sage ich dir als der Sänger Roan, der ohne dein Make-up wohl niemals auf irgendeine Bühne dieser Welt getreten wäre, einfach aus dem Grund, weil er niemals das Gefühl gehabt hätte, seine Vision allein vollständig verkörpern zu können. Ich mag die Songs schreiben und die Musik komponieren, aber du bist es, die meiner Idee ein Gesicht gibt. Du bist die, die mir auf der Bühne meine Flügel verleiht. Und kein Test dieser Welt und keine engstirnige und rückständige Ansicht irgendeiner verstaubten alten Lehrerin, deren Aussage Julie garantiert eh bis zur Unkenntlichkeit zerpflückt hat, kann daran etwas ändern.«

Wind und Wellen singen gemeinsam ein Lied, aber nichts ist so schön wie die Worte, die Roan sagt, und von denen ich weiß, dass sie von Herzen kommen. »Wie schaffst du es eigentlich, immer genau das Richtige im richtigen Moment zu sagen?«

»Ich bin dein bester Freund. Das ist mein Job.« Er schmunzelt und zieht mich ganz dicht an seine Seite. »Außerdem bin ich mir sicher, dass du der einzige Mensch auf diesem Planeten bist, der das so sieht. Frag mal Caleb oder Damian. Die beiden würden dir da lautstark widersprechen.«

»Das ist mir egal. Du sagst immer das Richtige zu mir, und

das ist alles, was zählt.« Ich lehne meinen Kopf an seine Schulter und schließe die Augen. »Danke, Roan.«

»Immer, Mia.« Er ergreift meine Hand und drückt sie ganz fest. Wir schweigen eine Weile und nichts anderes als die Wellen und die Möwen sind zu hören, doch dann erhebt Roan noch einmal das Wort. »Darf ich dich um etwas bitten?«

»Natürlich.«

»Versuch, das alles zu vergessen. Den Artikel. London. Julie. Lass den ganzen Mist einfach hinter dir.«

Seine Worte sind nur ein Flüstern, ich höre sie aber dennoch, und mein Herz rutscht mir in die Hose. »So einfach ist das nicht, Roan.«

»Ich weiß. Aber versuch es bitte. Zumindest während wir hier sind.« Seine Worte sind so flehend und eindringlich, dass ich mich ihnen nicht entziehen kann. »Du weißt, wie viel Mist über mich da draußen kursiert. Du weißt, wie wenig davon wahr ist, und dass jeden Tag irgendein neuer Schund irgendwo auf der Welt über mich geschrieben wird. Wenn ich mir über das alles die ganze Zeit den Kopf zerbrechen würde, würde es mich zerstören. Ich weiß, dass ich da viel von dir verlange, immerhin hatte ich Zeit, in die ganze Scheiße reinzuwachsen, und sogar ich hab Probleme, mit alldem klarzukommen. Aber genau deshalb bitte ich dich darum.« Er schluckt schwer, und ich öffne die Augen. Der Wellengang wird stärker. In der Ferne ziehen Wolken auf. »Du hast gesagt, du kannst mich nicht verlieren. Aber ich kann dich genauso wenig verlieren, Mia. Nicht an die Presse. Nicht an Julie. An niemanden, nicht einmal an dich selbst. Also bitte, versuch es, okay?«

»Ich versuche es. Versprochen.« Der Schwur kommt mir leicht über die Lippen, denn während der Wind zunimmt und uns in den Wellen wiegt, wird mir eins klar: Ich will mich selbst genauso wenig verlieren, wie ich Roan verlieren will.

Zu hart habe ich um ein gesundes Verhältnis zu mir selbst und zu meinem Körper gekämpft. Ich lege die Hand auf meinen weichen Bauch. Ich denke an all die Organe, die er schützt, und die darin Platz finden. Denke daran, vor wie viel Unheil er mich bewahrt hat, und wie er tagtäglich dafür sorgt, dass ich an Roans Seite stehen kann. Denn er hat recht. Ich darf mich nicht verlieren.

Nicht an die Presse. Nicht an Julie. Aber am allerwenigsten an mich selbst.

Kurz streichen Roans Lippen über meine, mehr der Flügelschlag eines Schmetterlings als ein Kuss, mein Herz aber macht trotzdem einen Satz. Seine Worte werden vom Flüstern des Windes davongetragen, als er sagt: »Danke, dass du es für mich versuchst.«

»Ich tue es nicht für dich. Nicht nur. Ich tue es vor allem für mich.« Ich sehe ihn an und lächle, während ich tief in meinen Bauch einatme und zulasse, dass er sich ausdehnt, anstatt ihn einzuziehen. Die Dankbarkeit, die ich Roan gegenüber empfinde, spüre ich nun auch mir selbst gegenüber bis in meine Fingerspitzen, und als die Winde erneut aufpeitschen, bin ich mir sicher, dass ich es schaffen und seiner Bitte nachkommen kann. Ich kuschle mich fester an seine Seite und lasse die Winde pfeifen und das Boot stärker in seinen Armen schaukeln.

Sollen die Wellen doch aufbegehren und uns verschlingen.

Solange ich bei Roan bin, ist es mir gleich.

20. KAPITEL

Roan

Gemütlich knistern die Flammen im Ofen, und in der Luft liegt der unverkennbare Duft der Weihnachtsplätzchen. Die Lichter am Weihnachtsbaum funkeln. In dem Haus meiner Eltern ist es heimelig, alle Lichter sind gedimmt, und ich sitze im geliebten Ohrensessel meines Vaters zwischen all den heiß geliebten Büchern meiner Mutter, die die Wände bis zur Decke in Regalen säumen. Es sollte ein Leichtes sein, zur Ruhe zu finden. Nach der langen Fahrt her, der Bootstour und mehreren knallharten Runden *Knockout Whist* mit Familie Knight und meinen Eltern hätte ich nach meinem angestrengten Unbeschwerter-Junge-aus-der-Großstadt-Theater wohl die passende Bettschwere haben müssen.

Stattdessen aber sitze ich hier um zwei Uhr in der Früh mit meinem nun wieder abgeschalteten Handy in der Hand und einer Menge Wut im Bauch.

Vor knapp einer Stunde schon haben Caleb und ich aufgelegt, unser Telefonat mehr gegenseitige Seelsorge als wirkliche Lagebesprechung, denn außer der Aufruferzahl beim Steigen zuzusehen, gibt es nichts, das irgendjemand von uns tun kann. Es war also ein frustrierender Eiertanz um liebevolle Aufmunterung und mutmachende Versicherungen. Ich habe ihm beteuert, dass er alles getan hat, um sie zu schützen. Er hingegen hat mir gestanden, dass er froh sei, uns beide in Brixham und nicht in der Stadt zu wissen. Tatsächlich klang er ebenso erleichtert darüber, Ellies Impuls nachgegeben zu haben und in die nächstbeste Maschine nach Mailand gestiegen zu sein. Eigentlich wollte ich es auch bei Damian versuchen und ihn selbst ins Bild setzen, einfach, weil ich ihm das als Bandkollege und bester Freund schuldig bin. Caleb aber hat mir davon abgeraten und gemeint, dass es besser wäre, mein Telefon einfach wieder auszuschalten, immerhin sei Julie mit allen Wassern gewaschen und vermutlich nicht mal mein GPS-Signal vor ihr sicher, bevor er mich mit diesem Gedanken in eine gute Nacht verabschiedet hat.

Seitdem sitze ich hier und sehe dabei zu, wie die Flammen gierig schlingend das Holz vertilgen, bis davon nichts als Asche übrig ist.

Ich hätte wissen müssen, dass sie die Füße nicht stillhalten, sondern nur auf den passenden Moment warten würde. Diese gottverdammte Füchsin. Bilder von Gewehren, Hetzjagden und verängstigt zitternden Tieren kommen mir in den Sinn. Sie wandeln sich zu blutrünstigen Träumen einer Rache, die nie kommen wird, und die ich nur sehr mühsam abschütteln kann.

Um meiner Welt ihren rost- und blutroten Schleier zu nehmen, greife ich nach meinem Wasserglas und spüle den Kupfergeschmack auf meiner Zunge mit einem großen Schluck herunter, in der Hoffnung, damit auch meine Gegenwart gemeinsam mit meinen Erinnerungen zu ertränken.

Versuch, das alles zu vergessen. Den Artikel. London. Julie. Lass den ganzen Mist einfach hinter dir.

Ich lache bitter, obwohl mich niemand hört. Was bin ich nur für ein beschissener Heuchler.

»Du konntest schon als Kind nicht schlafen, wenn dich etwas beschäftigt hat.«

Ich fahre hoch, als meine Mutter plötzlich neben meinem Sessel auftaucht. »Himmel, Mama. Ich habe mich zu Tode erschrocken.«

»Dann solltest du im Hier und Jetzt verweilen und nicht durch die Flammen in eine andere Dimension verschwinden.« Sie zieht ihren Morgenmantel fester um sich zusammen, unter dem sie eines ihrer Nachthemden trägt, die ich noch aus meiner Kindheit kenne. Auch ihr dunkelbraunes Haar hat sie wieder zu einem langen, geflochtenen Zopf über die Schulter drapiert, auch wenn dieser nun mit weißen Strähnen durchzogen ist. »Ich und diese Treppen sind nämlich zu alt, um kein Geräusch zu machen, weißt du?«

»Entschuldige. Ich bin, fürchte ich, nicht ganz bei der Sache.« Mit der Hand fahre ich mir über das Gesicht, und die warme Hand meiner Mutter auf meiner Schulter scheint die schlaflosen Nächte der letzten Tage zurück an die Oberfläche zu zerren, denn mit einem Mal fühle ich die Erschöpfung bis tief ins Mark. Ich lege meine Hand über ihre, die von Adern durchzogen und faltig ist, und das Herz wird mir schwer. »Was machst du hier unten? Du solltest wieder ins Bett gehen.«

»Nach meinem Jungen sehen, was denn sonst? Du magst mit deiner kleinen Vorstellung am Kartentisch zwar alle anderen getäuscht haben, aber ich bin deine Mutter. Mich führst du nicht so leicht an der Nase herum.« In ihren Worten schwingt kein Vorwurf mit, nur Akzeptanz. »Du warst als Kind schon so. Meintest immer, hinter deiner hübschen Maske alles verstecken zu müssen, was du fühlst, weil du selbst damit überfordert warst. Du wolltest immer der perfekte Sohn sein. Wolltest mir nie Scherereien machen.« Sie geht zu ihrem Sessel und lässt sich hineinsinken. Ihre Hausschuhe haben Löcher, und ich weiß nicht, ob es diese oder ihre Worte sind, die mich mit Melancholie erfüllen. »Deshalb war ich Gott immer dankbar dafür, dass er dir Mia geschickt hat. Besonders als ich damals diesen Schlaganfall hatte. Ich wusste, da ist jemand außer mir, den du hinter deine Fassade blicken lässt.« Nie haben wir darüber gesprochen, über dieses Jahr, in dem ich zwölf wurde und begriffen habe, dass alles Glück der Welt nur geborgt ist. Wie durch ein Wunder hat sie sich erholt, ohne große Folgeschäden davonzutragen, mit dem Arbeiten war es danach allerdings aus. Ich habe es versucht, zu verdrängen, aber die frustrierenden Momente der Reha, in denen meine Mutter in Tränen ausgebrochen ist, weil das mit dem Sprechen und dem Schreiben nicht mehr so hingehauen hat, wie sie es gewöhnt war, die haben sich für immer in meiner Erinnerung festgesetzt. Diese Monate des Leids waren es, in denen dieser Gott, von dem meine Mutter oft so liebevoll spricht, aufgehört hat zu existieren. »Versteh mich nicht falsch, ich bin dankbar, dass du sie hast, denn in dieser Welt, in der du dich bewegst, bewahrt sie dich vor viel Leid.« Sie lehnt sich vor und ergreift fest meine Hand. »Aber hier bist du zu Hause, mein Schatz. Hier brauchst du kein Theater spielen. Nicht vor mir. Also, was ist los?«

Es sind die Augen meiner Mutter, die mich schon immer in die Knie gezwungen haben. Und ehe ich mich versehe, erzähle ich ihr davon. Von den Artikeln über Mia. Von meiner Auseinandersetzung mit Julie. Von dem Vorfall heute früh. Wie immer hört meine Mutter einfach zu, auf den Lippen ein zufriedenes Lächeln und in den Augen dieser Funken Stolz, der schon damals dort war, als ich ihr als Fünfzehnjähriger gestand, dass Mias Essstörung mir Angst macht. Über das zwischen Mia und mir verliere ich kein Wort. Als ich meinen Bericht beende, ist da etwas im Antlitz meiner Mutter, das ich nicht benennen kann, und bei dem ich mir unschlüssig bin, ob ich es überhaupt will. Ihr Schweigen hält an, und mit jeder Sekunde, die verstreicht, werde ich immer unruhiger. Denn eins zeichnet sich ganz deutlich auf ihrem Gesicht ab: eine Erkenntnis. »Was?«

Meine Mutter greift meine Hände fester, so als wollte sie auf keinen Fall riskieren, dass ich vor ihr davonlaufe. »Du liebst sie, oder?«

Lügen ist zwecklos, das weiß ich genau. Also gebe ich der Wahrheit den Raum, den sie braucht, von meiner Brust über meine Zunge zu wandern und die Stille zwischen uns zu füllen. »Ich glaube, ich habe sie schon geliebt, bevor ich wusste, was das Wort überhaupt heißt, Mama. Und ich kann mir keine Dimension vorstellen, in der ich sie nicht liebe.« Ich sehe zu den Flammen und zu dem Holz, das sie verzehren. Unsere Küsse kommen mir in den Sinn. Der erste und der zweite, beide so gegensätzlich und doch geboren aus der gleichen Emotion, vor deren Intensität ich mich schon fürchte, seitdem ich wirklich begriffen habe, dass sie dort ist, und die ich seitdem ganz tief in mir verschlossen halte. Es tut gut, ihr ihren richtigen Namen zu geben. Es tut gut, ihr ihre Existenz zuzugestehen, ohne irgendjemanden damit zu Tode zu ängstigen. »Aber ob sie das Gleiche fühlt, das weiß ich nicht.«

Sanft streichen ihre Finger über meine Knöchel, und ich höre sie tief ausatmen, ehe sie mir antwortet. »Liebe fragt nicht danach, ob sie erwidert wird oder nicht. Sie wartet einfach auf den Moment, in dem es passiert.«

Willst du dafür wirklich alles riskieren?

Angst schiebt sich wie der Mond vor die warme Sonne meiner Hoffnungen. »Und was ist, wenn das nie passiert?«

»Dann liebt man weiter. Jeden Tag.« Meine Mutter lächelt, eine Spur traurig, eine Spur verständnisvoll. »So ist das mit der Liebe nun mal. Sie ist da, um gefühlt zu werden. Alles andere kümmert sie nicht.«

»Ganz schön egoistisch, diese Liebe.«

»Findest du? Ich finde, es gibt nichts Selbstloseres, als einfach da zu sein, ohne auf eine Gegenleistung zu warten und sich nicht um Enttäuschung oder Angst zu scheren.« Meine Mutter steht auf, um mich auf den Scheitel zu küssen. »Gute Nacht, mein Junge.«

Ich sehe ihr nach, als sie zur Treppe geht, und als ihre Hand das Geländer umfasst, verschwimmen Gegenwart und Vergangenheit miteinander zu einem Wackelbild aus unserem Treppengeländer und den Haltestangen im Reha-Zentrum. »Mama?«

Sie bleibt stehen. »Ja, mein Schatz?«

»Ich liebe dich.«

Sie lächelt. »Ich liebe dich auch, Roan.«

»Es tut mir leid, dass ich nicht so oft zu Besuch kommen kann.« Ich schlucke, das Silber in ihrem Haar wunderschön und angsteinflößend zugleich, während ihre warmen Worte sich wie ein Pflaster über eine Wunde legen, von der ich nicht einmal gewusst habe, dass sie da ist.

»Spätzchen, mir ist egal, wie oft im Jahr du herkommst. Ich bin einfach froh, dass du jetzt hier bist. Du bist immer hier bei mir, ganz gleich, wo auf der Welt du auch sein magst.« Sie stellt ihren Fuß auf die erste Stufe und sieht mich an, und mit einem Mal ist Raum und Zeit bedeutungslos, und nur wir bleiben übrig in dieser Stube, in der ich meine ersten Schritte in ihre Richtung gemacht habe. »Es ist dir erlaubt, auch andere Dinge in deinem Leben zu lieben als nur deine Familie, mein Schatz. Wenn ich Gott dankbar für Mia bin, dann bin ich ihm genauso dankbar für dieses Talent, das er dir gegeben hat. Und für dein großes Kämpferherz, mit dem du in der Lage bist, deine Musik, deine Fans und deinen Traum zu lieben. Das ist es doch erst, was dich zu meinem Roan macht.« Sie räuspert sich und geht die Treppe hinauf, oben angekommen sagt sie noch: »Bleib nicht mehr allzu lange wach. Morgen ist auch noch ein Tag.«

Dann ist sie verschwunden, und ich bin allein mit dem Gedanken, dass ich mit den Menschen in meinem Leben wirklich das ganz große Los gezogen habe.

21. KAPITEL

Mia

Es ist erstaunlich, wie manche Dinge von den Zeichen der Zeit unberührt scheinen. Das Licht lasse ich aus, als ich über die Schwelle trete, denn der Vollmond ist hell genug und taucht die Wände meiner Kindheit in die hellen silbrigen Töne der Nostalgie. Gestern, als ich nach der Runde Karten von Webbs zurück in mein Kinderzimmer gekommen bin, war ich von der frühen Anreise, der Bootstour und den aufwühlenden Ereignissen des Tages zu erschöpft, um es großartig zu bemerken. Jetzt aber, nach einer heißen Dusche, die nach meiner Wanderung mit Roan heute bitter nötig war, fällt mir auf, wie wenig sich hier verändert hat.

Von den kornblumenblauen Vorhängen über die gelben Wände und die pinken Dekoelemente, die ich damals wild mit Weiß und Schwarz kombiniert habe, ist noch alles wie an dem Tag, an dem ich das Haus meiner Eltern verließ. Sogar mein Vision-Board, das damals einfach nur Pinnwand hieß und aus Kork besteht, hängt noch über der Wand an meinem Schreibtisch, an dem ich viel weniger Zeit verbracht habe, als ich wohl hätte sollen. Nichts ist hier bewegt worden. Nicht mein schmales Neunzig-Zentimeter-Bett in der Ecke, nicht der Schminktisch am Fenster und auch nicht die drei großen Sitzsäcke in der Ecke, in denen Damian, Roan und ich so oft herumgelungert haben. Sogar der dicke Katalog von *MAC* aus dem Jahr meiner Abreise liegt noch auf dem flauschigen Teppich im Erker, auf dem ich oft gefaulenzt und von einer Zukunft geträumt habe, in der ich mir Produkte dieser Marke leisten kann. Nur der kleine Koffer vor dem Bett, in dem meine Sachen nun sorgfältig eingeräumt liegen, erinnert mich daran, dass ich nicht durch die Zeit in die Vergangenheit gereist bin.

Es ist, als hätten meine Eltern am Tag meiner Abreise einfach auf die Pausetaste gedrückt. Früher fand ich es befremdlich. Jetzt ist es tröstlich.

Ich öffne das Fenster, um vor dem Schlafen noch etwas frische Luft hineinzulassen und blicke raus auf die Straße, die ganz still daliegt. In den meisten Häusern brennt noch Licht, nur im Haus der Webbs ist es stockduster.

Roans und meine Eltern sind gemeinsam zum Bingo in den Pub gegangen, und da Roan und ich generell vorsichtig sind und uns nicht an überlaufenen Orten wie dem Pub blicken lassen, haben wir uns nicht angeschlossen.

Ob Roan wohl schon schläft? Noch ist es nicht spät, gerade einmal zehn Uhr, doch auf der Wanderung hat er müde gewirkt. Schläft er in seinem Elternhaus schlechter als in London? Hat er seit seiner Begegnung mit Julie wieder viele Albträume? Soll ich ihm schreiben und ihn fragen? Was aber, wenn ich ihn damit aufwecke?

Frustriert über mich selbst wende ich mich vom Fenster ab und marschiere schnurstracks auf meinen Koffer zu, aus dem ich meinen Kulturbeutel herausziehe. Es ist nur die kleine Notfalltasche, die ich immer für spontane Übernachtungen im Loft in Roans Bad gebunkert habe, aber darin findet sich alles, was ich tagtäglich für meine Hautpflege brauche sowie ein paar Medikamente und andere Kleinigkeiten.

»Du spinnst, Mia«, maßregle ich mich selbst und zerre mir das Handtuch vom Kopf, das ich achtlos in die Ecke pfeffere. »Klar, du vermisst ihn, aber ihr habt euch vor einer Stunde erst verabschiedet. Außerdem hattest du ihn heute den halben Tag nur für dich.« Meine Bürstenstriche sind brüsk und schnell, als ich sie regelrecht durch mein Haar jage, nur um es mir dann mit einem Stirnband mit Hasenohren, ein Geschenk von Roan, das zu süß und zu bescheuert ist, um es wegzuwerfen, aus dem Gesicht zu halten. Ich träufle mein Nachtserum auf meine Fingerspitzen, ehe ich es mit kreisenden Bewegungen auf mein Gesicht auftrage. Danach folgen Augen- und Feuchtigkeitscreme. »Vielleicht braucht er einfach mal einen Abend für sich. Du wirst das schon schaffen.«

»Soll ich wieder gehen?«

Roan guckt über den Rand des Fensters in mein Zimmer hinein, und ich habe keine Ahnung, wie ich sein Hinaufklettern an der Rankhilfe überhört haben kann, aber offensichtlich war ich mit der Eigenschelte zu beschäftigt, um mitzubekommen, wie ein erwachsener Mann die Vorderseite meines Elternhauses raufklettert. Kein besonders beruhigender Gedanke.

»Sag mal, spinnst du?« Ich presse mir die Hand auf das flatternde Herz, das besser nur vor Schreck so gewaltig hämmert, und eile in Richtung der großen Erkerfenster. »Was, wenn du fällst und dir was brichst?«

»Dann überlasse ich dir vertrauensvoll die Wahl meines Grabsteins, denn wenn das passiert, bringt Caleb mich zweifellos um.« Ich erreiche das Fenster, als Roan sich über die Kante hinweg ins Zimmer hievt. Er veranstaltet dabei einen Heidenlärm, und ich bin froh, dass meine Eltern nicht zu Hause sind. »Ich werde offensichtlich zu alt für diese Kletternummer.«

»Ich glaube, jeder über zwölf ist zu alt dafür.« Erst jetzt begreife ich wirklich, dass Roan in meinem Zimmer ist, und mein Herz hämmert nur noch schneller, während ich spüre, wie meine Mundwinkel sich zu einem breiten Grinsen verziehen. Wenn er hier bei mir ist, ist es so leicht, alles andere einfach zu vergessen. Auf der Wanderung heute war es genauso, meine sonst stetig rasenden Gedanken still und meine Schritte sicher, während ich ihm über den steinigen Pfad gefolgt bin und wir einfach in Erinnerungen geschwelgt haben, anstatt uns mit der verworrenen Gegenwart aufzuhalten. »Wieso bist du nicht zur Haustür reingekommen, und was zum Teufel machst du hier?«

»Nostalgische Anwandlungen. Auch wenn ich mir sicher bin, dass das früher irgendwie leichter war.« Die Erde von der Rankhilfe klopft er sich von den Händen und zuckt mit den Achseln, seine Attitüde so leger wie sein Aufzug aus lockerer Jogginghose und Shirt. »Außerdem hast du mir gefehlt, also: Hier bin ich.«

Es ist wie früher, nur wir zwei, der Mond und das Rauschen der Wellen, das der Wind durch das offene Fenster hineinträgt. Und doch ist es anders, denn die Luft zwischen uns scheint sich plötzlich aufzuladen, als mir bewusst wird, dass wir das erste Mal, seitdem wir gestern in Brixham angekommen sind, wahrhaftig allein sind.

Keine Eltern, mit denen wir die wenige Zeit, die wir hier haben, verbringen wollen. Keine Wanderer, die uns auf dem langen Küstenpfad sporadisch entgegenkommen. Nicht mal eine klitzekleine Chance auf irgendwelche verirrten Kameras, die uns zufällig von Steilküsten aus einfangen könnten.

Hier in meinem Zimmer sind es nur wir zwei.

Roan scheint der gleiche Gedanke in den Sinn zu kommen, denn sofort breitet er die Arme aus, eine Einladung, der ich augenblicklich mit klopfendem Herzen nachkomme.

Ich schmiege mich hinein, bette meine Wange an seiner Brust und halte ihn ganz fest. Ein Gefühl von Sicherheit und Geborgenheit erblüht in mir, und das akute Vermissen von gerade schwindet. Aber die tiefgreifende Sehnsucht, die ich schon in seiner Küche in London gespürt habe, bleibt.

»Das hier habe ich auch vermisst.« Roan drückt mir einen Kuss auf den Scheitel, und ein wohliger Schauer durchläuft mich von Kopf bis Fuß, als seine große Hand träge über meine Wirbelsäule streicht. Wärme brandet auf, wird zu Hitze, die tief in meinem Bauch ruht, als er seine Hand in meinen Nacken legt und behutsam meinen Kopf zurückbiegt. Ich halte den Atem an, als seine Lippen sanft und zaghaft über meine streichen. »Und das.«

Das hat er im Auto schon getan. Und auf dem Boot. Flüchtige Momente von mehr, die mich zart wispernd daran erinnern, dass die Dinge zwischen uns gleich und doch irgendwie anders sind.

Ich schmiege mich wieder fester an ihn, doch das klaffende Loch der Sehnsucht in meiner Brust bleibt. Es bleibt und bleibt und bleibt, und mit jeder Berührung von Roans Hand auf meinem Rücken und mit jedem zarten Streichen seiner Lippen über meine wird es schlimmer.

»Roan.« Ruckartig presst es mir die Luft aus den Lungen, als all die Dinge, die ich in den letzten Tagen gefühlt habe, an die richtige Stelle rücken. Es ist, als wäre in meinem Bauch ein Damm gebrochen, denn die ganze Wärme dort breitet sich in meinem Körper aus, bis Tränen in mir aufwallen und das Blut in meinen Ohren rauscht. Meine Gedanken, die den ganzen Tag friedlich und still dalagen, überschlagen sich, bombardieren mich mit Fragen, die ich mir viel eher hätte stellen müssen.

Warum bin ich nie ohne Roan nach Hause gekommen? Warum habe ich keinen meiner Freunde je meinen Eltern vorgestellt? Wieso habe ich mich in all den Jahren des Datings nie wirklich verliebt? Wieso habe ich diesen Vertrag bei *Quill Music Publishing* hingenommen und massenhaft Männer gedatet, anstatt zu gehen? Warum habe ich mich in einer Schule zur Make-up-Artist ausbilden lassen, obwohl ich panische Angst davor hatte? Wieso bin ich in dieser Sommernacht zu Roan ins Auto gestiegen und mit ihm und Damian nach London gefahren? Wieso war es so leicht für mich, meine damalige große Liebe in den Wind zu schießen, und alles, meine Freunde, meine Eltern, meine Zukunft, hinter mir zu lassen?

Die Antwort sieht mich direkt aus eisblauen Augen an.

Weil mein Zuhause ohne Roan nicht mein Zuhause ist. Weil ich meinen Eltern niemanden vorstellen will, der nicht Roan ist. Weil keiner der Männer, die ich gedatet habe, Roan war. Weil ich jeden Vertrag unterschrieben hätte, um an Roans Seite zu bleiben. Weil keine Schule dieser Welt je Furcht einflößender sein könnte als der Gedanke, nicht bei Roan sein zu können. Weil ich mir ein Leben ohne Roan schon mit achtzehn Jahren nicht vorstellen konnte. Weil nichts in meinem Leben mir je so viel bedeutet hat wie Roan.

»Mia?« Zärtlich legen Roans Hände sich auf meine Wangen. »Hey, ist alles okay? Soll ich lieber wieder rübergehen?«

»Nein«, murmle ich so, dass es schwer sein muss, mich zu verstehen. »Geh nicht. Niemals. Weder jetzt noch sonst irgendwann.« Mondlicht berührt seine Wangen, und meine Finger folgen ihm, zeichnen die Konturen nach, die mir so vertraut sind, dass ich sie jede Nacht im Schlaf noch vor mir sehe. Silber färbt es meine Finger und seine Haut, bringt zum Leuchten, was gemeinsam doch immer schon gestrahlt hat, und als ich mich vorlehne, glaube ich, es von seinen Lippen trinken zu können, so süß ist der Kuss, den ich ihm stehle. Überrascht sieht er mich an, denn es ist unser erster Kuss, den ich beginne. »Es warst immer nur du«, gestehe ich an seinen Lippen zwischen Küssen, die ich nicht länger aufhalten kann. Es ist, als wären wir zwei Magneten, die einander unwillkürlich anziehen, und ich frage mich, wie ich so lange etwas unterdrücken konnte, das doch so übermächtig ist. »Egal wohin ich gehe, egal wer ich bin oder wer auch immer du sein magst. Es warst immer nur du.« Wieder küsse ich ihn, eine Komposition aus Wärme, Vertrautheit und Salz, das auch meine Wangen benetzt, als ich die letzte Wahrheit seinen Lippen und dem Mondlicht übergebe. »Es warst immer nur du. Und du wirst es immer sein.«

22. KAPITEL

Roan

Es warst immer nur du. Und du wirst es immer sein.

Mias Worte hallen in meinem Kopf wider. Sie sind wie ein Echo, heraufbeschworen mit jedem Kuss, den wir teilen, und von dem jeder einzelne immer süßer schmeckt. Ihre Fingerspitzen ruhen auf meinen Wangen, ihr Atem vermischt sich mit meinem, als sie die Worte wieder und wieder sagt, die meinen Kopf mindestens genauso sehr schwirren lassen wie jede Berührung ihrer Lippen.

»Es warst immer nur du.« Wieder küsst sie mich, diesmal länger und inniger, und erst als sie mir mehr und mehr den Atem raubt scheint sie genug zu haben. Ihre Lippen streichen über meine, süße Tortur und bittere Erlösung zugleich. Es kommt mir vor wie ein Traum, Mia so nah bei mir, gehüllt in silbriges Mondlicht, und mit diesen Worten, die den geringen Raum zwischen uns und auch mich vollständig einnehmen. »Nur du.«

Ich bebe am ganzen Körper, will etwas erwidern, aber all die Worte, die mein Verstand zu formen versucht, ersterben auf meiner Zunge, die mir nicht länger gehorcht. Worte verweigern sich mir ebenso wie meine Melodien, mit denen ich doch sonst allem Form und Raum geben kann. Alles tritt in den Hintergrund angesichts dieser Frau, die mein Leben lang schon an meiner Seite ist, und die mich jetzt erst begreifen lässt, wie lange ich dennoch auf sie gewartet habe.

Ihre Lippen schmecken nach Salz und Heimat, und als sie ihre wieder auf meine presst, kann ich sie nicht gehen lassen. Nicht, bis ich ihr nicht gezeigt habe, was ich mit Worten nicht auszudrücken vermag. Meine Hände zittern, als ich sie ihr seitlich auf den Hals lege, und Mia macht ein kleines, süßes Geräusch tief in ihrer Kehle, das ich unter meinen Fingern spüren, nicht aber hören kann.

Dabei will ich genau das. Ich will jedes Geräusch hören, will Sinfonien schreiben mit ihren leisen Seufzern und meinen Namen von ihren Lippen zum Takt machen, der von nun an all meine Nächte bestimmen wird.

Ich nehme meine Hände von ihrem Hals und schlinge die Arme um ihre Taille. Ihr Blick ist verhangen, und ihre Lippen rot geküsst, als sie zu mir aufsieht. Ihre Augen sind die gleichen, die ich schon mein Leben lang kenne, doch der Ausdruck darin ist noch neu und ungewohnt. Unwillkommen ist er aber auf keinen Fall, denn auch wenn ich mich mein ganzes Leben von ihr gesehen gefühlt habe, ist es nun doch noch mal anders.

Endlich kann ich sie sehen lassen, was ich die letzten zwölf Jahre verborgen habe. Endlich kann ich sie berühren, wie ich es mir heimlich gewünscht habe. Von jetzt an gibt es kein Zurück mehr.

Und dieser Gedanke ist genauso angsteinflößend wie berauschend.

»Mia?« Meine Stimme ist ganz rau, und dabei hat sie mich bisher nur geküsst. Ich lasse meine Hand die Kurve ihres Rückens hinaufwandern und beobachte zufrieden, wie ihre Lider dabei flattern. Zu wissen, dass ich es bin, der diese Reaktion in ihr hervorruft, ist genauso ein berauschendes Gefühl wie vor Tausenden von Menschen auf der Bühne zu stehen. Und es steigt mir auch genauso schnell zu Kopf. »Wenn wir diese Grenze überschreiten, dann will ich alles von dir.« Ich hefte meine Lippen auf ihre, trinke ihre Süße direkt von ihrem Mund, lasse meine Zunge hineingleiten, um auch den letzten Tropfen dieser neuen Form von Intimität zwischen uns zu kosten. »Alles, was du bereit bist, mit mir zu teilen.«

»Ich gehöre ganz dir. Aber nur unter einer Bedingung.« Sie bebt und schlingt die Arme fest um meine Schultern, ihre Kurven dicht an meinen Körper geschmiegt, die ich nun ganz frei spüren und genießen kann. Sie wirkt unsicher, so wie sie an ihrer Unterlippe knabbert. Doch dann gibt sie sie wieder frei, drückt den Rücken durch und sagt: »Dass du auch ganz mir gehörst.«

Das Lachen aus meiner Kehle ist echt, als ich gegen eines ihrer Hasenohren schnipse, weil sie mich um etwas bittet, das doch schon lange ihr gehört. »Als wäre es je anders gewesen.« Sie läuft rot an und will das Stirnband abnehmen, aber ich schüttle den Kopf und streiche es ihr selbst vom Kopf, ihr Haar lang und klamm und wunderschön, als es Tropfen auf meiner Haut hinterlässt. Ich hebe die Hand und fahre ihre Augenbraue nach, mein Atem in meinen Lungen gefangen, als sie ein paar der Tropfen von meinem Handgelenk küsst. An eine Sache jedoch will ich sie erinnern. Sie und mich selbst. Denn dieser Moment wird alles zwischen uns verändern. Alles, bis auf diese eine universelle Wahrheit, die schon immer Bestand hat, und die so unveränderlich ist wie der Lauf der Zeit. »Du und ich, Mia.«

Ihre Lippen fahren über meinen Puls, gefolgt von ihrer Zungenspitze, mit der sie noch ein paar der Tropfen auffängt, ehe sie ihre Wange in meine Hand schmiegt und langsam nickt. »Du und ich.«

Es ist das erneuerte Versprechen zwischen uns, das den Damm brechen lässt, hinter denen ich zwölf Jahre an Gefühlen eingepfercht habe. Sie brechen sich rasend schnell Bahn, erfüllen mich von Kopf bis Fuß, bis ich glaube, kaum noch atmen zu können. Also suche ich Rettung bei Mia, indem ich mit meinem Mund stürmisch ihren erobere. Sie gibt mir nach, so weich und süß, auch wenn ihr ein Keuchen entfährt, als die Wucht meiner Gefühle uns beide in die Knie zwingt.

Im nächsten Moment landet ihr Rücken auf dem Teppich und ich bin zwischen ihren Beinen. Sie sieht mich mit vor Überraschung großen Augen an, ehe sie loslacht. Ihr Grübchen taucht auf, und ich küsse es, während ich versuche, mir das Funkeln ihrer Augen einzuprägen. Ich stimme in ihr Lachen ein, weil ich nicht anders kann, denn auch wenn all diese Gefühle in mir mich dazu drängen, sie zu küssen, bis sie ganz und gar mir gehört, weiß ich doch, dass ich sie niemals besitzen kann.

Und das will ich auch gar nicht, denn dann wäre Mia nicht mehr meine Mia.

Stattdessen will ich ein Teil von ihr sein, und jedes Stückchen von ihr, das sie mir anvertraut, in Ehren halten. Ich will, dass wir *wir* sind. Dass unser *Wir* bleibt, wie es ist, mit allem, was wir fühlen, und allem, was wir sind.

Und dazu gehört, mit Mia zu lachen. Immer. Überall. So viel, wie ich nur kann. Weil ich nur bei ihr wirklich ich sein kann. Weil ich nur bei ihr weiß, wer ich eigentlich wirklich bin. Und weil ich nur mit ihr an meiner Seite den Mut aufbringen werde, herauszufinden, wer ich werden kann.

Sie sieht mich an, und langsam erstirbt ihr Lachen. Das Lächeln aber bleibt zurück und wird nur noch wärmer, als sie die Hand über meine Schulter meinen Hals hinauf zu meinen Haaren fahren lässt. Ihre Finger lösen das Band darin, und sie wirft es weit von sich fort, so als wolle sie es bloß nie wieder sehen. Ihre Finger gleiten durch meine Strähnen, ihre Nägel kratzen über meine Kopfhaut, und dann greift sie sich mein Haar, so fest, dass sie mich daran zurück an ihre Lippen zieht.

Eine Einladung, die ich nur zu gerne annehme.

Doch so süß ihre Lippen auch sind, gibt es noch so viel mehr von ihr, das ich kosten will, denn als ich sagte, dass ich alles von ihr will, meinte ich das vollkommen ernst.

Mia zieht einen enttäuschten Schmollmund, als ich unseren Kuss löse, dem ich schnell Abhilfe schaffe, indem ich meine Lippen stattdessen auf ihren Hals hefte. Ich erkunde jeden Millimeter, koste ihre Haut, von der ich mir bisher nur vorstellen konnte, wie sie schmeckt, und folge der Linie ihres Halses, während ich an den Stellen verweile, die sie süß aufseufzen lassen. Dreißig Jahre bin ich an ihrer Seite, aber gerade offenbart sie mir vertrauensvoll die letzten Geheimnisse, die es zwischen uns noch gibt, und ich werde süchtig danach, jedes einzelne davon aufzudecken.

Wie sie zum Beispiel ihren Rücken durchbiegt, wenn meine Zunge in die Kuhle an ihrem Schlüsselbein verschwindet, oder dass sich ihre Hüften meinen entgegendrängen, wenn meine Hand ihren Oberschenkel fest packt. Langsam bahne ich mir meinen Weg, knabbere an ihrem Kiefer, während ich die Knöpfe an ihrem Pyjama löse. Einen nach dem anderen. Als das Oberteil aufklafft, und ich all ihre Kurven endlich in aller Ruhe betrachten kann, bin ich mir sicher, dass ich niemals genug davon bekommen werde, meine Lippen auf jeden einzelnen Zentimeter zu heften.

Ich richte mich ein Stück weit auf, einfach, um ihren Anblick im Mondlicht zu genießen, jetzt, wo ich nicht mehr verstohlene Blicke in ihre Richtung werfen muss. Von ihren lustverhangenen Augen, über die erhitzte Haut ihres Nackens, zu ihren vollen Brüsten, die sich mit ihrem schweren Atem heben und senken, bis hin zu ihrem weichen Bauch und der Linie ihrer Hüften, der keine Darstellung von Venus das Wasser reichen kann. Sie zieht das Pyjamaoberteil für mich aus, und gefangen von ihrem Anblick, lege ich die Hände auf den Bund ihre Pyjamahose und streife sie ihr von den Beinen, als sie die Hüften für mich hebt. Jeder Zentimeter, den ich entblöße, erfüllt mich mehr und mehr mit Ehrfurcht.

All das darf ich berühren. All das vertraut sie mir an. All das gehört heute Nacht mir.

Mit der Hand fahre ich ihr Bein entlang, von ihrem Knöchel, über ihre Wade, ihren Oberschenkel, bis hin zu ihren Hüften. Fragend fahre ich den Bund ihres schlichten Slips nach, lasse meinen Finger unter die Spitze gleiten, was Mia mit einem Keuchen belohnt, ehe sie wieder die Hüften hebt und ich ihr das Stück Stoff ausziehen kann.

Endlich ist sie ganz nackt, und ich habe keine Ahnung, wo ich anfangen soll, weil ich alles auf einmal erkunden will.

»Du starrst mich an.« Meine Augen schnellen nach oben zu Mias Gesicht, als ich die Unsicherheit in ihrer Stimme höre. Eine Unsicherheit, für die es keinen Grund gibt, und die ich so schnell es geht vertreiben will.

»Kannst du es mir verübeln?« Ich drücke ihr einen Kuss auf das Knie, auf die Hüfte, auf ihren Bauch, ihr Brustbein, bis hoch zu ihren Lippen, die sie für mich öffnet, als ich mit der Zunge in ihren Mund eindringe, bis sie sich mir schwer atmend entgegenbiegt und die Schatten der Unsicherheit verschwunden sind. »Ich bewundere, was mir gehört.«

»Willst du mich nur ansehen oder auch endlich anfassen?« Ihre Hände streichen über meine Seiten hinab, zum Saum meines Shirts, den sie greift, um es mir auszuziehen. Ihre Nägel sind vorsichtig, als sie mit den Händen meine Hüften packt und mich enger an sich zieht, bis ich ihre Hitze selbst durch den Stoff der Hose an meiner Erektion spüren kann.

»Ich will beides.«

Ich erschaudere, als ihre Zungenspitze meine Oberlippe nachfährt. »Dann tu es auch endlich.«

Warnend lasse ich meine Hüften rollen, aber als ich sie leise stöhnen höre, weiß ich, was für ein kolossales Eigentor ich mir damit geschossen habe. Denn jetzt will ich, dass sie nie wieder damit aufhört.

Kurz meldet sich Sorge in mir, als meine Hand etwas stürmisch ihre Brust umfasst, doch diese Sorge stirbt, ebenso wie mein Verstand, einen sehr schnellen Tod, als Mia meinen Namen stöhnt und sich meiner Hand entgegendrängt. Ihr Busen ist so voll und schwer, dass selbst meine großen Hände sie nicht ganz fassen können. Als ich mit dem Zeigefinger Kreise um ihre Brustwarze ziehe, wird sie klein wie ein Kieselstein. Ich nehme sie in den Mund, um sie zu kosten, und weiß nicht, wo Mia süßer schmeckt, hier oder an ihren Lippen. Meine andere Hand lasse ich weiter wandern, folge jeder Rundung und jeder Erhebung ihres Körpers, während ich den hohen und tiefen Nuancen lausche, die Mia mir schenkt. Ihre Hand ist in meinem Haar und hemmungslos zieht sie an meinen Strähnen, aber mir ist es gleich. Von mir aus kann sie mir auch alle Haare einzeln herausreißen, wenn sie dabei weiter so klingt wie jetzt. Denn diese kleinen, verzweifelten Laute, die sie ausstößt, sind so berauschend, dass ich nicht widerstehen kann, ein wenig mit ihr zu spielen, indem ich meine Finger immer wieder über ihren Bauch tanzen lasse, tiefer und tiefer zu der Stelle, an der auch ich sie endlich berühren will, nur um dann wieder hinaufzuwandern oder aber tiefer zu gleiten zu den Innenseiten ihrer Oberschenkel, die haltlos zittern.

»Verdammt, Roan.« Ihre Stimme klingt atemlos und fremd und berauschend. »Ich verspreche dir, ich –«

Es ist mir ein Genuss, dabei zuzusehen, wie ihre Augen sich weiten und ihre Lippen sich öffnen, als ich ohne Vorwarnung einen Finger in sie gleiten lasse. »Du versprichst mir was?«

»Alles.« Sie keucht, als ich meinen Finger langsam in ihr zu bewegen beginne. »Alles, solange du nur nicht aufhörst.«

»Alles?« Ich senke den Kopf und lasse meine Zunge über ihren Nippel schnellen. »Ich bin sehr zufrieden mit dem, was ich habe.« Vorsichtig knabbere ich an der empfindlichen Haut und spüre, wie sie sich um meinen Finger zusammenzieht. Ein weiteres ihrer kleinen Geheimnisse, das jetzt unser Geheimnis ist. »Aber zu mehr von dir sage ich auf keinen Fall Nein.«

Ich ziehe meinen Finger aus ihr, und Mia lässt den Kopf frustriert zurück auf den Teppich sinken. Ich küsse mir meinen Weg ihren Körper hinab und lasse mir dabei alle Zeit der Welt.

Süß wie Nektar. Das ist das Erste, was mir in den Sinn kommt, als ich Mia zum ersten Mal zwischen ihren Beinen koste. Wunderschön empfindsam, ist der zweite Gedanke, als Mias Stöhnen an mein Ohr dringt. Glühend heiß der dritte, als sie beginnt, sich an meiner Zunge zu bewegen und ihrem Höhepunkt entgegenzustreben. Ich lasse sie, lerne mit Freude den Rhythmus ihres Vergnügens und lasse zwei Finger in sie gleiten, als ihre Atmung schneller und ihr Stöhnen lauter wird.

Rhythmisch zieht sie sich um mich zusammen, als sie unvermittelt kommt. Bei der Art, wie sie meinen Namen keucht, habe ich Angst, wie ein Schuljunge unberührt den Höhepunkt zu erreichen, doch ich halte mich zurück, will dabei in ihr sein, auch wenn es mich umbringt. Die Wellen ihres Körpers verebben, und ich bewege meine Finger weiter in ihr, lasse ganz behutsam meine Zunge über ihre Klitoris gleiten. Ein Zucken durchfährt ihren ganzen Körper, aber ihr leises Seufzen lässt mich wissen, dass es noch ein schönes Gefühl ist und nicht schon schmerzt. Ich küsse ihren Venushügel hinauf zu der Innenseite ihrer Oberschenkel und verweile dort, das Streicheln meiner Finger langsam, als auch die letzte Welle verebbt.

Mia ist wunderschön. Röte zieht sich über ihre Wangen und ihren Hals bis hinab zu ihren Brüsten. Beide Brustwarzen haben sich fest zusammengezogen, ihre Atmung ist schnell und schwer. Schweiß glänzt auf ihrer Haut, und ich lehne mich vor, um ihn zu kosten, bis Mia ihren starken Griff in meinen Strähnen aufgibt und sanft meine Wange streichelt. Ich sehe auf, sehe ihre glänzenden, lustverhangenen Augen und verliebe mich gleich wieder in sie.

Ich folge ihren Händen, als sie meine Wangen umfasst und küsse sie, sanft und bedächtig. Unser Kuss schmeckt nach ihr und Salz, und sie seufzt leise, was mich wissen lässt, dass ihr das genauso sehr gefällt wie mir. Ihre Hand gleitet über meinen Hals meinen Rücken hinab zu dem Bund meiner Hose, unter den sie ihre Finger schiebt.

»Bist du dir sicher?«, frage ich leise an ihren Lippen. Sie ist bereits einmal für mich gekommen, und das ist für mich mehr als genug.

»Ich will dich.« Demonstrativ rollt sie mit ihren Hüften, ihre süße Hitze ist so nah, dass ich sofort in ihr versinken will. Mein Körper verrät meine edlen Absichten eiskalt, als ich am ganzen Körper zu zittern beginne. »Alles von dir.«

»Okay.« Ich sehe mich um nach ihrem Nachtschränkchen, aber da Mia seit zehn Jahren nicht mehr hier lebt, werden die Kondome, falls sie welche darin aufbewahrt, sicherlich schon abgelaufen sein. »Kondome?«

Sie nickt. »Meine Kulturtasche. Kleines Seitenfach innen.«

Meine Arme drohen nachzugeben, so sehr bringt mich der Gedanke, ganz in ihr zu sein, ins Schwanken. Ihre Hände werden ungeduldig und schieben den Bund weiter herunter, bis ich ihrem Wunsch nachkomme, aufstehe und mich ausziehe. Sie sieht mich an, aber lange halte ich ihrem Blick nicht stand, denn ich will ihre Haut wieder auf meiner spüren. Ich finde das Kondom dort, wo sie gesagt hat, und streife es mir über. Kaum zurück streckt sie mir die Arme entgegen, und behutsam lasse ich mich auf sie sinken, direkt in ihre Wärme und ihre Nähe, die mich so sehr berauscht.

Als ich sie innig küsse, fühle ich ihre Hitze an meiner Erektion, spüre, wie sie ihre Hand zwischen uns bringt, mich umfasst und ich kurz darauf in ihr versinke.

Es ist so viel mehr als alles, was ich jemals zuvor gefühlt habe. Ich bin kein Chorknabe. Kein unbeschriebenes Blatt. Aber die Intensität, mit der ich auf Mias Körper reagiere, die ist für mich gänzlich neu.

Ich löse den Kuss, zu atemlos und zu überwältigt, und sehe ihr in die Augen, als ich mich in ihr zu bewegen beginne. Sie blickt zurück, ist in diesem Moment genau hier bei mir, und ich greife mir ihre Hand und verschränke unsere Finger, um uns beiden den Halt zu geben, den wir ineinander zu verlieren drohen. Sie hebt die Hüften an, drängt sich mir entgegen, ihr Körper das Meer, in dem ich nur zu gern zu ertrinken bereit bin, während wir Welle für Welle gemeinsam immer höher streben.

Heiß und eng umfängt sie mich, folgt meinem Rhythmus, in dem aus dem *Wir* irgendwie ein *Uns* wird, und ich wirklich begreife, was es heißt, jemandem so nahe zu sein, wie Mia und ich uns sind.

Denn das hier, das geht weit über Sex hinaus.

Das hier ist Intimität in ihrer reinsten Form.

Und ich? Ich kann nicht genug davon bekommen.

Weder von der Art, wie es sich anfühlt, in ihr zu sein. Noch von den kleinen Seufzern, die Mia ausstößt. Noch von dem

Atem und den Küssen, die wir teilen, die jedoch immer seltener werden, je schneller und tiefer ich in sie stoße.

Mia hält sich an mir fest, so wie ich mich an ihr, und als sie sich ganz fallen lässt und sich um mich herum zusammenzieht, lasse auch ich endlich los und komme, tief in ihr und fest mit ihr verflochten.

Ich gebe mein Bestes, um nicht auf ihr zusammenzubrechen, scheitere aber kläglich und verberge mein Gesicht an ihrem Hals, auf dem ich Küsse verteile, während ich versuche, wieder zu Atem zu kommen. Ihre Hände streicheln mich, wo auch immer sie mich erreichen kann, und ich genieße ihre federleichten Berührungen, bis ich es endlich schaffe, den Kopf zu heben.

»Hey«, murmelt sie leise und mit rauer Stimme, als unsere Blicke sich begegnen.

Ich schmunzle und streiche ihr eine der Strähnen aus dem Gesicht. »Hey.«

Ihre Fingerspitzen zeichnen meine Augenbraue nach. Sie sieht rundherum zufrieden aus, die Augen glasig und die Lippen rot von meinen Küssen. Aber da ist etwas, klitzekleine Sorgenfältchen, die ihre Nase kräuseln.

»Was?«

Sie schluckt leise. »Was sind wir jetzt?«

»Wir.« Ich küsse sie, lang und tief und innig.

Als ich mich von ihr löse, lächelt sie und nickt. »Wir.«

23. KAPITEL

Mia

Wärme. Geborgenheit. Heimat.

So fühlt es sich an, in Roans Armen aufzuwachen, unsere Körper eng aneinander in dem neunzig Zentimeter breiten Bett meiner Kindheit. Seine Brust ist an meinen Rücken geschmiegt, seine tätowierten Arme wie ein sicherer Käfig aus Tinte und Gold. Einer dient mir als Kopfkissen, der mit den komplizierten Ornamenten, die den Schwanz des Drachen beherbergen. Der andere mit den Symbolen auf seiner Hand umschlingt mich so, dass seine Finger kleine Kreise auf meinen Bauch zeichnen können. Noch habe ich keinen Ton gesagt, nicht gewillt, diesen ruhigen Moment zu durchbrechen und den Tag zu beginnen, nach dieser Nacht, die meine Welt komplett auf den Kopf gestellt hat. Ein anderer Teil von mir aber will den Sprung endlich wagen, in diesen neuen Tag, in dem alles gleich und doch alles anders ist.

»Guten Morgen«, sage ich leise, als Roans Lippen meinen Nacken streifen, und ich spüre, wie er an meiner Haut schmunzelt, gewiss ob der Verunsicherung, die in meiner Stimme mitschwingt. »Machst du dich über mich lustig?«

»Das würde mir im Traum nicht einfallen, Emilia.« Er hält

meinen Ellenbogen auf, den ich ihm in die Seite rammen will, und zieht mich dichter an sich, damit ich keinerlei Spielraum mehr habe. »Dir auch einen guten Morgen.«

Mich gegen seinen Griff zu wehren ist gar nicht so leicht, und ich weiß, dass er mich einfach bloß gewähren lässt, als ich es nach zwei Minuten der Rangelei endlich schaffe und mich zu ihm umdrehen kann. Schon oft bin ich neben Roan aufgewacht. Schon oft habe ich gesehen, wie ihm sein schwarzes Haar zu Berge steht, und habe ihm den Schlaf aus den Augenwinkeln gestrichen. Diesmal aber platzt mein Herz fast, als ich vorsichtig die Hand hebe und die kleinen Krümel entferne, mit Nervosität im Bauch und auch einem aufgeregten Hauch der Unbehaglichkeit des Neuen. »Hast du gut geschlafen?«

»Wie ein Stein.« Er lehnt sich vor, und ich schließe flatternd die Lider, als er mich küsst, seine Hand unendlich sanft, als er damit meinen Hals berührt. »Du hast keine Ahnung, wie lange ich mir das schon gewünscht habe, Mia. So neben dir aufzuwachen und einfach das hier tun zu können.« Wieder küsst er mich und diesmal ist es so voller Gefühl, dass es mir den Atem raubt. »Einfach neben dir liegen zu können, mit deiner Haut an meiner, und zu wissen, dass wir …«

»Wir sind?«, unterbreche ich ihn und ziehe seine Hand von meinem Hals, um jeden seiner Fingerspitzen einzeln zu küssen, die gestern so unendlich sanft zu mir waren, und die ich wieder und wieder auf mir spüren will. »Dann verrat es mir. Wie lange schon?«

Er zögert. »Mia, ich denke nicht, dass –«

»Schätzchen, Zeit, aufzustehen.« Die Stimme meiner Mutter ist plötzlich so nah, nur wenige Meter von der Tür entfernt, und ich mache das Erste, was mir einfällt, und fische ein T-Shirt aus meinem Koffer vor dem Bett, das ich so gerade übergestreift bekomme, bevor die Tür aufgeht. Meine Mutter steht auf der Türschwelle, auf den Lippen ein Lächeln. »Komm schon, Schlafmütze. Gestern hast du noch gesagt, du willst mir beim Frühstückmachen helfen.«

Unvermittelt fühle ich mich wie eine Fünfzehnjährige, die verzweifelt ihren heimlichen Freund zu verstecken versucht. »Ich habe wohl verschlafen. Ich komme gleich, Mom.«

Roan aber vereitelt meine Pläne und setzt sich hinter mir auf, ganz schamlos oberkörperfrei, als wäre es das Normalste von der Welt. »Guten Morgen, Belle.«

»Oh. Guten Morgen, Roan. Ich hab dich gar nicht gesehen.« Meine Mutter lehnt sich an den Türrahmen und lächelt Roan wohlwollend an. »Konntest du mal wieder nicht schlafen und bist rübergekommen?«

Roan wirft mir einen unauffälligen Blick zu und knipst dann sein Presselächeln an. »Genau. Ich bin wohl zu sehr an London gewöhnt. Hier ist es mir irgendwie zu still.«

»Zu still? Aus dir ist wirklich ein Großstadtjunge geworden. Wenn ich das Trudy erzähle, bekommt sie einen Herzinfarkt.« Meine Mutter schnalzt missbilligend mit der Zunge, hinterfragt Roans superbillige Ausrede aber offensichtlich kein bisschen und wundert sich auch nicht darüber, dass Roan selbst mit einunddreißig Jahren scheinbar noch zu mir ins Bett kriecht, wenn er nicht schlafen kann. Manchmal ist es eben doch von Vorteil, wenn man in den Augen seiner Eltern nie erwachsen wird. »Geht duschen und macht euch fertig, wenn ihr mir beim Frühstück helfen wollt.«

»Wir sind gleich unten, Mom. Und danke fürs Wecken.« Sie nickt nur und zieht dann die Tür hinter sich zu. Mit angehaltenem Atem warte ich darauf, dass ihre Schritte sich auf der Treppe entfernen, ehe ich mich zu Roan umdrehe. »Entschuldige, ich bin in Panik geraten. Ich weiß nicht, ob ich unseren

Eltern schon sagen will, dass wir … Also, dass … Dass wir jetzt mehr sind als nur gute Freunde.«

Roan grinst, ehrlich und unverschämt schön. Er drückt mir einen Kuss auf die Schulter, schlingt seine Finger um mein Handgelenk, als ich aufstehen will. »Wir müssen es ihnen noch nicht sagen.« Unvermittelt zieht er die Stirn kraus. »Nicht, dass ich dich verstecken möchte. Ganz im Gegenteil. Aber ich möchte einfach, dass wir die Chance bekommen, uns selbst erst mal auf diese neue Situation einstellen zu können, bevor wir andere daran teilhaben lassen.«

Wieder droht mir das Herz zu platzen, und ich küsse ihn sanft auf die Lippen, an denen ich einen Augenblick länger verweile. »Und genau deshalb warst und wirst es immer du sein.« Ein hungriger Ausdruck tritt in seine Augen, den ich von letzter Nacht nur zu gut kenne, und mir wird ganz heiß. Doch bevor er nach mir greifen kann, springe ich schnell aus dem Bett. »Vergiss es. Wir müssen runter zum Frühstück.«

»Ich weiß nicht, was du meinst.« Seine Augen gleiten über meinen Körper. Sie verweilen einen Moment zu lange auf meiner intimsten Stelle, an der er gestern so viel Zeit verbracht hat, und erinnert mich damit daran, dass ich keinen Slip trage. »Ich hatte auch Frühstück im Sinn.«

Ich spüre, wie ich feuerrot anlaufe, und schnappe mir das Nächstbeste, was ich finden kann, was sich als meine Pyjamahose herausstellt, die ich ihm direkt an den Kopf werfe. »Himmel, Roan.«

Er lacht und klettert auch aus dem Bett, schamlos und nackt und wunderschön im Licht der Morgensonne. Mein Mund wird staubtrocken, und ich kann mich nicht rühren, als er vor mir stehen bleibt. Mit Zeigefinger und Daumen legt er meinen Kopf in den Nacken und küsst mich, tief und sanft und eine Spur erhitzt, dass mir die Knie weich werden. An seinen Hüften, auf denen über Nacht Male von meinen Fingern erblüht sind, suche ich Halt. Er hebt den Kopf, nachdem er mir mit seiner Zunge erfolgreich den Verstand geraubt hat, und küsst mich auf den Mundwinkel. Ich spüre seine Härte an meinem Bauch, und mir wird noch heißer, als sein Daumen über meine Unterlippe fährt. »Das könnte ich stundenlang machen.«

»Was?«

»Dich küssen. Jetzt, wo ich es endlich darf, fällt es mir schwer, damit aufzuhören.« Er löst sich von mir und schlendert zu seiner Hose hinüber. »Du solltest vielleicht zuerst duschen.« Er deutet auf seine Erektion und zwinkert. »Damit sollte ich besser nicht durch euer Haus spazieren. Sonst kommen wir wirklich in Erklärungsnot.«

»Okay.« Ich mache einen Schritt auf ihn zu, stoppe aber, als er die Hand hebt. »Was?«

»Wenn wir heute noch da unten ankommen wollen, solltest du jetzt wirklich ins Bad verschwinden, Mia.« Er legt den Kopf schief und lacht. »Das könnte ich übrigens auch stundenlang tun.«

Ich schnaube und klaube schnell meine Sachen zusammen. »Mich zur Weißglut bringen?«

»Nein. Dafür sorgen, dass du rot wirst.«

»Du bist unmöglich, weißt du das? Ich fürchte, ich habe letzte Nacht ein schlafendes Monster geweckt.« Ich gehe zu meiner Zimmertür und ziehe sie mit mehr Schwung als nötig auf. Und ich weiß nicht, wovor ich schneller davonlaufen soll: vor seinem Lachen, vor dem Hunger in seinen Augen, oder vor dem Monster, das auch in meinem Bauch erwacht.

24. KAPITEL

Mia

»Und ihr seid euch sicher, dass das in Ordnung ist?«

»Himmel, Mom, jetzt geht einfach!« Die Frustration in meiner Stimme ist halb ernst und halb gespielt, als ich meiner Mutter in ihren Mantel helfe, den sie eher widerwillig anzieht. »Es ist Tradition, dass ihr in den Pub geht, nachdem die Kids ins Bett gegangen sind. Alle Kinder und Enkelkinder sind weg. Also geht in den Pub. Roan und ich kommen hier schon klar.«

»Aber es ist wirklich viel«, meldet sich Trudy zu Wort und sieht skeptisch zu der langen Tafel, die Roan und ich heute Mittag aufgebaut haben, während unsere beiden Eltern in der Kirche im Ort waren, um dort zu beten, bevor sie morgen zur offiziellen englischen Weihnachtsmesse gehen können. »Ich mag euch mit dem ganzen Chaos eigentlich nicht allein lassen.«

»Bei Gelegenheit stelle ich dir mal Ellie vor, Mama. Dann weißt du, was Chaos ist.« Roan küsst seine Mutter auf die Wange und hält ihr die Tür auf, durch die unsere beiden Väter schon vor zwei Minuten, ohne mit der Wimper zu zucken, verschwunden sind. Immerhin ist der Pub-Besuch am Heiligen Abend Pflicht. Genauso wie der jeden Donnerstag zum Bingo. Und natürlich der am Montag, immerhin ist da Open-Mic. »Mia und ich machen das mit links.«

Mit links ist vielleicht etwas übertrieben, wenn man bedenkt, dass in der Stube heute Abend zwölf Erwachsene und sieben Kinder im Alter von zwei bis zehn Jahren gemeinsam zu Abend gegessen und Bescherung gemacht haben, aber immerhin muss hier nichts katalogisiert und farblich an Ort und Stelle zurückgestellt werden. »Wenn wir nicht wissen, wo etwas hingehört, stellen wir es dir einfach auf den Küchentisch. Versprochen.«

Trudy wirft mir einen Blick zu, mit dem sie mich wissen lässt, dass sie meine gemeine Trumpfkarte genau erkannt hat, sie aber, weil Weihnachten ist, unkommentiert lässt. »Wenn ihr darauf besteht, dann …«

»Ja, wir bestehen darauf.« Roan küsst meine Mutter auch noch auf die Wange und schiebt die beiden Frauen, nun in schicke Abendmäntel gehüllt, durch die Tür hinaus in den Vorgarten, der nur noch vom Mondlicht und dem Schein aus dem Inneren des Hauses erhellt wird. »Viel Spaß, ihr vier! Und tut nichts, das wir nicht auch tun würden!«

»Jetzt klingst du so, als wärst du mein Vater«, lacht Richard und nimmt belustigt kopfschüttelnd die Hand seiner Frau, während mein Vater galant meiner Mutter den Arm anbietet. »Die Küche lasst ihr aber wie sie ist! Du weißt, wie wenig deine Mutter es leiden kann, wenn dort nicht alles an seinem Platz ist.«

»Geht klar.«

»Vielen Dank, ihr zwei.« Mein Dad schließt zu den Webbs auf und überkreuzt die Finger zu unserem heimlichen Schwur. »Morgen übernehmen wir dann den Aufräumdienst.«

»Ich erinnere dich dran, Dad.« Gemeinsam stehen Roan und ich in der Tür und sehen unseren Eltern noch nach, bis sie um die Ecke verschwunden sind. Roan raucht noch schnell eine Zigarette im Vorgarten, worauf er den ganzen Abend verzichtet hat, ehe wir zurück in die Stube gehen, die in Schutt und Asche liegt.

»Scheiße.« Roan kratzt sich am Hinterkopf, während er die Unordnung, die hier herrscht, genauer in Augenschein nimmt. »Das hatte ich irgendwie ordentlicher im Kopf.«

Ich klopfe ihm auf die Schulter und schmunzle belustigt. »Das nennt man Wunschdenken, mein Freund. Das ist leider nicht heilbar. Komm, machen wir uns an die Arbeit. Die Nacht wird auch nicht jünger.«

Tatsächlich ist es schon spät, und auf dem Tisch stehen noch immer die Teller vom Weihnachtsessen, aber all meine Versuche, während des gemütlichen Beisammenseins schon mal etwas Ordnung zu schaffen, sind mit lauten Buhrufen vereitelt worden. Und als Trudy dann ihre berühmte Herrencreme serviert hat, war es mit meinen Aufräumbemühungen eh dahin.

Ich strecke die Hand nach einem der Teller aus, doch Roan fängt sie ab und zieht mich stattdessen an sich. »Na, wie oft hast du dir gewünscht, wir hätten unseren Gehörschutz dabei?«

»Ganz ehrlich? Gar nicht«, gestehe ich ihm und küsse ihn kurz auf die Lippen, ehe ich mich von ihm löse und damit beginne, die schicken Weihnachtsteller von Trudy aufeinanderzustapeln, die ihr immer schon heilig waren. Je schneller wir hier fertig sind, desto schneller kann ich in Roans Nähe schwelgen, die ich jetzt, wo unsere Familien weg sind, ungeniert genießen kann. Die letzten Tage waren zwar wunderschön, bestanden aber mehr aus gestohlenen, kleinen Augenblicken und heimlichem nachts Herein- und Hinausschleichen als alles andere. »Ich fand es wirklich wahnsinnig schön, alle mal wiederzusehen. Das klappt ja wirklich immer nur an Weihnachten. Und die Kinder sind echt so groß geworden.«

»Und so zahlreich.« Während ich die Teller aufeinanderstaple, macht Roan sich an die Dessertschälchen, die nebst krümeligen Weihnachtskeksen und diversen Spielkarten unordentlich verteilt auf der langen Tafel stehen. »Wann bin ich siebenfacher Onkel geworden?«

»Ich glaube, vor zwei Jahren, als Brun geboren wurde.«

Roan zieht eine seiner perfekt geschwungenen Augenbrauen hoch und verpasst mir einen spielerischen Klaps auf den Hintern. »Haha. Sehr witzig.«

»Ich weiß.« Mit dem Arm voller Teller gehe ich in die Küche und versuche, Trudys Chaos so gut es geht zu ignorieren, als ich die Teller auf der Arbeitsplatte abstelle und den Geschirrspüler öffne, um ihn einzuräumen. Mich hier zurechtzufinden, ist für mich immer noch ein Leichtes, denn als Jüngste sind Roan und ich an Weihnachten von seinen Brüdern immer zum Aufräumen verdonnert worden, sobald unsere Eltern aus dem Haus waren. Nicht, dass es uns je etwas ausgemacht hätte, immerhin waren wir immer in bester Gesellschaft. »Am Montag sollten wir runter in den Pub, damit ich beim Open-Mic-Abend teilnehmen kann.«

Roan kommt zu mir in die Küche, lädt die Dessertschälchen ab und schnappt sich ein Tablett, um die ganzen Gläser und Becher nicht alle einzeln herbringen zu müssen. »Damit es ein Trauerspiel wird, weil nur du über deine eigenen Witze lachst? Ich passe.«

Unbeeindruckt zucke ich die Achseln und belade weiter die Spülmaschine, dankbar, dass wir diese Berge an Geschirr nicht per Hand waschen müssen. »Ich hätte immer einen, der über meine Witze lachen würde.«

»Und wen?«

»Dich.« Ich spiele mit den Dessertschalen und Krimskrams auf der Arbeitsplatte noch ein bisschen Tetris, ehe ich einen

Tab einlege, den Spülgang starte und die Klappe zuwerfe. »Oder würdest du mich etwa in der Stunde meiner Not allein lassen?«

»Wenn du allen vom Oktoplus erzählst? Absolut.« Gemeinsam machen wir uns zurück auf den Weg in die Stube, wo Roan mir das Tablett in die Hand drückt, direkt abbiegt und von CD auf Radio umschaltet, wofür ich ihm eine Kusshand zuwerfe. Bei aller Liebe zu Trudy und ihren Traditionen, aber wenn ich noch einen deutschen Weihnachtssong hören muss, gehe ich echt die Wände rauf. »Sorry, du weißt, ich stehe dir immer zur Seite, aber bei deinen Flachwitzen hört es wirklich auf.«

Theatralisch schlage ich Roans Hände fort, als er versucht, mir mit den Gläsern zu helfen, so, als wäre er ein Schurke und ich die Heldin, die ihre Stadt zu verteidigen versucht. »Ich hätte damals auf Bran hören sollen. Er hat mich davor gewarnt, dass du mir irgendwann mal schamlos in den Rücken fallen würdest.«

»Witzig. Dabei war er es, der gepetzt hat, dass du wegen zu viel Alkohol kotzend bei uns über der Kloschüssel hingst.«

»Ich wusste es! Diese miese kleine Ratte! Ich hätte ihm nie trauen dürfen.« Wütend funkle ich den Platz an, auf dem Roans ältester Bruder Bran beim Essen zuvor noch gesessen hat. Er kann von Glück reden, dass er nicht mehr hier und zudem noch die niedlichsten Zwillinge der Welt hat, sonst würde ich ihn das Fürchten lehren. »Was muss er dir auch so verflucht ähnlich sehen?«

Roans Hände stocken auf halbem Weg zu einem hohen Kristallglas mit filigranem Stil, das er hoffentlich vorhatte, eigenhändig rüberzutragen und nicht auf das Tablett zu stellen. »Bran und ich sehen uns nicht ähnlich.«

»Natürlich nicht.« Das ehrliche Unverständnis in Roans Blick lässt mich laut lachen. »Roan, der einzige Unterschied zwischen euch ist, dass Bran raspelkurze Haare hat und er sich einmal zu viel bei einer Kneipenschlägerei die Nase hat brechen lassen. Das ist alles. Ihr habt die gleichen Augen, die gleiche Nase, den gleichen Mund. Ihr habt sogar den gleichen niedlichen Knick in der Augenbraue.«

»Haben wir nicht.«

»Doch, habt ihr.« Ich ziehe ihm die Hand sanft von der Stirn, mit der er versucht, die Beweise zu verstecken, beschwichtige ihn mit einem Kuss und senke verschwörerisch die Stimme. »Aber keine Sorge, der Hübschere bist immer noch du.«

Damit scheint Roan nicht gerechnet zu haben, denn er braucht einen Moment zu lange, um zu seinem spielerischen Charmeur-Lächeln zu finden. »Ach ja?«

»Ja.« Ich trete einen Schritt näher auf ihn zu und halte die Luft an, als seine Hand sich auf meinen unteren Rücken legt. Für Weihnachten hat er sich, wie der Rest seiner Familie, mit einem dunkelgrünen Jackett und schwarzer Hose richtig schick gemacht, neben dem ich mir in meinem dunkelroten Samtkleid mit tiefem Ausschnitt fast schon underdressed vorkomme. Doch so gut ihm dieser formelle Aufzug auch steht, mit den Aufschlägen aus Leder und den edlen Manschettenknöpfen, freue ich mich doch darauf, ihn morgen ganz in Knight-Tradition in Pyjama an unserem Frühstückstisch sitzen zu sehen, an dem nur die grässlichsten Weihnachtsmotive zugelassen sind. Meine Lippen verziehen sich zu einem Lächeln, und ich muss mich beherrschen, an meinem Witz festzuhalten, als seine Augen dieser Bewegung genauestens folgen. »Nur der Cleverere von beiden, der bist du leider nicht.«

Er blinzelt und das charmante Lächeln verschwindet, obwohl seine zuckenden Mundwinkel verraten, wie lustig er es eigentlich wirklich findet. »Na warte.«

Das schelmische Glimmen in seinen Augen sehe ich noch

früh genug, um einen Satz zur Seite zu machen, vor seinen mit Herrencreme beschmierten Fingern allerdings gibt es kein Entkommen, die er mir glucksend mitten über das Gesicht zieht.

»Du bist doch echt so ein Ekelpaket, Roan Webb.« Das Dessert riecht nach süßlicher Vanille und Rum, und sie klebt ganz fürchterlich. Aber sie ist köstlich, weshalb ich nicht zögere, sie mir vom Mundwinkel zu lecken. »Hat dir nie jemand beigebracht, dass man nicht mit Essen spielt?«

»Ich bin ein Megastar. Auf mich treffen diese Regeln nicht zu. Essenschlachten gehören da zum guten Ton, genauso zerlegte Hotelzimmer und Sex, Drugs and Rock'n' Roll.« Er lehnt sich vor und küsst das Dessert von meiner Wange. Den Rest wischt er mit sorgfältigen Händen und einer Serviette fort. Er ist ganz sanft dabei, darauf bedacht, mein Make-up nicht noch mehr zu ruinieren, ehe er einen Kuss auf die zweifellos gerötete Stelle haucht. »Komm, wir räumen zu Ende auf. Ich will endlich in Ruhe meinen Heiligabend mit dir verbringen.«

Und so legt sich gesellige Stille über den Raum, die in krassem Kontrast zum chaotischen Lärm aus Kinderlachen und Erwachsenengesprächen steht. Doch für einen so rundum perfekten Tag wie diesen würde ich immer wieder mein Gehör aufs Spiel setzen, inmitten der Menschen, die Roan und mein Leben nachhaltig geformt und dafür gesorgt haben, dass wir einander erst begegnet sind. Die uns großgezogen haben und die ihrerseits gewachsen sind, jetzt mit ihren eigenen Kindern, die das Haus den ganzen Tag mit Gelächter und Geschrei erfüllt und damit unseren beiden Eltern ein Lächeln auf die Lippen gezaubert haben.

In der Stille und ohne Kinderhände, die aufgeregt nach einem von uns beiden greifen, ist es allerdings ein ganzes Stückchen leichter, den Tisch zu Ende aufzuräumen, die Unmengen an musikalisch geprägtem Kinderspielzeug wegzuräumen und die Berge an buntem Geschenkpapier zu beseitigen, von denen wir sogar unter den Sesseln noch Fetzen finden, die ungeduldige Kinderhände vor lauter Aufregung bei der Bescherung dort verteilt haben.

Mit Roan zusammenzuarbeiten, ist leicht wie Atmen. Es ist ein gewohntes Hand in Hand, eine perfekt aufeinander abgestimmte Abfolge von Bewegungen, in denen man einander nie im Weg ist, ohne dass einer von uns auch nur ein einziges Wort sagen muss. Es ist unser ganz eigener Tanz, der einer Choreografie der Vertrautheit folgt, zu der nur wir die Schritte kennen, und in der keine Entschuldigungen und keine Verunsicherung nötig ist. Weshalb ich genau weiß, dass, jedes Mal, wenn Roans Arm wie beiläufig meinen streicht oder seine Hand einen Moment länger auf meiner Hüfte verweilt, wenn er mich sanft aus dem Weg manövriert, nichts davon ein Zufall ist. Was auch der Grund ist, warum ich mir sicher bin, dass Roan genau weiß, was ich tue, wenn meine Finger einen Moment länger seine berühren, wenn ich ihm etwas abnehme oder aber mit Absicht seinen Weg kreuze, nur damit er mir etwas näher kommen muss. Kaum ist das letzte Geschenkpapier weggeworfen, packt Roan sich schon meine Hand und zieht mich mit sich ins Wohnzimmer. Ich lache, als er ohne Umwege die Couch ansteuert, mich quer über seinen Schoß zerrt und sein Gesicht an meinem Hals vergräbt.

»Viel besser.«

Unrecht hat er nicht, weshalb ich es mir verkneife, ihn aufzuziehen, und stattdessen sanft mit den Händen durch sein langes, seidiges Haar streiche. Sein zufriedenes Brummen lässt mich nur noch breiter lächeln. »So schlimm?«

»Schlimmer.« Er schlingt die Arme noch fester um mich. »Nächstes Jahr bleiben wir an Weihnachten in London.«

»Sicher nur, damit du mehr Geschenke abstauben kannst.«

Ich verziehe das Gesicht bei der Erinnerung an die sehr seltene und hübsch verpackte *Lonesome-Crow-Platte* von den *Scorpions*, die ich ihm dieses Jahr zu Weihnachten schenken wollte und die dank der Paparazzi noch immer in ihrem Versteck unter meinem Bett liegt. »Tut mir leid, dass ich heute kein Geschenk für dich habe. Ich gebe es dir, sobald ich wieder in meine Wohnung kann.«

»Alles halb so wild, Mia.« Er grinst mich schief an. »Du weißt, ich brauche keine Geschenke.«

»Ich auch nicht. Bis auf eins.« Gespielt grübelnd tippe ich mir mit dem Zeigefinger gegen die Wange. »Und das habe ich dieses Jahr noch gar nicht bekommen.«

»Morgen. Gerade habe ich keine Gitarre zur Hand. Und ich werde den Teufel tun, jetzt aufzustehen.« Seine Hand greift meine Hüfte fester, und mein Herz droht aus meiner Brust zu springen, als er mich innig küsst. »Nicht mal für dich.«

»Komm schon«, murmle ich atemlos an seinen Lippen. »Nur eine Strophe.«

Er küsst mich auf die Wange, die Nasenspitze, das Augenlid. »Nur eine.«

Bekräftigend nicke ich und wage es nicht, ein Stück weiter von Roan abzurücken, aus Sorge, er könnte mir meinen bescheidenen Wunsch verweigern. Doch dann erklingt seine Stimme, rau und wunderschön, als er hoch konzentriert und mit geschlossenen Augen die schönste aller Strophen für mich singt. Sie stammt aus *Homebound*, meinem Lieblingssong von ihm, der bisher aber nie das Licht der Welt erblickt hat.

The universe lies deeply within you
You can always make it change its way
I need you by my side forever
So convince it, together we will always stay

What's a home if not a person that stands with you through thick and thin
No one else matters, just you and me, that's how it's always been
You and me
You and me

Der letzte Ton klingt, in der Stille des Wohnzimmers, in der nur das Knistern des Kamins zu hören ist, nach, und ich kann nicht aufhören, ihn anzusehen und mich zu fragen, wie dieser Mann mit dem wunderschönen Gesicht und dem noch schöneren Herzen mir gehören kann.

»Du starrst mich an.«

»Kannst du es mir verübeln?« Meine Wangen glühen als ich Roan so schamlos zitiere, der mir mit diesen Worten so mühelos den Kopf verdreht hat. »Ich bewundere, was mir gehört.«

»Nur dein, Mia. Ganz allein dein.« Kurz glaube ich, so etwas wie Unsicherheit in seiner Stimme aufzuschnappen, aber dann erobert sein Mund hungrig den meinen, und all meine Gedanken verpuffen, als Roan mich erfolgreich um den Verstand küsst, bis ich um Atem ringe. Ich warte auf einen weiteren Kuss, doch nichts geschieht.

Flatternd öffne ich die Lider, und verdattert sehe ich den schwarzen Umschlag an, den Roan mir unvermittelt unter die Nase hält. »Was ist das?«

»Dein Weihnachtsgeschenk.« Er klopft sich mit einer Hand gegen die Brust, und ich entdecke im Innenstoff seines geöffneten Jacketts eine kleine Innentasche. Da hat er es also versteckt. »Frohe Weihnachten«, murmelt er leise auf Deutsch an meinen Lippen und legt mir den Umschlag in die Hände.

Er ist dicker, als ich auf den ersten Blick erwartet habe, und auch das Format ist urig. Er ist kaum größer als ein Polaroidfoto. »Muss ich mir Sorgen machen?«

»Nein«, kommt die prompte Antwort, die aber irgendwie mehr wie eine Frage klingt.

»Muss ich mit dir schimpfen, weil du zu viel Geld ausgegeben hast?«

»Das kannst du nur rausfinden, wenn du den Umschlag öffnest.«

»Irgendwas sagt mir dass ich nicht schimpfen, sondern schreien werde.« Meine Finger fahren über Roans geschwungene Schrift, mit der er in Gold meinen Namen auf das schwarze Papier geschrieben hat. Dann drehe ich ihn um. Aus dem Umschlag ziehe ich einen Stapel Polaroidfotos heraus, durch die ich mich hindurchblättere. Sie zeigen ein hübsches Apartment mit Blick ins Grüne. Es ist lichtdurchflutet, mit bodentiefen Fenstern, einem schicken Parkettboden und einer modernen Küchenzeile. Möbel stehen keine in den beiden auf den Fotos abgebildeten Räumen, und ich begreife erst, was ich mir da ansehe, als ich das letzte Bild erreiche, auf dem, in mir unbekannter, aber klarer Schrift, eine Adresse im Stadtteil Camden und eine vierstellige Zahlenfolge notiert sind. Null-Zwei-Null-Neun. Zweiter September. Roans Geburtstag.

Fassungslos sehe ich in Rons Gesicht. »Was … Ich meine … Was ist das?«

»Der Code zu deiner neuen Wohnung in Saint Pancras. Wenn du sie willst.«

»Du hast mir …« Ich schüttle den Kopf, mein Hirn in einem Kurzschluss gefangen. »Bitte sag mir, dass du mir keine Wohnung gekauft hast.«

»Nein. Ich hab daraus gelernt, als ich es dir vor ein paar Jahren mal vorgeschlagen habe. Mein Zwerchfell hat zwei Wochen danach immer noch wehgetan.« Roan reibt sich bei der Erinnerung an meinen Schlag über den Oberbauch und nickt in Richtung der Bilder in meiner Hand. »Ich habe vor ein paar

Monaten einen Makler darum gebeten, nach etwas Geeignetem für dich zu suchen, weil du zu beschäftigt warst, um selbst zu gucken. Eigentlich hatte ich gehofft, dir einen ganzen Ordner mit Optionen überreichen zu können, aber der Wohnungsmarkt in London ist eine absolute Katastrophe. Gerade was kleine und erschwingliche Apartments angeht.« Nervös spielt er am Saum meines Kleides herum, seine Züge vom Schein der Flammen im Kamin erhellt. »Du hattest vor einer Weile mal gesagt, dass du aus deiner beengten WG in was Eigenes ziehen willst, aber dann haben wir *Quill Music* verlassen und der Plan lag irgendwie auf Eis. Ich dachte, jetzt, wo bei *Two Lines* Ruhe eingekehrt ist und du auch mehr Geld bekommst, wäre ein guter Zeitpunkt. Ich hab auch extra drauf geachtet, dass die Wohnung nah am Büro ist. Sie hat einen separaten Hintereingang, eine Tiefgarage mit Eisentor und alle Ein- sowie Ausgänge sind videoüberwacht und mit Codes gesichert. Sie liegt im Stadtteil Camden, und Saint Pancras ist eine gute Nachbarschaft. Eine sichere. Hinzu kommt noch, dass niemand außer mir von dieser Adresse weiß. Der Makler, mit dem ich gesprochen habe, hat uns damals auch das Loft verkauft, er ist also sehr diskret.« Unsicher lächelt er, und mir krampft sich das Herz zusammen. »Du musst natürlich nicht. Es war nur so ein Gedanke. Diese Wohnung ist auch erst mal nur für dich als potenzielle Mieterin vorgemerkt, ohne Verpflichtungen oder bereits unterzeichnete Verträge. Den Code habe ich nur ändern lassen, damit du sie dir ansehen kannst, wann immer du möchtest. Die Lage ist gut und die Monatsmiete erschwinglich, weshalb ich mir wirklich vorstellen könnte, dass –«

Roans Worte werden von meinem stürmischen Kuss erstickt, mit dem ich uns auf dem Sofa beinahe umstoße. Er braucht einen Moment, um meinen Kuss zu erwidern, aber als er es tut, ist es einer von diesen Küssen, an die man sich für den Rest seines Lebens erinnert.

»Danke«, murmle ich leise zwischen unzähligen Küssen, mit denen ich sein Gesicht bedecke. »Vielen, vielen Dank, Roan. Ich liebe es.«

Hörbar erleichtert atmet er aus, ehe er erneut meinen Mund erobert. Fest schlinge ich ihm die Arme um die Schultern, als Roan mit mir aufsteht und mich die Treppe hinauf in sein altes Zimmer führt und mir auf jede erdenkliche Weise zeigt, dass er doch das größte Geschenk von allen ist.

In dieser Nacht schleiche ich mich nicht hinaus.

25. KAPITEL

Roan

»Und du bist dir ganz sicher, dass ich dich nicht dazu verleiten kann, wieder umzudrehen?«

Ich lache, und meine Kehle fühlt sich ganz rau an, weil ich das in den letzten Tagen wieder und wieder und wieder getan habe. Grinsend hebe ich unsere miteinander verschränkten Finger an meine Lippen und drücke Mia einen Kuss auf den Handrücken. »Ich denke, in den letzten Tagen hast du mich zu genug Dingen verleitet, Mia.«

»Komisch, in meiner Erinnerung war das irgendwie andersherum«, erwidert sie frech, der Rotschimmer auf ihren Wangen aber verrät sie, während ich uns in dem unauffälligen Mietwagen zurück zu *Two Lines Entertainment* fahre.

Das alles kommt mir vor wie ein Traum. Die vollkommen unbehelligte Fahrt durch die Straßen Londons, die geschäftig, überfüllt und damit einen krassen Kontrast zu der Ruhe in Brixham darstellen. Die letzten Tage mit Mia und die darin verwobenen unzähligen Momente der Unbeschwertheit, in denen wir einfach nur wir sein konnten. Mias warme Hand, die meine hält.

Doch sie sind alle real. Wir sind real.

Und diese Frau auf dem Beifahrersitz, die mein ganzes Leben schon an meiner Seite gewesen ist, ist jetzt mein. Ganz allein mein.

»Was würde dein Boss sagen, wenn er von deiner geringen Arbeitsmoral wüsste, Emilia?«

»Müssen wir schon über Caleb und die Arbeit reden?« Übertrieben klimpert sie mit den langen Wimpern und entlockt mir damit ein leises Glucksen. »Habe ich nicht ein bisschen Schonfrist verdient?«

»Wärst du lieber erst morgen zurückgefahren?« Scherzhaft skeptisch sehe ich sie über den Rand meiner Sonnenbrille hinweg an.

»Damit ich für den Look für die Unplugged-Aufnahmen übermorgen nur einen Tag habe?« Sie schüttelt sich bei der Vorstellung, die ich persönlich urkomisch finde. »Danke, aber nein danke.«

»Na, siehst du. Schonfrist ist also nicht.«

»Du und dein grässlicher Realismus.« Wie Mia wäre auch ich gerne noch eine Weile länger in unserer kleinen Traumwelt geblieben, aber jetzt ist *Two Lines Entertainment* unweit entfernt, und es wird Zeit, in die Realität zurückzukehren. Auch wenn Mia und ich uns während der vierstündigen Fahrt sehr erfolgreich davor drücken konnten.

Stille legt sich über den Innenraum des Wagens, ehe Mia leise seufzt, den Blick nachdenklich aus dem Fenster gerichtet, hinter dem die Reihenhäuser Londons dahingleiten. »Ist es seltsam, dass ich mich gleichermaßen darauf freue, zur Arbeit zurückzukehren, wie ich Angst davor habe?«

»Nein. Falls es dich tröstet, es geht mir auch so.« Ich setze den Blinker, biege ab auf eine Allee. Die Bäume, die hier die Straße säumen, sind kahl, ihre Blätter Opfer des harschen Londoner Winters, der sich die Stadt jedes Jahr grausam unterwirft. »Ich freue mich, dass wir endlich wieder zusammenarbeiten, aber ich mache mir auch Sorgen um dich.«

»Ehrlich gesagt habe ich keine Ahnung, ob ich für das alles schon bereit bin. Ich meine, ich will unbedingt an deiner Seite sein und endlich wieder an die Arbeit gehen. Aber die Presse? Dieser ganze Rummel um mich?« Sie atmet tief ein, aber es klingt flatterig und schwach. »Allein, wenn ich daran denke, wird mir schlecht. Weiter zu Hause rumsitzen kann ich allerdings auch nicht. Dann verliere ich meinen Verstand. Wäre es okay, wenn ich mich jetzt erst mal darauf konzentriere, einfach wieder deine Make-up-Artist zu sein? Versteh mich nicht falsch, ich weiß, dass ich mich irgendwann daran gewöhnen und mir ein dickeres Fell zulegen muss. Und das will ich auch versuchen, weil ich dich will und das mit uns nicht für immer ein Geheimnis bleiben soll.« Ihre Finger drehen die Ringe an meiner Hand. »Aber diese ganzen hässlichen Schlagzeilen in letzter Zeit … Die Art, wie sie rumgeschnüffelt und sich über mich das Maul zerrissen haben … Ich bin zwar so weit, es unseren Freunden und dem Team zu sagen, aber für mehr fehlt mir im Moment einfach die Kraft.«

»Das ist vollkommen okay, Mia. Ich unterstütze dich in all deinen Entscheidungen.« Ich greife ihre Hand fester, in der Hoffnung, ihr damit zeigen zu können, wie ernst ich die folgenden Worte meine. »Außerdem gibst du das Tempo vor. Du bist diejenige, die sich am meisten damit arrangieren und auch am meisten aufgeben muss. Du lässt es mich wissen, wenn du so weit bist, und vorher sagen wir gar nichts, okay?«

Mia beißt sich auf die Unterlippe, dennoch breitet sich ein großes, glückliches Grinsen auf ihren Lippen aus. »Wann bist du eigentlich zu so einem Traumprinzen mutiert?«

»Ich war immer schon einer. Du hast das nur nicht gesehen.« Ich zwinkere ihr zu und ernte dafür lediglich ein spöttisches Schnauben. »Aber verguck dich nicht zu sehr in mich. Ich habe immer noch vor, dir jedes Mal deine Curly Fries zu klauen. Feste Freundin hin oder her.«

Mias Lachen klingt so erleichtert, dass auch ich mich entspanne, obwohl sie mir in die Seite boxt. »So viel zum Traumprinzen, du Schurke. Bei Curly Fries hört der Spaß auf.«

»Also ich finde, dass auch Einzelkinder lernen sollten zu teilen.«

»Das hat doch nichts damit zu tun, Einzelkind zu sein, Mr Futterneid-obwohl-er-ja-angeblich-keinen-Hunger-hat.«

Jetzt trennen uns kaum mehr fünf Minuten von *Two Lines Entertainment*. Zeit, endgültig wieder im Alltag anzukommen. »Mia, könntest du mir einen Gefallen tun und unsere Handys wieder einschalten?«

»Klar.« Mia lässt mich los, fischt unsere Smartphones, die ich erst heute kurz vor Abfahrt aus ihrem mehrtägigen Gefängnisaufenthalt in einem Schuhkarton in meiner Kommode erlöst habe, aus dem Handschuhfach und schaltet sie ein.

Dazu, Mia zu fragen, wie viele verpasste Nachrichten und Anrufe wir haben, komme ich gar nicht. Beide Telefone gehen sofort los. Auf Mias ruft Ellie an. Caleb versucht es auf meinem. Ein ungutes Gefühl macht sich in meinem Magen breit, und ich nicke Mia zu, die bei meinem Handy auf Abheben klickt.

»Gott sei Dank gehst du endlich ran.«

Das ungute Gefühl in meinem Magen wird nur noch schlimmer. »Cal, du bist auf Lautsprecher. Was ist los?«

»Vor zwei Stunden ist ein neuer Artikel über Mia erschienen. Seitdem versuche ich, einen von euch zu erreichen, aber als ich bei deiner Mutter durchgekommen bin, wart ihr schon längst unterwegs.«

»Julie?«

»Julie.« Ich fluche heftig und ergreife über die Mittelkonsole erneut Mias Hand, während Caleb unbeirrt weiterspricht. »Ellie und ich sind schon im Büro, um Schadensbegrenzung zu betreiben. Dee weiß auch Bescheid und nimmt eine Maschine früher. Ihr solltet herkommen, damit wir gemeinsam die Lage besprechen können.«

»Wir sind fast da.«

»Sehr gut. Ich habe auch schon mit unseren Anwälten telefoniert. Die prüfen jetzt, ob wir diesen Drecksack Jenkins wegen Verleumdung oder böser Nachrede drankriegen können. Auch an Julie sind sie dran.«

»Jenkins?« Mia drückt meine Hand so fest, dass es schmerzt. »Du meinst Trevor? Was hat mein Ex denn mit der ganzen Sache zu tun?«

Caleb wird still. »Ihr solltet den Artikel vielleicht besser erst lesen, wenn ihr hier seid.«

»Lies ihn uns vor.« Mias Worte bringen Caleb erneut zum Fluchen, und sie schluckt schwer. »Bitte, Cal. Du weißt, dass ich lieber vorbereitet bin, anstatt im Dunkeln zu tappen.«

Caleb knurrt leise. »Das wird aber nicht schön.«

Mia setzt sich gerade hin. »Ich bin bereit.«

»Ellie, gib mir bitte dein Handy.« In der Leitung hört man eine gedämpfte Stimme. »Danke. Ich schwöre dir, wir kriegen ihn dafür dran, Mia.«

Sie macht ein Geräusch, das Zustimmung, aber auch alles andere sein könnte. »Wir sind so weit.«

»Ich nicht.« Caleb räuspert sich. »Okay, hier kommt's. Die Frau, die nicht nur Geld und Süßigkeiten, sondern auch Männer massenhaft verschlingt. Die versexte Vergangenheit von Emilia Knight.«

The British Royal Gazette

Die Frau, die nicht nur Geld und Süßigkeiten, sondern auch Männer massenhaft verschlingt. Die versexte Vergangenheit von Emilia Knight.

von Julie Presley

Über Emilia Knight (30), Make-up-Artist von Roan Webb (31, Frontmann des Duos *Parallel*), haben wir in den letzten Tagen und Wochen viele Berichte lesen können. Sei es die ersten Gerüchte zu einer *Liebelei mit ihrem Klienten* oder die neusten Berichte über die *schamlose Ausbeutung* von eben diesem (*wir berichteten*). Nichts jedoch hat unsere Redaktion bisher so sehr schockieren können wie ihre schmutzige Vergangenheit, die nun durch Trevor Jenkins (34) ans Tageslicht gekommen ist.

Denn Mr Jenkins ist nicht irgendjemand. Er ist einer von Mias Verflossenen, einer von vielen, wie er uns berichtete.

»Ich wusste, dass sie kein Kind von Traurigkeit ist«, gestand er uns in einem Gespräch, das im Geheimen in unserer Redaktion stattgefunden hat, »aber wie vielen Männern sie schon das Herz gebrochen hat, habe ich erst begriffen, als ich mich ein bisschen über sie informiert habe.« Seine Quelle hat Mr Jenkins uns nicht offenbart, aber Dokumente und Fotografien liegen dieser Redaktion vor, die ein sehr eindeutiges Bild zeichnen.

In den letzten sieben Jahren, in denen Emilia als Roans Make-up-Artist beschäftigt war, hat sie dreizehn Männer gedatet. Die Redaktion hat sie alle kontaktiert, um sicherzustellen, dass die von Mr Jenkins gemachten Abgaben korrekt sind. Zehn von ihnen konnten wir erreichen und dabei herausfinden, dass nur die wenigsten von ihnen eine längere Beziehung zu Emilia unterhielten als acht Monate. Der längste Zeitraum, den Emilia in den letzten sieben Jahren Single gewesen ist, liegt bei lediglich zwei Wochen. Und während nur ein Bruchteil von ihnen angab, tiefere Gefühle von Emilia wahrgenommen zu haben, teilten uns jedoch alle von ihnen mit, innerhalb der ersten drei Dates Sex mit ihr gehabt zu haben.

»Auch ich habe mich von der süßen Fassade täuschen lassen«, sagt Jenkins im weiteren Verlauf unseres Gesprächs mit Tränen in den Augen. »Ich habe geglaubt, dass wir mehr sein könnten, dabei war ich auch nichts weiter als ein Bettwärmer für sie, in den Phasen, in denen Roan Webb nicht selbst hineingehüpft ist.«

Er erzählt, dass Emilia ihre Arbeit und damit Roan stark priorisiert habe und für die Beziehung da kein Platz gewesen sei. Am Ende wäre nur die Trennung geblieben. Auch ihre anderen Verflossenen bestätigten auf Nachfrage dieses Bild. Einer von ihnen äußerte sich so: »Es machte immer den Eindruck, als sei da mehr zwischen Roan und Emilia, und dass es sonst keinen Grund für sie gäbe, derartig mit ihrem Beruf verheiratet zu sein.«

Uns aber scheint es eher so, als wäre Emilia nicht mit ihrem Job, sondern mit ihrem Hunger verheiratet. Einem Hunger, dem zahlreiche Männer schon zum Opfer gefallen sind. Denn Emilia scheint unersättlich. Sei es nun Essen, Reichtum, Sex oder Luxus.

Wir können nur hoffen, dass Roan Webb von ihrer Gier nicht vollständig verschlungen wird.

26. KAPITEL

Mia

Blitze explodieren vor meinen Augen, als Roan den Mietwagen in die Einfahrt von *Two Lines Entertainment* steuert und die Paparazzi uns durch die Windschutzscheibe erkennen. Überall sind Kameras. Wild klopfen Reporter an die Fenster und bringen das Auto sogar leicht ins Schwanken, als Roan sich Millimeter für Millimeter zur Schranke vorarbeitet. Seine Hände umklammern fest das Lenkrad, und ich wünschte, wir könnten uns an den Händen halten, denn ich brauche seinen Halt. Was wir allerdings beide gerade nicht brauchen, ist ein Schnappschuss, auf dem wir Händchen halten.

»Diese beschissenen Idioten.« Roan schlägt auf die Hupe, doch wir kommen weder vor noch zurück, und ich gebe mein Bestes, zu atmen und die lauten Rufe außerhalb des Autos einfach zu ignorieren. »Macht Platz, verdammt noch mal.«

Von außen versucht jemand, meine Tür zu öffnen, aber der Wagen ist zum Glück von innen verriegelt. Die Schranke ist nicht mehr weit entfernt, und doch kommt es mir vor, als würden uns noch Meilen davon trennen. »Meinst du, wir schaffen es in den Hinterhof?«

»Ich fürchte nicht.« Zwangsweise stoppt Roan und nimmt

mir sein Handy aus der Hand. Mit wenigen Klicks erscheint Alistairs Name auf dem Display. »Mach dich bereit. Ich fürchte, wir müssen hier raus.«

»Okay.«

Gerade will Roan auf den grünen Hörer klicken, als die Menge sich plötzlich vor uns teilt. Alistairs Gesicht ist ganz rot, während er über die Köpfe der Reporter hinweg seinen Männern Befehle zubellt, die als geschlossene Front die Körper zurückdrängen und uns einen Weg bahnen. Nie war ich froher, ihn zu sehen, als jetzt.

Roan zögert nicht, sondern fährt zielstrebig durch die von den Bodyguards geschaffene Schneise, die uns in den Hinterhof lässt. Hier ist niemand. Keiner klopft gegen die Fenster. Die Rufe sind nur ein entferntes Echo. Roan lenkt den Wagen auf seinen üblichen Parkplatz neben den von Damian direkt am Hintereingang, und als er den Motor ausstellt, ist es gespenstisch still. Ich höre das leise Klicken seines Gurts. Dann das von meinem, als Roan ihn löst. Er klappt die Armlehne der Mittelkonsole hoch, und ich streife den Gurt ab und bin halb in seinen Armen, noch bevor ich mich stoppen kann. Roans Arme sind Sicherheit. Sie sind Heimat.

»Das hast du gut gemacht«, murmelt er leise in mein Haar, seine Hände stetig und liebevoll, als er sie beruhigend über meinen Rücken gleiten lässt. »Wir sind wieder zu Hause bei den anderen. Alles wird gut.«

Ich klammere mich fester an ihn und nicke brüsk. Auch wenn ich auf das Begrüßungskomitee aus Paparazzi hätte verzichten können, bin ich doch dankbar darum, jetzt wieder bei *Two Lines Entertainment* zu sein, nur wenige Meter entfernt von dem Ort, an dem ich mich mit am wohlsten fühle, mit all den Menschen, die mich bedingungslos lieben und die ich ebenso sehr liebe. Ich brauche noch einen Moment, um mich von Roan zu lösen, schaffe es aber, als Alistair behutsam an mein Fenster tippt und mir andeutet, dass ich die Tür öffnen kann.

»Ich bin direkt hinter dir.«

Es sind diese Worte von Roan, die mich dazu bringen, die Tür endlich aufzustoßen, und Alistair ist sofort dort, schirmt mich mit seinem breiten Kreuz vor den Kameras ab, deren penetrantes Klicken ich noch immer hören kann.

»Ms Mia.« Alistairs Stimme klingt genauso wie immer, ernst und mit diesem Hauch von Freundlichkeit, die er nur dem Team von *Two Lines Entertainment* gegenüber zeigt. »Willkommen zurück in London.«

Ob seiner bemühten Wahrung von Normalität möchte ich vor Dankbarkeit am liebsten in Tränen ausbrechen, verkneife es mir aber, weil ich fürchte, dann mit dem Weinen nicht mehr aufhören zu können. »Danke, Alistair. Trotz allem ist es schön, wieder zu Hause zu sein.«

Der Schotte verzieht die Lippen zu einem mitfühlenden Lächeln und deutet dann mit ausgestrecktem Arm in Richtung Hintereingang, als Roan an meiner Seite auftaucht. »Wollen wir reingehen? Ms Ellie und Mister C warten in seinem Büro.«

»Danke, Alistair.«

»Nichts zu danken, Mr Roan.« Zwischen Roan und Alistair fühle ich mich sicher, die Treppe aus Metall hinauf zur Tür aus milchigem Panzerglas mit dem Logo unseres Labels. »Die Sicherheit aller Mitarbeitenden von *Two Lines* zu garantieren, ist mein Job.«

Kaum fällt die Tür hinter uns zu, ergreife ich Roans Hand, die er versichernd drückt, als wir uns durch die Lobby die Treppe rauf zu Calebs Büro aufmachen. Er wirkt weniger angespannt, jetzt, wo wir in den vertrauten vier Wänden des Bürogebäudes sind. Seine eh schon blasse Haut wird jedoch immer blasser, je näher wir Calebs Tür kommen. Er atmet kontrolliert durch die Nase ein und durch den Mund wieder aus, den Blick starr nach vorn gerichtet, als würde es ihn größte Konzentration kosten, die Stufen zu nehmen.

Ich will fragen, ob alles okay ist, spare mir die Frage aber, als ich an all die Kameras dort unten denke. Meine eigene Angst hat mich so fest im Griff gehabt, dass ich Roans für einen Moment ganz vergessen habe. Dankbarkeit und Sorge erfüllen mich, da mir klar wird, dass Roan für mich seine eigene Angst unterdrückt, von der ich doch weiß, wie übermächtig sie sein kann. Zeit, mich dafür zu bedanken, bekomme ich allerdings nicht, denn die Tür zu Calebs Büro kommt in Sicht, die auffliegt, sobald unsere Schritte wohl von innen zu hören sind.

Caleb hält die Tür auf, doch es ist Ellie, die sich unter seinem Arm hindurchduckt und mir auf halbem Weg entgegenkommt. Das Gesicht meiner besten Freundin zu sehen, ist Segen und Fluch zugleich, denn sobald ihr zierlicher Körper auf der Treppe mit meinem kollidiert und mir ihr Orangenblüten-Duft in die Nase steigt, fange ich sofort an zu heulen. Es ist zwar unfassbar befreiend, die Anspannung loszulassen, in einem sicheren Umfeld der Liebe, in dem meine Tränen ein Zeichen von Vertrauen und Stärke und nicht als ausbeutbare Schwäche gewertet werden. Aber es hilft halt auch nicht, unkontrolliert zu schluchzen, während man mitten auf der Treppe herumsteht.

Allein Caleb ist es zu verdanken, dass wir es doch noch die letzten Stufen hoch und in sein Büro schaffen, da er uns mit sanften Händen zumindest so lange trennt, bis wir auf dem Sofa hocken und einander in den Armen liegen können, beide weinend und uns aneinander klammernd wie Ertrinkende. Nur am Rande nehme ich wahr, dass wir nur zu viert sind und Alistair wohl draußen vor der Tür geblieben ist.

»Es tut mir so leid, dass dir das passiert.« Ellies Stimme fehlt der übliche Singsang, stattdessen zittert sie vor Emotionen, die sie immer so frei und so ungefiltert zeigt. »Ich wünschte, ich könnte die Zeit zurückdrehen und diesem versnobten Arschloch auf der Tanzfläche ein Bein stellen, damit er hinfällt und sich den Hals bricht.«

Ich habe keine Ahnung, wie Ellie das schafft, aber ich heule und lache gleichzeitig, und die Welt fühlt sich gleich etwas weniger erdrückend an, jetzt, wo ich hier bei meiner Familie bin, die ich mir so sorgsam selbst ausgesucht habe. »Ich würde beim Schubsen helfen.«

Sie lächelt durch die Tränen hinweg. »Beim nächsten Mal dann.«

»Davon würde ich abraten. Das nächste Mal, dass du diesen Kerl wiedersehen wirst, wird, wenn überhaupt, in einem britischen Gerichtsaal der Fall sein. Da sollte man die Mordversuche dann doch besser sein lassen.« Caleb ist zwar durch meine Tränen verschwommen, aber ich sehe, wie er zu seinem besten Single Malt geht, den er nachdenklich anstarrt, ehe er doch abbiegt und die Glaskaraffe mit Wasser sowie vier Gläser holt. Es ist offensichtlich, dass er gerade erst aus Mailand zurück ist, denn er trägt nicht wie sonst einen seiner schicken Anzüge, sondern ein paar Slacks zu einem schlichten, engen Rollkragenpullover, während ihm das Haar zu Berge steht und es in seiner Hosentasche dauerhaft vibriert. Zweifellos sein Handy, das nicht mehr stillstehen will. Mit einem schweren Seufzen lässt er sich in den Sessel mir gegenüber sinken. »Beste Grüße von Andrew übrigens. Er hat sich die Sachlage angehört und direkt seine beste Strafrechtskollegin mit ins Boot geholt. Er meint, sie wird einen Heidenspaß daran haben, Trevor Jenkins bis auf den letzten Penny auszunehmen und ihm mit Schadensersatz- und Schmerzensgeldklagen zu drohen, bis er nicht mehr weiß, wo oben und unten ist.«

»Gut«, grummelt Roan, und selten habe ich in seiner Stimme so viel Abscheu gehört wie in diesem Augenblick. Seine Hände zittern, doch er versucht, es zu verbergen, indem er sie so sehr aneinanderpresst, dass sie ganz weiß werden. Die Ringe daran dreht er unaufhörlich. »Wobei mir persönlich Mord ja immer noch lieber wäre.«

Ich löse mich von Ellie und streiche die Tränen fort, weil ich zwar immer noch weinen, mich aber nicht länger so hilflos fühlen möchte. Ich kann gerade eh nicht alles verarbeiten, was ich fühle, also konzentriere ich mich auf das, was ich tun kann: mich vorzubereiten. »Wie sieht die Lage generell aus?«

Caleb füllt schweigend unsere Wassergläser. Seine abwägende Stille ist eigentlich Antwort genug. Er schiebt mir eins der Gläser über den Tisch hinweg zu, zusammen mit einem Taschentuch aus der schlichten Box auf dem Tisch. »Dein Name wird gerade ziemlich durch den Dreck gezogen, und *L'Oréal* hat angerufen. Von deiner Visitenkarte wissen sie, dass du für mich arbeitest, und haben, nachdem sie dich nicht erreichen konnten, stellvertretend mich darüber informiert, dass sie deinen Namen aus den Credits für ihre Produktfotos streichen lassen. Außerdem haben sie mit Klage gedroht, wenn du dagegen angehst.«

Ich greife mir das Wasserglas, meine Kehle ist ganz trocken. »Verlangen sie die Gage zurück?«

»Nicht, solange du Stillschweigen über deine Beteiligung an der Kampagne bewahrst.«

»Was für ein Bullshit«, fährt Ellie auf, die Hände in die Luft geworfen und die Empörung und das Unverständnis überdeutlich ins Gesicht geschrieben. »Du hast diese Kampagne fast allein gestemmt wegen dieses Arschlochs, das sich geweigert hat, vernünftig mitzuarbeiten. Sie können deinen Namen nicht einfach streichen.«

Caleb nickt. »Bullshit ist es auf jeden Fall.«

Er lässt den Satz in der Luft hängen, und ich folge der Einladung. »Aber?«

Nachdenklich sieht er in sein Glas, die Mundwinkel nach unten gebogen. »Aber ich würde dir raten, nicht dagegen vorzugehen, sondern das Geld einzustecken und die Sache zu vergessen.«

Dass es nicht die Lösung ist, die ihm persönlich gefällt, ist offensichtlich, aber ich weiß, dass Caleb als Manager nicht immer alle Entscheidungen als Caleb treffen kann. Viele muss er als Mister C treffen, mit seinen Künstlerinnen und Künstlern und Mitarbeitenden im Sinn. Eine Eigenschaft an ihm, die ich immer schon bewundert und die ich in den letzten Jahren als seine gute Freundin und Mitarbeiterin zu schätzen gelernt habe. »Okay, dann werde ich die Sache vergessen.«

Ellie plustert die Wangen auf. »Aber – «

»Es ist nur eine Kampagne, Ellie. Ich bin nicht mehr am Anfang meiner Karriere, wo ich noch jeden Job für mein Portfolio brauchte und solange ich die Bezahlung nicht zurückgeben muss, bin ich damit zufrieden.« Natürlich ist das nervig, und es kratzt an meinem Stolz, weil jetzt dieser dämliche Trittbrettfahrer den ganzen Ruhm für die Looks einheimsen wird, aber das ist etwas, das ich verkraften kann. »Und der Rest?«

Calebs Blick schnellt zu Roan, der mit krampfigen Händen sein Glas festhält. Was auch immer die beiden da über ihre Augen klären, es sorgt dafür, dass Roan zu mir herüberkommt und sich neben mich auf das Sofa fallen lässt, obwohl er mir zuvor noch Raum gegeben hat, um Trost bei meiner Freundin zu suchen. Erst als er meine Hand ergriffen und das Glas abgestellt hat, beginnt Caleb zu sprechen.

»Online ist es eine einzige Schlammschlacht. Liners halten sich bisher weitestgehend zurück, einfach, weil Julie clever ist und Roan immer in die Opferrolle rückt, um sich nicht mit seinen Fans auseinandersetzen zu müssen. Die Reichweite ist aber wegen des Fandoms natürlich trotzdem immens, und jedes Klatschblatt der Stadt hat mittlerweile seine eigene Version von diesem Artikel hochgekotzt und veröffentlicht.« Es ist eine sachliche und ehrliche Zusammenfassung, die aber deshalb nicht weniger wehtut. »Unzählige Wichtigtuer melden sich und behaupten, ebenfalls mit dir zusammen gewesen zu sein oder mit dir geschlafen zu haben. Andere verteidigen dich und nennen es die freie Auslebung weiblicher Sexualität. Wieder andere sehen in dir alles, was in dieser Gesellschaft schiefläuft, und sagen sehr uncharmante Dinge über dich, die ich nicht wiederholen möchte und die du bitte auch nicht nachlesen sollst.« Er erhebt sich und geht zu seinem Schreibtisch. Erst jetzt fällt mir auf, dass er bei seinem Festnetztelefon das Kabel gezogen hat. In einer Schublade kramt er nach etwas und kommt kurz darauf mit einer Zigarettenschachtel, einem Aschenbecher samt Feuerzeug und einem kleinen, silbernen Ding in der Hand zu uns zurück. »Bisher sind die Schäden für die Marke *Parallel* gering, weil Roan als Opfer gesehen wird. Aber ich habe schon die ersten Eltern online besorgt über das alles diskutieren sehen, während Fans nicht wirklich wissen, woran sie sind und sich ein Statement wünschen.« Er setzt sich, stellt den Aschenbecher ab und zieht sein immer noch vibrierendes Handy aus der Hosentasche. Kommentarlos wirft er Roan erst das Feuerzeug und dann die Zigaretten zu, der sie kurz betrachtet und dann, ohne mich loszulassen, eine davon herausnimmt. Eigentlich raucht Roan nicht in geschlossenen Räumen, und dass er sich jetzt mit zitternder Hand trotzdem eine ansteckt, lässt mich wissen, was er nicht sagt und auch nicht sagen muss.

Mit dem kleinen silbernen Ding zieht Caleb kurzerhand den SIM-Karten-Slot aus seinem Handy heraus, entfernt eine von beiden und schiebt es dann wieder zurück. Das Vibrieren hört sofort auf, und er brummt zufrieden, ehe er sich tiefer in seinen Sessel sinken lässt. »Was das Statement anbelangt, bin ich mir unsicher, wie wir am besten vorgehen sollen. Ich würde das lieber besprechen, sobald Dee zurück ist und wir diese Entscheidung alle zusammen treffen können. So lange können wir die Sache aussitzen.«

»Okay.« Roan streicht beruhigend über meine Knöchel, aber ich spüre, wie klamm seine Haut unter meinen Fingern ist. »Ich halte das auch für die bessere Idee. Meinst du, der Vorverkauf wird davon betroffen sein?«

»Schwer zu sagen.« Meine Welt verschwimmt bei Calebs vager Antwort, und das Atmen fällt mir schwer. »Das Stimmungsbild ist zu undurchsichtig, um dir eine klare Antwort darauf zu geben. Manche hegen Sympathien für dich, andere wiederum finden dich schwach und einfältig. Durch die Artikel über Mia ist dein Name natürlich noch mehr in aller Munde als eh schon, und das könnte dem Vorverkauf schaden oder aber ihn pushen. Frei nach dem Motto *Schlechte Publicity gibt es nicht*.«

»Was, wenn ich kündige?«

Stille legt sich über das Büro, und ich glaube, dass wir alle kollektiv den Atem anhalten, so ruhig ist es. Zumindest für den Bruchteil eines Augenblicks, denn dann sagen Roan und Ellie schon unisono: »Auf gar keinen Fall.«

Wild reden die beiden durcheinander, bis ich kein Wort mehr verstehe, und ich das Gefühl habe, auch meine eigenen Gedanken nicht länger hören zu können. Caleb jedoch bleibt stumm. Er sitzt mir gegenüber, sieht mich an und schweigt. Es ist diese stoische Ruhe, aus der ich in diesem Augenblick Kraft ziehe. Diese Unerschütterlichkeit, an die ich mich klammern will. Denn anders als die anderen beiden denkt er offensichtlich wirklich über meinen Vorschlag nach.

»Cal«, sage ich und weiß, dass er mich auch über den lautstarken Protest der anderen beiden hören kann, »was, wenn ich kündige?«

Ellies und Roans Stimmen verstummen, und die Stille ist zurück, diesmal allerdings ist sie mit etwas anderem aufgeladen als mit Unglauben und Überraschung. Dieser Stille haftet Angst an. Ehrliche, ungefilterte Angst. Und ich weiß nicht, von wem sie kommt, doch der Stein in meinem Magen lässt mich vermuten, dass es meine eigene ist.

»Möchtest du denn kündigen?« Calebs Stimme ist ernst, aber ganz ohne Wertung.

Darüber muss ich einen Augenblick nachdenken, denn ich weiß, dass Caleb keine halbherzige Antwort akzeptieren wird. Nicht, wenn es um so etwas Ernstes geht wie das hier. »Wenn ich weiterhin allen damit schade, indem ich bleibe, dann ja.«

Caleb schwenkt das Wasser in seinem Glas. Sein Blick wandert zwischen Roan und mir hin und her, und ich weiß, dass er begreift, sehe es in dem Rauchblau seiner aufmerksamen Augen, denen nichts entgeht. Wer uns da gerade ansieht, weiß ich auch ganz genau, denn seine Stirn wird kraus. Mister C ist zurück, und er schätzt den Schaden ab, den das zwischen uns anzurichten vermag.

Roans Hand umklammert meine jetzt so fest, dass es schmerzt. »Cal, du kannst das nicht allen Ernstes in Betracht ziehen!«

»Kann ich, wenn es das ist, was Mia wirklich will.« Caleb stellt sein Glas ab und blickt mir tief in die Augen. »Ist es denn das, was du *wirklich* willst?«

Tränen kullern wieder über meine Wangen, als ich daran denke, nicht mehr bei *Two Lines Entertainment* zu arbeiten. Die Wahrheit bricht aus mir heraus, denn auch wenn ich mit dreißig Jahren noch jung genug bin, um etwas Neues zu lernen, weil niemand eine Make-up-Artist einstellen würde, die derartig in Verruf geraten ist, gibt es nichts auf dieser Welt, was ich lieber machen möchte. »Nein, ist es nicht.«

»Dann ist es absolut indiskutabel.« Bei Calebs Antwort höre ich Ellie und Roan erleichtert neben mir aufatmen, und auch mich überkommt ein Gefühl von tiefer Dankbarkeit, das nur noch mehr Tränen kullern lässt. Wann ich das letzte Mal so viel geweint habe wie in den letzten paar Wochen, weiß ich beim besten Willen nicht. Caleb steht auf und kommt zu uns um den Couchtisch herum, auf den er sich setzt, mir direkt gegenüber. »Wir haben *Quill Music* nicht verlassen, um dann alles so zu machen wie sie. Ich werde eine Lösung für das alles finden. Aber dafür brauche ich ein bisschen Zeit und dein Vertrauen. Meinst du, das kannst du mir geben?«

»Ja«, würge ich mehr hervor, als es wirklich zu sagen. »Ja, kann ich.«

»Okay.« Er lächelt und stößt mich sanft mit dem Knie an. »Und jetzt lass mal für ein paar Sekunden deinen Freund los und lass mich dich umarmen. Ich könnte gerade sehr gut eine Mia-Umarmung gebrauchen.«

Roan lässt mich los, und ich rutsche auf dem Sofa so weit nach vorn, dass ich Caleb in die Arme schließen kann, der seine Hand auf meinen Hinterkopf legt und uns beide hin und her wiegt. »Danke.«

»Nichts zu danken. Wegen dieser beiden anstrengenden Trottel ist mein Bullshit-Radar echt gut geworden, sodass ich weiß, wenn mich jemand belügt.« Ich höre das Schmunzeln in seiner Stimme, und trotz meiner Tränen kann ich nicht umhin, es zu erwidern. »Wir finden eine Lösung, Mia. Gemeinsam. Das haben wir noch immer.«

Weil ich einen so dicken Kloß im Hals habe, dass ich kein Wort mehr rausbekomme, nicke ich stattdessen einfach nur.

»Du bist nicht allein. Das ist keiner von uns.« Caleb tätschelt mir noch einmal den Rücken, ehe er mich loslässt und über meine Arme streicht, dann gibt er mich ganz frei. »Wir sind eine Familie. Da lassen wir niemanden im Stich.« Das Schmunzeln schwindet, und er wird wieder ganz ernst. »Aber wenn irgendwann der Punkt kommt, an dem du kündigen und gehen möchtest, und du das wirklich ernst meinst und es nicht sagst, weil du meinst, dass du musst, dann werde ich dich unterstützen, egal was alle anderen sagen, okay?«

»Mann, Cal.« Ich schluchze wieder auf und versuche irgendwie, die Tränen in den Griff zu bekommen. »Du kannst doch nicht so schöne Sachen sagen, wenn ich gerade versuche, mich zu beruhigen.«

Belustigt schüttelt er den Kopf und lehnt sich lässig auf dem Couchtisch zurück. »Ich fürchte, da ist jetzt eh Hopfen und Malz verloren.«

Ellie kichert neben mir, stoppt dann aber abrupt. Sie lehnt sich vor und deutet zwischen Roan und mir hin und her. »Als Caleb gerade eben *dein Freund* sagte, meinte er da –«

Ich ergreife Roans Hand und nicke. »Ja, meinte er.«

Meine beste Freundin quietscht auf, der Ton so hell, dass man meinen könnte, dass ihn nur Hunde hören. »Na endlich!«

Roan räuspert sich und drückt seine Zigarette aus. »Cal, wir haben aber nicht vor, damit jetzt schon an die Öffentlichkeit zu gehen. Wenn überhaupt.«

»Vollkommen klar, Mann.« Caleb lehnt sich vor und klopft seinem Schützling und Freund auf die Schulter. »Mach dir darum mal keine Sorgen. Das kann warten, bis ihr so weit seid.« Er wirft mir einen Blick zu und lächelt. »Ihr beide.«

»Danke, Cal.«

»Ja, komm, jetzt habt ihr auch genug sein Ego gestreichelt.« Ellie rückt noch näher zu mir heran, und ich lasse mich vertrauensvoll gegen Roan sinken, der mich sicher hält. »Erzählt mir *alles*. Jetzt sofort.«

Und genau das tun Roan und ich, und mit jedem Wort und jedem Lachen treten die Reporter dort draußen für mich mehr und mehr in den Hintergrund. Denn Caleb hat recht. Ich bin nicht allein damit. Ich habe Menschen um mich herum, die mich lieben und auf die ich mich verlassen kann. Mit ihnen an meiner Seite kann ich alles schaffen, kann alles aushalten.

Ich bin nicht allein. Und das werde ich auch niemals sein. Was auch immer geschieht.

27. KAPITEL

Roan

»Und du bist dir sicher, dass es okay ist, hier zu sein?«

»Ja.« Ich nehme die Ecke vom Spannbettlaken entgegen, als Mia sie mir reicht, und gemeinsam ziehen wir das Betttuch auf das Luftbett, das zu Alistairs Notfallausrüstung zählt, die er uns gegeben hat. »Sieh es einfach als verlängerte Besichtigung an. So kannst du direkt rausfinden, ob du hier gut schlafen kannst.«

»Heute Nacht schlafe ich vermutlich eh wie ein Stein.« Mia steckt ihren Teil des Lakens fest und bückt sich zu der großen Umzugsbox herunter, aus der sie zwei Schlafsäcke zieht, von denen sie mir einen zuwirft. Er ist groß und dunkelgrün und sieht verdammt so aus, als wäre er mehr fürs Militär als für Zivilisten gedacht. »So lang und chaotisch, wie der Tag war.«

»Das hoffe ich doch. Du kannst den Schlaf gut gebrauchen.« Ich falte meinen Schlafsack auseinander und helfe dann Mia mit ihrem, die mit der Kordel kämpft und die mich dankbar anlächelt, als ich ihn ihr abnehme und ihre Seite des Bettes zu Ende vorbereite. »Wie fühlst du dich jetzt?«

»Besser.« Mit den Händen streicht sie sich über das von der heißen Dusche noch ganz rosige Gesicht. »Noch besser werde ich mich vermutlich fühlen, wenn ich erst mal geschlafen habe.«

»Wahrscheinlich.« Ich streiche die letzte Ecke des Schlafsacks glatt, den ich aufgemacht und als Decke ausgebreitet habe, und deute auf das Bett. »So, fertig.«

»Danke.« Kurz küsst sie mich, ehe sie sich auf das Luftbett fallen lässt, das ein bisschen verloren in dem leeren Raum aussieht, der vielleicht einmal Mias Schlafzimmer werden könnte. Kaum liegt sie, stößt sie ein erleichtertes Stöhnen aus. »Gott, fühlt sich das gut an.«

Ich mache mir eine mentale Notiz, Alistair noch mal für seine Notfallkisten zu danken, die er aus seinen Vorräten im Keller von *Two Lines Entertainment* für uns gepackt hat. Er hat an alles gedacht, Wechselkleidung, Hygieneartikel, Schlafsäcke, Notlicht. Langsam, aber sicher sollte ich wohl hinterfragen, was genau Alistair gemacht hat, bevor er zu uns gekommen ist. Meine innere Stimme allerdings rät mir davon ab. Entschlossen streiche ich meinen Sicherheitschef für heute aus meinen Gedanken und gehe zu den bodentiefen Fenstern, um die Jalousien herunterzulassen. Es tut gut, aus dem Fenster sehen zu können, ohne gleich Reportern und ihren Kameras entgegenzublicken. Meinen beschleunigenden Herzschlag ignoriere ich genauso wie die Erinnerungen, die hochkochen wollen, und so lasse ich mit einem Knopfdruck die Jalousien herunter und gehe zum Bett, in dem Mia schon auf mich wartet. Ein verdammt gutes Gefühl, auch wenn der Großteil des Tages einfach nur zum Kotzen war.

Mia öffnet eines ihrer Augen und klopft auf den Platz neben sich. Sie lächelt, aber die Erinnerung an ihre Tränen hält mein Herz noch immer in einen schmerzhaften Schraubstock gespannt. »Ich vermisse da jemanden in meinem Bett.«

Nur zu gern nehme ich die Einladung an. Meinen Arm biete ich ihr als Kopfkissen, eine simple Ausrede, um sie ganz von Nahem betrachten zu können. Die langen Wimpern, die grünbraunen Augen, das Grübchen, als sie lächelt. Das Notlicht erhellt ihre Züge gerade genug, dass ich sie gut sehen kann, in der Dunkelheit des Raums, in dem es zum Glück nur uns gibt. »Da bin ich.«

Sie schmiegt sich näher an mich. »Jetzt darfst du nicht mehr gehen.«

»Nie mehr?«

»Nie mehr.« Sie küsst meinen Arm und schließt die Augen. »Ich hätte beim besten Willen nichts dagegen, einfach hier zu bleiben und nie wieder da rauszumüssen. Nur du, ich, ein Bett und Take-Out. Damit könnte ich sehr gut leben.«

Ihre Lüge nehme ich als Einstieg für ein Gespräch, von dem ich weiß, dass wir es führen müssen, das ich aber beim besten Willen nicht führen will, aus Angst vor seinem Ausgang. Aber ich muss. Nicht nur für Mia, auch für mich. »Mia?«

»Mhm?« Sie scheint schon ins Traumland abzudriften, und ein Teil von mir will sie einfach schlafen lassen, weil der Tag beim besten Willen aufwühlend genug war. Aber ich beiße mich durch.

»Du weißt aber, dass ich es tun würde, wenn du mich darum bitten würdest, oder?«

»Was jetzt?« Sie gähnt und kuschelt sich noch mehr bei mir ein. »Für immer mit mir hierbleiben?«

»Nein.« Ich schlucke leise. »Gehen.«

Erst glaube ich, dass sie mich vielleicht nicht gehört hat, so leise, wie ich geflüstert habe, aber dann öffnet sie doch die Augen. »Ich weiß. Aber das will ich gar nicht.«

»Es wäre aber absolut verständlich, wenn du das wollen würdest.« Ich meine die Worte zwar vollkommen ernst, aber trotzdem muss ich mich dazu zwingen, sie zu auszusprechen. »Und es wäre auch total okay, wenn du deine Meinung darüber änderst.«

»Roan.« Sie richtet sich ein Stück weit auf und sieht mit ernstem Blick auf mich herab. »Ich habe Ja zu dem hier gesagt, habe Ja zu dir gesagt, zu uns.«

»Ich weiß. Ich weiß.« Ich möchte nicht, dass sie sich aufregt, einerseits, weil sie heute schon genug durchgemacht hat, andererseits, weil ich glaube, dass wir beide einen klaren Kopf für dieses Gespräch brauchen. »Und das will ich weder infrage stellen noch dir unterstellen, dass du nur aus einer Laune heraus so entschieden hast.«

»Was willst du dann damit sagen, Roan?« Die Irritation dringt ihr aus jeder Pore, und Reue steigt in mir auf, die ich entschlossen herunterschlucke. »Dass ich nicht gut genug darüber nachgedacht habe?«

»Nein. Ich will damit sagen, dass es eine Sache ist, diesen abstrusen Irrsinn jeden Tag mitzuerleben, und eine andere, selbst mittendrin zu stecken. Und dass ich es verstehen könnte, wenn du es dadurch vielleicht bereust.« Sie verzieht das Gesicht, und schnell versuche ich, mich zu korrigieren. »Nicht das zwischen uns, aber eben vielleicht der ganze Rattenschwanz, der damit einhergeht. Dieses Leben, mein Leben, ist, wie du weißt, manchmal wirklich verdammt hart, und es ist okay, wenn du das nicht willst. Das ändert ja nichts an dem, was wir füreinander fühlen. Du kannst mit mir zusammen und an meiner Seite sein wollen und trotzdem diesen Teil meines Lebens nicht wollen. Das ist kein Widerspruch.«

»Roan, es gibt nichts an dir, das ich nicht will.« Sie legt die Hände an meine Wangen und sieht mich eindringlich an. »Hörst du? Rein gar nichts.«

Ich lege meine Hand auf ihre, schwelge in der Nähe zu ihr, die ich jetzt so frei genießen kann, und von der ich weiß, dass ich sie schmerzlich vermissen würde, sollte sie jemals fort sein. Aber wir müssen darüber reden und gemeinsam eine Entscheidung treffen. Das schulde ich Mia. Das schulden wir einander. »Daran zweifle ich auch keine Sekunde. Aber dieser Presserummel, in den du reingestürzt wirst, den müssen wir ernst nehmen.« Ich drehe den Kopf, um einen Kuss auf ihren Puls zu hauchen, und streiche mit der Hand ihr nasses Haar zurück über ihre Schulter. »Immerhin hättest du deshalb heute fast deinen Job hingeworfen.«

Die Erinnerung daran ist für sie offensichtlich genauso bitter wie für mich, denn sie kräuselt die Mundwinkel, so als würde sie diesen Augenblick wie Säure auf ihrer Zunge schmecken.

»Ich will dir daraus keinen Vorwurf machen, Mia. Ich verstehe das.« Weil ich nicht weiß, ob ich ihr die Wahrheit sagen kann, wenn ich ihr in die Augen sehe, blicke ich stattdessen Richtung Decke. »Damals, in dieser Zelle, habe ich genau das Gleiche gedacht. Dass, wenn ich jetzt alles hinwerfe, ich wenigstens Damians Karriere nicht schade. Ich habe mich gefragt, ob meine Musik und der Ruhm dieses Opfer wert sind. Ob ich wirklich damit klarkommen kann, mein Leben an die Öffentlichkeit zu verkaufen, die sich bei jeder Gelegenheit wie Wölfe auf jede noch so kleine Kleinigkeit stürzt, die sie finden können.« Panik steigt auf, mischt sich mit den Erinnerungen an den kalten Boden und die Wände, die immer näher kamen, während ich dort auf der Pritsche gehockt und einfach alles infrage gestellt habe. »Wegen meiner Musik habe ich mich damals trotz allem dafür entschieden und meine Maske perfektioniert. Aber ich bin sie so unfassbar leid. Manchmal habe ich das Gefühl, gar nicht mehr zu wissen, wer ich darunter überhaupt noch bin. Außerdem lässt sich nicht wegdiskutieren, dass ich seitdem dich oder Zigaretten brauche, um mit großen Ansammlungen an Reportern fertigzuwerden. Heute vor *Two Lines* habe ich kurz gedacht, dass die Panik gewinnt und ich dich nicht da rauskriege und –«

»Aber ich weiß, wer du bist. Ich weiß es. Und du hast mich da rausgekriegt, Roan.« Ihre Stimme ist ganz dünn. »Du hast mich da raus und nach Hause gebracht.«

»Diesmal, Mia. Diesmal habe ich es hinbekommen.« Natürlich würde ich gerne ihr Ritter in glänzender Rüstung sein, aber dieses Leben zwingt einen zu knallhartem Realismus, sonst verliert man den Boden unter den Füßen. »Aber diese Panik habe ich nicht immer im Griff, und wenn wir zusammenbleiben, wenn wir irgendwann damit an die Öffentlichkeit gehen, kann es sein, dass vielleicht der Tag kommt, an dem ich es nicht schaffe. An dem ich dir nicht helfen kann, egal wie sehr ich es will.«

»Wir können einander helfen. Wir können lernen, zusammen damit umzugehen.« Sie küsst mich, und es schmeckt nach Verzweiflung und einem Hauch Frustration. »Du und ich, schon vergessen?«

»Nein, habe ich nicht.« Ich streiche mit den Fingerspitzen über ihren Wangenknochen, versuche damit die Erinnerung an ihre schreckgeweiteten Augen und ihre Angst zu verdrängen. »Und das wird auch immer so sein, aber, Mia –«

»Liebst du mich?«

Unvorbereitet auf diese Frage sage ich geistreich: »Was?«

Ernst blickt sie mich an. »Liebst du mich?«

Ich zögere, nicht weil ich mir unsicher bin, was ich fühle. Stattdessen fühlen diese Worte sich wie der Beginn von etwas Großem an. Etwas, das ich dann nicht länger aufhalten kann. Etwas, das sie an mich ketten und ihr die Chance nimmt, davonzulaufen, solange sie noch kann. Weil dann aus unserem *Jetzt* ein *Für Immer* wird. »Mia, ich will einfach nur, dass du –«

»Liebst du mich?«

»Ich möchte nicht, dass du nachher bereust, dass –«

»Verdammt noch mal, Roan. Hör auf, für mich zu denken, und beantworte mir einfach meine Frage: Liebst du mich?«

»Mehr als alles andere auf dieser Welt.« Es ist die Wahrheit. Eine Wahrheit, die ich zwölf Jahre lang mit mir herumgetragen habe und die nun endlich die richtigen Ohren erreicht. Aber nun, da sie das Licht der Welt erblickt hat, gibt es keinen Weg zurück. Und als ich in ihre grünbraunen Augen sehe, realisiere ich, dass ich das eh niemals gewollt habe. »Ich habe keine Ahnung, wann ich damit angefangen habe, dich zu lieben. Mir kommt es nämlich vor, als wäre es immer schon so gewesen. Ich weiß nur, dass ich nie wieder damit aufhören kann.« Ich umfasse ihr Gesicht, küsse jede Stelle, die ich finden kann, in der Hoffnung, dass sie auch das hört, wofür mir die Worte fehlen. Aber ich weiß, dass sie mich hört. Weil Mia mich immer hört. Weil sie der einzige Mensch auf dieser Welt ist, der selbst meine Stille zu lesen weiß. »Du bist in jeder meiner Erinnerungen, in jedem Gedanken, in all meinen Entscheidungen. Du bist in all meinen Sprachnachrichten, all meinen Rechtschreibfehlern, all meinen Unsicherheiten, all meinen Auszeichnungen, all meinen Songs, all meinen Melodien und in jedem einzelnen Ton. Du bist überall in meinem Leben, Mia. Und ich will dich genau dort haben, solange du genau dort sein willst.« Ich presse meine Lippen auf ihre, teile alles mit ihr, weil alles von mir ihr gehört, solange sie es will. Weil sie dort war, als ich nichts hatte. Weil sie dort war, als ich alles hatte. Weil sie alles ist, was ich brauche. »Ich liebe dich. Und ich glaube, ich habe dich schon geliebt, lange bevor ich überhaupt wusste, was Liebe eigentlich ist.«

»Das ist alles, was zählt, Roan.« Sie nickt, ihre Lippen dicht an meinen, und ihre Augen geschlossen, als sie ihre Stirn an meine lehnt. »Solange ich dich liebe und du mich, gibt es nichts, was ich nicht aushalten kann. Das heißt nicht, dass ich glaube, dass es einfach wird. Das wird es nicht. Das weiß ich, weil ich Teil deines Lebens bin und gesehen habe, wie tief und dunkel die Schatten sein können, die die Scheinwerfer in deinem Leben werfen. Aber wir haben schon so viel zusammen durchgestanden, dass wir das hier auch noch hinbekommen. Weil ich lernen kann. Weil ich wachsen kann. Weil ich alles kann, solange du bei mir bist.« Es sind Worte, von denen ich immer nur träumen konnte. Worte, die jetzt, wo ich sie höre, mich vollkommen überfordern und mich doch vollständig erfüllen. »Als ich dich geküsst und dir gesagt habe, dass es immer nur du warst und du es auch immer sein wirst, da meinte ich das so, Roan. Ich will dich. Ich will uns. Ich will alles.« Sie küsst mich und stiehlt mir damit den Atem, den ihre Worte mir noch nicht geraubt haben. »Ich will an deiner Seite stehen. Ich will deine Make-up-Artist sein. Ich will deine Freundin sein. Ich will weiter mit dir um die Welt reisen. Ich will weiter in deinen dunkelsten Stunden deine Hand halten und will mit dir in die Sterne blicken. Ich will mit dir nach Hause fahren und trotzdem mit dir hier in London zu Hause sein. Ich will dich nachts in Planetarien entführen und mit dir auf jedes Meer dieser Welt hinausfahren. Ich will Heiligabend mit dir feiern und den nächsten Morgen im hässlichen Pyjama den Weihnachtsmorgen willkommen heißen. Ich will in diese Wohnung einziehen und jede Ecke hier mit Momenten von uns füllen, bis wir so weit sind, um gemeinsam unsere Erinnerungen in Stein zu mauern. Ich will dich lachen sehen, will deine Tränen trocknen, will dich singen hören und dich küssen und dabei die Zeit vergessen.« Ich weiß nicht, wer von uns zuerst mit dem Weinen begonnen hat, sie oder ich, ich weiß nur, dass wir es beide tun. Mias Worte werden undeutlich zwischen ihren Tränen und unseren Küssen, aber ich lausche jedem einzelnen davon, trinke es gierig von ihren Lippen wie ihre Küsse, bis ich glaube, nichts weiter als Mia in mir zu tragen. »Aber vor allem will ich dich lieben, Roan. Ich will dich lieben, wenn du dich selbst nicht lieben kannst. Ich will dich lieben, wenn du glaubst, der Rest der Welt tut es nicht. Ich will dich lieben, auch wenn du glaubst, in Liebe zu ertrinken. Ich will dich einfach endlich lieben, so viel ich nur kann. Ohne Grenzen, ohne Einschränkungen, ohne Zurückhaltung.« Wieder küsst sie mich, und dieser Kuss schmeckt nach Euphorie und Überschwänglichkeit und Salz.

Vorsichtig streiche ich ihr die Tränen von den Wangen, und obwohl meine Hände unkontrolliert zittern wegen all der Dinge, die ich fühle, spüre ich, wie ich lächle. »Ich liebe dich, Emilia Knight.«

Sie lacht, aber es ist mehr ein Schluchzen als alles andere. »Ich liebe dich, Roan Webb.«

Ich küsse sie, lang und innig und mit all der Liebe, die ich für sie empfinde. »Du und ich«, murmle ich an ihren Lippen.

Sie nickt. »Jetzt und für immer.«

28. KAPITEL

Mia

»Gott, wenn ich das jetzt von zwei Fronten aushalten muss, dann werd ich Solo-Künstler.«

Roan reißt ein Stück von seinem Croissant ab, sein Wurf hart und zielsicher, aber nicht schnell genug, denn es verfehlt Damians Kopf und landet stattdessen in seinem Mund. »Du hast mich doch bekniet, dass ich ihr endlich sagen soll, was ich für sie empfinde.«

»Ja, da wusste ich aber auch noch nicht, dass du genauso ein liebeskranker Welpe wirst wie Cal«, meint Damian laut kauend, auf dem Sessel in Calebs Büro lässig zurückgelehnt, auch wenn die dunklen Ringe unter seinen Augen verraten, dass das nichts weiter ist als schöner Schein. Seine Sonnenbrille, die er sonst tief auf der Nase trägt, liegt neben seinem Kaffee auf dem Couchtisch zwischen Frühstücksgebäck und Kaffeebechern.

Die Hälfte davon ist längst aufgegessen, und auch das Schokobrötchen, das Ellie und Caleb extra für mich besorgt haben, ist nur noch in den Krümeln auf meinem Teller zu erahnen. Ich habe zwar etwas länger gebraucht, um die süße Leckerei zu verspeisen, aber ich habe mir einfach Zeit genommen und habe mich in das Gefühl von Geborgenheit fallen lassen, das diesem Raum anhaftet, in dem alle Menschen sitzen, die mir am wichtigsten sind. Heute Morgen, auf dem Weg zum Büro, hatte ich wirklich Bauchschmerzen, aber durch die Menge zu kommen, war diesmal deutlich leichter. Erstens, weil unser Sicherheitsteam diesmal besser vorbereitet und uns schon eine Schneise freigemacht hatte, und zweitens, weil ich auf der sehr kurzen fünfminütigen Fahrt von Saint Pancras nach Clerkenwell keine Zeit hatte, mir allzu sehr über das alles den Kopf zu zerbrechen. Außerdem habe ich mir, sobald ich unten durch die Hintertür reingekommen bin, eh mehr Gedanken darüber gemacht, wie wir es Damian sagen sollen. Das allerdings war deutlich unkomplizierter als gedacht, denn er hat nur unsere ineinander verschlungenen Hände gesehen, als wir reingekommen sind, und meinte, dass er im Falle einer Scheidung bei mir bleiben werde, ehe er uns umarmt und beglückwünscht hat. Danach sind alle einfach zur Tagesordnung übergegangen, und dafür bin ich ihm, wenn ich ganz ehrlich sein soll, unendlich dankbar.

»Das ist ein Kompliment, Roan.« Caleb sitzt auf dem anderen Sessel, seinen Arm locker um Ellies Hüfte geschlungen, die auf der Lehne hockt und glücklich verzückt ihr zweites Plunderstück mit Marmelade verputzt.

Damian schüttelt den Kopf. »Ist es nicht.«

»Dann sieh es einfach als eins.« Caleb schwenkt seinen Kaffeebecher, und die Atmosphäre ist so ruhig und entspannt, dass man meinen könnte, wir alle wären zwischen den Feiertagen nur zusammengekommen, um gemeinsam zu frühstücken. Calebs maßgeschneiderter Anzug mit dezenten Bronzeapplikationen und die Geräusche des geschäftigen Treibens unter uns verraten, dass dieses Frühstück alles andere als sorglos ist. »Es gibt Schlimmeres, als liebeskrank genannt zu werden. Engstirnig zum Beispiel. Oder bescheuert. Oder neidisch.«

Damian greift sich einen seiner Scones und reißt ihn missmutig in der Hälfte auseinander. »Ich bin nicht neidisch.«

»Niemand hat von dir gesprochen, Dee.« Roan grinst in seinen Kaffee, und ich verberge mein Lachen an seiner Schulter, als er nachsetzt: »Aber wenn der Schuh passt.«

»Oh, du fußballfeldgroßes Arschloch.«

»Na, na, na.« Ellie leckt sich die Marmelade von den Fingern, ihr Mund beschmiert mit dem klebrigen Zeug, das sie so voller Genuss gegessen hat. »Seid artig, ihr zwei. Sonst stecke ich euch fürs Konzert in einen Siebziger-Glitzerfummel.«

Es ist eine leere Drohung, aber eine, die die beiden dazu bringt, den Mund zu halten, was nur zeigt, wie sehr Ellie, auch wenn sie am kürzesten zu uns gehört, die beiden schon im Griff hat.

»Was ist überhaupt der Plan?« Damian beschmiert seine Scones dick mit Sahne und Marmelade, während Roan sein Croissant mehr auseinanderrupft, als es wirklich zu essen. »Eine Pressekonferenz, oder wieso hast du das gesamte Team zusammengetrommelt?«

Caleb grinst schief, offensichtlich stolz auf seine Idee, in die er uns noch nicht eingeweiht, sondern allen erst mal die Gelegenheit gegeben hat, anzukommen und einander auf den neusten Stand zu bringen. »Nicht ganz. Ich dachte, wir zeigen der Presse den Mittelfinger und machen ein Live. Ein Statement für eure Fans und nicht für die Medien. Ob ihr ein Skript wollt oder nicht, könnt ihr euch überlegen.« Überrascht sieht Roan ihn an, doch Caleb zuckt nur mit den Achseln. »Ich habe dir doch gesagt, wir machen es nicht wie bei *Quill Music.*«

»Und genau deshalb liebe ich dich, obwohl du so ein Langweiler bist.« Damian beißt herzhaft in seinen Scone, von dem Sahne und Marmelade heruntertropft und klatschend auf dem Couchtisch landet. Er kaut ein bisschen darauf herum, ehe er den großen Bissen herunterschluckt. »Wobei du weniger langweilig bist, seitdem du Ellie hast.«

Ellie kichert. »Vielen Dank. Das ist mit Abstand die größte Errungenschaft meines Lebens.«

Caleb stößt sie mit der Schulter an. »Ich?«

»Auch.« Sie küsst ihn kurz. »Aber primär die Tatsache, dass du nicht mehr ganz so zugeknöpft bist.«

Ich fürchte, dass Damian den Kaffee, mit dem er nachgespült hat, quer über den Tisch prustet, doch er schafft es, ihn herunterzuschlucken, wenn auch halb hustend, halb lachend, als er mit Ellie einschlägt.

»Ihr beide seid wirklich eine ganz miese Kombi«, murrt Caleb und wird dann wieder ernst, als er seinen Kaffee leert und die Tasse auf den Tisch stellt. »Ich habe vorhin mal bei Ticketmaster reingeschaut wegen des Vorverkaufs und bin jetzt schon in der Warteschlange, obwohl es erst in ein paar Stunden losgeht. Der letzte Artikel scheint also keinen Schaden an dieser Front angerichtet zu haben.« Bei diesen Worten sieht er mich an, und ich lächle Caleb dankbar zu, ehe er fortfährt, als wäre nichts gewesen. »Wenn ihr wollt, können wir bis nach dem Verkaufsstart warten, aber ich denke, ein Statement sollten wir heute trotzdem verlauten lassen, einfach, weil eure Fans sich das wünschen. Wenn wir bis nach dem Vorverkauf warten, könnten wir es kurzhalten und dann zu den Nachrichten zur Tour übergehen. Ein paar werden euch dann zwar ein Cover-up vorwerfen, aber alle kann man eh nicht glücklich machen. Ich würde mich da also nach euren Wünschen richten.«

Roan ergreift meine Hand und drückt sie fest, kein Hauch Unsicherheit in seiner Stimme. »Was meinst du, Dee?«

Damian isst den letzten Krümel seines Scones und wischt sich die Hände mit seiner Serviette ab, das Gesicht nachdenklich verzogen, während er sich Zeit lässt und jeden Finger einzeln bearbeitet. »Ich glaube fast, dass danach besser ist. Wenn wir uns davor äußern, sieht es aus, als wären wir verunsichert, und das bringt vielleicht Unruhe in den Vorverkauf. Nichts für ungut, Mia.«

»Alles gut«, versichere ich ihm, denn mir ist es lieber, wir sprechen klar und deutlich über das Für und Wider, anstatt unnötig drumherumzutanzen. Dass ich mit unserer Beziehung jetzt noch nicht an die Öffentlichkeit will, haben alle akzeptiert. Jetzt geht es darum, Alternativen zu finden. »Bitte mach dir um mich keinen Kopf. Ich bin okay.«

Und das bin ich tatsächlich. Wenn ich in mich hineinhorche, ist da zwar noch ein gewisses Unwohlsein, aber das ist alles. Es ist ein Unwohlsein, keine blanke Panik. Die hat keinen Platz mehr. Nicht nach gestern. Nicht nach allem, was Roan und ich geteilt haben. Denn darin kann ich ruhen. In diesem Wissen, dass er mich liebt, und dass ich ihn liebe, und dass das alles ist, was zählt. Dass wir gemeinsam unser *Für Immer* gefunden haben, das alles überstehen wird.

Denn das mit uns, das ist unzerstörbar.

Daran glaube ich. Felsenfest. Und alles andere? Das ist bedeutungslos.

Roan hebt meine Hand an seine Lippen und drückt einen Kuss auf meinen Handrücken, ehe er sich auf dem Sofa zurücklehnt und von meinem Roan zu dem Roan der Massen wird. Früher hat es wehgetan, dabei zuzusehen. Jetzt aber erkenne ich meinen Roan direkt unter der Oberfläche, sehe in seinem entschlossenen Blick, dass er noch immer dort ist, seinem Öffentlichkeits-Ich so nah wie nie und fast eins. Und ich weiß nicht, ob er jemals schöner gewesen ist als in diesem Augenblick. Doch, gestern. Gestern, als er mich angesehen und mir gesagt hat, dass er mich liebt. Als er ganz mein war. »Ich stimme Dee zu, nach dem Vorverkauf ist besser. Am besten casual. Definitiv unscripted. Und nichts allzu Detailreiches. Wir spielen es runter, ersticken es mit Neuigkeiten über die Tour und das Album und bieten keine Angriffsfläche. Sollen diese Hunde sich an uns doch die Zähne ausbeißen. Das Wichtigste ist, dass unsere Liners beruhigt sind. Alles andere ist mir, gelinde gesagt, scheißegal.«

»Genau das wollte ich hören.« Caleb grinst schief. »Außerdem habe ich Neuigkeiten von unseren Anwälten. Eine Klagegrundlage gibt es bei Jenkins auf jeden Fall. Außerdem konzentrieren sie sich jetzt darauf, herauszufinden, wie Julie an die Informationen zu Mias Ex-Freunden gekommen ist. Wenn irgendwas daran unsauber war – was bei ihr verdammt wahrscheinlich ist –, dann kriegen wir sie vielleicht endlich dran.«

»Perfekt.« Roan rollt mit den Schultern. »Darauf warte ich seit Jahren, Mann.«

»Ich weiß.« Caleb sieht zu Damian, der zustimmend knurrt. »Nicht nur du, Roan.«

»Ich hätte nie gedacht, dass ich das mal sage, aber ich kann es kaum erwarten, wieder im Gerichtssaal zu hocken und dieser Frau den Hals umzudrehen.« Damian setzt sich seine Sonnenbrille auf die Nase, sein Blick über den Rand hinweg stechend, als er Roan fixiert. »Sie hat damals nicht nur dir etwas gestohlen, Bruder. Sie hat uns dich gestohlen. Einen Teil von dir zumindest. Aber«, er lächelt, und es ist so offen und so verletzlich, wie ich es bei Damian noch nie zuvor gesehen habe, »ich habe das Gefühl, wir waren noch nie so nah dran wie jetzt, diesen Teil von dir vollständig zurückzubekommen. Was meinst du, Cal?«

»Ganz deiner Meinung, Dee.« Caleb räuspert sich, doch als er spricht, klingt seine Stimme nicht weniger belegt als noch zuvor. »Ganz deiner Meinung.«

Eigentlich dachte ich, dass meine Tanks leer sind, aber meine Sicht verschwimmt wieder vor Tränen, und an der Art, wie Roan meine Hand umklammert, weiß ich, dass es ihm nicht anders geht. »Jungs, ich –«

Damian klatscht in die Hände und steht abrupt von seinem Sessel auf, sein Kontingent der tiefschürfenden Gefühle offensichtlich aufgebraucht. »Sollen wir dann runtergehen und uns hübsch machen lassen? So wie wir beide aussehen, ist das heute eine deutlich größere Baustelle.«

Roan atmet zitternd aus und kneift sich in die Nasenwurzel, ehe er brüsk nickt, aufsteht und mir dann dabei hilft, auf die Füße zu kommen. »Gehen wir.«

»Schwebt euch beiden was Bestimmtes vor?«, fragt Ellie, die sich verstohlen über die Wangen wischt, als sie sich erhebt und voraus in Richtung Bürotür geht. »Oder sollen wir uns einfach austoben?«

»Tobt euch aus.« Damian streckt sich, Ellie dicht auf den Fersen, so als könne er es nicht erwarten, seine Gefühle und dieses Frühstück hinter sich zu lassen. »Vielleicht eine kleine Sneakpreview auf die Tour? Wie bei dem Live zur Ankündigung? Das hat unseren Liners, glaube ich, gut gefallen.«

»Klingt gut.« Caleb geht zu seinem Schreibtisch und greift sich sein Notebook vom Tisch, offensichtlich nicht gewillt, den Tag heute in seinem eigenen Büro zu verbringen, sondern uns ganz nah zu sein. »Ich trommle unten gleich mal alle zu einer Besprechung zusammen.«

Damian rollt die Augen. »Und da ist er wieder, der Langweiler.«

Caleb zieht sein Handy aus der Hosentasche hervor und zeigt seinem Schützling ungeniert den Mittelfinger. »Dieser Langweiler sorgt dafür, dass hier überhaupt irgendwas fertig wird, du Experte.«

Demonstrativ hält Damian sich die Ohren zu, und ich lache, Roan und ich sind das Schlusslicht unserer illustren Truppe, mit der ich das Gefühl habe, die Welt beherrschen zu können. Eine Welt, die zu einem abrupten Stillstand kommt, als Caleb auf halbem Weg zur Tür stehen bleibt, das Gesicht kreidebleich, während er auf sein Display starrt.

»Cal?« Roan tritt sofort an seine Seite, während Damian die Stirn krauszieht und sein eigenes Handy aus seiner Hosentasche fischt. »Hey, was ist los? Du siehst aus, als –«

Und dann passieren ganz viele Dinge auf einmal.

Roan wird grün im Gesicht, Ellie schlägt sich die Hände vor den Mund, alle Telefone im Büro gehen auf einmal los, und ich kann nur dabei zusehen, wie meine Welt auseinanderbricht, als ich näher an Caleb herantrete und über seinen Arm hinweg das Bild betrachte, das Roan und mich in inniger Umarmung im Mondlicht zeigt. Wir sehen einander in die Augen, unser beider Haut mit Schweiß überzogen und silbrig glänzend. Ich weiß genau, was ich mir da ansehe, weil ich diesen Augenblick niemals vergessen wollte. Unsere erste gemeinsame Nacht, unser intimster gemeinsamer Moment, der von nun an für immer die Schlagzeile trägt:

Die Hure von *Parallel*
Wie Englands Charmeur Roan Webb über Jahre hinweg seine Make-up-Artist Emilia Knight für Sex bezahlte

The British Royal Gazette

Die Hure von *Parallel*
Wie Englands Charmeur Roan Webb über Jahre hinweg seine Make-up-Artist Emilia Knight für Sex bezahlte

von Julie Presley

Wir wollten wirklich glauben, dass Roan Webb (31, Frontmann des Duos *Parallel*) aus seiner Vergangenheit gelernt hat. Seine tragischen Drogeneskapaden *(wir berichteten)* vor sieben Jahren hätten der Wendepunkt in Roans Leben sein können. Über Wochen hinweg berichteten wir von seiner unklaren Beziehung zu Emilia Knight (30, Make-up-Artist von Roan Webb), die selbst in Gold-Digger-Vorwürfe sowie Berichte ihres promiskuitiven Dating-Verhaltens verstrickt gewesen ist. Ein Statement von Roan oder *Two Lines Entertainment* blieb bisher aus. Die Frage, warum sowohl der Megastar selbst als auch sein Label schweigen, beschäftigte seine Fans und die gesamte Musikwelt gleichermaßen. Nun aber wissen wir, dass dieses Schweigen nichts weiter war als ein Vertuschungsversuch einer simplen, aber verstörenden Wahrheit:

Roan Webb bezahlt Emilia Knight seit Jahren für Sex.

Die dieser Redaktion zugespielten Fotografien beweisen eindeutig, dass Roan ein sexuelles Verhältnis zu Emilia unterhält. Doch es sind die uns vorliegenden Berichte eines ehemaligen Mitarbeiters von *Quill Music Publishing*, dem vorherigen Label der Band, das *Parallel* vor wenigen Wochen in einem spektakulären Prozess offiziell verließ, die uns als Redaktion dazu brachten, diese Aufnahmen, trotz ihrer pornografischen Natur, zu veröffentlichen.

»Als wir *Parallel* damals unter Vertrag nahmen, bestanden

Caleb Lee, Damian Lewis und Roan Webb gleichermaßen darauf, dass auch Emilia Knight einen Job als Make-up-Artist bei uns bekam«, berichtet Tobias Evans, ehemaliger Manager von *Parallel*, der, nach eigenen Angaben, als Sündenbock herhalten und nach dem Verlust von *Quill Music Publishings* einnahmestärkstem Act fristlos entlassen wurde. »Ich fand es damals schon seltsam, dass eine gewöhnliche Make-up-Artist einen solchen Stellenwert innerhalb eines Teams haben kann, und dass die Laufzeit ihres Vertrags an die Laufzeit von Roans Vertrag geknüpft war. Als ich dann sah, was für eine Sonderbehandlung ihr zuteilwurde, und wie selten sie von Roans Seite wich, da bin ich erst wirklich stutzig geworden«, erzählt er uns weiter in einem Restaurant in Kensington, in dem er uns so mutig traf. »Nach meiner Entlassung habe ich selbst Nachforschungen angestellt und dabei herausgefunden, dass Emilias Gehalt sich, seitdem sie *Quill Music* verließ und bei *Two Lines* anfing, verdoppelt hat. Egal wie gut eine Make-up-Artist ist, gibt es keinen Grund, ihr so viel Geld zu zahlen. Außer natürlich, es sind nicht die einzigen Dienste, für die sie entlohnt wird.«

Wir haben die Dokumente, die Mr Evans uns vorgelegt hat, unabhängig auf ihre Richtigkeit prüfen lassen und konnten diese abschließend verifizieren. Auch Emilias Ex-Freund, Trevor Jenkins, haben wir zu diesen Vorwürfen erneut interviewt und er sagte uns: »Das würde erklären, warum sie so derartig von ihm besessen war. So kann er sich sicher sein, dass jemand sein Bett wärmt, ohne dass er ständig Non-Disclosure-Agreements unterzeichnen lassen muss, damit seine Groupies den Mund halten. Denn seien wir doch mal ehrlich, sonst würde ein Typ wie Roan doch keinen zweiten Blick auf eine Frau wie Emilia werfen.«

Auch wenn Prostitution in Großbritannien keine Straftat

ist, können wir als Redaktion diesen Machtmissbrauch von Roan Webb nur aufs Schärfste kritisieren und fragen uns, wer innerhalb von *Two Lines Entertainment* noch davon gewusst hat. Oder ob nicht, in Anbetracht von Emilias belebter Vergangenheit, jeder einzelne Mitarbeiter von *Two Lines Entertainment* ebenfalls von Emilias Dienstleistungen profitiert.

Wir bleiben in jedem Fall an der Sache dran.

29. KAPITEL

Roan

Die Welt verliert ihren Fokus.

Sie verliert ihren Fokus und ihre Bedeutung und ihre Schwerkraft, und ich verliere mich mit ihr. Meine Welt hört nicht auf, sich zu drehen, während sie doch ganz stumm bleibt und mich einschließt. Sie raubt mir alle Sinne, verweigert es mir, mich irgendwo zu verankern, bis ich nur noch wanken kann.

Ich sehe nichts, höre nichts, rieche nichts, schmecke nichts, fühle nichts.

Ich falle nur, immer weiter und immer tiefer, bis ich aufschlage und es mich zerreißt. Von innen heraus breche ich auf, reiße alles fort, was einst verwachsen war, bis ich Blut und Galle schmecke. Wie ich ins Bad im ersten Stock gekommen bin, weiß ich nicht. Ich weiß auch nicht, wann ich vor der Toilette auf die Knie gefallen bin. Ich weiß nur, dass alles herauswill. Mein ganzer Körper krümmt und wölbt sich, als ich mich übergebe, und verzweifelt suche ich Halt, aber finde keinen. Ich falle nur weiter und weiter und weiter, lasse Welle über Welle über Welle durch meinen Körper rollen, bis ich schweißnass und erschöpft bin. Doch es hört nicht auf, auch dann nicht, als mein Magen leer ist und ich nur noch Schmerz hochwürgen kann, der keine Form kennt, und trotzdem so verzweifelt versucht, meinen Körper zu verlassen.

Erschöpfung übermannt mich, und ich verliere endgültig den Halt, sacke in mir zusammen und zur Seite. Hart knallt mein Rücken gegen die Badezimmerwand, kalt drücken sich die Fliesen gegen meinen Hinterkopf. Mit einem Mal spüre ich wieder das eigene Gewicht meines Körpers, und er zerrt mich hinab, macht mir das Atmen schwer, bis ich glaube, dass meine Lungen platzen, gegen die ich doch so krampfhaft anzukämpfen versuche. Aber es schmerzt. Jeder Atemzug, jedes Zittern, jedes Würgen. Alles tut höllisch weh. Wenn auch weniger als der Anblick dieser Bilder, die wieder vor meinem inneren Auge erblühen, und die ich niemals mit irgendjemandem teilen wollte.

Niemand hätte Mia jemals so sehen sollen. Niemand hätte wissen sollen, wie sie in meinen Armen aussieht, in Mondlicht gehüllt und mit Liebe im Blick. Diese Erinnerung hätte nur mir gehören sollen. Sie hätte nur uns gehören sollen. Aber man hat sie uns geraubt und etwas so Zartes, etwas so Kostbares den Wölfen zum Fraß vorgeworfen.

Meine Hände, die mich unzählige Male die Rankhilfe hinaufgetragen haben, zittern, als ich auf sie hinabsehe. Ich bin überrascht, als ich keine Schnitte finde, denn sie brennen und schmerzen so wie alles an meinem Körper. Eigentlich müsste ich in meinem eigenen Blut sitzen, so sehr, wie alles wehtut. Eine Lache müsste sich unter mir bilden, aus den ganzen Wunden, aus denen ich blute. Doch die Fliesen sind unbefleckt, anders als mein Gewissen, das schreiend und fauchend um Gnade winselt.

Was habe ich Mia da angetan? Was habe ich uns angetan?

Wie konnte ich für den Bruchteil eines Augenblicks glauben, dass etwas in dieser Welt jemals einzig und allein mir gehören kann, wenn ich mich doch selbst an sie verkauft habe? Wie konnte ich davon ausgehen, dass das Gewicht der Augen der Welt, welches auf meinen Schultern lastet, mich diesmal nicht zermalmen würde? Alles wiederholt sich. Alles ist ein endloser Teufelskreis, in den ich mich freiwillig hineinbegeben habe, und aus dem es nun kein Entkommen mehr gibt.

»Roan.« Ihre Stimme ist wie ein Regenbogen aus den hellsten Farben, welcher die Dunkelheit durchdringt, in der ich zu versinken drohe. »Ich bin hier.« Ich spüre ihre Wärme an meiner Seite, spüre ihren Arm direkt an meinem und ihre Finger zwischen meinen. »Ich bin hier, und ich brauche dich.« Ich rieche ihren Duft nach Johannisbeeren und Rosen. »Ich kann das hier nicht ohne dich. Du musst zu mir zurückkommen, hörst du?« Ich höre das Rascheln ihrer Kleidung und sehe aus dem Augenwinkel das Mahagoni ihrer Haare. »Du kannst nicht ohne mich einfach in deinen Kopf verschwinden. Dorthin kann ich dir nicht folgen. Du musst hierbleiben. Bei mir. Du und ich, Roan. Es sind doch immer du und ich.«

Ohne Vorwarnung schlage ich wie ein Komet zurück in die Realität ein, und es ist, wie in Eiswasser abtauchen: schmerzhaft, erstickend, angsteinflößend.

»Mia.« Blind taste ich nach ihr, denn meine Welt ist noch immer verschwommen. »Mia.«

Sofort schiebt sich ihr Gesicht vor meins, ihre Hände warm und ihr Atem süß, als sie mir so nahe kommt, dass der Rest der Welt verschwindet. »Genau, Roan. Ich bin Mia. Ich bin hier. Direkt hier bei dir.«

Die Panik und die Angst klammern sich weiter an mich, lassen mich kaum los. Ich will sie fortschlagen, die Ranken, die mich halten und ins Eiswasser zerren, aber Mias Griff ist fest und stark so wie sie selbst.

»Nur du und ich sind hier, Roan. Nur wir zwei.« Sie küsst

meine Wangen, lehnt ihre Stirn an meine und lässt mich jede ihrer langen Wimpern einzeln zählen. »Komm zu mir zurück.«

Zitrusreiniger, das Rauschen von Wasser, Kälte in meinem Nacken.

Mit einem Mal bin ich zurück, zusammengesackt auf dem Boden der Toilette im ersten Stock von *Two Lines Entertainment*. Die Toilettenspülung rauscht, das Licht ist an, auch wenn ich mich nicht daran erinnern kann, es eingeschaltet zu haben. Aber genauso wenig erinnere ich mich daran, hergekommen zu sein, oder aber an das kalte Tuch in meinem Nacken, von dem aus mir kleine Tröpfchen die Wirbelsäule hinunterrinnen. Ich schmecke bittere Säure auf meiner Zunge und verziehe das Gesicht, ein Geschmack, der schnell verschwindet, als Mia meine Lippen sanft mit ihren Fingern teilt und ein süßes Kirschbonbon auf meine Zunge legt.

»Ich wusste, dass du mich nicht alleine lässt.« Auf Knien sitzt sie direkt an meiner Seite, auf den Lippen ein schwaches Lächeln und ihre Augen rot gerändert, in denen Tränen schimmern. »Ich wusste, dass du zu mir zurückkommst.«

Kopfschmerzen setzen ein, und ich kann mich nicht daran erinnern, wann ich das letzte Mal derartig die Kontrolle verloren habe. Vielleicht nie. Vielleicht mit zwölf. Im Gerichtssaal war es sehr knapp davor. »Entschuldige.«

»Es gibt nichts, wofür du dich entschuldigen musst«, sagt Mia mit so viel Eindringlichkeit in der Stimme, dass ich an dem Kloß in meinem Hals vorbei fast nicht schlucken kann. »Gar nichts.«

Weil ich schamlos bin, und weil ich sie brauche, löse ich meine Hände aus Mias und zerre sie quer über meine Beine, bis ich sie halten und meinen Kopf an ihrem Hals vergraben kann, genau in diese kleine Kuhle zwischen ihrem Nacken und ihrem Schlüsselbein, an der ihr Johannisbeeren- und Rosenduft am stärksten ist. »Doch. Der Artikel. Ich hätte nicht so unvorsichtig sein und dich da nicht mit –«

»Nichts davon ist deine Schuld.« Sie wispert die Worte in mein Haar, und die Welt dreht sich, nur diesmal auf die gute Art und Weise, auf die Mia-Art-und-Weise. »Nichts davon ist deine Schuld. Nicht diese Bilder, nicht die Presse, nicht dieses Leben. Nichts davon. Es ist die Welt, mit der etwas nicht stimmt. Nicht du, nicht ich, nicht wir. Diese Welt mit ihren Reißzähnen, ihren Fuchsfrauen und ihren Sensationsmonstern ist das Problem.«

Ich halte mich an ihr fest und hoffe nicht länger, dass meine Schwäche nicht ansteckend, sondern dass ihre Kraft und ihr Mut endlos ist. »Aber ich bin zu dir hinaufgeklettert. Ich habe sie direkt zu dir geführt.«

»Aber du hast sie nicht zu mir eingeladen, Roan. Das ist eine Grenze, die sie ganz allein überschritten haben.« Ihre Nase streicht über meine Stirn, ihre Lippen über meine Schläfe. »Und ich bin froh, dass du zu mir hinaufgeklettert bist. Ich bin froh, dass du in dieser Nacht zu mir gekommen bist. Lass nicht zu, dass sie uns das wegnehmen, Roan. Lass nicht zu, dass sie uns das stehlen.«

Ich grabe meine Finger fester in ihre Haut, um mich davon zu überzeugen, dass sie wirklich real ist, so unwirklich, wie sich das alles anfühlt. »Wie kannst du mich dafür nicht hassen?«

»Weil es nicht deine Schuld ist.« Sie atmet tief ein, küsst mich erneut auf die Schläfe und lässt lauter Farben in meiner Dunkelheit erstrahlen. »Und weil ich lieber diese Fotos dort draußen kursieren sehe, als diese Nacht nicht mit dir gehabt zu haben.«

Unglauben erfasst mich. »Mia, das …«

Sie schüttelt den Kopf. »Das heißt nicht, dass mir das gefällt. Das heißt auch nicht, dass ich nicht weinen und schreien will wegen dem, was sie uns angetan haben. Aber ich weigere mich, dieser Füchsin noch einen einzigen Triumph zu gönnen. Auf keinen Fall werde ich zulassen, dass sie mir das raubt, was ich in dieser Nacht empfunden habe. Und noch weniger werde ich zulassen, dass sie mir dich stiehlt.« Mia schlingt ihre Arme fest um mich und hält mich so fest, wie ich sie halte, hält die Bruchstücke zusammen, damit ich entlang der Risse, die Julie geschlagen hat, nicht auseinanderbreche. »Gestern, was habe ich dir da gesagt?«

Ich lege die Hand in ihren Rücken, presse ihren Körper ganz nah an meinen, den ich für immer dort wissen will, direkt bei mir. »Dass du mich liebst.«

»Und?«

»Und dass du mich willst. Dass du uns willst. Dass du alles willst.«

»Genau. Alles. Das Gute und das Schlechte. Jede einzelne Facette und jeder Schatten dazwischen. Weil du mir gehörst. Alles von dir. Genauso, wie alles von mir dir gehört.« Ihre Hand gräbt sich fest in mein Haar, erdet mich hier bei ihr in dieser verfluchten Welt, aus der ich aber nicht entkommen will, solange sie dort ist, in all ihren brillanten, hellen Farben. »Weil ich alles aushalten kann, solange du bei mir bist. Aber dafür musst du bei mir sein und nicht in deinen eigenen Kopf verschwinden, hörst du?«

Schnell nicke ich. »Ich bleibe hier. Hier bei dir.«

»Gut.« Ihr Griff löst sich, wandelt sich in ein sanftes Streicheln, das so zart ist, dass es mir die Tränen in die Augen treibt, mit all der Liebe, die darin liegt. »Ich weiß nämlich nicht, was ich ohne dich tun würde, Roan.«

Ich weiß, was ich ohne sie täte: zerbrechen. »Es tut mir leid.«

»Ich habe dir doch gesagt, dass es nichts gibt, das dir leidtun muss.«

»Doch. Dass ich dich allein gelassen habe, um in meinen eigenen Kopf zu verschwinden.« Ich löse mich weit genug von ihr, um ihr in die Augen zu sehen, die groß und rot und wunderschön sind. »Das alles muss dir genauso viel Angst machen wie mir.«

Ich weiß, dass sie in Erwägung zieht, sich mit mir anzulegen, sehe es an der Art, wie sie die Nase kräuselt und die Lippen aufeinanderpresst. Aber dann nickt sie, brüsk und schnell und ehrlich. »Ich habe wahnsinnige Angst, Roan.«

»Ich auch.« Zwischen uns gibt es eh keine Lügen mehr, nur noch Wahrheiten. Alle Karten liegen auf dem Tisch, und ich will, dass es so bleibt, will, dass sie nie wieder zweifeln, nie wieder hinterfragen muss. Nicht meinetwegen. Nicht wegen dem, was wir haben. »Ich habe keine Ahnung, wie ich damit umgehen soll.«

»Ich auch nicht.« Sie schnieft, lächelt mich dann jedoch an. »Aber wir sind nicht allein.«

Ich denke an Caleb, an Damian, an Ellie. Ich denke an Alistair, an Olivia, an Wasim, an Amir, an Rhonda. Ich denke an das gesamte Team von *Two Lines Entertainment* und an meine Liners.

Sie hat damals nicht nur dir etwas gestohlen, Bruder. Sie hat uns dich gestohlen. Einen Teil von dir zumindest. Aber ich habe das Gefühl, wir waren noch nie so nah dran wie jetzt, diesen Teil von dir vollständig zurückzubekommen.

»Nein, das sind wir nicht.« Mein Kopf fühlt sich schwer an, und ich lasse ihn wieder gegen die Fliesen sinken. Das Licht der Neonröhren scheint hell, aber nicht unerträglich, und die Schatten, die es wirft, sind so viel kleiner, als ich sie in Erinnerung hatte. »Kannst du mir einen Gefallen tun, Mia?«

»Natürlich.« Sie küsst mich auf die Wange. »Alles.«

»Kannst du«, ich lasse dem Zweifel keinen Platz, sondern

entscheide aus dem Bauch, aus dem Herzen heraus, »kannst du die Jungs holen, damit sie mir aufhelfen?«

Mia nickt. »Ja. Ja, natürlich.«

Dann ist sie verschwunden, und ich bin allein.

Aber ich fühle mich nicht allein, fühle mich nicht einsam. Ebenso wenig fühle ich mich verängstigt oder panisch. Ich fühle mich zwar dreckig, aber auf die Art und Weise, von der man genau weiß, dass sie vergehen wird. Denn sich dreckig zu fühlen, das gehört leider manchmal zum Leben dazu. Und wenn man zeigt, dass es einem dreckig geht, dann ist es schneller vorbei.

Zeit, die Maske vollständig fallen zu lassen. Nicht mehr so zu tun als ob. Wieder ich selbst zu sein, was auch immer das heißen mag. Aber ich habe alle Zeit der Welt, das herauszufinden. Weil ich nicht allein bin. Weil ich das nie war.

»Hey, Mann, alles okay?«

Ich öffne die Augen, von denen ich nicht einmal realisiert habe, dass ich sie geschlossen habe, und sehe mich Damian und Caleb gegenüber, die vor mir auf dem Boden hocken und mich besorgt ansehen.

»Nein, nicht wirklich.« Die Antwort kommt mir nur schwer über die Lippen, aber irgendwie ist es auch deutlich leichter als erwartet. »Aber das krieg ich schon wieder hin. Wir kriegen das schon wieder hin.«

Damian räuspert sich und nickt. »Das werden wir.«

»Auf jeden Fall.« Caleb bietet mir seine Hand an. »Alles, was du dafür tun musst, ist, aufstehen und dich auf uns stützen.«

»Das solltest du zu unserem neuen Firmenmotto machen«, scherze ich und nehme Calebs Hand dankend an, während Damian mir unter die Arme greift. »Oder du wechselst den Job und wirst Yogi.«

»Sehr lustig. Für schlechte Witze also reicht es schon wieder, ja?«

Die beiden helfen mir auf, und ich schwanke, als ich zum ersten Mal seit Minuten wieder stehe. Aber wie Caleb gesagt hat, stütze ich mich auf sie und vertraue darauf, dass sie mich halten, mich akzeptieren. »Caleb?«

»Ja, Roan?«

Ich sehe Damian an, der mich auch ohne Worte versteht und der bekräftigend nickt, sodass ich die Worte sagen kann, von denen ich nicht einmal gewusst habe, dass sie auf meiner Zunge ruhen. »Ich glaube, ich würde jetzt wirklich gerne mit unseren Liners sprechen.«

Zweifel zeigt sich auf seinem Gesicht, doch er verweilt dort nur einen kurzen Augenblick, ehe er einwilligt. »Alles, was du willst.«

Alles, was ich will?

Ich sehe zur Tür, in der Ellie und Mia stehen und auf uns warten. Regungslos, mutig, unerschütterlich. Caleb und Damian lassen mich los, und ich weiß nicht, ob es Mia ist, die zuerst einen Schritt auf mich zumacht, oder ob ich es bin, der ihre Nähe sucht. Aber als ich sie in den Armen halte, umgeben von unseren Freunden, von unserer Familie, da wird mir eins klar.

Es gibt nichts, wovor ich mich fürchten muss.

Alles, was ich will, das habe ich längst.

30. KAPITEL

Mia

»Noch fünf Minuten.«

»Okay.« Ich gebe dem Team zwar das Daumen-Hoch, bin mir aber unsicher, ob ich es ernst meine, als ich erneut zum Setting-Puder greife. Die kleine, runde Palette, in die das Kompaktpuder gepresst ist, fühlt sich vertraut und doch fremd in meiner Hand an. Genauso wie der Pinsel, den ich in kreisenden Bewegungen das Produkt aufnehmen lasse, ehe ich mich wieder über Roan beuge. »Bist du bereit?«

»Nicht wirklich.« Er lächelt zwar, aber es sieht angespannt aus. Dennoch schließt er die Augen und lässt mich den letzten Glanz auf seiner Stirn und seiner Nase beseitigen. »Aber ich glaube, es wird auch nicht besser, je länger ich hier rumsitze und darauf warte, dass es losgeht.«

»Vermutlich nicht.« Ich lege das Puder beiseite und stecke den Pinsel zurück in meinen Gürtel. Mein Blick fällt auf den leeren Platz neben Roan auf der Couch, und mein Magen krampft sich zusammen. »Sicher, dass du Damian nicht dabeihaben möchtest?«

»Ganz sicher.« Roan öffnet die eisblauen Augen, die durch das dunkle Make-up noch stechender wirken. Ellie hatte zwar vorgeschlagen, mit dem No-Make-up-Look an den Start zu gehen, aber das hat er schnell abgelehnt und gemeint, er wolle als der Sänger Roan vor die Kamera treten, nicht als Roan, die Privatperson. An seinen Fingern funkeln Ringe, und das Hemd ist schwarz und durchsichtig mit ausgestellten Ärmelaufschlägen, die seine Handgelenke zeigen, wann immer er wie jetzt die Arme hebt, um sie mir auf die Hüften zu legen. »Das ist etwas, das ich ohne ihn durchziehen muss.«

»Wenn du das sagst.« Ich lege meine Hände auf seine Schultern, peinlich darauf bedacht, sein Haar nicht zu berühren, denn mit den zarten Wellen hat Amir sich wirklich selbst übertroffen, und, zusammen mit dem von Ellie ausgewählten Outfit, sieht Roan aus wie der dunkle Prinz eines Sagenstücks, der gekommen ist, um den Drachen zu erlegen. »Mir wäre es lieber, du wärst dabei nicht allein.«

»Das bin ich nicht.« Er nickt in Richtung des Teams, das uns umgibt und das in Calebs Büro geschäftig umherläuft, damit alles für den Livestream bereit ist, der diesmal nicht auf Instagram, sondern auf allen sozialen Netzwerken mit dieser Funktion stattfindet, um möglichst viele Fans zu erreichen. Unzählige Handys sind in Position gebracht, alle auf Roan gerichtet. Aber er scheint davon unberührt, jeder Atemzug tief und kontrolliert und entspannt. Fast könnte man vergessen, dass er vor zwei Stunden noch sein komplettes Frühstück erbrochen hat. Aber eben nur fast. »Ihr seid alle hier bei mir.«

»Das sind wir. Wir alle.«

Roan reckt den Hals, und ich lehne mich herunter, um ihn zu küssen, wenn auch nur kurz und keusch, um mein eigenes Werk nicht zu ruinieren. An mir vorbei späht er zur Uhr an der Wand und lässt meine Hüften dann mit einem widerwilligen Murren los. »Dann wollen wir mal.«

Ich lege meinen Zeigefinger unter sein Kinn, unter dem

Vorwand, ein letztes Mal sein Make-up zu prüfen. Dabei will ich mir seine Züge in diesem Augenblick einfach nur ganz genau einprägen. Die starke Linie seiner Wangenknochen, der leichte Bogen in seinem Kiefer mit dem Grübchen neben seinem Kinn, der Schwung seiner Nase, in der der silberne Ring funkelt, die Form seiner Lippen, von denen ich nun weiß, wie sie sich anfühlen, und dieses kühle Eisblau seiner Augen, in dem ich nichts als Wärme finde, wenn er mich wie jetzt direkt anblickt. »Ich liebe dich.«

Roan nimmt meine Hand in seine und küsst mich auf die mit Make-up beschmierten Fingerspitzen. »Ich dich auch.«

»Gott, ihr seid ja noch schlimmer als Ellie und Cal.« Damian tritt zu uns und schüttelt sich gespielt, er auch von seinem Team für die Kameras zurechtgemacht, für den Fall, dass Roan ihn doch an seiner Seite braucht. »Gebt dem Team ein bisschen Zeit, sich daran zu gewöhnen, anstatt sie gleich mit eurer Liebe zu ersticken.«

»Der Einzige, der sich daran gewöhnen muss, bist du, Damian«, kommentiert Olivia trocken, die schon Position außerhalb der Lichter bezogen hat, und deren Job eigentlich schon beendet ist, die aber trotzdem wie alle anderen hierbleibt, um Roan zur Seite zu stehen, in dieser gänzlich neuen Situation, in der wir alle Pläne und Skripte über den Haufen werfen und das Live nun doch, auf Roans Wunsch hin, vor dem Vorverkauf angehen. »Wir alle wussten, dass das irgendwann so ausgeht.«

»Ich auch, aber …«, Damian sieht uns an und rümpft die Nase, »… es ist trotzdem befremdlich, seine besten Freunde aus Kindertagen plötzlich knutschen zu sehen.«

»Wie alt bist du? Fünf?« Calebs Hand landet auf Damians Schulter, an der er ihn drei Schritte rückwärtszieht. »Wir wären so weit, Roan.«

»Okay.« Roan lässt meine Hand los, und nur an der Art, wie er sich über die Oberschenkel reibt, sieht man, wie nervös er wirklich ist. »Showtime.«

Caleb grinst schief. »Bevor wir damit loslegen, wollte ich noch ein paar gute Nachrichten überbringen. Euch beiden.«

»Uns beiden?« Geistreich deute ich auf mich selbst und Roan.

»Ja, euch beiden.« Caleb hebt das Handy in seiner Hand an und winkt kurz damit herum, während Ellie neben mir auftaucht und sich solidarisch bei mir unterhakt. »Ich hab mit unseren Anwälten gesprochen, und sie meinen, wir hätten eine Chance, diesen Artikel dauerhaft sperren zu lassen. Jetzt erst mal ist er offline wegen der pornografischen Art der Fotografien«, erklärt er und malt dabei Gänsefüßchen in die Luft. »Aber weil das Bild auf dem Grund und Boden von Mias Eltern gemacht wurde, die als Privatpersonen einzustufen sind, und hier auch noch Hausfriedensbruch vorliegt, wird *The British Royal Gazette* diesmal Probleme haben, das wegzudiskutieren. Damit sind die Bilder leider nicht ganz verschwunden, weil im Internet alles ewig hält, aber es ist ein Anfang. Alistair hat auch noch einen Kumpel bei der Polizei mit ins Boot geholt, der helfen soll, herauszufinden, wie genau Julie an die Quellen für ihre letzten beiden Artikel gekommen ist. So oder so könnt ihr euch sicher sein, dass ich nicht eher Ruhe gebe, bis diese Frau ihren Job verloren hat.«

»Danke, Cal.« Ich lege ihm die Hand auf den Arm und drücke sanft zu. »Wirklich, vielen Dank. Das sind fantastische Neuigkeiten.«

Roan erhebt sich von der Couch und drückt Cal kurz an sich, der ihm mit einem Lächeln brüderlich auf den Rücken klopft. »Danke, Mann.«

»Dafür bin ich da.« Er lässt Roan los und drückt ihn an der Schulter zurück aufs Sofa. »Dafür und um zu garantieren, dass du nicht immer zu spät bist. Los, schleicht euch. Roan kann nur anfangen, wenn wir nicht alle vor den Kameras herumlungern wie bestellt und nicht abgeholt.«

Einen letzten Blick riskiere ich noch auf ihn, und unsere Fingerspitzen berühren sich kurz, ehe ich mit den anderen zurück hinter die Linie aus Kameras trete. Stille legt sich über den Raum, während das Marketingteam sich mit Handzeichen koordiniert und dann laut runterzählt.

»Livestream beginnt in drei, zwei, eins …«

Roan setzt sich gerader hin, lässt ein paar Sekunden verstreichen. Und dann ist es plötzlich so weit.

»Hallo, meine Liners.« Roans Stimme ist ruhig, sein Tonfall kontrolliert, zwischen freundlicher Offenheit und konzentrierter Ehrlichkeit, mit der er dieser Situation offensichtlich zu begegnen versucht. »Eigentlich sollte es heute ausschließlich um die Freude auf unsere Tour gehen, die uns alle verbindet. Jetzt ist jedoch ein gewisser Artikel erschienen, und ich bin hier, um mit euch über die Vorwürfe zu sprechen, die dort gegen mich vorgebracht werden. Mit euch. Nicht mit der Presse, die über alles einen Filter legt. Ich wollte, dass nichts zwischen uns steht, wollte, dass ihr keine Rätsel raten müsst, und es einfach direkt von mir hören könnt. Weil ich offen mit euch sein will, ohne Filter. Nur ihr und ich.« Er lächelt, aber es ist nicht seine übliches Presselächeln. Das hier ist privater, ehrlicher, mehr Roan. »Ich will mit der schlichten Tatsache beginnen, dass Emilia Knight meine Make-up-Artist ist und ausschließlich für diese Tätigkeit bei *Two Lines Entertainment* angestellt ist.« Er wartet, gibt seinen schlichten Worten den Raum, den sie verdienen, um zu wirken. »Ich habe noch nie in meinem Leben für Sex bezahlt. Nicht, weil ich sexuelle Dienstleistungen oder die Menschen verurteile, die sie in Anspruch nehmen. Sexarbeit ist eine Arbeit wie jede andere auch und gehört genauso respektiert. Ich persönlich habe von dieser Dienstleistung einfach noch nie Gebrauch gemacht.« Roan zögert bei keinem seiner Worte. Er gerät nicht ins Stocken, wirkt nicht panisch oder unruhig, und mir verschlägt die Aufrichtigkeit in seinem Blick die Sprache.

Das hier ist nicht der sorgfältig kuratierte Roan der Massen. Das hier ist mein Roan. Ungefiltert. Ehrlich. Echt. Das ist der Roan aus meinem Wohnzimmer, der Roan der Bühne, der Roan meiner Kindheit. Und ich habe das Gefühl, mich gleich noch mal in ihn zu verlieben.

»Aber darum soll es hier nicht gehen, denn die, die davon überzeugt sind, dass ich getan habe, was mir vorgeworfen wird, werden sich von meinen Worten nicht umstimmen lassen. Für sie ist meine Schuld bewiesen, und für die, für die ich unschuldig bin, werde ich unschuldig bleiben. Auch um Emilia soll es hier nicht gehen.« Er ringt die Hände, stoppt aber nicht, sondern spricht einfach weiter.

»Als ich damals meinen ersten Vertrag unterschrieb, da habe ich gewusst, dass dieses Leben nicht einfach wird. Ich habe mir nie Illusionen darüber gemacht, dass mein Privatleben privat bleibt, oder ich genauso weiterleben kann wie bisher. Wer dieses Leben im Rampenlicht wählt, der ist sich bewusst, was er dafür aufgeben muss. Mir war klar, dass ich mein Leben von nun an mit der Öffentlichkeit teilen würde. Dass Kameras mir folgen würden und man in der Presse lauter wilde Dinge über mich lesen können wird. Damit hatte ich meinen Frieden gemacht.«

Er reibt sich über die Brust, zeigt offen, wie schwer ihm das hier fällt, und wie sehr ihn das alles bedrückt. »Gerne teile ich vieles aus meinem Leben mit euch. Gerne bin ich nachts online und spreche mit euch, rede mit euch über meinen Tag und meine Arbeit und meine Musik. Immerhin seid ihr ein Teil meines Lebens, so wie ich ein Teil eures Lebens bin, und das will ich auf keinen Fall missen.« Er holt tief Luft, sieht mich kurz über den Rand der Kamera hinweg an, und als ich ihm aufmunternd zunicke, spricht er weiter.

»Jedoch meine intimsten Momente auszuschlachten und der Öffentlichkeit zu präsentieren, das geht zu weit. Denn auch wenn ich eine Person von öffentlichem Interesse bin, habe ich es verdient, dass zumindest diese Augenblicke nur mir gehören. Dass ein Stück von meinem Privatleben privat bleibt. Darauf habe ich ein Anrecht als Mensch.«

Seine Finger drehen seine Ringe, schneller und schneller, unruhiger und unsteter. »Vor sieben Jahren ist mir etwas passiert, dass mich für immer verändert hat. Jemand ist nachts in meine Wohnung eingebrochen, hat mich fotografiert und mein Leben damit unumkehrbar auf den Kopf gestellt. Seitdem ist es schwer für mich, vor der Presse zu sitzen und diesem Teil meines Lebens gerecht zu werden. Ich habe angefangen, mich zu verstecken. Habe angefangen, nicht länger ich selbst zu sein, in der Hoffnung, damit mich selbst schützen zu können, indem ich niemandem eine Angriffsfläche biete und stets den Weg des geringsten Widerstands wähle. Aber die Wahrheit ist, dass ich mich dabei nur immer mehr selbst verloren habe. Bis zu dem Punkt, an dem ich nicht einmal mehr gewusst habe, wer ich eigentlich noch wirklich bin. Jede Pressekonferenz war der Horror für mich, und ich habe eine langwierige Behandlung über mich ergehen lassen, um der Lage wieder Herr zu werden. Manchmal schaffe ich das aber nicht. Weil ich ein Mensch bin und kein Gott. Weil ich Fehler habe wie alle anderen auch.«

Er verschränkt seine Finger miteinander und drückt fest zu. So fest, dass ich sehen kann, wie weiß seine Knöchel werden. »Ich habe nur das große Glück, mit diesem ganzen Mist nicht allein zu sein. Ich habe Menschen um mich herum, die das alles mit mir ertragen. Die mich auffangen, wenn ich falle. Die an meiner Seite sind, komme, was wolle. Und die geduldig darauf warten, dass ich wieder ganz ich selbst bin und es diesmal auch bleiben kann. Ich habe keine Ahnung, wann es so weit sein wird. Ich weiß nicht, wann ich wieder ich bin. Ich weiß nur, dass ich meinen Weg zu mir zurückfinden kann, und ich hoffe, dass ihr, meine lieben Liners, dabei an meiner Seite steht, während ich es herausfinde. Auf meine eigene Art und Weise. Mit meinen ganz eigenen Grenzen, die ich wahren will. Denn ich gehöre zwar euch und damit auch der Öffentlichkeit, aber in erster Linie gehöre ich mir selbst. Und ich kann nur weiter Roan von *Parallel* sein, wenn ich lerne, wirklich Roan zu sein und ihn zu beschützen. Ihn und die Menschen, die mir nahestehen. Wie genau ich das anstellen will, das weiß ich nicht. Aber ich habe gedacht, dass Offenheit mit euch ein erster wichtiger Schritt in die richtige Richtung ist.«

Er grinst, ehrlich und offen und mit zu vielen Zähnen, und zum ersten Mal erblicke ich den Roan, den ich immer im Rampenlicht sehen wollte, im Scheinwerferlicht. Mutig, ehrlich und ungefiltert. Wunderschön, und vor allem aber ganz mein. »Die Zeit des Versteckens ist vorbei. Dinge werden sich verändern. Ich werde mich verändern. Aber das ist gut und wichtig so. Für uns alle.«

Mir stockt der Atem, als er lacht, denn es ist sein Glucksen. Sein Glucksen, das ich so sehr liebe, für das er sich aber immer geschämt hat.

Die Zeit des Versteckens ist vorbei.

Es ist sein Mut, der mich ansteckt. Seine Ehrlichkeit, die in mir eine Idee formt. Denn Roan hat recht. Die Zeit des Versteckens, die ist vorbei. Endlich will ich an seiner Seite stehen. Ganz offen, ganz ehrlich, ganz ohne mich zu verstecken.

Ich mache einen Schritt nach vorne, besinne mich dann aber

darauf, dass diese Entscheidung, auch wenn sie mein Herz betrifft, nicht allein bei mir liegt. Ellie ist die Erste, bei der ich Zustimmung suche und sie auch sofort finde, verpackt in ihrem warmen Sonnenscheinlächeln, als sie meinen Unterarm sanft drückt und mich ermutigend in Calebs Richtung schiebt. Seine Hand liegt noch immer auf Damians Schulter, und als er mich sieht, drückt er fest genug zu, damit auch der blonde Rapper sich mir zuwendet. Irritiert zieht er die Brauen zusammen, offenbar genervt, von seinem besten Freund abgelenkt zu werden, doch dann begegnen sich unsere Blicke, und er grinst schief.

Sicher? Danach gibt es kein Zurück mehr, formen seine Lippen wortlos, damit er die Live-Übertragung nicht stört, und ich nicke, ohne zu zögern. Er zuckt die Achseln. *Dann hol ihn dir, Tiger.*

Caleb rollt zwar die Augen, die förmlich *Warum kann sich in diesem Team eigentlich niemand an Pläne halten?* schreien, ehe er mich kurz fest an sich drückt und den Blick über den Rest des Teams schweifen lässt, die uns alle aufmerksam, aber mit freudiger Erwartung betrachten.

Wenn meine Familie hinter mir steht, gibt es nichts, wovor ich Angst haben muss.

»Also, ich würde sagen, fangen wir einfach von vorne an, meine Liners. Hi, ich bin Roan Webb, Sänger, Songwriter und Produzent des Duos *Parallel*. Es ist schön, euch endlich richtig kennenzulernen.«

Ich trete über die Schwelle von der Dunkelheit ins Licht, trete zu Roan in diese Welt, in der es eben nicht nur uns gibt, in der wir aber unsere eigene kleine Ecke finden können, solange wir bei der einen Wahrheit bleiben, die so unzerstörbar ist wie wir.

Er und ich. Jetzt und für immer.

Ich setze mich neben ihn auf die Couch, ergreife fest seine Hand und blicke für einen Moment in seine Augen, die mich voller Überraschung, Ehrfurcht und Liebe ansehen, ehe ich mich an die Menschen wende, die er so sehr liebt, und von denen ich hoffe, dass sie mich irgendwann einmal lieben können. Aber wenn sie es nicht tun, dann ist das auch okay. Ich kann alles aushalten, kann alles ertragen.

Denn alles, was ich brauche, ist dieser Mann, der auf dieser Couch neben mir sitzt, meine Hand hält und mich ansieht, als wäre ich alles auf dieser Welt, das von Bedeutung ist.

Und ich habe vor, ihn zu lieben. Aus vollem Herzen und ganz ohne Grenzen. Jetzt und für immer.

Und dieses für immer, das beginnt genau jetzt.

»Und ich bin Emilia Knight. Roans Make-up-Artist und seine feste Freundin. Freut mich, euch endlich offiziell kennenzulernen.«

31. KAPITEL

Roan

»Bereit?«

»Wenn du es bist.«

Diesmal, als wir *Two Lines Entertainment* verlassen, nehmen Mia und ich nicht den Hinterausgang und verstecken uns im Fußraum irgendeines Wagens. Stattdessen treten wir Hand in Hand hinaus, umgeben von Bodyguards, die uns einen Weg nach draußen bahnen, zu dem Fahrzeug, das bereits auf uns wartet, um uns wegzubringen. Weg von hier und zu unserem ersten, richtig offiziellen Date. Eins, das längst überfällig ist, und um das Mia mich gebeten hat, sobald die Kameras aus waren. Ich habe keine Ahnung, wohin wir fahren werden, weiß nicht, wohin Mia mich entführen will. Mir ist es aber auch ganz gleich, solange wir nur zusammen sind.

Ich höre die wilden Rufe, sehe die Blitzlichter, die vor meinen Augen explodieren. Mein Herz beginnt zu rasen, meine Haut wird schwitzig. Die Panik, sie ist noch da, weil sie vermutlich immer da sein wird. Sonst aber kümmert sie mich kaum, denn ich bin hier mit Mia an meiner Seite in dieser neuen Welt, die wir beide gemeinsam zu formen beginnen, und in der Angst keinen Platz hat.

»Roan! Emilia! Was ist dran? Ist diese ganze Beziehung nur eine Farce, um illegale Prostitutionsgeschäfte zu vertuschen?«

»Roan, wie fühlt es sich an, zu wissen, die eigene Karriere torpediert zu haben?«

»Emilia, in welchem Monat sind sie?«

Hier draußen herrscht ein wahrer Tumult, die Reporter noch ungehaltener als sonst, weil wir sie mit unserer Aktion einfach übergangen haben. Es ist mir eine ganz persönliche Genugtuung zu sehen, wie sie einander fast an die Gurgel gehen, mit Schaum vor dem Mund, um irgendwie ein Statement von uns zu ergattern, oder sonst irgendwie einen Skandal aufzudecken, der verschleiert, wie machtlos die Klatschpresse ist, wenn man ihnen mit Offenheit begegnet und ihnen damit den Wind aus den Segeln nimmt.

»Roan, was sagen die Liners zu deiner heimlichen Beziehung? Glaubst du, das ist das Ende von *Parallel*, noch bevor es wirklich nach eurer langen Pause wieder Fahrt aufgenommen hat?«

Ein weiterer Ruf, den ich ignoriere. Sollen sie doch alle meinen, was sie wollen. Meine Wahrheit habe ich geteilt. Das ist alles, was ich tun kann. Was der Rest der Welt daraus macht, liegt einzig und allein bei ihnen.

»Roan, na, wie fühlt es sich an, zu wissen, dass ich gewonnen habe?«

Ich bleibe stehen und sehe nach rechts, in die Richtung, aus der ich Julies Stimme vernommen habe. Und tatsächlich, da steht sie, inmitten der anderen Reporter und Reporterinnen und grinst mich an. Doch diesmal treibt es mich nicht zur Weißglut. Weil ich ihn sehen kann, diesen Funken der Irritation. Diesen Funken der Wut. Einen Hauch von Angst.

»Mr Roan, wir müssen wirklich weiter«, sagt Alistair, der Probleme hat, die Masse an Paparazzi im Zaum zu halten.

»Gib mir nur eine Minute«, bitte ich leise und mache einen Schritt weiter nach vorn, so nah an Julie heran, dass nur sie und Mia mich über den Tumult hinweg hören können, der um uns herum herrscht. »Hallo, Julie.«

»Hallo, Roan.« Sie feixt füchsisch und hält mir ihr Diktiergerät unter die Nase. »Ein Statement?«

»Liebend gern.« Mias Hand verkrampft sich in meiner, aber ich drücke sanft zu, um sie wissen zu lassen, dass es okay ist. »Wusstest du, dass mein Manager gerade mit deinem Boss telefoniert und, dass dein Artikel bereits gesperrt wurde?«

Sie fletscht kurz die Zähne, wechselt aber dann wieder zu ihrem üblichen Lächeln. »Nur kurzweilig. Solche Dinge passieren, und du kannst die Wahrheit nicht ewig vertuschen.«

»Ich vertusche gar nichts. Ich lasse dich lediglich wissen, was auf dich zukommt. Auf dich und auf jeden Einzelnen, der meint, er habe ein Anrecht auf unser Leben und kann es ausschlachten, wie er will.« Ich senke die Stimme, meine Worte lediglich ein Flüstern. »Das ist nur der Anfang, Julie. Du wolltest mich zerstören? Jetzt werde ich mit Freuden dabei zusehen, wie du alles verlierst. Du hättest wirklich den Deal annehmen sollen, als du noch die Gelegenheit dazu hattest.«

Ich warte ihre Reaktion nicht ab. Ich blicke auch nicht zurück. Stattdessen lasse ich sie einfach stehen, dort in meiner Vergangenheit, die keinen Platz mehr hat, während ich mich mit Mia an meiner Seite in meine Zukunft aufmache. Gemeinsam mit Mia steige ich in den Wagen mit den verdunkelten Scheiben ein, der auf uns wartet. Sobald die Tür zu ist, ziehe ich sie an mich, ihr Mund auf meinem, und ich küsse sie, bis wir beide atemlos sind.

»Also«, murmele ich, als ich es endlich schaffe, mich von ihr zu lösen, »wohin entführst du mich diesmal? Wieder ins Planetarium?«

»Das wirst du schon noch sehen«, sagt sie und schlingt die Arme um meine Schultern. »Ich hoffe nur, du bist bereit, ins Schwitzen zu geraten, Mr Megastar.«

»Habt ihr sonst noch irgendwelche Fragen?«

Tausende. Ganz oben auf der Liste steht, wie ich in einer alten Lagerhalle in Soho gelandet bin, in einen schwarzen Maleranzug gehüllt, mit einer Schutzbrille auf der Nase und einem Brecheisen in der Hand. Angesichts der Tatsache, dass ich aber nun mal hier bin, verkneife ich mir diese lieber. Sonst zweifelt der Typ mit dem übergroßen grün und blau gebatikten Hoodie und der zerrissenen Jeans wohl noch meine Zurechnungsfähigkeit an, und laut des Formulars, das wir unterschreiben mussten und das uns eine Reihe von physischen und psychischen Gesundheitsfragen gestellt hat, ist mangelnde Zurechnungsfähigkeit ein sofortiges Ausschlusskriterium.

Neben mir schüttelt Mia überschwänglich den Kopf, und der Typ blickt wohlwollend drein, ehe er auf eine grüne Tür mit der weißen Nummer vier deutet. »Dann viel Spaß im *Rage Room.*«

Mia quietscht entzückt, und obwohl sie mit dem Vorschlaghammer in der Hand aussieht wie eine irre Mörderin aus einem Horrorfilm, ist es trotzdem unfassbar niedlich. Sie stürzt voraus, sehr zum Verdruss von Alistair, auf den das Ganze offensichtlich sehr zweifelhaft wirkt.

»Sicher, dass nicht einer von uns mitkommen soll?«, fragt er mich mit seinem starken schottischen Akzent. »Nicht, dass sie Ihnen mit dem Vorschlaghammer noch den Schädel einschlägt.«

Ich klopfe meinem Sicherheitschef auf die Schulter und umfasse die Brechstange fester. »Mia ist nicht so tollpatschig wie Ellie.«

»Tollpatschigkeit war jetzt eher weniger meine Sorge.«

»Sie ist auch nicht dumm. Hier gibt es zu viele Zeugen und Überwachungskameras. Außerdem«, ich lache, und es fühlt sich gut, das in der Öffentlichkeit endlich völlig unbekümmert tun zu können, »weiß ich ganz genau, dass Sie ihr helfen würden, meine Leiche verschwinden zu lassen, wenn sie nur lieb genug fragen würde.«

Alistair versucht nicht mal, es abzustreiten, sondern zuckt nur die Achseln, ganz nach dem Motto: *Es ist, wie es ist, Mann.*

»Hey!« Mia steckt den Kopf aus dem gebuchten Zimmer, Ungeduld dringt ihr aus jeder Pore, als sie mich mit einem ruckartigen Nicken heranwinkt. »Kommst du endlich? Ich darf erst anfangen, wenn die Tür zu ist, schon vergessen?«

»Komme!« Ich streiche mir die Strähnen aus dem Gesicht und kümmere mich einen Scheißdreck darum, dass der Typ mich schon anstarrt, seitdem wir hier hineinspaziert sind. Soll er doch die Presse anrufen, damit morgen alle Zeitungen über mein angebliches Aggressionsproblem berichten. Mir könnte es nicht gleichgültiger sein. »Wir sind in dreißig Minuten wieder raus, Jungs.«

»Viel Glück«, ruft Scott mir nach, und ich kann nicht anders, als über diese beiden Glucken den Kopf zu schütteln, ehe ich durch die Tür trete und sie fest hinter mir zuziehe. Mit einem kleinen Ruck verriegelt sie, und der Countdown auf der roten Digitaluhr in der Ecke beginnt.

Sofort springen die Lichter an, und der quadratische Raum mit den Wänden aus ungeschliffenen OSB-3-Verlegeplatten, wird in helles Licht getaucht. Überall verstreut finden sich Tassen, Fliesen, Teller, alte Elektrogeräte, Monitore und Holzkisten auf unterschiedlichsten Regalen, Tischen und Erhöhungen wieder. Ausrangierte Autoreifen liegen herum, von der Decke baumeln Sandsäcke, und obwohl wir beim Buchen des Raumes uns schon jeweils eine Waffe aussuchen durften, hängen an einer speziellen Vorrichtung noch ein Baseballschläger, eine Schaufel sowie ein paar Boxhandschuhe. Aus den Lautsprechern dröhnt der erste Song der Playlist, die Mia und ich während des Informationsgespräches zusammenstellen durften. Ich betrachte grad die mit Graffiti und Nachrichten vorheriger Besucher beschmierten Wände, als dieser Song mir plötzlich fast das Trommelfell zerreißt, und ich zweifle kurz daran, warum Mia so scharf darauf war, für fünfzig Pfund pro Nase dreißig Minuten lang alles in diesem Raum in Schutt und Asche legen zu dürfen.

Weder Mia noch ich sind für Gewaltausbrüche oder aufbrausendes Temperament bekannt. Diese ganze Nummer scheint mir für Damian also eher geeignet, der häufiger in Schlägereien geraten ist, als ich zählen kann, und wegen dem wir drei damals in Brixham regelmäßig vor der Polizei davonlaufen mussten, weil er seine Wut nicht im Griff hatte.

Der Song ist aggressiv und laut, so wie alle anderen Songs auf der Liste, da wir zugegebenermaßen auch eine ziemlich limitierte Auswahl hatten, und ich lege mir das Brecheisen über die Schulter. »Sicher, dass du das tun willst?«

»Aber ja!« Sie pustet sich eine Strähne aus der Stirn und verzieht unzufrieden das Gesicht. Dass sie den Vorschlaghammer nicht aus der Hand legen will, ist offensichtlich, sie sieht ihn an wie Gollum den Ring. Für mich ist es ein Leichtes, meine Zerstörungswaffe beiseitezulegen, denn, anders als Mia, habe ich noch keine emotionale Bindung zu ihr aufgebaut. Also erbarme ich mich, lege das Brecheisen beiseite und fische ein Haarband aus meiner Hosentasche hervor, während ich Mia andeute, sich umzudrehen. Sie strahlt mich an und zögert nicht mal eine Sekunde, sondern wendet mir stattdessen vertrauensvoll den Rücken zu. Aufgeregt wippt sie auf den Sicherheitsschuhen, die wir zusammen mit all der anderen Sicherheitsausrüstung ganz am Anfang bekommen haben, auf und ab. »Ich hab gehört, es soll sehr befreiend sein, hier was kaputt zu machen. Außerdem wollte ich das immer schon mal ausprobieren, und eine bessere Gelegenheit als jetzt gibt es dafür ja wohl kaum.«

Meinen sonstigen Pessimismus à la *schlimmer geht immer* erspare ich ihr, konzentriere meine Energie stattdessen darauf, ihre langen, mahagonibraunen Strähnen vorsichtig mit den Fingern durchzukämmen. Es ist ein gewohntes Spiel, die langen Strähnen in drei Teile zu teilen und sie wieder und wieder zu überkreuzen, meine Finger daran gewöhnt, weil es etwas ist, das ich hin und wieder für Mia tue, in den wenigen Momenten, in denen sie zulässt, dass jemand sich um sie kümmert. Ich binde ihr Haar zusammen und küsse sie auf den Nacken, als mein Blick auf ein leeres Whiskyglas fällt. Mias Schrei, als Damians Vater nach einem weiteren Ausriss seines einzigen Sohnes mit einem vollen davon nach uns geworfen hat, habe ich nie vergessen. »Du bekommst Angst, wenn Gläser zu Bruch gehen.«

»Nur wenn es plötzlich passiert und ich sie nicht selbst kaputt mache.« Mias Hände fahren zu ihrem geflochtenen Zopf, den sie sich mit einem dankbaren Lächeln über die Schulter wirft, als sie sich zu mir umwendet und mich erneut küsst. Schön zu sehen, dass ich nicht der Einzige bin, der nicht damit aufhören kann. Beruhigend tätschelt sie mir die Brust, ehe sie den Hammer wieder mit beiden Händen umfasst. »Lass es uns einfach ausprobieren. Was ist das Schlimmste, das passieren kann?«

Die Antwort darauf spare ich mir, sehe nur bedeutungsschwer auf den rund fünfzehn Kilo schweren Vorschlaghammer.

Mia rollt die Augen. »Ich passe damit schon auf, versprochen.«

»Okay.« Ich bringe mich ein paar Meter entfernt in Sicherheit, denn auch wenn Mia nicht annähernd so tollpatschig ist wie ihre beste Freundin, ist Vorsicht immer noch besser als Nachsicht. Soll sie sich ruhig zuerst austoben. Zerstörung kann durchaus sehr heilsam sein, und mein Gewissen ist auch beruhigt, weil all die Sachen hier drinnen gespendet wurden und anschließend von den Mitarbeitern ordnungsgemäß recycelt und entsorgt werden. »Dann leg mal los.«

Mia wiegt den Vorschlaghammer in den Händen, und ich lasse ihr den Vortritt als die Musik mein Blut zum Kochen bringt, wie nur die Songs von Delilah Bon es können. Sie ist eine von Mias Lieblingskünstlerinnen. Ihre Gitarrenriffs, die haben es in sich, und ich spüre sie wie ein Surren in meinen Adern explodieren, als Mia ausholt und einen großen Flachbildfernseher mit einem einzigen Schlag von seinem Podest fegt. Glas splittert, Elektroden fliegen durch die Gegend, das Geräusch der Zerstörung mischt sich mit der Musik und lässt alles andere in den Hintergrund treten.

Gewalt ist nicht mein Ding. Wirklich nicht. Aber das hier? Das tut allein beim Zuschauen schon gut.

Mia sieht mich an, die Augen groß mit dem schweren Kopf des Vorschlaghammers noch im Display und auf den Lippen ein so breites Grinsen, dass Alistair spätestens jetzt sicherlich angst und bange wäre. Ich hingegen fürchte mich nicht eine Sekunde lang vor ihr.

»Gut?«, frage ich, und sie nickt so übereifrig wie ein kleines Kind.

»Sehr.« Sie stellt den Fuß auf dem Fernseher ab und zerrt mit Mühe und Not den Hammerkopf daraus hervor, was erst gelingt, als sie zwei Hände nimmt, anstatt es nur mit einer zu probieren. »Versuch es einfach mal.«

Anders aber als Mia, die sich direkt das schwere Kaliber

rausgesucht hat, nehme ich mir erst mal eine Reihe von Gläsern vor, die, nach einer kurzen Warnung an Mia, die sie nur mit einem liebevollen Schmunzeln zur Kenntnis nimmt, in tausend kleine Teile zersplittern, als mein Brecheisen darauf trifft. Das Klirren ist laut und schrill, ein eigentlich unangenehmes Geräusch, aber es ist so viel besser als der Klang von Julies Stimme, der mir seit unserer ersten Begegnung im Club nicht mehr aus dem Kopf gehen will. Doch es ist, als würde die Erinnerung an sie mit dem Glas zersplittern und in Tausende Teile zerspringen, die unwiderruflich zerbersten.

Ich umfasse das Brecheisen fester, spüre die Kälte des Metalls und lasse es mit einem Ruck auf die Holzkiste hinabsausen, auf denen die Gläser gestanden haben. Das Holz splittert, wird wieder zu den Spänen, aus denen es gepresst wurde, und mit jedem Mal, mit dem mein Arm hinabsaust und Zerstörung hinterlässt, fühle ich mich freier, leichter.

»Und?« Sofort ist Mia an meiner Seite, den Vorschlaghammer noch immer in den Händen, als sie mich mit der Schulter anstößt. »Fühlt sich gut an, oder?«

Ich blicke auf, mir der Überwachungskamera in der Ecke zwar bewusst, die ich früher gemieden hätte, die mich jetzt aber gänzlich kalt lässt, als ich Mia den Arm um die Hüften schlinge und sie ganz dicht an mich ziehe. »Verdammt, ja.«

»Weißt du, was noch besser ist?« Mia lehnt sich vor und senkt verschwörerisch die Stimme. »Dass wir zusammen hier sind.«

Ich küsse sie innig und vielleicht auch ein bisschen wild, aber sie schlingt nur den Arm um mich und erwidert meinen Kuss mit der gleichen Intensität. Erst als ihr Mund von meinen Küssen rot und geschwollen ist, löse ich mich von ihr und widme mich wieder den Dingen um uns herum.

Mehr und mehr geht zu Bruch. Mehr und mehr ist alles um mich herum ein Meer aus Scherben und Schrott. Meine Haut ist klamm vor Schweiß, meine Ohren klingeln von dem lauten Mix aus Rap, Rock und Heavy Metal, und meine Augen brennen von der grellen Deckenbeleuchtung, die kaleidoskopartig durch das dicke Schutzglas der Brille zu mir durchdringt. Mir aber ist das alles egal, denn nur Mias losgelöstes Lachen, das mich wissen lässt, dass die Zerstörung sie auf genau die gleiche Art und Weise heilt wie mich, ist noch von Bedeutung.

Die letzte Tasse überlasse ich ihr und sehe dabei zu, wie sie den überdimensionierten Vorschlaghammer darauf hinabsausen lässt, das Porzellan praktisch pulverisiert, als sie ihre Waffe wieder hebt. Sie sieht mich an, inmitten des Chaos, das wir zusammen angerichtet haben, und strahlt bis über beide Ohren.

Und da stehen wir nun, mitten in der Zerstörung und umgeben von Dingen, die nach dem Sturm, den wir gemeinsam entfacht haben, einen Neuanfang bekommen.

Wir sind auf schmerzhafte Art lebendig. Sind auf schwindelerregende Weise glücklich. Weil wir zusammen sind, umgeben von Trümmern, aus denen wir etwas Neues bauen.

Und als sie den Hammer fallen lässt und zu mir kommt, die Hände in meinem Haar vergräbt und mich küsst, als wären wir allein das Einzige auf dieser Welt, das unzerstörbar ist, da glaube ich es ihr.

Denn mit Mia bin ich lebendig. Mit Mia bin ich glücklich. Mit Mia bin ich Roan.

Mit allen Trümmern, allem Chaos und all den Neuanfängen, die das Leben zu bieten hat.

EPILOG

Roan

Sechs Monate später

Ich bin durchgeschwitzt, in meinen Ohren pfeift es vom lauten Geschrei der Fans, und von den hellen Scheinwerfern habe ich blinde Flecken vor den Augen. Aber ich habe mich in meinem Leben noch nie so gut gefühlt wie jetzt.

Ich wische mir den Schweiß von der Stirn, doch er läuft mir noch immer in die Augen, während mir Strähnen in der Stirn kleben, als ich mich von dem Podest auf der Bühne in den ausverkauften Rängen des *The O2* umsehe.

»Wahnsinn«, murmle ich leise. Mein Gehörschutz baumelt um meinen Hals, weil ich alle zwanzigtausend unserer Fans wirklich hören will. Die Verschnaufpause ist nur kurz, das Mikro auf dem Ständer vor mir für einen Augenblick abgeschaltet, aber ich genieße sie in vollen Zügen. »Irgendwie surreal, oder Dee?«

»Man könnte meinen, du spielst das erste Mal vor voller Hütte.« Damian sitzt neben mir auf dem Barhocker, sein Mikrofon wie meins bereits in seiner Halterung eingespannt und abgeschaltet, während er meinem Blick folgt, auf den Lippen sein übliches schelmisches Grinsen. »Aber ich weiß, was du meinst, Bruder.«

»Es fühlt sich anders an, nicht wahr?« Einer der Roadies bringt Damian seine Gitarre und mir meinen Bass, während wir uns für die Zugabe Zeit lassen, denn keiner von uns will, dass dieser Abend schon vorbei ist, der Tourauftakt zu unserer sechsmonatigen Welttournee unter *Two Lines Entertainment*. »Für mich zumindest.«

»Für mich auch.« Damian räuspert sich, die Sonnenbrille tief auf seiner Nase, während er in unserem Tour-T-Shirt und zerrissener Jeans neben mir hockt. »Hättest du vor sechs Monaten gedacht, dass wir hier sitzen würden?«

»Nein«, sage ich ehrlich, und in den letzten Monaten ist es mir immer leichter gefallen, nicht erst zu überlegen, was jemand von mir hören will, sondern stattdessen einfach zu antworten. Etwas, das noch mal eine ganze Ecke leichter geworden ist, seit Julie endgültig ihren Job verloren hat, nachdem wir *The British Royal Gazette* mit einer Gerichtsverhandlung gedroht haben und sie uns stattdessen Julies Rausschmiss und eine Schadensersatzzahlung in Millionenhöhe anboten. Das rote Licht an meinem Mikro blinkt wieder, und ich lehne mich vor, nehme nahtlos den Faden auf, den Damian und ich zuvor im Privaten gesponnen haben. »Vor sechs Monaten habe ich noch gedacht, dass wir diese Tour vielleicht nie machen können. Aber ihr habt uns wieder eines Besseren belehrt, Liners.«

Damian lacht neben mir. »Dass ihr es echt hinbekommen habt, die größten Ticketseiten der Welt zum Zusammensturz zu bringen, und die Tour in unter fünf Minuten komplett ausverkauft war. Ihr seid der Wahnsinn.«

Unsere Fans jubeln mit uns, und ich freue mich schon darauf, dieses Geräusch in über fünfzig anderen Städten dieser

Welt zu hören. »Auch für all die Auszeichnungen für unser Album können wir euch gar nicht genug danken.«

Damian nickt bekräftigend. »Genau wie für viele andere Dinge, mit denen ihr uns in den letzten sechs Monaten gezeigt habt, dass es das verdammt noch mal wert war, diesen Kampf zu kämpfen und zu euch zurückzukommen. Diese Bühne hier, unsere Musik und ihr bedeutet uns die Welt.«

»Es gibt da noch etwas, wofür ich euch danken will.« Ich räuspere mich, weil ich versuche, an dem Kloß in meinem Hals vorbei noch irgendetwas zu sagen, was der Kameramann nicht besser macht, der heranzoomt und mein Gesicht in Großformat auf die Leinwand wirft. »Dafür, dass ihr meine Partnerin Mia so liebevoll aufgenommen habt. Wir beide hatten wahnsinnige Angst, was passieren würde, wenn wir diesen Teil unseres Lebens mit der Öffentlichkeit teilen, aber die Art, wie ihr sie und damit auch mich unterstützt, und wie ihr unsere Grenzen akzeptiert, ist … Dafür habe ich keine Worte. Ich könnte mir wirklich keine besseren Fans wünschen als euch.«

»Könnt ihr euch vorstellen, dass ich mir diesen Kram jeden Tag antun muss?« Damian rollt gespielt mit den Augen und schüttelt belustigt den Kopf. »Schalt mal auf Sparflamme, Romeo. Wo ist deine Julia überhaupt?«

Ich drehe mich um, als die Menge noch mehr zu kreischen und zu jubeln beginnt, und sehe, wie Mia sich gerade wieder fängt, sicher, nachdem das Team sie mehr oder weniger auf die Bühne geschubst hat, in dessen Ausläufern sie sich alle während der Show versteckt halten. Sie trägt ihre übliche schwarze Make-up-Artist-Uniform aus Jeans und Shirt, und egal wie oft ich sie auch darin sehe, mit jedem Mal finde ich sie noch schöner. Ihr langes, mahagonifarbenes Haar hat sie hochgebunden, und ihr Gesicht ist knallrot, noch immer nicht an diese Aufmerksamkeit und an die Öffentlichkeit gewöhnt, auch wenn sie sich größte Mühe gibt. Sie winkt ein bisschen krampfig und steif, aber es ist der hilflose Knicks, den sie macht, der mir erneut den Kopf verdreht.

Gott, ich liebe diese Frau so sehr, dass es mir manchmal Angst macht.

»Da ist sie ja«, raune ich, greife mir mein Mikro und stelle den Akustikbass beiseite, um aufzustehen und den Steg entlang zurück zu ihr auf die Hauptbühne zu gehen. Sie sieht mich an, bettelt mit ihrem Blick um Gnade, die ich ihr aber verwehren werde. »Versteck dich nicht, Mia. Komm her zu mir.«

Sie presst die Lippen aufeinander und sieht mich an, als wolle sie mir den Hals umdrehen, kommt mir dann aber entgegen, und gemeinsam machen wir uns den langen Steg entlang auf den Rückweg zur Insel mit dem Podest, wo wir umringt sind von Fans. Einer der Roadies beeilt sich, uns noch einen Barhocker zu bringen, und tut ganz überrascht, obwohl das alles sowohl mit dem Team als auch mit Caleb abgesprochen ist. Mia ist die Einzige, die von nichts eine Ahnung hat. Ich helfe ihr, Platz zu nehmen, und Damian feixt sich einen zurecht, als Mia ihm beherzt vors Schienbein tritt.

»Liners, erlaubt ihr mir, ein paar persönliche Worte an Mia zu richten?« Ich lächle, als sie es mir mit lauten Rufen erlauben, und ich setze mich auf meinen eigenen Barhocker, das Mikro schnell wieder zurück in die Halterung gespannt, denn für das, was ich vorhabe, brauche ich beide Hände. Ich wende mich Mia zu, greife wieder nach meinem Bass. »Mia, meine Fans sind nicht die Einzigen, bei denen ich mich bedanken will. Ich will mich auch bei dir bedanken. Dafür, dass du immer schon an meiner Seite warst. Dafür, dass du stark bist in den Augenblicken, in denen ich schwach bin. Dafür, dass du den Mut hast, an meiner Seite zu bleiben, und dabei niemals, nicht für eine Sekunde, ins Wanken gerätst. Dafür, dass du damals in Brixham mitten in der Nacht in meinen Wagen gestiegen bist. Dafür, dass du mich liebst, was auch immer passiert. Aber vor allem dafür, dass du mich wissen lässt, dass ich niemals alleine bin. Lange habe ich überlegt, wie genau ich mich bedanken soll, aber ich glaube, endlich habe ich einen Weg gefunden.« Ich lehne mich vor und küsse sie, viel zu kurz für meinen Geschmack, aber es ist besser als nichts und bringt mich nah genug an sie heran, um an ihren Lippen das eine Versprechen zu murmeln, das schon immer das Gleiche ist und das sich niemals ändern wird.

»Du und ich. Jetzt und für immer.«

Sie lächelt, legt ihre Hände an meine Wangen und küsst mich erneut. »Du und ich. Jetzt und für immer.«

Der Lärm meiner Fans ist so laut, dass ich glaube, mir platzt das Trommelfell, aber egal, wie sehr es schmerzt, es sorgt dafür, dass ich mich geliebt und akzeptiert fühle. Für den Mann, der ich bin. Für den Mann, der ich sein kann. Und für den Mann, der ich gewesen bin.

Ich stehle mir einen letzten Kuss, drehe mich zum Mikrofon und atme tief durch, ehe ich sage: »Ladies and Gentlemen, nur für euch, Mias Lieblingssong, der schon immer für sie gewesen ist, und den ich nie veröffentlicht habe.« Ich spähe zu Mia hinüber, als sie aufkeucht, ihre Augen groß und die Hände vor den Mund geschlagen, als ich lautlos mit den Lippen *Ich liebe dich* forme. »Homebound.«

Every step in your direction
Brings me closer to safe and sound
Nothing feels like our connection
Finding you, I'm homebound (homebound)

Every night we gaze and wonder
Do the Stars even hear our dreams

I'm feeling like I'm going under
But you always pull me from the streams

Remember when we were the outcasts
Pushed aside and further still
The only lifeline was each other
Holding tight with every will
Our connection surely tightens
With every valley and every hill
The only constant is each other
Loosing you would be a kill

What's a home if not a person that stands with you through thick and thin
No one else matters, just you and me, that's how it's always been
You and me
You and me

Every step in your direction
Brings me closer to safe and sound
Nothing feels like our connection
Finding you, I'm homebound (homebound)

Every night we gaze and wonder
Do the Stars even hear our dreams
I'm feeling like I'm going under
But you always pull me from the streams

For me you are the brightest colours
Pulling me closer and closer by the day
Nothing compares to the feeling you give me
Without you my world fades out to grey

The universe lies deeply within you
You can always make it change its way
I need you by my side forever
So convince it, together we will always stay

What's a home if not a person that stands with you through thick and thin
No one else matters, just you and me, that's how it's always been
You and me
You and me

Every step in your direction
Brings me closer to safe and sound
Nothing feels like our connection
Finding you, I'm homebound (homebound)

Every night we gaze and wonder
Do the Stars even hear our dreams
I'm feeling like I'm going under
But you always pull me from the streams

Homebound
Homebound

DANKSAGUNG

Mia und Roan sind etwas ganz Besonderes. Nie hat eine Geschichte mir so großes Kopfzerbrechen bereitet wie diese. Und nie bin ich dabei so ruhig geblieben, wie während des Schreibprozesses zu *The Brightest Colours*.

Dieses Buch ist Zeugnis, dass Buch nun mal nicht Buch ist. Dass nicht jedes Buch leichter, besser, flüssiger, reibungsloser laufen muss als das letzte. Es ist aber auch ein Zeugnis dafür, dass ich Menschen an meiner Seite habe, die mich selbst in den schwierigsten Augenblicken meiner Karriere nicht im Stich lassen.

Katharina Larue, die immer mit Rat und Tat an meiner Seite steht, und deren ehrliches Engagement und offene Kommunikationswege ich immer zu schätzen weiß.

Steffi Janek, die mir besonders bei diesem Projekt die Sicherheit gegeben hat, um weiterzumachen, auch wenn an jeder Ecke Zweifel lauerten.

Kim Nina Ocker, Anna Savas und Sarah Sprinz, die mir alle drei ein offenes Ohr geschenkt haben, als ich im Sommer fast das Handtuch geworfen hätte.

Raina Niemeyer, meine beste Freundin, die nicht nur Tausende von Plot- und Zitatrunden ertragen hat, sondern die auch den Lyrics zu *Homebound* nach langem Brainstorming Leben einhauchte, wofür ich ihr so unendlich dankbar bin. (Wie für so viele andere Dinge in den letzten dreizehn Jahren.)

Familie und Freunde, die mich pausenlos über Roan und Mia haben reden lassen und dabei meiner nie müde geworden sind.

Und natürlich meine Leser:innen, die Ellie und Caleb mit offenen Armen empfangen und mir damit für diesen neuen Kurs die Zuversicht gegeben haben, die ich brauchte, um an Roan und Mia festzuhalten.

Ich habe immer gedacht, meine Ängste, Sorgen und Zweifel hätten die Macht über mich. Es ist schön, zu wissen, dass ich damit falschgelegen habe.

Kara Atkin
Kardamena, den 28. September 2023

Triggerwarnung

Dieses Buch enthält Elemente,
die triggern können.

Diese sind:
Fatphobia, Angststörungen, Ableismus,
Nicht akute Essstörung, Panikattacke, Erbrechen.

Freut euch auf Veronicas und Damians Geschichte!

(erscheint 30. 8. 2024)